Francesco Gungui

Cantos de las tierras divididas

Infierno

Traducción de **César Palma**

ellas.
Montena

El papel utilizado para la impresión de este libro ha sido fabricado a partir de madera procedente de bosques y plantaciones gestionados con los más altos estándares ambientales, garantizando una explotación de los recursos sostenible con el medio ambiente y beneficiosa para las personas.

Por este motivo, Greenpeace acredita que este libro cumple los requisitos ambientales y sociales necesarios para ser considerado un libro «amigo de los bosques». El proyecto Libros Amigos de los Bosques promueve la conservación y el uso sostenible de los bosques, en especial de los bosques primarios, los últimos bosques vírgenes del planeta.

Título original: *Inferno. Canti delle terre divise 1*
Publicado por acuerdo con PNLA/Piergiorgio Nicolazzini Literary Agency

Primera edición: noviembre de 2013

Printed in Spain – Impreso en España

ISBN: 978-84-9043-112-2
Depósito legal: B-22.400-2013

Compuesto en Fotocomposición 2000, S. A.
Impreso en Impreso en Romanyà Valls, S.A.
Capellades (Barcelona)

GT 3 1 1 2 2

1

DEJAD, LOS QUE AQUÍ ENTRÁIS, TODA ESPERANZA.*

La enorme inscripción brillaba sobre el macizo portal de mármol blanco de la Catedral del Mar de Europa. Las letras estaban envueltas en llamas y proyectaban resplandores amarillos y anaranjados sobre las cornisas ennegrecidas y las estatuas. Bajo la inscripción pasaban las imágenes del Infierno. De día y de noche. Ininterrumpidamente.

Se veía a un chico de unos veinte años tumbado en el suelo, parcialmente oculto por una roca. Detrás de él, un sendero ascendía unas decenas de metros por una pendiente, y terminaba ante imponentes murallas de cemento. De repente, en el plano apareció el hocico de un perro. Olfateó el aire, se volvió hacia un lado y hacia el otro, y con la pata escarbó el suelo. El perfil de un segundo perro salió de la oscuridad, ladraba con rabia, salpicaba baba a su alrededor. Solo cuando se materializó una tercera cabeza, el cuerpo del animal avanzó hacia el chico. Tenía patas robustas, pecho ancho y musculoso, el pelo erizado ya manchado de sangre.

* Verso de Dante Alighieri, en *Divina comedia, Infierno*, III, 9, traducción de Luis Martínez de Merlo, Cátedra, Madrid, 1988. Todas las citas de la misma obra que aparecen en este libro están extraídas de esta edición. (*N. del T.*)

El grito de una niña retumbó en la plaza en cuanto las tres cabezas empezaron a girar nerviosamente, mostrando los tres cuellos unidos a un único cuerpo. Era un cerbero, una de las criaturas monstruosas de las que está infestado el Infierno. Sus músculos se hinchaban cada vez que se erguía una de las cabezas, mientras las otras golpeaban con violencia el suelo, conteniendo a duras penas una furia a punto de estallar.

Luego el cerbero se abalanzó sobre el chico.

Alec se paraba siempre a ver unos minutos esa proyección después de la jornada de trabajo en el Casino. Aquel espectáculo constituía un pobre pero suficiente consuelo que le recordaba que, pese a todo, su vida era mejor que el Infierno.

Con las manos hundidas en los bolsillos y la espalda apoyada en el muro de una de las casas derruidas que antaño habían sido viviendas de pescadores, Alec observaba aquellas escenas y se preguntaba por las culpas de los condenados.

—¿Tú crees que muere? —preguntó una voz femenina detrás de él.

Alec se volvió y sonrió.

—Hola, Maureen.

La sudadera negra le ocultaba los pechos y las caderas, y los vaqueros anchos le tapaban las piernas esbeltas, mientras que la capucha calada sobre la frente retenía el largo pelo rizado y hacía sombra a su piel aceitunada y a sus ojos profundos. En el trabajo llevaba minifalda y tops provocativos, pero cuando salía del Casino difícilmente un cliente la habría reconocido.

La imagen de la pantalla desapareció y, en vez del cerbero, apareció el símbolo de la Oligarquía: el círculo de fuego con los cuatro rayos, uno por cada oligarca de Europa. Su unión la ratificaba el fuego, su poder hundía sus raíces en la justicia absoluta del Infierno.

La pantalla se oscureció unos segundos, a continuación mostró una toma aérea del gran cráter infernal. Las laderas estaban cubiertas por una densa vegetación que enralecía a medida que ascendía hacia la cumbre, donde se elevaba el primer anillo imponente de murallas de cemento. Alrededor de todo el volcán se extendía un mar que se perdía en el horizonte.

Aquellas imágenes, que se proyectaban en las fachadas de todas las catedrales de Europa, habían ejercido siempre una extraña fascinación en Alec. Para él, el Infierno no era solo «la mayor cárcel de máxima seguridad que ha existido jamás», como la definían los políticos en los debates televisivos, sino también el único rostro del mundo libre.

Además de los edificios en ruinas, de las calles inmundas y del Casino donde trabajaba, existían sin duda otros volcanes, otras montañas y otros mares: en cualquier caso, a un chico de diecisiete años le atraían, aunque tenía que recortarlos de las escenas macabras de los condenados que morían en los círculos infernales.

—Ayer en el Casino se llevaron a uno —dijo Maureen, tratando de no pensar en el chico muerto—. Un hombre de unos cincuenta años que viene siempre a beber y a jugar.

—¿Por qué?

—Creo que traficaba con nepente.

El nepente era la droga más difundida en Europa, también entre los jóvenes. Eliminaba cualquier dolor, cualquier miedo, hacía que te olvidaras de tu vida.

Sin embargo, Alec había visto como muchos de sus amigos se quemaban el cerebro y acababan en el Infierno por ceder a esa tentación.

—Los traficantes son los que manejan el cotarro en el Casino.

—Sí, pero de vez en cuando tienen que detener a alguno. Han dicho que por su culpa han muerto dos chicos.

—Verás como cuando salga estará mejor que antes. Los que son como él siempre salen bien parados; en cambio, los infelices a los que meten en el Infierno para despejar las calles mueren a la semana.

Maureen no se lo rebatió. Sabía perfectamente que esas palabras llenas de rencor no las decía sin motivo. Un amigo de Alec, un año antes, había sido condenado al Infierno por robo. Lo habían pillado de noche en el almacén de una tienda de comestibles, y no se había vuelto a saber nada de él.

—De todas formas, el tío no movió ni un músculo —prosiguió Maureen—. Los hay que se ponen a llorar o a gritar como locos. Pero ese permaneció impasible. ¿Cómo se consigue eso?

Alec se encogió de hombros. No tenía idea de cómo reaccionaría él si lo condenaran al Infierno, si descubriesen sus incursiones nocturnas en la tienda de comestibles o los proyectiles que les compraba habitualmente a los guardias de la Oligarquía. Lo habrían mandado allí un año, quizá dos, puede que al primer círculo. Había quien decía que un año podías aguantarlo, volvías incluso mejor que antes, pero Alec no se lo creía.

La proyección se interrumpió unos instantes. Los reflejos anaranjados de la inscripción candente se vieron reemplazados por una luz blanca, casi cegadora.

En el centro del plano apareció una mansión enmarcada por un cielo azul y por un trozo de mar que se vislumbraba a los pies de una colina de olivos. Alrededor de la mansión, flores de mil colores se mecían con cada soplo de viento. Había además una piscina de piedra y una cascada que manaba de una roca, reflejando decenas de pequeños arcoíris. Dos niños se salpicaban agua, mientras en una mesa de cristal transparente un hombre y una mujer disfrutaban de un desayuno copioso. Al otro lado de la mansión descollaban altas estatuas de mármol con ornamentos dorados y plateados. Luego se materializó el rostro de un hombre, con el cabello entrecano, ojos azules, la piel ligeramente bronceada y una sonrisa beatífica. El movimiento de sus labios se adelantó unos segundos al sonido, que salía de los altavoces instalados en las cornisas de la catedral.

«Elige otra vida, elige lo mejor. En el corazón del Mediterráneo, espléndidas mansiones. No esperes que la vida elija, elige tú la vida que quieres.»

—Tendríamos que ir a vivir allí —dijo Alec—. ¿Te imaginas? Te levantas por la mañana, te bañas en la piscina, desayunas en el jardín…

—Tendría que trabajar dos mil años para poder pagarme una casa así.

—Vale, pues empieza, dos mil años pasan volando.

La mansión desapareció y la atmósfera clara de las residencias del Paraíso de nuevo se vio reemplazada por las imágenes del Infierno.

Tres chicos trataban de encender una fogata en un pequeño hueco entre las rocas. Pero el viento apagaba una y otra vez las llamas. Cada uno de ellos llevaba en la mano una caja con su ración de comida.

—¿Por qué no usan la caja para encender el fuego? —preguntó Maureen.

—Acaban de llegar —respondió Alec con seguridad—, todavía no saben nada.

Uno de los tres rompió a llorar, y Alec reparó en ese momento en que era una chica. Se preguntó qué habría hecho para que la hubieran condenado al Infierno, y de pronto pensó en Beth, su hermana pequeña, que lo esperaba en casa.

—¿Nos vamos? —dijo de repente, sacudiendo la cabeza para espantar aquella visión.

Ambos miraron alrededor antes de retomar el camino a casa. Era un gesto automático, la mejor manera de evitar que te robaran. Desde hacía un par de meses Maureen vivía en la escuela ocupada, no lejos de la Catedral del Mar, junto con un centenar de chicos sin familia del barrio Gótico. Alec la acompañó hasta el portal.

—¿Nos vemos mañana? —preguntó Maureen.

—Tengo el turno de noche.

—Yo también. Si quieres después podemos venir aquí.

Alec la miró: habría querido aislar aquella mirada de la asquerosa ciudad que lo rodeaba y construir otro mundo. Maureen le parecía guapa, atractiva. Cinco días antes se habían besado en la despensa de las cocinas, en el Casino. Pero después no habían vuelto a hablar ni había pasado nada más, pese a que Alec aún recordaba la sensación de su piel en la cara, su aroma dulce y ligeramente especiado.

—Adiós —dijo Maureen, y le dio un beso que acabó entre la mejilla y el labio. Luego corrió hacia el interior de la escuela.

Alec vio como desaparecía por los pasillos y luego se adentró en el dédalo de callejuelas del barrio Gótico, entre las viejas fondas de pescadores, en su mayoría frecuentadas por fumadores de nepente y prostitutas.

Se detuvo en el primer puesto de control de la frontera meridional del barrio, que daba acceso al área residencial.

El guardia le pasó el detector electrónico por el alma que llevaba en el pecho, justo debajo del cuello. En la pantalla apareció la foto de Alec: los labios oscuros y carnosos, la nariz ligeramente aguileña y la mandíbula angulosa. Tenía la frente fruncida, y el pelo, bastante largo, le tapaba los ojos negros. El guardia cotejó la foto con el rostro del chico, asintió y lo dejó pasar.

Alec entró en una avenida a la que daban edificios de veinte, treinta e incluso cuarenta plantas, que se hallaban unidos por una gran cantidad de puentes. Muchos de los muros estaban rotos y rajados, otros habían sido cambiados por planchas de hierro o de cobre oxidado, o por simples tablones de madera. En conjunto, sin embargo, eran las mejores viviendas a las que un habitante de Europa podía aspirar. Quien vivía en las ciudades rascacielos no necesitaba bajar a las calles. Las tiendas, las iglesias y las escuelas estaban repartidas por los distintos niveles, lo cual garantizaba mayor seguridad y control, así como figurar de forma más estable en las listas de trabajo.

Pasó un segundo puesto de control, después del cual comenzaba Konema, su barrio.

Edificios ruinosos de cinco o seis plantas se alternaban con casitas unifamiliares. Las calles estaban atestadas de gente y de puestos repartidos alrededor de un pequeño parque. Alec compró harina, patatas, unas cebollas y un cuarto de gallina. Dejó el mercado atrás y por fin, después de un par de callejones llenos de agujeros y charcos, llegó a la puerta de su casa.

Era un cubo de cemento y planchas de metal que, sin embargo, incluía un pequeño terreno, donde en verano conseguían cultivar calabacines y tomates.

Al cruzar el umbral, percibió un ambiente raro. Se fijó en el sofá desfondado, cubierto descuidadamente con una gruesa cortina roja, en el arcón de madera, en el pequeño televisor que estaba en el suelo, junto a la chimenea, y en la mesa con los fogones y la bombona de gas. No había nada fuera de sitio, y quizá justo eso era lo malo. En la casa no había nada más.

Miró alrededor nerviosamente. Su madre no estaba, tampoco Beth. Era probable que les hubieran robado: aguzó el oído por si escuchaba algún ruido sospechoso, los ladrones podían seguir en casa.

La puerta de la habitación de su madre se abrió de golpe. Alec dio un respingo antes de reconocer a Beth, que corría a su encuentro.

—¿Qué está pasando?

Ella no respondió, pero lo abrazó.

Él la agarró por los hombros.

—Oye, ¿va todo bien? ¿Dónde están todas las cosas?

Beth no dijo nada, pero sonrió. Cuando lo hacía, su rostro se iluminaba. Tenía facciones delicadas, ojos verdes, el pelo lacio y dorado, con un flequillo que le llegaba casi hasta los ojos. Recordaba a uno de los ángeles que había en los frescos de la catedral, uno de los últimos que quedaba en las capillas laterales.

—Beth, ¿dónde está mamá?

La niña se encogió de hombros y señaló la habitación.

—¿Está en la habitación?

Asintió.

—¿Qué está haciendo?

Beth volvió a encogerse de hombros y se sentó en el sofá. Alec se relajó. No había ocurrido nada raro. Se quitó la chupa y la dejó en una de las sillas que había junto a la vieja mesa de madera apolillada.

—¿Qué tal te ha ido hoy? —le preguntó mientras lanzaba una mirada al débil fuego que ardía en la chimenea—. ¿Has pasado frío? A lo mejor consigo un bidón de petróleo en el trabajo… Si no, iremos a la escuela, donde está Maureen: se están organizando bien, ¿sabes? Los guardias han decidido dejarlos en paz; en el fondo, ¿qué daño hacen? La escuela lleva dos años abandonada.

Mientras encendía el televisor, Alec reparó en un nuevo dibujo en la pared de debajo de la ventana. Representaba una montaña que se elevaba encima de un círculo. Pero estaba incompleto.

—¿Qué es? —preguntó—. Parece una montaña.

Beth asintió.

—¿Y lo de debajo? ¿El círculo? ¿Es un mundo?

Beth hizo de nuevo un gesto afirmativo, y Alec se acercó a la pared, siguió con el dedo el contorno de la imagen, al tiempo que en su mente surgía el recuerdo de su padre, del libro que les leía todas las noches y de los dibujos que él hacía entre una página y otra. Una noche le dijo: «Cuando muera, este libro será tuyo. Algún día te salvará la vida».

Al día siguiente se lo llevaron los guardias de la Oligarquía, y el libro desapareció. Desde ese momento no había pasado un día sin que Beth pintase al menos uno de aquellos dibujos que había aprendido casi de memoria.

Alec cerró los ojos con fuerza, como si quisiera suprimir los recuerdos, bajar un telón negro sobre su pasado. Alzó la vista hacia el espejo desportillado que había encima de la chimenea. En el Casino había unos enormes detrás de la barra del bar y en las salas de juego, pero Alec tenía la impresión de que ese era el único que le devolvía su verdadera imagen.

Del televisor llegaba la voz impostada de una periodista: «Falta poco para el desfile anual de los guardias de la Oligarquía, una oportunidad excelente para que toda Europa celebre la paz, el orden y la prosperidad».

Por detrás de la mujer avanzaba un tanque cubierto por una gran bandera con el círculo de cuatro rayos, y a continuación marchaban los guardias.

«Toda la ciudadanía está invitada a lucir la bandera de Europa y a unirse a los festejos.»

En la mente de Alec, los recuerdos cobraron forma como las llamas que arden en un matorral seco. «¡No os llevéis a mi padre!», gritaba Beth mientras los guardias lo rodeaban. «Papá, ¿qué está pasando? ¿Qué quieren de ti?» «¡Vete, Alec, coge a tu hermana, marchaos a la habitación!» «Pero ¿por qué? ¿Qué has hecho?» Los guardias lo tenían sujeto por los brazos, pero él se había soltado y había salido corriendo de la casa. Beth gritaba y lloraba. Después los disparos, cuatro tiros de fusil. Beth había corrido hacia Alec y lo había abrazado, llorando. «No os llevéis a mi papá», había dicho de nuevo.

Habían sido sus últimas palabras.

La puerta del dormitorio se abrió, haciendo que chirriaran los goznes. La madre entró en el salón caminando rápidamente con un cesto enorme de ropa entre los brazos.

—Hola, mamá —la saludó Alec.

Ella lo ignoró. Dejó el cesto en el sofá, al lado de Beth, y apagó el televisor. Luego abrió uno tras otro los cajones de la mesa, de los que fue sacando cubiertos y cucharones de madera. Cogió papel de periódico y se puso a envolverlos.

—Mamá, ¿qué estás haciendo?

La mujer le dirigió una mirada distraída antes de volver al dormitorio. Alec miró a su hermana, aunque sabía que de ella no iba a obtener ninguna explicación. Acto seguido fue a la habitación de la madre. La encontró metiendo sin orden sábanas, ropa y objetos de todo tipo en una bolsa de piel muy grande.

—¿Qué haces? —preguntó Alec exasperado.

Esta vez ella se detuvo, parecía hechizada. Los cabellos negros, con muy pocas canas, le caían en mechones desordenados alrededor del rostro, marcado por arrugas.

Cogió un sobre que había en la mesilla de noche y lo apretó entre las manos.

—Han aceptado nuestra solicitud —susurró. Le temblaba la voz.

—¿Qué solicitud?

—No te había dicho nada, no tenía intención de hacerlo. No creía que fuese posible… y, sin embargo…

—Mamá, ¿qué solicitud? ¿Adónde te vas?

—No me voy sola, nos vamos los tres. Es una etapa de prueba, a ti también te han incluido en el plan de trabajo, tendremos que ocuparnos de Beth, un día cada uno, y…

Un sollozo la obligó a parar. Se llevó el sobre al pecho, luego se lo tendió a Alec. Él lo abrió, extrajo una hoja doblada en tres y la leyó bajo la atenta mirada de su madre.

—¿Es verdad? —le preguntó.

La mujer asintió.

—Sí —sonrió—. Nos vamos al Paraíso.

2

Maj abrió los ojos y vio los rayos de sol que se filtraban por las cortinas de seda dorada. El aroma de las rosas blancas del jardín flotaba en la habitación.

Al otro lado del seto, los tejados de tejas rojas de las mansiones se alternaban con los olivares. Siguiendo el tronco de los árboles desde la copa hasta las raíces, la mirada podía recaer en el espejo de agua de los laguitos artificiales, en los que florecían nenúfares. En cambio, más allá de los tejados, en medio del barrio, se elevaba la iglesia de mármol blanco, rodeada de los edificios públicos y de los jardines colgantes. Todas las calles del barrio confluían en el centro, elevándose luego como las ramas de una trepadora y entrelazándose alrededor de la plaza principal. Las superficies cubiertas de espejos y las piedras cristalinas que los intersecaban irradiaban una luz difusa, que difuminaba los bordes de los objetos y de las casas.

Maj sacó las sandalias de debajo de la cama con dosel y entró en su cuarto de baño. Había pétalos de rosa diseminados alrededor del lavabo y sobre las escalerillas que llevaban a la bañera. Acercó el rostro al espejo para verse mejor. Sus ojos, que en invierno se teñían del verde de la esmeralda, se aclaraban al principio del verano y les salían unas rayas de color gris plateado. Se colocó de lado para observar su perfil, el pelo rubio y lacio que le caía sobre los hombros, los costados, los pechos redondos y las piernas esbeltas y largas. Se pasó el dedo por el relieve imperceptible del microchip subcutáneo y notó que la piel le tiraba. Recordó el miedo que había experimentado cuando vio al médico con la enorme jeringa blanca. Apenas tenía diez años. «No te dolerá», le dijo. Luego con el pulgar y el índice le apretó la piel del lado izquierdo de la base del cuello, y le inyectó el alma. Un instante después, en la pantalla que había al lado de la camilla de la consulta, apareció la foto con su rostro sonriente y la ficha con los datos. En el pecho, en cambio, le había quedado el pequeño tatuaje con una espada envuelta en rosas. Era el símbolo del Paraíso, que siempre había contemplado con envidia sobre el pecho de su madre. El signo que había confirmado su pertenencia al pueblo de los ciudadanos elegidos.

Se disponía a bajar a desayunar cuando un ruido procedente del jardín llamó su atención. Volvió a la ventana para ver qué pasaba y vio que el hovercraft de los trabajadores acababa de cruzar la verja de su mansión. Observó su silueta geométrica, ese hexágono perfecto con un brillante metal que reflejaba la luz del sol.

El vehículo recorrió el camino que, por una leve cuesta, conducía a la entrada principal de la mansión.

La puerta automática de la parte trasera se abrió, y salió un chico flaco como un fideo, que llevaba de la mano a una niña. Maj lo miró con curiosidad. Debía de tener más o menos su edad, unos dieciséis años. La semana anterior, el trabajador encargado del cuidado del jardín había regresado a Europa al final de los tres meses de servicio. Era un tipo tosco, de unos treinta años, que la observaba siempre con insistencia y cuando pasaba el cortacésped no paraba de escupir en la hierba.

A lo mejor el chico era su sustituto, aunque parecía demasiado joven para el trabajo.

Maj lo observó avanzar bajo el gran porche que había en la parte delantera de la mansión, hasta que su sombra desapareció bajo los arcos de mármol sujetos por columnas sobre los que se enroscaban ramas de rosas sin espinas.

El desayuno se servía en la terraza que daba al jardín. En la enorme mesa, el pan, la fruta, las mermeladas y los pasteles estaban colocados con el esmero de una composición floral. Antes de que Maj tuviera tiempo de sentarse, Tessa, una de las asistentas, se le acercó con las manos juntas, la cabeza inclinada hacia un lado y una sonrisa servicial.

—¿Desea huevos o una tortilla, señorita?

Maj pensó unos instantes.

—Una tortilla, o mejor no… nada. Está bien así.

—Entonces, le traigo café caliente.

—Gracias, Tessa.

Maj se sentó y empezó a untar mantequilla en una rebanada de pan.

En ese momento vio aparecer al chico al borde de la piscina. A su lado seguía la niña, pero también había un hombre de uniforme, cuya barriga rebosaba del cinturón. Maj lo conocía bien, era el coordinador de los trabajadores de su barrio.

—¿Hay un nuevo trabajador? —le preguntó Maj a su madre, a la que había visto entrar en el salón.

—¿Qué, cariño? No te he oído —dijo. De pie en medio del comedor, estaba meditando sobre a cuántas personas invitar a la fiesta de cumpleaños de Maj, que iba a celebrarse a la semana siguiente.

—Te he preguntado si hay un trabajador nuevo…

Su madre salió por la puerta vidriera sujetando dos bandejas, una de plata y la otra de loza pintada con motivos florales azules y rojos.

—¿Todo plata o todo loza? —preguntó.

—No lo sé, ¿hay mucha diferencia?

—Por supuesto que la hay. Cumples dieciséis años, no es cualquier ocasión.

Maj se encogió de hombros.

—¿Y bien? ¿Es o no el nuevo trabajador? —insistió, mientras seguía observando al chico. El coordinador le estaba explicando el trabajo.

—Ah, él —respondió por fin la madre—. Me han dicho que es bueno, parece que en Europa tenía un jardín.

—¿Un jardín? ¿En Europa? ¿Es de una familia rica?

—No, no creo; a ver, en ese caso viviría aquí, cariño, te he dicho que tiene un jardín, no que posea una montaña. Tú sigues teniendo la idea de que Europa es un lugar absurdo, pero no viven extraterrestres.

—¿Y tú qué sabes? Nunca has estado.

—No, nunca he estado, pero lo sé —contestó con sequedad la madre.

—¿Nunca te entran ganas de ver cómo es realmente? —le preguntó—. O sea, si pudieras volverte invisible durante un día, ¿no te darías una vuelta por el centro de Europa?

—Maj, ¿a qué viene eso? ¿Sabes que me angustias cuando hablas de ese modo? Mira la televisión, los informativos, ¿es que no ves cómo es Europa?

Maj reflexionó unos segundos sobre aquellas palabras.

Claro que los informativos mostraban Europa. Pero siempre eran las mismas imágenes. El parte meteorológico enseñaba la isla británica de norte a sur, los puertos con los grandes barcos mercantes, luego las ciudades que daban al canal de la Mancha, donde se alternaban altos rascacielos, edificios más bajos y zonas que parecían deshabitadas. Tres grandes autopistas cortaban el continente por la mitad, hasta el arco alpino, atravesando la extensa aglomeración urbana europea. El parte meteorológico emitía imágenes nocturnas de aquella zona, de manera que las autopistas siempre parecían largas estelas luminosas, mientras que el entorno de las ciudades era como un enorme hormiguero de luciérnagas.

Una vez había visto un reportaje sobre la construcción de un enorme bloque del Paraíso en la costa del Mediterráneo, justo al sur de los Alpes. El periodista decía que se trataba de la urbanización más cercana a Europa; todos los otros bloques se encontraban en las regiones meridionales de la península itálica y en las costas del norte de África, como en el que vivía Maj. El viento a veces arrastraba la arena amarilla hasta los tejados de las casas, y su padre le había explicado que al sur del barrio había un gran desierto. Era todo cuanto Maj sabía sobre el mundo en el que vivía.

—Me voy —dijo la madre—. Todavía hay que decidir el menú de la fiesta, tengo que encontrar un traje… Me quedan mil cosas que hacer, nos vemos en la comida.

Maj la observó mientras abandonaba la terraza y luego continuó desayunando. Entretanto el trabajador se había puesto a arrancar el musgo de las rocas de la cascada artificial. La niña estaba sentada en el suelo, al lado de ella. Parecía perdida en un mundo propio. Maj pensó que pronto el sol calentaría más y que la niña podía coger una insolación.

—Puedes ponerte debajo del toldo, si quieres —le dijo.

La niña se volvió. Buscó la mirada de su hermano, que estaba al otro lado de la piscina y no se había percatado de nada. Maj salió de la terraza y avanzó unos pasos por el jardín. El sol, efectivamente, ya calentaba mucho, aquella niña no podía pasarse todo el día asándose sentada en el suelo.

—¿Cómo te llamas?

La norma era que los habitantes del Paraíso no hablaran con los trabajadores, salvo por «necesidades apremiantes e ineludibles». Maj se dijo que esa era sin duda una necesidad apremiante.

Decidió dirigirse directamente al chico.

—Oye —lo llamó.

Él se volvió al momento, con expresión alarmada.

—¿Todo bien, Beth? —preguntó.

La niña asintió.

—¿Es tu hermana? —preguntó Maj.

Él hizo un gesto afirmativo.

—Le he dicho que puede ponerse a la sombra, si quiere, ¿vale?

Alec asintió nuevamente, luego le sonrió a su hermana. Maj se asombró del cambio repentino de su expresión, que de gélida y severa pasó a ser dulce y tranquilizadora.

—Anda, ven conmigo —dijo Maj, dirigiéndole a la niña la misma sonrisa.

Beth siguió a Maj, bajo la atenta mirada de su hermano. Se sentó en la terraza y, al ver la mesa puesta, se ruborizó. Nunca había visto nada semejante.

—¿Quieres? —le preguntó Maj, tendiéndole una galleta. Era la primera vez que tenía la oportunidad de estar con la hija de unos trabajadores.

Beth buscó de nuevo la mirada de Alec, pero esta vez él estaba demasiado lejos.

—Yo te doy permiso —insistió Maj.

Ella miró la galleta titubeante, luego la cogió y empezó a comérsela despacio.

—¿Quieres un zumo? —preguntó, mientras llenaba un vaso.

Luego se volvió hacia el chico, que ahora la estaba observando.

—Perdona —dijo Maj—. Le he dado una galleta, ¿pasa algo?

—No.

Maj escuchó el sonido áspero de su voz. Era sin duda el trabajador más joven que había estado jamás en su casa.

—¿Cómo te llamas? —le preguntó ella, le daba igual que esa pregunta desbordara con creces los límites de las necesidades «apremiantes e ineludibles»—. Yo me llamo Maj.

Él no respondió.

—Vale, no pasa nada —dijo Maj casi para sí.

¿En qué estaba pensando? ¿Acaso pretendía conocer a un trabajador y tomarse un té con él hablando del tiempo?

—Me llamo Alec.

Maj lo miró con un ligero estupor.

Recordó lo que le había dicho su madre, que el chico tenía un jardín en Europa, y de nuevo sintió curiosidad por conocer aquel mundo.

—¿Vives en Europa?

Alec miró alrededor como si la respuesta tuviese que llegar de un apuntador escondido entre los setos.

—He vivido allí hasta hace unos días —respondió por fin. Su mirada era impenetrable. En su expresión distante había tanta curiosidad como fastidio.

—¿Y tú también tenías un jardín? ¿Un jardín como este?

Alec soltó una risa involuntaria, y Beth hizo lo mismo.

—¿Te hace gracia?

—Tengo un jardín, pero no es como este —zanjó Alec.

Luego se dio media vuelta y echó a andar. Beth se puso de pie, cogió el vaso, apuró el zumo de naranja de un trago y enseguida siguió a su hermano. Maj se quedó observándolo, mientras se decía que había recibido las mismas respuestas que habría podido darle su madre. Con la diferencia de que su madre nunca había estado en Europa.

—¿Y cómo es? —preguntó elevando la voz.

Alec ya estaba a unos diez pasos de ella. Se detuvo sin volverse.

—Pequeño.

—¿Cómo de pequeño?

—Muy pequeño.

—¿Más pequeño que el nuestro?

Alec se giró y observó la expresión intrigada de aquella chica que no sabía nada de su mundo. Imaginar un jardín semejante a aquel, pero en un barrio de Europa, significaba no haber oído ni siquiera hablar de la vida allí. Durante un instante envidió aquella mente limpia, era evidente que sus ojos no habían visto jamás las calles sucias de su ciudad, las caras hundidas de la gente, los cadáveres del Infierno, que día tras día se mostraban en las fachadas de las catedrales.

—Maj, ¿puedes venir un momento?

Su madre se asomó por la puerta vidriera que daba al jardín.

—Maj, te he preguntado si puedes venir un momento.

—Voy —dijo Maj.

Se levantó con calma y fue al salón. Su madre la recibió con mirada severa, los brazos en jarras y los labios apretados, su típica expresión de reproche.

—¿Se puede saber qué pretendes? —le preguntó.

—¿Qué he hecho?

—Te pones a hablar con los trabajadores, les das de desayunar. Oye, me pregunto si te das cuenta de lo que haces.

—Mamá, es una niña, le he dado una galleta.

—Anda, no intentes ponerme en el papel de la mala que se niega a darle una galleta a una niña. He visto que hablabas con ese chico, no sé en qué estabais pensando los dos.

—Le he hablado yo, él no ha dicho nada.

—Escúchame bien —continuó su madre—, no es una cuestión de vida o muerte, pero las cosas son así: no se puede hablar con los trabajadores, por mil motivos. Es un tema que no admite discusión.

Maj trató de pensar en los mil motivos por los que no debía dirigirle la palabra a aquel chico, pero no se le ocurrió ninguno. Es más, las palabras de su madre surtieron justo el efecto contrario, empujándola a creer que había estupendos motivos para hablar con él: para descubrir, por ejemplo, qué había al otro lado de las enormes murallas de cemento del Paraíso.

3

En la orilla del río, un hombre y una mujer intentaban encender una fogata, pero la poca leña que habían encontrado estaba mojada. Los cartones de las raciones de comida ardían fácilmente, aunque luego los leños echaban humo sin quemarse. En el suelo yacía el cadáver de un animal grande. La imagen estaba desenfocada, porque el vapor que ascendía del río hirviente creaba una niebla densa. Una tímida llama se elevó por fin de las ramas, y el leve resplandor generado por el fuego iluminó el hocico de una criatura apostada detrás de ellos. El hocico chato como el de un mono, la piel gruesa y negra, los hombros y los brazos fornidos, y el cuerpo taurino. La bestia dio un salto y aplastó a la mujer. El hombre echó a correr, pero casi enseguida tropezó y acabó en el suelo, con las piernas en el agua hirviente. La bestia lo arrastró hasta el fuego, mostrando en el primer plano de la cámara su único e inmenso ojo en medio de la frente.

El vídeo se detuvo.

Encima de la pantalla había una inscripción luminosa que indicaba el punto del Infierno en el que se hallaban: séptimo círculo, primer recinto. Era el recinto de los homicidas. Por tanto, aquel río era el Flegetonte; y la criatura monstruosa, un minotauro.

Alec miró alrededor sorprendido de no ver los corrillos de gente que se reunían delante de la Catedral del Mar. En la pequeña iglesia del barrio de los trabajadores siempre había poca gente.

Habían pasado apenas dos semanas desde que recibieran la carta de autorización para pasar tres meses de trabajo en el Paraíso. El viaje en barco había sido largo. Habían tardado casi tres días en llegar a las costas del norte de África. El barco no había atracado, no había puertos bastante grandes en aquella área. Dos pesqueros habían acudido a recoger a los trabajadores mar adentro, de modo que la primera imagen que Alec y su familia habían tenido del Paraíso había sido del mar.

Las murallas y los edificios se elevaban justo al otro lado de un promontorio cubierto de olivos que llegaba hasta el litoral. La superficie dorada del agua enmarcaba las playas blancas, protegidas por los hovercrafts, que proyectaban resplandores rosados en el cielo. En la cumbre de las altas murallas bajo las que había bosques de robles que rodeaban el centro habitado se elevaban las enormes esculturas de los ángeles. Medían veinte metros de alto, y cada uno de ellos empuñaba una espada de acero que brillaba bajo el sol. A pocos metros de la costa, Alec y Beth distinguieron también las colinas con las grandes mansiones sobre las que trepaban las rosas, los exuberantes jardines floridos, las fuentes que reflejaban decenas de arcoíris que se entrelazaban. Alec no tenía palabras, nunca había siquiera imaginado un lugar semejante. En los anuncios que se emitían en las catedrales solo se veían casas, familias risueñas, un cielo azul que hacía pensar que un lugar como aquel resplandecía siempre el sol. Pero ver directamente el Paraíso era otra cosa. Los árboles, las viviendas y las colinas parecían cubiertos de una capa de plata.

En esos pocos días, no había hecho más que calcular las distancias infinitas entre los dos mundos: el Infierno, que observaba cada día en la iglesia, el Paraíso, que estaba descubriendo, y Europa, la ciudad en la que siempre había vivido.

—Mamá, nos tenemos que ir —dijo Alec.

Su madre seguía con los ojos clavados en la pantalla.

La mujer no respondió ni se movió, como si ni siquiera lo hubiese oído. Él le cogió la muñeca, y ella se estremeció y se volvió de golpe, como si la hubiese despertado de un sueño profundo.

—¿Va todo bien? —le preguntó.

De la expresión compungida pasó a una sonrisa apenas esbozada.

—Me pregunto dónde están las mujeres de estos hombres, las madres de estas niñas. Cómo se puede... —Las palabras le murieron en la garganta. Los ojos se le llenaron de lágrimas—. ¿Cómo se puede soportar un dolor tan grande? Si me pasara a mí, me moriría. Si tú y Beth... no quiero ni imaginármelo. Prométeme que siempre serás bueno.

—Mamá, no creo que se trate de ser bueno...

—Prométemelo. Dime solo que Beth y tú os portaréis bien, y que tú la cuidarás siempre cuando yo no esté.

Alec se levantó del banco y se alejó lentamente por la nave central. El eco de sus pasos se atenuó a medida que avanzaba hacia la salida. El portal de la iglesia estaba abierto, y del exterior llegaba un viento tibio que olía a hierba.

Se volvió y vio la toma del volcán del Infierno y el mar que se extendía hasta el horizonte.

—Tienes sus mismos ojos —dijo alguien detrás de él.

Alec se dio la vuelta y vio a un hombre al que no conocía. Tenía unos sesenta años, el pelo canoso y tripa, un detalle sin duda inusual entre los habitantes de Europa, pero no tratándose de alguien que vivía establemente en el Paraíso, aunque como trabajador.

—¿De quién tengo los ojos?

—Eres Alec, ¿verdad?

Él asintió ligeramente.

—Conocía a tu padre —dijo, y luego, bajando el tono de voz, añadió—: Lo siento. Era un buen hombre. Yo soy Milo, si necesitas algo, pídemelo.

El hombre levantó apenas una mano en un gesto de despedida e hizo ademán de marcharse.

—¿De qué conocías a mi padre? —preguntó Alec.

—Pasamos buenos ratos juntos, tú también estabas.

—No recuerdo nada.

—En el barrio nos conocemos todos. Él era temporero, tú apenas eras un niño. Me parece recordar que tu madre estaba embarazada...

—Tengo una hermana.

—Pues recuerdo bien.

El hombre le echó una última ojeada. Una mirada curiosa que buscaba en el hijo los rasgos del padre.

—Han pasado muchos años. Tengo una gran deuda con tu padre.

Alec lo miró con cara interrogante. El hombre sonrió, con los ojos elevados hacia el recuerdo.

—¿Qué deuda?

—Una de esas deudas que no pueden pagarse; sobre todo, si la persona ya no está aquí.

—Yo estoy aquí —repuso Alec con cierto descaro, que al hombre le pareció divertido.

—Ven a verme algún día, charlaremos un rato —dijo Milo mientras se alejaba.

Alec entró en la avenida fangosa a la que daban los bungalows y las tiendas de los trabajadores. Le pareció el lugar más hermoso y tranquilo del mundo. Lo recorrió despacio, observando a las personas que se entretenían fuera de las cabañas después de la jornada de trabajo. Detrás de los tejados de madera y de las tiendas solo había unos cuantos pinos marítimos antes de la enorme muralla de cemento que marcaba el límite meridional del bloque del Paraíso. Tenía una altura de quince metros, y en la parte superior había una pasarela desde la que vigilaban los guardias.

Aquella noche Alec soñó con la chica de la mansión. Estaba en medio del jardín, en bañador, y lo miraba. Era muy guapa, tenía la piel tersa y luminosa. En el sueño Alec deseó aproximársele, rozarla, besarla. Luego, sin embargo, la hierba se secaba y ardía, su rostro cambiaba y se transformaba en el de la mujer a la que había visto en las imágenes del Infierno aquella noche.

Por la mañana le quedó solo un eco confuso de aquel sueño que mezclaba miedo y deseo.

El hovercraft llegó a la plaza de la iglesia a la una para recoger a los trabajadores del turno de tarde. Alec y otra treintena de hombres y mujeres estaban sentados en el suelo, a la sombra de un gran pino. Se abrió una puerta de la parte trasera del vehículo y una escalera cayó en la arena. Uno tras otro, subieron todos y emprendieron la marcha deslizándose entre las cabañas del barrio, flotando silenciosamente a un metro del suelo.

Beth se durmió casi enseguida con la cabeza apoyada en el hombro de su hermano. En cambio, Alec no apartó la vista ni un solo momento de los ojos de buey. Tras pasar un primer puesto de control, el hovercraft dobló a la derecha y bordeó un parque muy grande: inmensos jardines, bosquecillos, juegos infantiles, arroyos y pequeñas cascadas artificiales.

Alec pensó en lo mucho que su hermana iba a divertirse allí, en la vida feliz que iba a poder tener, y comprendió que él ya había renunciado en parte a sus sueños, y también a su felicidad, que deseó para ella. Lo mismo que su madre había hecho por él. Tras pasar un segundo puesto de control, el vehículo cruzó lentamente una avenida a la que daban, a distancia regular, grandes mansiones. Muchas estaban construidas sobre una pequeña colina artificial, de manera que desde la calle pudieran verse bien los jardines perfectamente cuidados, los parterres floridos y las piscinas, construidas en terrazas de piedra. Alec contó al menos un centenar de mansiones a cada lado de la calle, antes de que el vehículo atravesase un paso a nivel vigilado por unos guardias.

Una vez que llegaron a su parada, Alec saltó del vehículo, cruzó la verja y se dirigió con su hermana hacia el jardín.

Era la una y media, y el sol estaba alto y candente.

Rodeó la mansión y se detuvo en la caseta de las herramientas para coger los guantes. Empezó enseguida a arrancar hierbajos, partiendo de un punto cualquiera del seto.

Llevaba trabajando una hora cuando advirtió que la chica del día anterior se estaba bañando en la piscina. Nadaba a crol; la espalda y los hombros mojados brillaban bajo la luz del sol. Miró su cuerpo, que surcaba silenciosamente el agua; la piel clara ligeramente sonrosada por el sol.

El calor pronto empezó a no darle tregua y lo obligó a parar varias veces para enjugarse el sudor de la frente con la manga del uniforme.

—Todavía no me has dicho lo grande que es tu jardín. —Alec se volvió sin decir nada. Maj estaba nadando hacia él. Se acodó en el borde de la piscina, permaneciendo sumergida en el agua—. ¿Cómo es Europa?

Alec siguió trabajando de rodillas, aunque se colocó de manera que pudiera permanecer vuelto hacia la chica.

Maj sonrió. Esa maniobra no le había pasado inadvertida.

—Me gustaría ir algún día... pero ¿es realmente peligrosa? —prosiguió.

En ese momento la madre de la chica se asomó por la puerta vidriera.

—Cariño, ¿todo bien? —preguntó la mujer, que reparó un instante después en la presencia del trabajador. Cogió el albornoz de una silla y se le acercó—. Ahora vete, por favor —le dijo en voz baja.

Maj lo hizo sin protestar y la siguió a la casa.

—¿Tienes que bañarte ahora, mientras él trabaja?

—¿Qué tiene de malo?

—Venga, Maj, por favor... ¿Cuándo llegan tus amigos?

—Dentro de poco.

—Yo ahora subo, pero hazme el favor de esperar a que lleguen tus amigos antes de regresar a la piscina.

Maj fue a su habitación a vestirse y volvió a la piscina. Alec, entretanto, había llenado un cubo de hierbajos y lo estaba metiendo en la caseta de las herramientas.

El acto fue más rápido que el pensamiento. Maj atravesó el jardín corriendo y rodeó la caseta para sorprender al chico en el lado contrario.

—¿Por qué no me respondes? —le preguntó.

Él alzó la vista pasmado y observó a la chica, que ahora llevaba unos pantalones vaqueros y una camiseta de rayas blancas y rojas.

—¿Qué quieres de mí? —estalló Alec—. ¿Por qué me sigues, por qué me haces esas preguntas?

—No lo sé —reconoció Maj, sincera y también un poco desorientada—. Quería hablar contigo, nunca he conocido a un chico de Europa.

Mientras, su mente vagaba por una enorme metrópoli llena de edificios idénticos, de calles y de puentes, lo que constituía en su fantasía confusa la ciudad de la que procedía Alec.

—Solo conozco mi casa —continuó abstraída—, este jardín, el país donde vivo…

Maj tuvo que detenerse porque esas palabras le estaban dando náuseas. El mundo era inmenso y ella vivía en una pequeña jaula de cristal. Muchas veces había pensado que sus amigas eran el espejo de ella misma. Los chicos, los niños, los profesores, las mujeres, los hombres, nada más que una versión más vieja, más joven, más alta, más baja de aquello que ella estaba destinada a ser.

—Perdona, estoy diciendo tonterías —dijo Maj mirando alrededor. Desde donde estaba solo podía ver el seto y, poco más allá, los tejados de tejas rojas de las otras mansiones.

En ese momento se oyeron unas voces detrás de la caseta. Alec la miró alarmado.

—Son mis amigos, tengo que irme —dijo Maj—, pero… —Se mordió la lengua. ¿Qué estaba diciendo? ¿Qué tenía en la cabeza?—, pero quiero conocerte.

Luego se alejó. Alec se quedó inmóvil. Esperó unos segundos antes de recoger el cubo y regresar hacia el jardín. Alrededor de la piscina, tres chicos y tres chicas, que debían de tener más o menos la misma edad, se disponían a lanzarse al agua. Los chicos eran robustos, tenían el pelo cortado al rape y llevaban bañadores de colores llamativos. Todas las chicas, en cambio, tenían físicos atléticos, el pelo cuidado, traslucían riqueza y bienestar. Alec los envidió y en ese momento sintió toda la miseria de su condición. Durante un instante los odió y se preguntó cómo se podía desear algo distinto cuando se tenía una vida como la suya. Sin embargo, después su mirada se cruzó con la de Maj. Sus ojos se enredaron unos segundos, y esa vez fue él quien sintió un estremecimiento de curiosidad y deseo. Era como un viento fuerte y dulce que lo empujaba al borde de un precipicio. Era una rendija de luz en una puerta entornada, una frontera invisible que separaba dos mundos. Nunca había experimentado una emoción semejante y casi sintió miedo.

4

Durante todo el día, Maj no pensó en otra cosa que en su encuentro con el trabajador. Mientras nadaba en la piscina con sus amigos, se sentía distante. Respondía tarde a lo que decían, a sus bromas.

Aquella alegría chocaba drásticamente con el rostro tenso del chico que trabajaba a pocos metros de ellos.

—Pero ¿cuántos tiene? —le preguntó Phoebe, mientras estaban en el agua, en el borde de la piscina. Phoebe procedía de una ciudad rascacielos de Europa. Había llegado al Paraíso el año anterior.

—Creo que diecisiete.

—Es mono.

—Phoebe, ¿qué dices? —Maj la salpicó. Luego miró el cielo, estaba azul, despejado, no había una sola nube—. ¿A ti te parece justo? —le preguntó, olvidándose de especificar el objeto.

—¿Qué?

—Todo: el Paraíso, el Infierno, Europa…

—No hay nada justo ni injusto. El mundo está hecho así.

—Sí, pero ¿quién lo ha decidido? Esta piscina no ha aparecido aquí sola.

—Claro que no, la pusieron aquí los primeros oligarcas, cuando construyeron el Paraíso. Junto con los parques, las casas, las calles y todo lo demás.

—¿Y tú crees que eso es justo? ¿Es justo que nosotros tengamos todas estas cosas y que en Europa no tengan nada?

—Nosotros no tenemos la culpa de que ellos no tengan nada.

—Me estoy preguntando por qué los primeros oligarcas construyeron este mundo.

Phoebe resopló.

—Ay, cielo, ¿has tomado demasiado sol?

—No, anda, respóndeme.

—Pues creo que porque pensaban que hay gente buena que se merece vivir bien, que a los criminales hay que castigarlos en el Infierno y que en Europa hay mogollón de gente y que las cosas están bien así.

—Sí, claro, eso lo dirían si tuvieran cinco años.

Phoebe la miró divertida, pero también un poco ofendida por sus palabras.

—¡Maj! ¿Qué pensamientos son esos? ¿Es el efecto que te producen los abdominales marcados de ese chico?

—¡Cállate! —exclamó salpicándola más.

Entonces, Marvin se les acercó buceando y apareció delante de Maj, a pocos centímetros de su rostro. Le dio un beso y la abrazó.

—¡Este sábado bajan las barcas al lago! —empezó contento—. Podríamos pasar el día allí. O en la playa. ¿Qué dices?

Maj no respondió enseguida. Estaba distraída por el chico, que en ese momento pasaba cerca de la piscina con un cubo negro en la mano.

—Maj, ¿estás? —preguntó Marvin.

—Sí, sí. Podríamos ir al lago.

—Oíd, chicos —dijo Marvin al tiempo que se volvía hacia sus dos amigos, ya echados en las tumbonas para tomar el sol—. ¡Vamos al lago!

Uno de los dos hizo un gesto de asentimiento con la mano, mientras que el otro ya se había dormido.

Los chicos se marcharon a las siete de la tarde, poco antes de que el hovercraft pasase a recoger al trabajador y a su hermana.

Más tarde, la cena fue servida en el suntuoso templete de la tercera planta de la mansión. En el centro de una gran terraza había una mesa rodeada de sillas adornadas con cojines de encaje blanco. Los faroles, de cristal amarillo y rojo, ya estaban encendidos, a pesar de que el cielo aún era claro y de que en el aire se irradiaba el aroma de las velas a la canela colocadas en el borde de la terraza.

—¿Dónde está el barrio de los trabajadores? —preguntó de repente Maj a sus padres.

Su padre se volvió con curiosidad, mientras que su madre elevó los ojos al cielo.

—Está más al sur, pasado el parque, ¿por qué? ¿Quieres ir? —le tomó el pelo su padre.

—Pero ¿cuánto se tarda desde aquí? O sea, ¿cuánto camino tiene que hacer el hovercraft?

—¿A qué viene tanta curiosidad?

Maj miró más allá de los tejados rojos de las otras mansiones, pero solo vio la mancha verde del parque.

—Por nada, solo me parece raro no saberlo.

—Si es por eso, no sabes un montón de cosas.

—Pues no, se trata justo de eso. Ni siquiera sé qué haces en el trabajo... ¿Qué haces cuando estás fuera una semana o más? ¿Qué es lo que haces exactamente?

—Procuro que el Paraíso sea un lugar más hermoso, para nosotros y para todos aquellos que quieren entrar.

El hombre acompañó estas palabras con una caricia en la cabeza de su hija, pero ella, por algún motivo que no lograba explicarse, no se sintió en absoluto tranquilizada por aquel gesto.

—Sí, pero ¿qué haces en concreto?

—En concreto, sigo los nuevos proyectos, evaluando las zonas para las nuevas urbanizaciones.

Maj sabía que su padre era uno de los cuatro oligarcas, como el padre de Marvin, y era el jefe de la inmobiliaria que se encargaba del proyecto Paraíso, la empresa que desde hacía más de setenta años construía los nuevos barrios alrededor del Mediterráneo. Pero nunca habían hablado de eso, como tampoco habían hablado nunca de Europa, de la gente que vivía allí, del mundo que, sin embargo, su padre debía conocer.

—¿Cómo son los lugares antes de que se vuelvan...? —Maj miró alrededor, abarcando con una sola mirada las mansiones, las colinas artificiales, los suntuosos jardines y los árboles floridos y perfectamente cuidados.

—Desde luego, no son tan bonitos.

—Ya, pero ¿cómo son? ¿Vive alguien? ¿Hay mar? ¿Hay...?

—¡Ya es suficiente! —estalló la madre.

Maj la observó, tenía el rostro severo y al mismo tiempo sereno. Detrás de ella, más allá de los tejados y las colinas, el sol ya se había puesto. Solo en ese momento del día, mirando el horizonte, se podía entrever la línea gris que marcaba la frontera oriental de su bloque del Paraíso. Las murallas de cemento, que durante todo el día se confundían con el paisaje, a esa hora adquirían un leve color naranja, y su perfil contrastaba con el cielo del crepúsculo, que se había vuelto azul eléctrico.

Esa noche, en el informativo, Maj vio las típicas imágenes de Europa: las tomas aéreas de los rascacielos, las grandes autopistas que atravesaban el continente de norte a sur, y luego los barrios del oeste, hacia el océano.

Phoebe era de esa zona. Había llegado al Paraíso con sus padres y su hermano. Vivían en una mansión que quedaba a unas manzanas de la suya. Maj pensó que nunca le había preguntado nada sobre su vida anterior. Antes, en el fondo, no le interesaba, pero ahora su amiga podía responder a muchos de sus interrogantes.

Al día siguiente esperó que terminaran las clases de la mañana para hablar con ella. La siguió por los pasillos y luego la paró en la entrada de la gran campana de cristal bajo la cual estaba el patio. Dentro se encontraban los lagos artificiales cubiertos de nenúfares y los palafitos donde se servía de comer. En la superficie curva de la campana se proyectaba una reproducción de la bóveda celeste. Podían reconocerse fácilmente los principales planetas: Júpiter, Marte, Plutón, y los millares de estrellas de alrededor.

—¡Oye, Phoebe, espera!

—Hola, ¿qué tal? ¿Comes conmigo?

Maj cruzó un arco plateado debajo del cual su alma fue reconocida.

—Bienvenida, Maj —dijo una voz persuasiva mientras un escáner grababa su imagen y proyectaba el holograma en el centro de la campana.

Entre los sauces llorones había asientos de madera. Todo estaba lleno de alfombras y de cojines de colores, donde los chicos comían y charlaban en pequeños grupos.

En cambio, Maj y Phoebe se sentaron en la orilla de los laguitos cubiertos de flores.

—Quería preguntarte una cosa —dijo Maj, y vaciló unos segundos antes de continuar.

—Dime.

—Tú vienes de Europa, ¿verdad?

Phoebe se volvió.

—Claro, ¿por qué?

—Me preguntaba... ¿Cómo es?

—¿Por qué quieres saberlo?

—Porque tengo curiosidad.

—¿Y eso? Hace un año que nos conocemos y nunca me has preguntado nada.

Maj no le explicó el motivo de ese deseo repentino. Se limitó a encogerse de hombros.

Phoebe la miró, casi divertida.

—¿Qué quieres saber? —preguntó.

—No lo sé... Cuéntame algo.

—Yo vivía en una ciudad rascacielos —empezó—, así que no puedo decir que la conozco realmente. Además, estaba en Occidente, hacia el océano, el corazón de Europa está en el centro.

—Vale... Pero, si viajas, ¿qué hay fuera?

Phoebe sonrió. Para ella, esas preguntas eran hilos que pescaban experiencias de un pasado que se había acostumbrado a olvidar, como hacían todos los que llegaban al Paraíso.

—No sé lo que hay fuera. Yo vivía en una ciudad rascacielos. Nunca sales de allí. La comida, el colegio, todo lo demás… lo tienes allí.

—De acuerdo, pero ¿qué ves si te asomas a la ventana?

—Depende, el océano, la tierra…; cuando no hay niebla, ves los otros edificios, las calles. No es que no puedas salir, no sales… sencillamente.

—¿Nunca has conocido gente que vive fuera?

—Claro que la he conocido.

—¿Y ellos qué dicen? ¿Cómo es el mundo exterior?

Phoebe vaciló unos instantes.

—Fuera es un follón. Algunos dicen que hay zonas de Europa que son peores que el Infierno.

—Yo nunca he visto el Infierno —dijo Maj.

—Aquí no lo enseñan, y es mejor así. En cambio, en Europa, lo enseñan en todas las catedrales. De niño creces con las imágenes de los delincuentes que mueren entre las llamas o devorados por las bestias. No lo echo de menos, no lo echo nada de menos.

Esa noche, antes de dormirse, Maj pensó en las murallas de cemento situadas al este de su barrio. La frontera oriental de su bloque del Paraíso. Pocos metros de cemento la separaban del resto del mundo. ¿Qué había al otro lado de esas murallas?

5

Al pie de las altas murallas, en el barrio de los trabajadores, Alec disfrutaba de las horas de descanso junto a su hermana.

—¿Y bien, Beth? ¿Te gusta estar aquí?

Beth sonrió, lo que equivalía a una especie de asentimiento. Alec miró alrededor, el río de agua cristalina, el jardín verde y brillante, y la vegetación florida a los lados del río. A pocos metros de la orilla comenzaban los campos. Los girasoles formaban un denso seto que contrastaba con el azul intenso del cielo.

—Yo creo que se está bien, trabajamos, tenemos más comida, hay sol, y además en los días libres nos podemos bañar.

Beth se encogió de hombros y asintió débilmente.

—Por otro lado, esto es el Paraíso, ¿no? —prosiguió Alec—. Pero ¿y esa chica? La de la mansión. Vive aquí, y muy bien. Y viene y me pregunta cómo es nuestra casa, cómo es nuestro jardín… no necesito su compasión, ¿no?

La niña no se volvió. Un par de chiquillos se habían acercado a la otra orilla del río, una decena de metros más abajo, donde había una charca más grande. Uno se había tirado enseguida, mientras que el otro se había quedado en la orilla, con los pies en el agua.

—Podrías hacerte amiga de ellos —dijo Alec—. Deben de tener tu edad, los he visto en una tienda al lado de la nuestra.

Beth sacudió apenas la cabeza.

—De todos modos, el Paraíso tampoco es gran cosa —continuó Alec, a quien le habían entrado ganas de charlar. Hacía tiempo que no veía a Maureen, normalmente era con ella con quien hablaba—. A mí me gustaría más un barrio como este… pero sin murallas.

Beth lanzó un vistazo a las murallas. En la pasarela de la parte alta, se distinguía a guardias con sus brillantes uniformes militares blancos, que vigilaban la zona empuñando una metralleta.

—Creo que así serías feliz. ¿Piensas alguna vez en la felicidad? No, puede que no pienses, eres demasiado pequeña.

Alec dejó en suspenso esas palabras mientras miraba hacia el frente, hacia el río, que discurría plácido. Beth le dio un pellizco en el costado.

—Oye, ¿qué pasa? ¿Qué he dicho? ¿No eres demasiado pequeña?

Beth meneó la cabeza.

—De acuerdo —dijo Alec riendo—. Yo no sé qué es realmente la felicidad, y a lo mejor no me interesa. No, no me interesa la felicidad, yo querría algo más sencillo, no pretendo tanto.

Beth inclinó un poco la cabeza, con gesto interrogante.

—Algo así: no tienes hambre ni sed, no tienes dolores, tu familia está bien y también tus amigos. Yo me conformaría con eso, pero no creo que eso sea la felicidad. Eso lo podríamos llamar…, habría que inventar una palabra.

Alec miró a Beth y le pareció todavía más pequeña. Desde luego, no la podía ayudar.

Entonces hizo vibrar ligeramente los labios.

—*Mmm.* Lo ves, tú también puedes decirlo, no es una palabra.

Beth lo observó con curiosidad.

—¡Anda, que te lo he visto decir! Cuando tienes hambre, antes de comer a veces dices *mmm*.

Beth meneó de nuevo la cabeza, pero estaba a punto de reírse. Alec se le acercó y le hizo cosquillas. Ella se soltó y saltó al agua, metiéndose hasta las rodillas. Luego lo miró, con la boca bien cerrada.

—*Mmm.*

Alec sonrió.

—Bien, entonces *mmm* será la palabra para cuando uno no es feliz, pero tiene comida y bebida, no sufre dolores raros y tus amigos y familiares están bien. ¿Cómo te encuentras, pues? ¿Hoy estás bastante *mmm*?

Beth sonrió, pero no dijo nada. Alec se preguntó de qué tipo de felicidad podía disfrutar un ciudadano del Paraíso. Probablemente *mmm* no era la palabra adecuada para describir lo que experimentaba Maj en su fantástica mansión rodeada de amigos, comodidades y riqueza. Mientras formulaba este pensamiento se dio cuenta de que Maj ya había estado demasiado presente en su cabeza por ese día.

A la mañana siguiente, cuando se la volvió a encontrar de sopetón delante de la caseta de las herramientas, al fondo del jardín, tuvo la impresión de que nunca se habían separado.

—Tienes que hablar conmigo —dijo con sequedad Maj.

—¿Yo?

—Sí.

—¿Y por qué?

—Quiero que me cuentes lo que sabes. Que me cuentes lo que sabes del mundo.

—No sé nada del mundo.

—En cualquier caso, sabes más que yo.

Alec se volvió. El rostro de la chica estaba oculto por una sombra proyectada por la luz que le llegaba por detrás.

—¿Vienes de una ciudad rascacielos? —volvió a preguntar Maj, mientras Alec seguía de pie, dándole la espalda, fingiendo que ordenaba las herramientas.

—No, vivo en una casa normal —respondió Alec instintivamente, y se arrepintió enseguida de haberle dado un dato sobre él. Así que dejó de dudar y se fue directamente hacia la puerta.

—No te dejaré salir como no hables conmigo —dijo Maj, colocándose entre él y la salida.

—Oye, no sé de qué vas, quién eres, qué quieres de mí…

—Solo quiero saber cómo es el mundo del que vienes, quiero saber si hay algo fuera de esta caja.

—Conozco gente que vendería el alma por pasar una semana en eso que tú llamas caja.

—No me lo puedes reprochar, no sé nada, no es culpa mía. Yo… no sé qué me está pasando, pero ya nada me parece real, tengo la impresión de no existir, ¿la vida se reduce a esto? —Los ojos le brillaban, la voz le temblaba: eran emociones que Maj no conocía, que no sabía definir—. Siempre he sido feliz, soy feliz. No sé qué ha cambiado, pero todo me parece inútil, tonto, vacío. Todos los días son iguales, los amigos, el instituto, y sé que todo es bonito, pero ¿de qué sirve? ¿Qué sentido tiene?

Se enjugó las lágrimas con las manos y se quedó mirando las palmas húmedas. Alec tuvo la impresión de que esa chica nunca había visto sus propias lágrimas. Él no tenía respuesta a esas preguntas, pero eran las mismas que él también se había hecho muchas veces. Cambiaban las premisas, pero los interrogantes eran idénticos: ¿qué sentido tiene todo? ¿Qué sentido tiene ser felices o estar tristes en este mundo?

—Vivo en una casa pequeña —comenzó Alec—, un poco más grande que esta caseta, en un barrio central. Trabajo en un casino.

Maj elevó ligeramente las cejas.

—¿Qué es un casino?

—Un sitio donde la gente apuesta dinero, juega para ganar, pero generalmente pierde un montón.

—Entonces ¿por qué juega?

—Porque no puede parar. Además, es un sitio donde puedes beber, encontrar mujer por dinero, cosas así.

—¿Ese es tu trabajo?

—Bueno, yo trabajaba de camarero.

—¿Y Europa cómo es? No consigo imaginármela.

¿Cómo era Europa? Nadie se lo había preguntado jamás. Quien vivía en Europa no necesitaba formular semejante pregunta. Pero quizá precisamente por eso nadie, él incluido, había intentado nunca darse una respuesta.

—Trata de imaginar… —empezó con voz insegura— que cada día temes que no vas a tener nada que comer.

Maj lo miraba, agarrándose a esas palabras, procurando colocarlas enseguida en un círculo que pudiese crear los cimientos de una imagen más amplia.

—Trata de imaginar que tienes que ir mirando hacia atrás cuando regresas a casa, por miedo a que te asalten, o imagina que un día unos hombres entran en tu casa y se llevan a tu padre, y tú ni siquiera sabes por qué, y luego tu hermana deja de hablar, y no vuelve a decir nunca ni una palabra. Bien, pues si te imaginas esas cosas, puedes comprender más o menos cómo es la vida en Europa. Al menos, la mía.

Las palabras le habían salido de la boca con una violencia que nunca había experimentado. No sabía por qué había dicho esas cosas, por qué había descrito su vida. Le parecía oír que la voz de otra persona hablaba de la miseria en que vivía. Aspiró profundamente, sintió que su propia respiración le calentaba las fosas nasales y los labios.

—¿Por qué es así? —preguntó Maj con un hilo de voz.

—¿Por qué vivimos en un mundo que da asco?

—Sí, ¿por qué?

—Yo he nacido allí. Como tú has nacido aquí. Cuestión de suerte, supongo.

—¿Cómo es el barrio de los trabajadores? Cuéntame qué hiciste ayer —dijo Maj con una insistencia que a ella misma le parecía disparatada.

Alec la miró pasmado. ¿Qué quería esa chica? ¿Qué pretendía saber, y por qué? Luego, sin embargo, vio que una nueva lágrima le surcaba una mejilla. Pensó que las lágrimas recorren los mismos caminos en los rostros de las personas. Le llegó el aroma de su respiración, que olía a flores, a agua fresca, a viento.

—¿Tú quién eres? —preguntó Maj, con voz queda. Cerró los ojos y aspiró su olor, a tierra y a cenizas. Era áspero y dulce, y al mismo tiempo evocaba sensaciones lejanas, que ella nunca había experimentado.

—Ahora tengo que irme —dijo Alec. Había oído ruido en el jardín. Se acercó a la puerta, pero Maj seguía inmóvil, de pie delante de él.

—¿Me dejas pasar? —le preguntó. El calor que emanaba su cuerpo parecía tener voluntad propia.

Ella se apartó.

Él pasó a su lado lentamente, sin dejar de mirarla, y ella sintió una emoción nueva. Apretó los puños, como si tuviera que dar consistencia a esa turbación. Miró el perfil anguloso de su mandíbula, los labios carnosos, brillantes, y los ojos oscuros. En su cara no había rastro de aquella felicidad que estaba acostumbrada a reconocer en los habitantes del Paraíso. Le puso una mano en el pecho, despacio, quería estar segura de aquello que estaba viviendo.

Él se estremeció. Observó el rostro perfecto de la chica, la piel clara e inmaculada, y sintió una energía que lo atraía y lo rechazaba.

—Tengo que irme —susurró de nuevo.

Maj aspiró otra vez. Nunca había percibido los olores de aquella manera, los olores nunca le habían hablado. Se sintió arañada por la cara del chico, por la luz que entraba en la caseta, por el sonido de sus respiraciones. ¿Qué le estaba ocurriendo? ¿Qué eran aquellas sensaciones?

Alec la dejó atrás y se detuvo en la puerta de la caseta. Luego se volvió e hizo ademán de marcharse. Se cruzó con su mirada, esta vez iluminada por la luz del sol que atravesaba la entrada con un paralelepípedo perfecto. Sostuvo el contacto con sus pupilas, hasta percibir un ligero temblor.

—Pero no me basta —murmuró Maj.

6

El sábado siguiente, Marvin pasó a recogerla para ir al lago. Conducía un descapotable rojo fuego, con los asientos de piel blanca y todos los interiores plateados.

Maj se detuvo un instante en la verja y lo observó, sin que él reparase en ella. Tenía los pómulos ligeramente sonrosados, el pelo rizado parecía casi dorado bajo la luz del sol, y la frente amplia sugería la ausencia de toda preocupación.

Maj fue al coche, abrió la puerta y subió.

—Te he hecho esperar, perdona.

Él se encogió de hombros y sonrió.

—No pasa nada, da igual.

Arrancó y avanzó lentamente por la avenida. El ruido del motor y el zumbido del aire, que salía de las rejillas de debajo del salpicadero, le provocaron una sensación de sopor. Esa noche había dormido mal, se había despertado varias veces. Había soñado con Alec, caminaban de la mano por las calles de Europa. Él la había abrazado, como si fuese algo normal, y le había dicho: «Vete de aquí conmigo».

—Oye, hay un cambio de programa —dijo Marvin—. Todavía no han bajado las barcas, no podemos ir al lago. Podríamos ir al parque, ¿te apetece?

—De acuerdo.

Pocos minutos después, mientras recorrían la larga carretera circular que bordeaba los jardines, en la frontera meridional del barrio, Maj se dio cuenta de que no tenía ganas de ir al parque. Miró alrededor nerviosamente: más allá de las copas de los árboles se distinguían las murallas de cemento.

—¿Nos quedamos aquí? —preguntó Marvin cuando aparcaba en una de las numerosas plazas de las que salían los senderos que se adentraban en el parque.

—Vamos un poco más adelante.

—¿Por qué?

—Porque sí.

Avanzaron un par de kilómetros. A su izquierda estaba el parque, mientras que a su derecha, en lugar del barrio residencial, había un campo de hierba salpicado aquí y allá de flores solitarias, altas, con largos tallos verdes y pétalos grandes y amarillos. Maj no recordaba haber visto jamás aquellas flores. No las había semejantes en los jardines de las mansiones.

—Ya no me apetece ir al parque —dijo Maj de repente.

Marvin la miró asombrado.

—Entonces ¿qué hacemos?

—Vamos a la playa.

—¿Ahora? Pero, ya estamos aquí y... De acuerdo, venga, vamos.

Marvin se volvió, puso la marcha atrás y maniobró para poder retroceder. El coche se encaminó por la misma carretera por la que acababan de circular. El trayecto duró apenas quince minutos.

Dejaron el coche en el aparcamiento situado en la base de las primeras murallas occidentales. La frontera del oeste se componía, en efecto, de dos filas de murallas. La primera más baja, vigilada solo por guardias, sin vehículos militares, y adornada con grandes buganvillas rosa. La segunda delimitaba un trozo de plaza de un kilómetro y por ambos lados se metía en el mar, de modo que formaba una bahía artificial.

Era casi la hora de comer, y en el aparcamiento no había ni siquiera un coche. Únicamente estaba uno de los vehículos de los trabajadores, no el gran hovercraft que se utilizaba para el transporte de personas, sino una especie de pequeña furgoneta descubierta en la que había varias herramientas y sacos de tierra.

Cinco guardias vigilaban el túnel que cruzaba las murallas.

—Buenos días —los saludó una mujer, cuya piel oscura contrastaba con el blanco brillante del uniforme.

—Buenos días —dijo Marvin.

—¿Cuánto quieren estar?

Marvin se volvió hacia Maj, que se encogió de hombros.

—Media hora —respondió el chico—, tal vez una.

Marvin se acercó con el fin de que la guardia pudiese pasarle el detector electrónico por el alma implantada en el pecho.

La guardia cotejó la imagen de la pantalla con su cara. A continuación asintió.

—Anoto una hora.

Maj se acercó a su vez a la mujer.

La pantalla se iluminó nuevamente, mostrando el rostro luminoso de Maj y, debajo de la foto, la ficha con los datos.

La puerta metálica se bajó, dejando entrever al fondo del túnel el trozo azul del mar y la pequeña semicircunferencia celeste del cielo. Maj aspiró profundamente, oliendo la sal y disfrutando del viento fresco.

Al otro lado de las murallas el terreno descendía poco a poco a lo largo de un centenar de metros, entre matorrales y dunas de arena blanca. El horizonte estaba cercado por dos grandes moles de cemento que desde la orilla se extendían mar adentro.

Recorrieron la playa por la orilla. Maj estaba silenciosa, seguía mirando alrededor, tenía sensaciones encontradas. Le parecía que se hallaba en lugares que nunca había visto.

A lo mejor, pensó, es lo que pasa cuando se trata de mirar la realidad desde otro ángulo. Todo se vuelve nuevo y desconocido.

Al fondo de la playa los vehículos militares vigilaban las murallas que la cortaban transversalmente. De repente oyeron unos gritos, primero lejanos, luego cada vez más cercanos. Maj y Marvin miraron alrededor para descubrir de dónde procedían.

Entonces lo vieron.

Entre los matorrales, en medio de las dunas, alguien corría hacia ellos. Los dos chicos intercambiaron una mirada, sin saber qué hacer. Debía de tener cuarenta años, la barba oscura, descuidada, la cara enjuta, vestía una camisa blanca rasgada.

Una sirena empezó a sonar, seguida por el ruido de unos motores que se acercaban. Desde el mar estaban llegando dos grandes hovercrafts, mientras que en la playa ya había dos jeeps. Una decena de guardias había bajado de los vehículos y se había colocado en la orilla, rodeando al hombre.

Fue cosa de un instante. El desconocido dio un salto y asió a Maj por el cuello, usándola como escudo contra los guardias que lo acosaban. Le puso un cuchillo en el cuello.

—Como deis un solo paso, la mato.

7

Maj estaba inmóvil, trabada por el brazo del hombre, que le apuntaba al cuello con un cuchillo.

—¡No os mováis! —les gritó este a los soldados con la voz enronquecida por la desesperación.

Maj temblaba, con los ojos fijos en los guardias inmóviles. Marvin parecía paralizado.

—¡Alejaos! —gritó otra vez—. ¡He dicho que os alejéis!

Los vehículos retrocedieron.

—Escucha —dijo un guardia desde la orilla—, estás cometiendo una estupidez, pero todavía puedes salir de esta, trata de razonar.

El hombre reaccionó dándole un tirón a la chica. Maj gritó por el dolor.

—Cálmate, dinos qué quieres —prosiguió el guardia.

Maj empezó a sollozar.

—¡Quiero que le devolváis la vida a mi hermano!

—Escucha, te estás metiendo en líos, pero si te detienes…

—¿Qué pasa si me detengo? ¿Eh? ¿Me mandaréis también a mí al Infierno? ¡Mi hermano no había hecho nada! ¡No había hecho nada! ¿Cuántos inocentes más tienen que morir?

Maj seguía llorando. Por detrás del manto de lágrimas, veía la cara de Marvin descolorida, casi difuminada.

—No conozco tu situación —dijo el guardia— ni la de tu hermano. —Parecía seguir un protocolo perfectamente establecido. Cada palabra estaba cuidada y medida.

Sucesos semejantes se producían rara vez, generalmente en las zonas periféricas de los bloques del Paraíso, pero también en algunos barrios de reciente construcción de las costas meridionales del continente europeo. Los signos debían ser fuertes y claros. Quien se manchaba de crímenes así debía acabar en el Infierno. El Infierno necesitaba enseñar criminales para conjurar cualquier posible revuelta.

Al hombre se le escapó un sollozo.

—Lo sabía todo, a esos cabrones los ha visto entrar y salir, los ha visto llevarse a gente que había matado, que había cometido delitos atroces, dentro y fuera del Infierno.

—Escúchame —insistió el guardia, mientras daba un paso hacia ellos, donde las olas rompían en la arena.

El hombre pareció despabilarse de repente. Apretó el brazo alrededor del cuello de Maj.

—¡Que no se acerque nadie! —gritó.

—El Infierno es una realidad dura —dijo el guardia—, si se han cometido injusticias, serás escuchado. Pero ¿qué tiene que ver esa chica? Deja que se vaya.

—Solo quiero que la gente sepa. Aquí está la gente que debería pudrirse en el Infierno, aquí es donde laváis con dinero la vergüenza de vuestros crímenes. Llevaos a las putas a vuestros barrios, a las familias destrozadas por vuestras guerras, a los inocentes a los que torturáis en el Infierno. Pero este día no lo olvidaréis.

El hombre entornó ligeramente los ojos. Tenía la cara amoratada, los músculos del cuello tan tensos que dejaban ver las venas palpitantes. En ese instante algo se elevó del agua y aferró al hombre por los hombros, forzándolo a soltar a Maj. El hombre cayó de espaldas en el mar. Maj fue corriendo a la orilla, mientras los soldados se apresuraban a rodear los dos cuerpos que ahora se estaban peleando. Cuando consiguieron separarlos, Maj vio a la persona que había inmovilizado a su agresor.

Era Alec.

—¿Tú quién eres? —le preguntó un guardia.

El chico levantó los brazos para que pudiese pasarle el detector electrónico por el alma. La pantalla se iluminó y mostró su foto.

—¿Qué haces aquí? ¿Por qué estás aquí? —siguió preguntando.

Mientras tanto, a poca distancia, el hombre que había agredido a Maj había sido inmovilizado.

—Tengo un turno de trabajo.

—De todas formas, no deberías estar aquí, ¿qué pretendías? Podrías haberla matado.

Maj, entretanto, estaba llorando en los brazos de Marvin. Seguía temblando de miedo.

—Llevémonoslo —dijo el guardia.

Alec lo miró creyendo que había entendido mal.

Beth, que hasta ese momento había permanecido apartada, se acercó, observando la escena con ojos mudos de miedo. Dos guardias rodearon a Alec, lo inmovilizaron y luego lo empujaron hacia el jeep.

—No, esperen —dijo Alec tratando de mantener un tono de voz tranquilo—, yo no he hecho nada, yo quería…

Solo entonces Maj reparó en lo que estaba ocurriendo.

—¿Qué hacen? ¿Qué pasa?

Avanzó hacia los soldados, pero Marvin la retuvo por un brazo.

—Maj, ¿qué estás haciendo? Quédate aquí.

—Pero se están llevando a ese chico, el que me ha salvado.

Maj se desasió de Marvin y fue hasta donde estaban los guardias que en ese instante metían a Alec en el jeep. Muy cerca, la hermana asistía inmóvil a la escena, con los ojos llenos de lágrimas.

—Beth, no pasa nada —le dijo él esforzándose por sonreír—, ahora vete a casa, luego voy.

—No se lo pueden llevar. ¡Él no ha hecho nada! ¡Él me ha salvado! —le dijo Maj al guardia.

El hombre la miró.

—El chico no debía estar en la playa, es una suerte que usted, señorita, siga viva.

Después, dirigiéndose a los otros guardias, hizo un gesto con la mano.

—Marchaos.

—¡No ha entendido nada! —exclamó Maj—. Las cosas no han sido así...

—Señorita, perdóneme, pero tenemos que seguir con nuestro trabajo.

Maj se volvió hacia Marvin.

—¡Marvin, díselo tú! El chico no ha hecho nada. Cuando el hombre ha salido de los matorrales, estaba solo.

Marvin se encogió de hombros.

—¿Y tú qué sabes? Podían estar compinchados.

—Escuche —insistió Maj—, nosotros estábamos caminando por la playa cuando ha aparecido el hombre, el chico ha llegado después.

El guardia vaciló un instante.

—Me ha salvado —dijo tajante Maj—. ¡Marvin, por favor, di algo!

Marvin abrió los brazos como para subrayar su impotencia ante lo que estaba ocurriendo. Así las cosas, Maj empezó a ir hacia Alec. Lo estaban metiendo en el jeep.

—Señorita, por favor —la interceptó el guardia, y luego se dirigió a Marvin—: Muchacho, ¿quiere decirme qué has visto? ¿Quiere confirmarme lo que dice esta joven?

—No sé, yo no he visto… no sé.

—Marvin, ¿qué dices? ¡Estabas conmigo!

—Maj, no hagas tonterías. Estos son delincuentes.

Ella escuchó atónita sus palabras y miró a la niña, que seguía llorando en silencio.

—Marvin —susurró—, hay que dejar libre a ese chico, mira, ahí está su hermana pequeña, terminemos con este asunto y marchémonos a casa.

Marvin sacudió la cabeza y suspiró.

—Mi chica tiene razón. Guardia, él no tiene nada que ver, en efecto, lo que ha hecho… es intervenir para ayudar… Trabaja en la mansión de mi chica…

—Así es —confirmó Maj.

El guardia titubeó unos instantes, luego le hizo un gesto al conductor del jeep.

—Déjalo bajar.

El conductor le dirigió una mirada confusa, pero obedeció.

—¿Me puedo ir? —pregunto Alec en cuanto le quitaron las esposas.

El guardia asintió.

—Por supuesto, tendremos que hacer comprobaciones, recibirás una notificación.

Alec fue corriendo hasta su hermana y la abrazó. La cogió de la mano y se alejó rápidamente. El miedo se descargó sobre sus hombros y sobre su espalda, haciéndolo temblar. Había corrido un riesgo enorme. Durante un instante, durante una fracción de segundo, se imaginó cómo podría haber acabado aquello: los guardias se lo llevaban, la cárcel del puerto. Después, la condena. Había estado tremendamente cerca.

Maj siguió las siluetas de Alec y de su hermana, hasta que desaparecieron detrás de una duna. Por la ventanilla del asiento trasero, su agresor la observaba con expresión impasible.

—Esperaré a tu padre en el Infierno y lo mataré —dijo el hombre—. Nos han restregado mil veces por la cara las fotos de vuestra bonita familia. Vuestras comidas en la piscina, vuestros paseos por el parque. Tu padre compró su cargo en el gobierno a cambio de nuestras vidas.

El conductor arrancó.

—¿Qué quieres de mí?

El guardia golpeó al hombre en el costado con la culata del fusil, obligándolo a callar. Maj lo vio doblarse en el asiento, mientras el jeep partía haciendo chirriar los neumáticos.

«Tu padre compró su cargo en el gobierno a cambio de nuestras vidas.» ¿Qué querían decir esas palabras?

Estaba confundida, asustada. Su vida había estado en peligro, y un muchacho, hasta hacía poco desconocido, había arriesgado la suya para salvarla.

—Anda, vámonos —dijo Marvin, cogiéndola de la mano—. Te llevo a casa.

Maj tuvo la impresión de que veía a su chico por primera vez. Se dio cuenta de que nunca lo había observado con atención. Nunca se había percatado de que tenía los ojos ligeramente cerrados, huidizos, como para proteger las pupilas de un sol demasiado fuerte.

Delante de la verja de la mansión, Maj se despidió apresuradamente, esperó a que el coche se hubiese alejado lo suficiente, luego miró alrededor y se encaminó por la avenida hacia el parque, más allá de la frontera meridional del barrio. No sabía si ese era el camino correcto. Quizá, se dijo, no había un camino correcto, y sencillamente había llegado el momento de que descubriese su propio sendero.

8

En la frontera sur del barrio residencial le pidieron que se identificara. Maj vio que la pantalla iluminaba el rostro de la guardia, que esbozó una ligera sonrisa y asintió. Luego miró la hora y alzó la vista hacia el sol, que estaba alto en el cielo. Eran las dos en punto.

—Hace mucho calor para dar un paseo a esta hora —dijo la guardia, una mujer de piel blanquísima y ojos almendrados. Maj ya la había visto un par de veces.

—Sí, pero... —repuso la muchacha pensando que tenía que dar alguna justificación— estaré poco.

—¿Cuántas horas anoto? —preguntó la mujer.

—Cinco —contestó Maj.

La mujer la miró con recelo, pero no dijo nada. Cinco horas no eran pocas.

Maj recorrió a pie la carretera que bordeaba el parque, hasta el punto en que Marvin había retrocedido. Se detuvo solo unos instantes, miró hacia atrás y enseguida continuó con paso firme.

Anduvo un kilómetro, siguiendo un tramo de carretera que no conocía, hasta que tuvo que parar al llegar a una curva que terminaba en un ensanche rodeado por un espeso seto. Había una pared de metal que desaparecía en el asfalto y que marcaba el final de la carretera. Un muro de cemento de dos metros de altura y pintado de verde dividía ambos lados de la barrera.

Por detrás de la curva apareció un hovercraft. Maj se apartó, casi escondiéndose contra el seto que bordeaba la calzada.

Una luz se encendió sobre la pared metálica, seguida por un sonido intermitente. La barrera bajó rápidamente, dejando entrever una explanada blanca y polvorienta, rodeada de pinos marítimos. Se adentraba en un bosque tras el cual Maj distinguió las altas murallas. Nunca las había visto tan de cerca. Incluso le pareció ver gente en la parte de arriba y supuso que había una pasarela para que los guardias pudieran moverse. De nuevo la luz y el sonido intermitente. La barrera comenzó a subir.

Maj entrevió a dos mujeres, vestidas con ropa sencilla, faldas y camisas anchas. Iban del brazo, como si estuviesen paseando. Al ver el hovercraft se habían echado hacia un lado para dejarlo pasar. No lejos de ellas, en el prado, tres niños jugaban a perseguirse.

La barrera subió del todo. Maj se quedó unos instantes contemplando el brillante metal. Pensó en Marvin, en cómo se había comportado en la playa, y comprendió en ese momento que él se había acostumbrado a la indiferencia, a cerrar los ojos delante de todo, a no hacerse preguntas. Pero ella no era distinta. Los trabajadores, Europa, el Infierno, nada de todo eso le había interesado nunca. Y eso porque siempre se había conformado con su felicidad. Ahora, por algún motivo, a aquel estado de seguridad, serenidad y comodidad ya ni siquiera conseguía llamarlo felicidad. Algo se había roto en su interior, liberando una energía nueva, una curiosidad que no le daba tregua, el deseo de superar los límites que le habían impuesto.

Cruzó el seto y luego fue por el borde del muro de cemento a lo largo de unos cincuenta metros, hasta un bosquecillo en el que nadie podría verla. Ahí trepó a un árbol y saltó hacia el otro lado.

Cayó en la hierba mojada.

El terreno estaba blando y fangoso debido a la acequia que corría precisamente junto al cercado. Bordeó cautelosamente el sendero de tierra apisonada.

A lo lejos atisbó entre los árboles lo que parecía el campanario de una pequeña iglesia. Entre los matorrales comenzó a aparecer alguna tienda, alguna sencilla casita de madera.

—Hola —dijo una voz detrás de ella, lo que le hizo dar un respingo. Era un niño, de no más de cinco o seis años. Tenía la cara redonda y las mejillas rojas y manchadas de tierra.

—Hola —lo saludó Maj.

—¿Quién eres?

—Soy… soy una amiga.

El niño no pareció satisfecho con aquella respuesta. Se encogió de hombros y se fue corriendo. Maj lo siguió con la mirada hasta que desapareció entre un grupo de casitas de madera dispuestas en círculo en medio de un pequeño bosque de chopos. Unas mujeres transportaban grandes cestas de mimbre, un viejo de pie bebía de una taza y escudriñaba el cielo con expresión ceñuda. Había una extraña atmósfera suspendida en aquel lugar que hacía que se sintiera extraña e invisible.

Cuando llegó a la pequeña iglesia descubrió que ni siquiera tenía el tamaño de su casa. Se detuvo frente a la fachada y a poca distancia vio otro camino, más angosto, que serpenteaba entre dos hileras de casuchas de madera y tiendas. Decididamente, allí había más movimiento.

Hombres y mujeres caminaban en ambas direcciones, con la camisa remangada por encima del codo, los rostros cansados y sudados.

De pronto oyó ruido de pasos detrás de la iglesia. También voces de mujeres que se acercaban rápidamente. Maj corrió hacia el portal de madera verde, le dio un empujón y entró. Esperó conteniendo la respiración que las voces se alejaran. Solo después de unos segundos comprendió dónde se encontraba. En la pared del fondo pasaban imágenes que en un primer momento le costó descifrar.

No advirtió que en los bancos situados en la nave central varias personas observaban las mismas imágenes. Había sombras, cuerpos que se movían en la oscuridad y destellos repentinos. Hombres y mujeres que parecían fantasmas andaban cansinamente por una tierra árida, de piedras y de arena negra. Sus expresiones habían perdido los rasgos humanos, sus rostros ya no eran sino una dura corteza inexpresiva. Maj vio caer algunos al suelo, no sabía decir si muertos o sencillamente desmayados. Las imágenes se disgregaban por momentos en nubes de humo o vapor, que se teñían de amarillo o naranja cuando una llama repentina brotaba de la tierra. De vez en cuando se veía la toma aérea de un inmenso volcán en medio del mar.

Maj se sentó en un banco y se dejó envolver por aquella proyección.

Perdió el sentido del tiempo y de sí misma.

En la pantalla aparecieron un chico y una chica que se miraban cogidos de la mano. Estaban flacos, vestían harapos, tenían las caras marcadas, los ojos brillantes. Detrás de ellos, un fuego proyectaba luces y sombras sobre sus perfiles desencajados. La chica estaba herida, tenía el cuello ensangrentado, y la sangre impregnaba la camiseta mugrienta que apenas le cubría los pechos. Él abrió la boca, dijo algo, pero no se oyó nada. El vídeo no tenía sonido. La abrazó con suavidad, se veía que le preocupaba hacerle daño. Ella empezó a llorar. Luego se calmó, su expresión cambió de golpe, se volvió firme y resuelta.

Maj no se esperaba lo que iba a ocurrir, de lo contrario habría cerrado los ojos. No había visto que a los pies de los dos chicos había un abismo. Lo advirtió cuando los dos se arrojaron cogidos de la mano. Contuvo la respiración unos segundos, mientras observaba la escena ya vacía, las llamas que seguían ardiendo, iluminando la tierra árida y rocosa. Luego la imagen cambió repentinamente, mostrando a los dos chicos muertos en el suelo, uno al lado del otro.

Se elevaron unos murmullos en la iglesia. Alguien se levantó, mientras que Maj empezó a sollozar convulsivamente. Se apoyó en el banco y se arrodilló, con los ojos clavados en la pantalla. Los dos parecían todavía enlazados en un último abrazo.

Maj se tapó la cara con las manos, con la esperanza de atenuar los sollozos. ¿Qué eran esas proyecciones? ¿Qué había visto? No podía ser verdad.

—¿Qué haces aquí?

Una voz.

—No deberías estar aquí.

Maj alzó la cabeza.

—Perdona, yo… solo quería… —balbució.

Alec permaneció impasible. En la pequeña iglesia, varias personas los estaban mirando fijamente. A buen seguro, alguien se estaría preguntando quién era aquella muchacha de cara limpia, y por qué había reaccionado de esa manera al ver la muerte de dos condenados del segundo círculo del Infierno.

—Vámonos —le dijo en voz baja Alec, y luego, dado que la chica no se movía, la cogió por una muñeca.

Ella lo miró asombrada por ese contacto, por esa situación, por las miradas de los otros trabajadores que percibía sobre sí.

Una vez fuera de la iglesia, Alec no se detuvo y no fue por la calle principal, sino por un sendero que se adentraba por los matorrales. Maj tuvo que apretar el paso, las ramas, que para Alec no parecían constituir ningún obstáculo, eran para ella cortantes como alambre de espino.

Después de unos pasos, Maj tropezó.

—Ay —dejó escapar.

Alec se volvió.

—¿Todo bien?

—Me he arañado.

Alec le miró el tobillo, en el que apareció una línea roja moteada de unas gotas de sangre.

—¿Te duele?

—No, no es nada.

Los dos se miraron unos instantes.

—No deberías haber venido aquí —dijo Alec—. ¿Por qué has venido?

—Tenía que darte las gracias por lo que has hecho —respondió Maj, aunque no era toda la verdad—. ¿Conocías a ese hombre?

Alec la observó sorprendido.

—Sabía quién era. Trabajaba aquí, en los campos, había recibido una notificación. Su hermano está en el Infierno…

Aquella palabra generó un torbellino repentino de imágenes en la mente de Maj. Para ella, ahora el Infierno había adquirido dimensiones y colores concretos. ¿Qué era ese Infierno?, se preguntó. ¿Un chico y una chica con la muerte ya pintada en el rostro que deciden quitarse la vida?

Alec notó la turbación de su rostro.

—¿Nunca lo habías visto? —le preguntó.

Ella sacudió la cabeza.

—Escucha, debes regresar, no puedes quedarte aquí. Te llevaré a un sitio desde el que puedes entrar en el parque, así evitarás la carretera principal.

Reanudaron su camino. El sendero zigzagueaba entre los matorrales a lo largo de unos metros y luego ascendía por una leve pendiente. Siguieron unos minutos en silencio, hasta un punto desde el que se veía perfectamente el barrio de los trabajadores: las casitas de madera, las tiendas, la pequeña iglesia y, en el lado opuesto de aquello que parecía una aldea, los campos cultivados, donde se demoraban los últimos hombres. Maj observó aquella realidad con ojos voraces, quería retener cada imagen, porque todo era nuevo, y ella no estaba acostumbrada a las novedades.

—Vamos, es por aquí —dijo Alec mientras pasaba la cima de la pendiente y se adentraba en un bosque verde y extrañamente frondoso. Poco después, entre la vegetación, apareció un río que formaba anchas charcas y pequeñas cascadas naturales.

—Tenemos que bordear el río hasta el muro de separación con el parque. Hay un punto en el que el agua es baja, solo hay que descalzarse y cruzar hacia el otro lado.

—¿Por qué te preocupas por mí? —preguntó Maj.

Alec se encogió de hombros.

—No lo hago. Pero ¿no te da miedo que te encuentren aquí?

—¿Por qué ha dicho ese hombre que mi padre irá al Infierno?

Alec la miró sin comprender el sentido de su pregunta.

—Supongo que no siente precisamente adoración por tu padre, digamos que no es la persona más querida de Europa.

—¿Tú conoces a mi padre? —le preguntó ella asombrada.

—Perdona, es Anton Shobert, ¿verdad?

—Sí.

—Pues sí, lo conozco, sé qué ha hecho, y qué hace.

Alec no solía seguir los debates políticos por televisión, los vaivenes de los gobiernos, que cambiaban sin parar. Pero el rostro de Anton Shobert lo tenía bien grabado en su mente. En los últimos meses, había estado en el centro de las polémicas sobre las evasiones del Infierno.

—¿Y qué hace? —preguntó Maj.

Alec sacudió la cabeza, incrédulo. ¿Cómo era posible que ella no supiese nada de lo que su padre hacía en Europa?

—No os dicen nada, ¿verdad?

—¿Qué deberían decirme?

—¿No ves los informativos?

—No lo sé —respondió Maj, sintiéndose cada vez más confundida—. Tal vez no vemos la misma televisión.

—Creo francamente que no —dijo Alec—. ¿En qué trabaja tu padre?

—Es un oligarca... Construye nuevos bloques del Paraíso.

—Probablemente, también hace eso.

—¿Y qué más debería hacer?

—Oye, pregúntaselo a él. Ahora vámonos.

Alec siguió caminando, y ella lo siguió.

—¿Tú qué sabes? —preguntó Maj.

—Oye… nosotros no deberíamos hablar, estar aquí ahora, juntos, es demasiado peligroso, ya lo has visto esta mañana, y yo… debo ocuparme de mi madre y de mi hermana. Ya tengo una notificación, debo evitar que me devuelvan a casa.

Maj escuchó las palabras de Alec con sentimiento de culpa. Por su causa se exponía a otra notificación que podía impedirle en el acto o en el futuro trabajar en el Paraíso.

—Vale, vámonos —se limitó a responder.

Llegaron así al punto donde el río cruzaba las murallas.

Maj se quitó los zapatos y las medias y se acercó al borde del río. La orilla era escarpada y estaba llena de guijarros. No bien dio dos pasos estuvo a punto de perder el equilibrio y se agarró a Alec, que se había quedado a su lado. Sintió el calor, la consistencia de su piel y un nuevo aroma. No conocía esas emociones, nunca había experimentado a la vez atracción y miedo.

—¿Esta es tu vida? —preguntó Maj.

—¿Qué quieres decir?

—¿Es todo tan real?

Alec sonrió, no tenía la menor idea de a qué se refería. Aquella chica lo hacía contemplar su mundo, su vida desde fuera, y por algún motivo ella veía algo diferente que él.

—Cuéntame algo sobre ti —dijo Maj venciendo su última resistencia—, algo que pueda recordar.

—¿Qué quieres recordar?

—Dime cómo pasas el día.

—Mis días no tienen nada de especial —respondió divertido por ese interés—. Tú tendrías que contarme cómo pasas los tuyos.

—No, todos mis días son iguales.

—También los míos, ¿qué crees?

—Pues empieza tú. Luego sigo yo.

Alec reflexionó un momento. Después, para su propia sorpresa, empezó a hablar, con frases breves y tajantes, que parecían truenos de un temporal de verano.

Le contó cómo era un día de invierno en Europa, que tenía que despertarse temprano para encender el fuego; le habló de su hermana, que dibujaba en la pared de encima de la chimenea, de Maureen, con la que veía las imágenes del Infierno que se proyectaban en la Catedral del Mar. Y también le habló de la escuela ocupada, donde vivían los chicos de la calle; le dijo que había un mercado en su barrio donde él compraba la comida, y que también había un bosque que muchos consideraban sagrado, pero que en realidad era un trozo de tierra con árboles al que la gente iba a fumar nepente.

Fue cosa de pocos minutos. De pocas frases concisas que para Maj componían el principio de una constelación.

La mirada de Alec se posó en sus hombros, en sus piernas largas, en sus pies inmersos en el agua.

Maj percibió su deseo, era una ola que la arrollaba, era como una brisa cada vez más fuerte, hasta que se convierte en un viento que arranca la hierba y las raíces. Se preguntó quién era aquel chico que le abrasaba el corazón, se preguntó si era la única que experimentaba aquellas sensaciones.

El sol desapareció. Maj sintió un escalofrío y sacó un pie del río. Vio el reflejo de sus figuras en el espejo del agua, y se vio a sí misma en sus ojos. Nunca había mirado a nadie de esa manera, nunca se había dejado absorber por los ojos de un chico. Le parecía que estaba desnuda, que era vulnerable, se sentía abarcada por su mirada, como si solo con ella pudiese abrazarla. Alec se aproximó a su rostro, sintió su respiración, le pareció que rozaba sus labios pese a que ella seguía lejos y lo estaba observando. Maj le apretó la mano con fuerza, casi le hizo daño, él no correspondió al apretón, pero avanzó un paso.

Pocos centímetros los separaban. Sus labios se tocaron despacio, los de Maj estaban fríos y suaves. Cerraron los ojos y los abrieron, sintiendo que se reconocían, sintiendo que habían ido por caminos distintos, pero hacia el mismo destino.

9

Alec siguió con la mirada a Maj mientras esta se alejaba del territorio de los trabajadores. La sensación de los labios de la chica en los suyos permanecía viva y abrasadora.

Una vez vadeado el río, Maj dio unos pasos y se detuvo delante de un girasol. Lo miró con curiosidad.

Se volvió hacia Alec. Sus ojos se cruzaron una vez más. Ella sonrió, parecía abochornada. Él esbozó un saludo con la mano y luego la observó caminar hasta la carretera que bordeaba el parque. Maj se sentó para calzarse, luego se levantó y lanzó un último vistazo al barrio de los trabajadores. Tenía ganas de reír de pura felicidad.

Solo cuando Maj desapareció de su vista, Alec emprendió el regreso hacia su casa. Su madre y su hermana seguramente lo estaban esperando.

Pensó en el rostro de la chica cuando la había sorprendido dentro de la iglesia. Su piel era clara y tersa, no tenía ni una sola marca, ni un lunar ni un arañazo. Sus pensamientos se detuvieron en el beso que acababan de darse y le pareció que la besaba por segunda vez, tan intenso era el recuerdo.

—Oye, tú.

Una voz masculina lo sobresaltó. Alec se volvió y vio a Milo. Con un gesto de la cabeza, el hombre hizo que se acercara.

—Tú y yo teníamos que charlar un rato, ¿no?

El sol ya se había puesto detrás de las murallas de cemento. Quedaban las luces del crepúsculo y las sombras azules de los árboles en la arena.

—Llevo aquí muchos años —dijo Milo sin más preámbulos—, he visto entrar a mucha gente y a mucha salir, pero no toda la que salía iba precisamente de vuelta a sus cuchitriles en Europa.

Alec escuchó en silencio las palabras del hombre, preguntándose por qué le hablaba de eso.

—Aquí se vive bien, Alec —prosiguió—. Trabajas lo justo, comes, puedes descansar, no tienes que preocuparte de ladrones, putas ni asesinos. Quien ha proyectado este lugar quería que también los trabajadores estuvieran contentos. Si no están contentos trabajan mal, y, si trabajan mal, la gente de allá, en sus mansiones, en sus piscinas, no es feliz. ¿No estás de acuerdo?

Alec se limitó a asentir con la cabeza.

—¿Tú cómo te encuentras aquí? —le preguntó Milo.

—Bien.

El hombre sonrió, quizá se esperaba esa respuesta fácil que no traslucía nada de lo que pensaba realmente.

—Yo también tuve diecisiete años e hice mis locuras, estuve a punto de acabar en el Infierno. Pero después senté la cabeza.

Su mirada se perdió un instante en los recuerdos. Luego se puso serio, y miró a Alec directamente a los ojos.

—¿Comprendes lo que digo?

—No lo sé. Creo que sí.

—Pues yo creo que no —repuso con sequedad el hombre. Su tono era ahora brusco, casi agresivo—. Pero yo voy a explicarte lo que digo, y sin rodeos. Esas chicas son bonitas, son preciosas, y a veces alguna de ellas se encapricha de un joven trabajador, de un guapete de mirada profunda. Están acostumbradas a salir con sus muñecos, chicos que han crecido en el Paraíso, que dicen sí cuando hay que decir sí y no cuando hay que decir no. Vosotros no sois más que bonitas bestias exóticas para ellas.

Alec bajó la mirada. Era evidente que ese hombre estaba enterado, quizá los había visto.

—Pero se casan con esos chicos. Tienen que casarse con ellos, porque aquí las cosas son así, tienes que elegir bien si quieres vivir bien, si quieres vivir en el Paraíso. Tienes que enamorarte de un chico del Paraíso. —Milo hizo una pausa, luego continuó—: Siempre que quieras quedarte en el Paraíso. Calibra bien tus actos. Aquí no hay segundas oportunidades para los trabajadores. Te estás exponiendo a montar un gran follón. Concéntrate en tu trabajo, no hables con los habitantes del Paraíso, cumple con tus obligaciones. Hazlo por tu madre y por tu hermana. Yo también estoy en deuda con ellas.

Alec recordó lo que Milo le había dicho la primera vez que habían hablado. Había dicho que tenía una deuda con su padre, demasiado grande para poder pagarla.

—¿Cuál es la deuda?

Milo sonrió y asintió, como si estuviese esperando esa pregunta.

—Le salvó la vida a mi hijo —dijo directamente.

Alec lo miró en silencio, quería saber más.

—¿Mi padre?

Milo asintió.

—¿De qué manera?

—Es una historia demasiado larga, y ningún sitio en el Paraíso es bastante seguro para poder contarla.

Alec miró alrededor, temiendo que alguien pudiese oírlos.

—¿Dónde está ahora tu hijo?

—En Europa, aquí no podría estar. Ahora lo sabes, y esa deuda la tengo contigo. Por eso no quiero que te arriesgues, que pongas en peligro tu vida. Te estoy mostrando un camino de salvación.

Antes de volver a casa, Alec se detuvo en la iglesia para ver las imágenes del Infierno, las mismas imágenes que deberían disuadirlo de hablar con Maj, de responderle a sus preguntas, de mirar su rostro, sus ojos, de escuchar su corazón, que palpitaba de curiosidad, ganas de vivir y de conocer. En la pared del fondo de la nave observó de nuevo el enorme volcán, y luego el mar, que se perdía en el horizonte. Y sintió una vez más ese deseo de libertad que le abrasaba el pecho. Pero ahora había además una persona que hacía latir su corazón, aunque de una forma que ni a sí mismo era capaz de confesarse.

Maj cruzó el puesto de control a las siete en punto. El guardia pasó el detector electrónico por su alma, miró la foto de la chica y la hora de regreso.

—¿Ha dado un buen paseo? —le preguntó.

—Sí, gracias.

—¿Y a pie? ¿Quiere que haga que la acompañen a casa?

—No, gracias, iré caminando.

—Bien.

A las siete y veinte entró en casa. Sus padres la estaban esperando en la entrada, la habían visto pasar por la verja. Ambos tenían cara de preocupación.

—Maj, hija, ¿dónde has estado? —empezó su madre—. Nos han contado lo que ha ocurrido en la playa. Has estado toda la tarde fuera y…

La mujer no pudo terminar la frase y abrazó a su hija con una angustia a la que ni ella ni Maj estaban acostumbradas.

—He estado con el padre de Marvin —intervino Anton—, estaba muy molesto, estas cosas no deberían pasar. Me ha dicho que después Marvin y tú os habíais separado, le asombraba que aún no te hubiese visto.

—Lo siento —dijo Maj, en ese momento tenía demasiadas cosas que ocultar como para afrontar una discusión semejante—. He estado…

—Ya sabemos dónde has estado —dijo la madre.

Maj se estremeció. ¿Cómo podían saberlo? ¿Quién podía haberla visto? Permaneció impasible, procurando no traslucir ninguna emoción.

—Le he pedido al padre de Marvin que mirase el sistema, pero que lo hiciese de manera informal, sin presentar ningún informe. Por suerte, es un amigo.

Maj pensó que si la información que tenía dependía de lo que decía el sistema a lo sumo podían conocer su hora de salida del barrio y la de regreso.

—El padre de Marvin nos ha dicho que has cruzado el puesto de control a las dos —añadió la madre, confirmando las suposiciones de Maj—, es decir, después del percance de esta mañana. Lo que no sé es qué ha hecho Marvin entretanto, porque no estaba contigo. Además, ya habíais estado en el parque, pero habéis regresado casi enseguida para ir a la playa. En las murallas de la playa está grabado que habéis entrado juntos.

Maj conocía el sistema de vigilancia, pero era quizá la primera vez que comprobaba su eficacia. Hasta entonces, por lo demás, nunca había tenido motivo de temer nada. En cambio, ahora tenía algo que ocultar, y ese sistema le parecía una despiadada máquina militar.

—¿Qué ha pasado, Maj? ¿Os habéis peleado? ¿Por eso te has marchado? Escucha, solo estamos preocupados, has estado fuera toda la tarde.

—He estado en el parque, sola, quería estar sola —respondió Maj; le pareció que aquella, a fin de cuentas, era una afirmación indiscutible. Luego, sin embargo, algo agitó sus pensamientos—. El hombre que me ha agredido te conoce —le dijo a su padre a quemarropa.

Anton se quedó inmóvil, oculto tras una expresión falsamente serena. La madre apartó la mirada. Nada se le escapó a Maj.

—Ha dicho que resistirá en el Infierno, para esperarte y matarte él mismo. —La voz de Maj era fría y monocorde—. ¿Qué quiere decir?

—No quiere decir nada —dijo el padre—. Quiere decir que has sido agredida por un loco. Esto es absurdo.

—¡Dime la verdad!

—Maj, ¿bromeas? ¿Qué quieres que te diga? Un desequilibrado dice que me quiere matar. ¿Quieres que me invente una buena razón por la que debería hacerlo?

—Tú lo has mandado al Infierno —repuso Maj con un hilo de voz.

—¡Eso no es verdad! —estalló el padre.

Maj volvió el rostro hacia su madre, quien sostuvo su mirada directa sin miedo.

—Anton —dijo la mujer—, no tienes nada que esconder, es mejor que ella sepa, es mejor que hable con nosotros.

Tras esas palabras, el marido pareció tranquilizarse.

—¿Qué me tenéis que contar? ¿Qué debo saber? —los apremió Maj.

—Sígueme.

Anton llevó a su hija al sótano de la mansión. Allí tenía su despacho. No abrió la boca hasta que no estuvieron en la amplia habitación cuadrada, en cuyo centro había una mesa de billar iluminada por luces difusas.

Maj tuvo un escalofrío de miedo. Ese sitio, donde había jugado muchas veces de niña, ahora le mostraba un lado siniestro e inquietante.

El hombre extrajo del bolsillo una pequeña llave de plata. La miró, luego la introdujo debajo de la mesa y le dio dos vueltas.

Las luces de encima del billar se apagaron. Durante unos segundos, la habitación permaneció sumida en la oscuridad.

Luego, una luz azul volvió a iluminar el sótano. Procedía del proyector montado en el techo. Un holograma en forma de cono invertido giraba lentamente. Había imágenes en movimiento e inscripciones, parecía un esquema, una especie de mapa. Arriba había dibujado un volcán con murallas que recorrían la cumbre del cráter; debajo, una sucesión de círculos concéntricos que se estrechaban hasta terminar en la punta del cono, el cual parecía reposar en el paño verde de la mesa de billar.

—Esto —dijo Anton— es el Infierno.

10

—Lo que ves arriba es el volcán, en cuyo interior está el Infierno.

Maj observó la imagen estilizada, las altas murallas que recorrían la cumbre del cráter.

—Tiene un diámetro de casi veinticinco kilómetros —explicó el padre—. Se llega en barco, es una isla. Aquí se deja a los condenados, a los pies de la selva. —El hombre señaló un lado del volcán. La imagen del proyector se fragmentó unos instantes por su mano—. Los círculos son como anillos concéntricos, terrazas, y en cada uno el condenado cumple el castigo que se merece, la pena del Talión, que depende de su crimen, del delito que ha cometido.

El hombre dio la vuelta a la mesa sin apartar la mirada del holograma.

Los ojos de Maj se detuvieron en algunas imágenes: en las murallas que delimitaban el cráter como un laberinto, en el trazado de un río, en las bestias monstruosas que parecían enormes perros con un solo ojo, y luego en las llamas que brotaban del suelo, en las nubes que tapaban la cumbre del volcán. Vio las palabras: Flegetonte, Dite, Limbo.

—¿Tú qué tienes que ver… qué tienes que ver con el Infierno?

Mientras le hacía esa pregunta, su padre le parecía casi pálido detrás del reflejo azul de la luz del proyector. Lo vio cansado, viejo, débil.

El hombre lanzó un profundo suspiro, como si quisiese dar de ese modo una breve y única explicación. Pero las cosas eran mucho más complicadas.

—Han pasado casi sesenta años desde que se hizo la propuesta de una cárcel de máxima seguridad. Todos los gobiernos europeos estaban de acuerdo. Las prisiones comunes estaban repletas y ya no servían para nada. Alguien empezó a decir que ya no hacía falta castigar a quien cometía un delito, había que ocuparse de los ciudadanos libres, de los que aún no habían hecho nada. Había que mostrarles a los prisioneros a ellos, con el fin de que todo el mundo supiese qué le esperaba si no respetaba la ley.

Anton apretó un botón de un mando a distancia. El mapa del Infierno desapareció.

—Pero ¿de qué servía mostrar a los encarcelados en las celdas, en sus catres? ¿Quién los iba a mirar? ¿Y para qué?

Anton apretó de nuevo un botón, y en vez del holograma del volcán apareció el de una iglesia, una imponente catedral de Europa. La imagen daba vueltas, mostrando ya la fachada, ya el tejado con las grandes naves perfectamente visibles en la planta de cruz. Por último, el ábside circular en el lado opuesto a la entrada.

—Las grandes catedrales de Europa estaban desiertas. Los curas y los sacerdotes eran una minoría sin ningún poder espiritual o político. La reputación de la iglesia estaba enfangada por escándalos financieros y sexuales.

Anton hizo una pausa, tragó saliva y bajó la cabeza. Maj se acercó al holograma y chocó contra la mesa de billar. La imagen azul tembló unos segundos.

—Había que castigar a los criminales por sus pecados. Y los ciudadanos de Europa tenían que poder ver esos castigos. Así nació el Infierno, y sus imágenes se mostrarían en las iglesias, se proyectarían en sus muros en lugar de las pinturas desconchadas, de los frescos desteñidos.

Maj pensó en lo que había visto en el barrio de los trabajadores. Sintió que un escalofrío le recorría la espalda y a duras penas pudo contener las lágrimas al recordar a los dos enamorados que se habían arrojado al abismo.

—El plan funcionó. Junto con una serie de iniciativas militares que limpiaron las calles. Los delitos, los crímenes, los robos y las violaciones disminuyeron inmediatamente. Por otro lado, desde hacía años se estaban construyendo los barrios exclusivos, como el nuestro, que a partir de ese momento entraron a formar parte del proyecto Paraíso.

Anton rodeó de nuevo la mesa. Miró a su hija, cuya expresión era de decepción. Estiró un brazo para acariciarla, pero ella apartó la cabeza. Él se quedó con el brazo levantado unos segundos.

—Quince mil personas trabajan en el proyecto del Infierno. Es una máquina de absoluta perfección en términos de ingeniería. Las aguas hirvientes, el fuego y el calor del volcán, los gases que emanan del subsuelo son la materia prima, la energía que mueve la enorme máquina infernal. Luego están las criaturas infernales, los cerberos, los minotauros, que son el resultado de la experimentación y de la ingeniería genética.

El proyector hizo ver la imagen de una especie de perro enorme, con el trasero bajo, los hombros musculosos, la cabeza chata y un solo ojo en el centro de la frente.

—Hace falta un sistema de seguridad interior, para que quien cometa delitos en el Infierno agrave su condena y acabe en los círculos más bajos. Y todo eso, por supuesto, tiene que ser filmado con cámaras y montado en reportajes para emitirlos en las iglesias de todo el mundo. Para que el Infierno sirva de reprensión y de ejemplo. Para quien comete un delito, para quien aún no lo ha cometido, para quien debe decidir qué hacer con su propia vida.

Las palabras de Anton parecían ahora las de un debate político. Maj lo sentía distante y distinto del hombre que creía conocer.

—¿Qué tienes que ver tú con el Infierno? —preguntó Maj, con la voz convertida en un susurro. ¿Podía ser su padre, el hombre que le había dado la vida, también el causante de muertes como las de los dos enamorados que había visto pocas horas antes?

—Soy un oligarca de uno de los gobiernos que desde hace años impone el orden, creando nuevos barrios seguros, garantizando los controles militares, ofreciendo a todos la visión de un nuevo mundo. Pero esta seguridad, este sueño, necesita el Infierno.

Maj miró la luz del holograma que se reflejaba en el rostro de su padre. Ya no le parecía él.

—No es una especie de diversión sádica. La alternativa es aún peor. El Infierno en la tierra. Es a lo que habríamos llegado muy rápido.

—¿Qué es? ¿Un eslogan? ¿Así es como has conseguido tu puesto? ¿Con esas palabras? ¿Y con la foto de tu familia feliz…?

Maj recordó las palabras del agresor: su padre había comprado su posición vendiendo su felicidad, mostrando las fotos de su familia.

—Yo trabajo para que algún día el Infierno deje de existir. Hasta ese día, sin embargo, es preferible que quien quiera vivir de una forma normal, correcta, tenga una posibilidad.

Cuanto más hablaba, más le parecían esas frases a Maj la dura costra que encubría una verdad mayor.

—He sido agredida por tu culpa... —dijo ella, incrédula—. Ese hombre me ha reconocido, quería castigarte, la tenía tomada contigo.

—Maj, siento lo que te ha pasado, ¿qué crees? Pero soy un oligarca de Europa, mi rostro lo conocen todos los que tienen un televisor, y no solo ellos.

—Pero también nosotros tenemos televisor... —repuso Maj, aunque se interrumpió sola: su mente ya había empezado a distinguir la verdad de la mentira.

—Trata de entender. Tú vives en el Paraíso, es el sueño de todo el mundo; aquí nadie quiere conocer los dolores, las muertes, las violaciones. ¿Qué cambiaría para ti si lo supieras todo?

Para Maj eso era demasiado. Ya había oído suficiente.

—De acuerdo —se limitó a decir.

Su padre esbozó una sonrisa dulce y tranquilizadora. Era su expresión típica, pero esa vez le pareció falsa e hipócrita. El descubrimiento de la verdad se había llevado la sonrisa de su padre, y también su abrazo. Cuando la abrazó, Maj no pudo dejar de imaginarse sus manos cubiertas de la sangre de todas las personas que morían en el Infierno.

—Te prometo que no volveré a esconderte nada —le dijo mientras le apartaba los brazos y le cogía las manos—. No te había hablado de esto antes porque eras muy pequeña, por protegerte. ¿Lo entiendes?

Maj se sintió desconcertada. Sintió que había perdido todos sus puntos de referencia, que estaba presa en un mundo pequeño y falso.

11

Al día siguiente, Alec no fue a la mansión. Esa misma mañana le habían comunicado que trabajaría en los campos al este de las murallas, con lo que se quedó en el territorio de los trabajadores. Pero lo destinaron a las tareas agrícolas también los dos días siguientes.

Maj pasó esos días evitando a sus padres todo lo que podía, salvo en la cena, durante la cual se limitaba a breves y neutros cruces de palabras. En el instituto había visto a Marvin y había fingido que no había pasado nada. No resultó difícil: para él, realmente no había pasado nada.

Por la noche había visto la televisión sola, mientras su madre le organizaba la fiesta de cumpleaños, que iba a celebrarse ese domingo en su jardín, y el padre pasaba largos ratos en su despacho. La televisión hablaba de una realidad sin conflictos, mostraba pocas imágenes, siempre iguales, tontos espectáculos y juegos de entretenimiento.

Cuando Alec volvió a la mansión, Maj acababa de terminar de comer y se disponía a volver a su habitación, donde pasaba gran parte del día. Pero la presencia del chico la hizo cambiar de planes.

Decidió instalarse en la terraza, desde allí podía tener el mejor panorama del jardín. Cogió un libro, lo abrió sobre la mesa y se sirvió un vaso de zumo de frutas, para aparentar al menos que estaba haciendo algo, mientras de vez en cuando le lanzaba vistazos furtivos a Alec.

Sin embargo, él parecía ignorarla. No se había vuelto ni en una sola ocasión.

—Maj, voy al centro, necesitamos platos de porcelana. Al final he optado por la porcelana, ¿te lo había dicho?

La voz de su madre le llegó amortiguada, como si hubiese hablado desde detrás de una puerta. Solo oyó la última frase. Se volvió hacia ella y recordó que desde hacía semanas todo parecía girar alrededor de la fiesta.

—No me lo habías dicho —contestó simplemente—, o a lo mejor lo he olvidado.

—¿Tú qué haces? ¿Te quedas en casa? ¿Estás estudiando? —le preguntó al ver el libro abierto sobre la mesa.

—Sí —respondió Maj ojeando un par de páginas al azar.

Ya había empezado a preguntarse qué necesidad había de estudiar. Textos antiguos, historias lejanas, poemas y pinturas de un mundo desaparecido constituían la materia prima con la que los chicos del Paraíso formaban su cultura, sin saber nada de su presente, de la sociedad en la que vivían.

El ruido del cortacésped, que se acercaba, provocó una mueca de desagrado en el rostro sereno de la madre.

—Pero ¿cómo puedes estudiar aquí, con este ruido?

—Ahora entro, tienes razón —respondió Maj condescendiente.

Esperó unos diez minutos antes de llevar a cabo su plan. Fue corriendo a ponerse el bañador y se tumbó a tomar el sol en el borde de la piscina. Allí Alec no podría ignorarla. Se llevó consigo el libro que fingiría leer. El resultado fue que un par de veces intercambió una sonrisa con Beth, que se había sentado a la sombra del gran melocotonero.

Al cabo de una hora, decidió pasar al ataque.

Cuando vio a Alec cerca de la caseta de las herramientas, se puso de pie y fue a su encuentro. Pasó a su lado despacio y volvió ligeramente la cabeza, cruzando su mirada. Delante de él, vestida solo con un biquini, se sintió desnuda y experimentó un repentino bochorno. Alec siguió empujando el cortacésped, como si tal cosa, y Maj llegó a la puerta de la caseta de las herramientas.

Empujó la puerta de madera y entró en la penumbra.

Estaba segura de que Alec llegaría inmediatamente; en cambio, oyó que el motor se alejaba una, dos, tres veces. Al cabo de casi diez minutos, por fin apareció en la puerta de la caseta.

Ella lo miró, emocionada y enfadada al mismo tiempo. Había esperado con ansia ese momento, pero no sabía si Alec también.

—¿Me estás evitando? —le preguntó a quemarropa.

—No quería que nos vieran —respondió él. Parecía que estaba preparado para esa pregunta, y Maj se sintió tonta por haber interpretado mal su actitud.

—Te he esperado —prosiguió Maj—, mucho.

Alec aspiró profundamente, luego sonrió.

—Yo he pensado en ti —reconoció—, bastante.

—¿Has pensado en mí bastante? —preguntó ella divertida.

—Más que bastante, diría que mucho.

—Eso está mejor —dijo Maj, sintiendo una intimidad que nunca había tenido con Marvin.

Alec dio un paso hacia ella, miró su piel dorada por el sol, su perfil perfecto. Habría querido cogerle la mano, pero retrocedió. Las palabras de Milo seguían zumbándole en la cabeza.

Maj estaba perdida en sus labios, había seguido su movimiento mientras hablaba, ahora los tenía ligeramente abiertos. Alec sintió un escalofrío que le puso la piel de gallina. El sudor le chorreaba por el cuello, en la caseta de las herramientas hacía un calor sofocante. Luego colocó sus labios en los de ella, sin moverse. Ella comenzó a besarlo, lentamente, pero se sentía desfallecer.

—Estás temblando —le dijo Alec.

Su piel era sedosa, su aliento olía a flores, subrayando la distancia que había entre sus mundos.

—Lo sé.

—¿Debo parar?

—No debes parar. No pasa nada si tiemblo.

Maj abrió los ojos y miró el rostro de Alec, pegado al suyo. Sintió su sabor, la carne suave y firme. Él le puso las manos en las caderas y la atrajo hacia sí. Su deseo aumentaba, se hacía concreto, insoportable. Las manos de Alec ciñeron la espalda de Maj y la atrajo aún más hacia sí, haciendo que se juntaran los cuerpos. Él le besó las mejillas; ella reclinó la cabeza y se dejó besar el cuello. Alec vio el perfil de sus pechos bajo el tejido fino del bañador, se la imaginó desnuda delante de él, parpadeó, mientras las manos de Maj se deslizaban por debajo de su camiseta. El deseo lo consumía como un fuego que abrasa la hierba seca de un prado, y de golpe sus ojos se llenaron de las llamas del Infierno. Se soltó de sus brazos y la miró. Ella seguía con los ojos entornados, absorta, feliz.

—¿Qué pasa? —le preguntó.

—No quiero llevarme tu vida.

—Si acabas de darme la vida.

—Aquí puedes ser feliz, puedes tenerlo todo.

—Todo es falso, no es real.

—Pero la realidad no es este momento.

La amargura de aquellas palabras apagó la sonrisa de Maj.

—Quiero ser tan libre como tú. No quiero vivir en el Paraíso. Quiero vivir.

Alec no dijo nada, pero comprendió que había tomado una decisión, su corazón la había tomado, y quizá ni siquiera era una decisión.

—¿Cuándo volverás? —le preguntó Maj.

—No lo sé.

—¿Cuándo podremos vernos de nuevo?

—No lo sé.

—Entonces iré a buscarte.

Maj pensó que sería un sueño poder pasar un día entero con él. Alec pareció leer ese pensamiento en sus ojos.

—Llevaré a mi hermana al río, al sitio… al sitio donde estuvimos, un poco más arriba.

—¿Cuándo?

—Es peligroso, Maj.

—Tú dime cuándo.

Alec se imaginó que pasaba el día con ella, que se bañaban juntos, que la besaba de nuevo. No recordaba haber soñado ni deseado tanto algo en toda su vida. Maj sintió el deseo de formar parte de esa vida, de ir al río con él, de nadar juntos, de tomar el sol y de comer sentados en la hierba durante la puesta del sol. Quería cruzar las murallas del Paraíso con él, descubrir el mundo, contemplar el mar, donde el horizonte no está encajonado entre dos inmensas murallas de cemento.

—Dentro de tres días —dijo Alec.

—Pues dentro de tres días iré al río.

Alguien llamó a la puerta de la caseta. Se separaron de golpe y se dieron la vuelta. Beth los estaba mirando con una expresión indescifrable.

Poco después se oyeron unos pasos, alguien más se acercaba.

—Eh, ¿hay alguien? —dijo una voz. Los pasos ya estaban muy cerca—. ¿Tú qué haces aquí? —preguntó entonces la voz.

Quienquiera que fuese, pensó Alec, debía de haber visto en ese momento a Beth. El perfil de Marvin apareció al otro lado de la puerta.

—¿Estás aquí, Maj? —preguntó Marvin justo antes de encontrársela delante.

—Hola, Marvin —lo saludó ella alegremente mientras salía a su encuentro, pero no pudo impedir que él viese, detrás de ella, al trabajador.

Marvin enseguida frunció el entrecejo.

—¿Qué pasa aquí?

—No encontraba a su hermana —contestó Maj, tratando de improvisar una excusa—. Lo he ayudado, estaba preocupado. Pobrecilla, es tan pequeña… Luego ha aparecido —añadió señalando a la niña, impasible.

—Beth, ¿dónde has estado? —le preguntó Alec al tiempo que salía a su encuentro. Acto seguido la cogió de una muñeca y se volvió hacia Maj con expresión compungida—. Estoy avergonzado, señorita —le dijo con el tono más formal posible—. No quería hacerle perder tiempo. Le pido perdón también en nombre de mi hermana.

Maj pensó que aquella era una excusa perfecta y que Marvin no tendría nada que objetar. Miró a Alec, luego de nuevo a Marvin, y de repente le entró la risa. Tuvo que taparse la boca con la mano.

—Tienes que tener cuidado —le dijo Marvin a la niña—. También en el Paraíso te puedes perder.

«Es cierto», pensó Maj, eso era justo lo que le estaba pasando a ella.

12

A Maj le resultaba imposible dejar de pensar en Alec.

Le parecía percibir su olor y el sonido de su voz en todas partes. Conseguía dar un sentido a sus días solo viviéndolos por él, preguntándose qué habría pensado él de aquel mundo centelleante, de los suntuosos edificios del centro, con su multitud de tiendas, restaurantes y locales. Todo era perfecto, cada cosa había sido proyectada para proporcionar felicidad. Y era por eso por lo que en el fondo Maj siempre había creído en su padre, porque él le había dicho que ese era su trabajo: construir rincones de perfecta felicidad.

Una noche decidió hablar con él. Bajó las escaleras del sótano y se detuvo justo delante de la puerta de su despacho. Se disponía a llamar cuando reparó en que no estaba solo. Oyó voces, de dos o tres personas.

—Hace falta un sacrificio —dijo una voz masculina.

Esas palabras despertaron enseguida la curiosidad de Maj.

—Ha salido demasiada gente y han muerto demasiados inocentes. En Europa la gente se irrita, también en Dite. Es la única forma de restablecer el orden.

Todos guardaron silencio unos segundos.

Maj oyó el crujido del escritorio en el despacho y el ruido lento de unos pasos. Alguien estaba caminando de un lado a otro. Luego oyó un ruido que no logró identificar enseguida, como si alguien hubiese volcado un cubo de bolas sobre la mesa.

—¿Cuántas son? —preguntó Anton.

—Diez.

Maj volvió a percibir el mismo ruido, esta vez más débil. Supuso que alguien estaba recogiendo lo que había volcado.

—Hace falta una condena ejemplar, la Oligarquía debe declarar que ha extirpado la corrupción del Paraíso.

—Encontraremos a alguien.

—No puede ser cualquiera, tiene que ser alguien que sea conocido en toda Europa, se necesita un mártir. Grabaremos la condena, emitiremos las imágenes en todas las catedrales, lo convertiremos en un símbolo. Pagaremos por nuestra culpa y luego pediremos cuentas.

Hubo unos segundos de silencio. Luego crujidos y pasos. Maj tuvo la impresión de que la reunión estaba terminando. Retrocedió: en el supuesto de que la vieran, fingiría que acababa de llegar. Sin embargo, la puerta del despacho no se abrió.

—Ah, me olvidaba de tu hija —dijo una voz masculina—. ¿Todo está bien?

—Claro —se apresuró a contestar Anton.

—Escucha, no quiero meterme en tus asuntos, pero sé que ha habido algún problema.

—Todo se ha arreglado.

—Mi hijo es un buen chico —continuó la voz masculina—, está haciendo todas las cosas como es debido. Maj está a punto de cumplir dieciséis años, y supongo que él querrá hacerle en breve una propuesta seria. Me gustaría saber si debo animarlo o disuadirlo.

Maj reconoció al padre de Marvin. Apenas lo conocía, pero no podía ser sino él.

—Tienes que animarlo, por supuesto —dijo Anton—. Maj está enamorada de Marvin. Solo está alterada por el percance de la playa.

—De acuerdo —cedió el otro, no demasiado convencido—. Pero ¿qué hacemos con el chico?

A través de la puerta, Maj reparó en el suspiro pesado de su padre.

—¿Quién? ¿El trabajador?

—Sí.

—Primero lo haremos volver a Europa —intervino una voz femenina—. Ya ha sido fichado varias veces por robos en la tienda de comestibles y les ha comprado proyectiles a los guardias. Podemos mandarlo al Infierno cuando queramos.

Maj volvió a las escaleras que llevaban al piso de arriba. Le faltaba el aliento; las piernas le flaqueaban. Oyó de nuevo hablar a los hombres, como si se estuvieran despidiendo. Subió unos escalones y luego, cuando la puerta del despacho se abrió, encendió la luz y volvió a bajar, para hacer creer que acababa de llegar.

—Maj, hola —la saludó su padre, en la puerta del despacho. Tenía la voz cansada y la frente arrugada, y no hacía nada por ocultarlo. Estaba solo.

—¿Cómo estás? —le preguntó ella.

—Un poco cansado. ¿Y tú? No es un gran momento, ¿verdad?

—No precisamente —dijo y le entraron ganas de llorar—. Quería… quería hablar contigo. ¿Puedo?

—Claro, ¿qué pasa?

El despacho estaba vacío. No había más entradas, o al menos ningún pasadizo visible. Sin embargo, pensó Maj, aquellas personas tenían que haber salido por algún sitio. Su padre se sentó en el gran sillón de piel; Maj, en cambio, permaneció de pie.

—Escucha, Maj, sé lo que piensas, son las mismas cosas que pensaba yo hace años, cuando tenía tu edad.

—¿En serio?

—El mundo es injusto, el Infierno es injusto, el Paraíso es injusto, la riqueza es hipócrita, no hay felicidad sin libertad.

Maj escuchó con estupor aquella frase, que sonaba, por el tono extenuado de su padre, un poco como una absurda cantilena.

—Pero la vida te acorrala y tienes que tomar decisiones, y no siempre las que querías, especialmente cuando tenías… quince o dieciséis años.

—¿Y qué decisiones habrías querido tomar tú? —le preguntó Maj.

Él sonrió. Asintió despacio, para sí, como si lejanos recuerdos le pasaran por delante de los ojos. Luego sacudió la cabeza.

—No tiene importancia. Ahora solo me importas tú…

—¿Yo? ¿De verdad?

—Sí, porque… Escucha, lo digo por tu bien, procura estar tranquila un tiempo. Sal con Marvin, diviértete, ve a tus amigos… ¿Ya no te gusta Marvin?

—¿Qué pasa si no estoy tranquila? —preguntó.

Luego se dirigió hacia la puerta del despacho.

—Espera, Maj —dijo Anton. Su voz había cambiado. Era dura, profunda, asustada.

Ella se volvió y sintió miedo.

—Escucha. —Se levantó con esfuerzo del sillón, como si tuviese un gran peso en la espalda. En su rostro cansado y tenso había aparecido una arruga.

Maj pensó en cuando era niña, en cuando él la llevaba al parque en bicicleta. Recordó los días lejanos en los que su padre le contaba historias de dragones, diablos y princesas, y comprendió que aquel lugar la había acostumbrado a borrar la memoria, a suprimir los recuerdos y las emociones.

—Toda mi vida he pensado en tu felicidad y en la de tu madre, he procurado daros lo mejor, y lo mejor era esta mansión en el Paraíso, el sueño de cualquiera, el mayor privilegio. Y aquí hemos estado bien.

Maj escuchaba sus palabras, impasible.

—Es necesario hacer concesiones para llevar esta vida. Y yo… no debería decirte estas cosas. Puede que todo vaya bien, pero, por si algo se tuerce, lo que sea… coge este libro.

El hombre se acercó a la librería que tenía detrás y sacó un pesado tomo con la cubierta de piel desgastada. Lo dejó en la mesa. Maj leyó el título de la portada: *La divina comedia*, de Dante Alighieri.

—¿Qué es? —preguntó.

—Es el origen de todo. Es el motivo por el que estamos aquí. Por qué hay un Infierno y un Paraíso.

13

Esa noche Maj vio que un coche se detenía delante de la mansión. Llevaba horas tratando infructuosamente de dormir, hasta que se había levantado y se había asomado a la ventana. Soplaba un viento tibio, y el chirrido de los grillos creaba un sonido hipnótico y relajante. Miró la hora: eran las cuatro.

Una mujer bajó del coche. Se quedó de espaldas junto a la verja. Unos segundos después, Maj vio que su padre recorría el camino que conducía a la entrada principal. Intercambió unas palabras con la mujer.

El diálogo entre los dos se convirtió pronto en una discusión. Anton empezó a gesticular acaloradamente, mientras que ella permanecía impasible. Luego las puertas del coche se abrieron y bajaron dos hombres a los que Maj nunca había visto. Se acercaron lentamente, no parecían tener un aire amenazador. Anton los saludó con un gesto de la mano. Uno de los dos le habló, mientras que el otro abrió la verja.

Los dos hombres lo rodearon, uno de ellos le pasó un brazo por los hombros, al tiempo que el otro abría la puerta. Anton se volvió para desasirse, parecía que entre los dos había cierta fricción. Después el segundo hombre lo cogió por un brazo y lo empujó al interior.

Maj sintió que el corazón le estallaba en el pecho; habría querido gritar, pero solo le salió un ruido agudo sofocado por el miedo. La mujer lo oyó, se volvió hacia la mansión, y las miradas de ambas se cruzaron unos instantes. Maj se apartó inmediatamente y bajó las escaleras tal y como estaba, en pijama y descalza. Atravesó corriendo la puerta y enseguida fue por la grava hasta la verja, pero solo alcanzó a oír el motor del coche, que se alejaba. Salió a la calle y siguió corriendo hacia el lado de donde le parecía que llegaba el ruido. Las lágrimas le surcaban las mejillas ardientes, tenía los músculos tensos por la adrenalina, que le impedía sentir el dolor de los arañazos que se había hecho en los pies desnudos en el camino.

El ruido del motor del coche dejó de oírse del todo.

Maj paró y, sin aliento, cayó al suelo de rodillas. En el silencio de la calle oyó que sus sollozos rompían el canto monótono de los grillos. Se volvió hacia la derecha, luego hacia la izquierda. Dos filas idénticas de mansiones, las fachadas apenas iluminadas por las farolas de los jardines, cuya luz se confundía con las sombras azules de la luna. «Todo es falso —pensó—. Todo es una ilusión.»

Un peso le oprimía el pecho como una roca.

Todo había ocurrido demasiado rápido para que pudiera comprender qué era lo que había visto en realidad. Tenía que hablar con su madre. Se incorporó y fue corriendo a casa.

—¡Mamá! ¡Despierta! —gritó precipitándose hacia la cama.

La mujer abrió los ojos de golpe.

—Oh, Dios mío, Maj, ¿qué ha pasado? ¿Por qué estás llorando?

—Papá, se han llevado a papá. Ha venido un coche, se han bajado unas personas…

Maj se dio cuenta de que era incapaz de dar una explicación sensata de lo que había visto.

—¿Qué estás diciendo, Maj? ¿De qué hablas?

—¡Estaba asomada a la ventana, no podía dormir, he visto salir a papá, había un coche, se lo han llevado!

La mujer sacudió lentamente la cabeza.

—Maj, tu padre se ha ido esta noche a Europa. Hizo la maleta anoche. Incluso se ha despedido de mí.

Maj se quedó paralizada ante la calma de su madre. Se preguntó si había interpretado mal lo que había visto. No le parecía que su padre llevara una maleta consigo. Pero la luz de las farolas de la avenida era débil, quizá no había reparado en ella.

—¡Mamá, dos hombres lo han empujado a un coche, yo no sé si tenía que irse, pero lo seguro es que esos no habían venido a recogerlo!

Entonces la mujer se puso de pie.

—Maj, cariño, ¿qué te pasa? Ya no te reconozco. Te digo que tu padre se ha ido de viaje, me he despedido de él hace poco. ¿Estás segura de que no has tenido una pesadilla?

Maj la miró sin saber qué decir. Su tranquilidad la desorientaba. Todo había ocurrido tan deprisa que a lo mejor había visto mal. De repente sintió que recuperaba la calma, pero también un dolor en los músculos de todo el cuerpo. Rompió a llorar a lágrima viva, mientras su madre la estrechaba entre sus brazos.

—Vuelve a la cama, anda.

Maj pensó que tal vez era verdad, que se lo había imaginado todo.

Fue a su habitación, vio la ventana abierta y las cortinas de seda dorada iluminadas por la luna flotando en la habitación. Cerró las contraventanas y, cuando iba a meterse en la cama, cambió de opinión, salió de la habitación y bajó las escaleras del sótano.

Entró en el despacho de su padre y cerró con llave la puerta tras de sí. Luego encendió la lamparilla del escritorio. No había nada fuera de su sitio. Ningún detalle podía hacer pensar que su padre se hubiese preparado para un viaje, pero tampoco que hubiese tenido que abandonar de improviso el despacho.

Se sentó en el gran sillón de piel.

Abrió de uno en uno los cajones del escritorio. Había varias carpetas apiladas ordenadamente. Se levantó y comenzó a mirar las paredes, dos de las cuales estaban ocupadas por una enorme librería repleta de pesados volúmenes. Maj vio los títulos en los lomos de algunos, pero estaban escritos en un idioma que no conocía. En la tercera pared había un mueble de madera oscura, con dos hojas sobre las que había tres cajones y una repisa en la que estaba la cafetera.

Abrió las hojas. Dentro no había nada.

Entonces intentó moverlo. Era pesado, pero insistiendo consiguió apartarlo de la pared unos centímetros. Detrás estaba la pared, no había ningún pasadizo interno. Sin embargo, Maj recordaba perfectamente que después de aquella conversación el hombre y la mujer habían desaparecido del despacho sin salir por la puerta.

Dio la vuelta al escritorio y repasó de nuevo los volúmenes de la librería, hasta que encontró el que su padre le había enseñado. *La divina comedia*, de Dante Alighieri.

«Es el origen de todo. Es el motivo por el que estamos aquí. Por qué hay un Infierno y un Paraíso.»

Cogió el libro, acarició la gruesa cubierta de piel amarillenta que en algunos puntos parecía casi quemada. Lo abrió y hojeó las páginas finas, oyendo, junto con el crujido del papel, un ruido. Fue a la última página y vio que la cubierta tenía un doble fondo. Extrajo un sobre fino y lo abrió. Dentro había dos pequeños discos de color naranja de plástico transparente. En su interior había una minúscula semilla blanca incrustada, parecía un grano de arroz. Maj reconoció enseguida el alma, aunque no sabía para qué servía el disco de plástico.

Despegó el sobre del libro y se lo guardó en el bolsillo.

Luego vio que había un marcapáginas, un cordoncillo de oro, puesto cerca de la mitad del volumen. Del cordoncillo colgaba una llave fina. Trató de leer esa página, pero estaba escrita en un idioma incomprensible. Cogió la llave y se inclinó delante de la mesa de billar, ahí donde su padre había puesto en funcionamiento el mecanismo del holograma con el esquema del Infierno.

Había una cerradura. Introdujo la llave.

El libro, las almas, el holograma: Maj comprendió que su padre le había dejado un mensaje.

Una luz azul se desprendió de nuevo del techo, generando una imagen. Volvía a aparecer el volcán del Infierno, pero el dibujo parecía casi apresurado; el cono invertido con los círculos sobrepuestos estaba esbozado con un trazo nervioso. Las inscripciones que indicaban los círculos eran apenas legibles. Solo un detalle se veía bien. Del fondo del cono salía un túnel que ascendía, desembocando en lo que parecía una playa. Se le intuía únicamente porque sobre la superficie del mar había una semicircunferencia con dos árboles estilizados. La impresión era que cualquiera que hubiese hecho aquel dibujo debía de tener una enorme prisa por acabarlo. Debajo de ese túnel que desde el fondo del Infierno conducía a la playa, aparecía escrita una palabra que Maj no conocía: ESPELUNCA.

14

Alec estaba pasando su día libre con su hermana en una ancha charca del río que corría entre los campos del barrio de los trabajadores. Esa mañana le habían comunicado que tenía que regresar a Europa porque sus características ya no cumplían con los requisitos para el trabajo en el Paraíso. Todavía no se lo había dicho a su madre.

—No debes preocuparte. Solo vuelvo un poco antes que vosotras.

Sentada en una roca, Beth lo escuchaba, y Alec pensó que en ese momento era una suerte que ella no hablase.

—En serio, voy a casa, compruebo que todo esté bien, y además tengo ganas de ver a Maureen.

Beth lo miró con cara de no creer lo que estaba diciendo.

—No debes estar triste —insistió Alec—, pero tampoco feliz: debes estar *mmm*.

Beth alzó la vista hacia él.

—Nuestra palabra, ¿no te acuerdas? Si no tienes hambre, sed ni dolores, y tus amigos y parientes están bien, quiere decir que estás *mmm*.

La niña se encogió apenas de hombros, y Alec comprendió que no iba a convencerla fácilmente.

—No estás *mmm*, ¿verdad?

—No —dijo Beth.

La palabra sonó como un suspiro.

Alec se volvió de golpe hacia su hermana para estar seguro de que había oído bien. Ella tenía los ojos llenos de lágrimas.

—Promete que volverás —dijo Beth. Su voz había cambiado desde la última vez que la había oído, pero seguía siendo la de una niña.

—Beth —murmuró Alec conmovido.

Beth esbozó una sonrisa, como si ella también hubiera acabado de darse cuenta de que, después de años de silencio, su boca había articulado por fin un sonido.

—Hablo —dijo.

Alec habría querido preguntarle mil cosas. Todas las preguntas que había acumulado desde la muerte de su padre se le agolpaban ahora en la mente.

Las lágrimas le surcaban las mejillas, y abrazó a su hermana. Permanecieron así casi un minuto, unidos en lo que repentinamente se había convertido en un adiós y un nuevo encuentro.

Luego Beth cogió su mochila de tela y extrajo una pequeña carpeta. Dentro había un bloc de folios que Alec le había comprado unos meses antes y que estaba convencido de que ella nunca había usado. Se lo tendió a su hermano, abierto por la primera página. Había un dibujo de un bosque, una pradera, una puerta. Alec pasó la página y apareció un río, un claro entre los árboles con un cubo de metal en medio. Hojeó las siguientes, en las que vio dibujos más raros y complejos: un río de lava, una caverna cuadrada en la que había una mesa con animales muertos, luego un lago, una barca.

—¿Qué son? —preguntó Alec.

—Son los dibujos del libro. Todos.

Alec los volvió a mirar y tuvo la impresión de hojear el libro de su padre.

—Llévatelo contigo —dijo Beth.

Alec la miró. Luego cerró el bloc y lo guardó en la carpeta. Quería hacerle una pregunta, una pregunta cuya respuesta creía conocer en parte.

—¿Por qué haces esos dibujos, Beth? —le preguntó—. ¿Por qué haces esos dibujos en la pared?

Beth sonrió entre las lágrimas, y a Alec le pareció una expresión adulta, como si el don de la palabra la hubiese hecho crecer varios años en pocos segundos.

—Papá hacía esos dibujos.

Alec la miró y asintió, perdiéndose un instante en el recuerdo de su padre, sentado al lado de la chimenea con el libro en la mano.

Alec pensó en aquel volumen, del que su padre sacaba las historias que les contaba cuando eran pequeños. Alec comprendió que con esas imágenes Beth había protegido su casa, había pintado a su padre alrededor de ellos, transformándolo en ladrillos y cemento.

—¿Nos bañamos? —le preguntó un momento después.

Beth asintió con un gesto de la cabeza. Solo después añadió la palabra que Alec estaba esperando.

—Sí.

Beth se lanzó primero y buceó varios metros antes de salir a la superficie. Alec estaba a punto de alcanzarla cuando oyó un ruido.

Al principio pensó en un animal, quizá una ardilla, había bastantes en el bosque. Luego oyó pasos, un crujido.

Maj le dijo al guardia del puesto de control de la frontera meridional del barrio que iba a estar fuera todo el día y que su chico se reuniría con ella para comer en el parque. Era un día muy soleado, y no había objeciones para un plan así. El guardia pasó el detector electrónico por su alma y anotó diez horas.

Eran las nueve de la mañana. Debía estar de vuelta en casa a las siete de la tarde. En cuanto cruzó el puesto de control, Maj experimentó una sensación placentera que no sabía definir. Se sentía impulsada por un deseo extraño, era algo que jamás había experimentado. Le parecía que acababa de adentrarse en un sendero empinado, en medio del bosque, de la oscuridad. Sin embargo, conocía aquel camino, era el mismo que había recorrido varias veces con Marvin y sus amigos.

Bordeó primero las verjas de las últimas casas, luego siguió por el camino que se adentraba en el parque, a cuyos lados había numerosas glorietas. A esa hora no había nadie, y quizá era eso lo que le provocaba otra sensación rara. Alguna vez se había quedado sola, pero en casa, en su jardín o en su habitación. En cambio, cuando salía, siempre iba acompañada. Se volvió hacia las mansiones que estaban desapareciendo detrás de una hilera de árboles. Luego miró hacia el frente. El camino proseguía, pero ya no había más glorietas donde detenerse.

Paró.

Respiró.

Sentía un peso en el pecho, una piedra que le aplastaba la caja torácica y que no se podía quitar.

El aire le abrasaba los pulmones, y un escalofrío le recorrió la espalda. Elevó la cabeza y durante un instante observó el cielo azul y despejado. Le pareció verse desde fuera, desde arriba, se imaginó su perfil como un pequeño peón en la enorme esfera del mundo y rodeado por un espacio infinito.

Tuvo miedo de esas imágenes, le suscitaban emociones nunca experimentadas.

Empezó a correr, sintiendo que la energía se desprendía de su cuerpo, sintiendo el sudor, el calor, los músculos tensos y el roce de los pies al pisar el suelo. Luego dejó el camino y siguió corriendo por la hierba alta y los matorrales, arañada por las ramas y por las espinas.

Un primer sollozo le sacudió el pecho, no lo reconoció enseguida como el principio del llanto. No se detuvo mientras las lágrimas le surcaban el rostro y le nublaban la vista. Tropezó y cayó al suelo, chocando contra una zarza. Se levantó al momento y continuó corriendo, le parecía sentir que el mundo se deslizaba bajo sus pies.

Solo se detuvo delante de la tapia del barrio de los trabajadores. Anduvo hasta un arco por donde el río cruzaba la tapia. Sin descalzarse entró en el agua y rodeó con facilidad la tapia. Subió por la colina, tratando mientras tanto de recobrar el aliento, de respirar normalmente. Se sentía ligera y frágil, como si en ese momento un golpe de viento hubiera podido levantarla del suelo y disgregarla en el cielo. Solo el escozor en las piernas y en los brazos la anclaba al suelo, a un dolor que no conocía bien, pero que hacía que se sintiera viva, real.

Alec la vio aparecer detrás de un matorral, con una expresión nueva en el rostro arañado y surcado de lágrimas. Se apresuró a ir a su encuentro, justo a tiempo para sostenerla cuando ella se abandonó a su abrazo.

—Maj, ¿qué ha pasado?

Ella lloraba, no conseguía responder. Estrechaba un bolso entre las manos.

—Cálmate, Maj, y cuéntame qué ha pasado.

Ella empezó a hablar, se lo contó todo: que se habían llevado a su padre, la conversación que había escuchado a escondidas, las palabras del padre de Marvin, los peligros que también él corría.

—Ven, es mejor que te laves las heridas.

La cogió de la mano y la condujo a la orilla del río.

—Aquí pueden encontrarnos —dijo Maj—, no deben verte conmigo…

—Nadie remonta el río hasta aquí.

Maj miró alrededor. La vegetación creaba una gruta natural que filtraba los rayos del sol. Parecían columnas de luz colocadas adrede para elevar las copas de los árboles.

Alec examinó las piernas de Maj, estaban completamente arañadas. En el tobillo tenía una marca roja. La camiseta que llevaba estaba rasgada en varios lados y manchada de hierba.

—Está pasando algo malo. Saben lo nuestro, saben que he venido aquí, puede que nos hayan visto.

—¿Quién nos ha visto?

—He oído a mi padre hablar con dos personas, un hombre y una mujer.

Alec, de pie en la orilla, la observó preocupado.

—Vuelvo a Europa —le dijo.

Maj alzó los ojos hacia él.

—Lo sé. Por eso estoy aquí. Ellos también saben lo de algunos de tus… robos en la tienda de comestibles, lo de los proyectiles que compraste… Yo ni siquiera sé qué significa. Pero dijeron que pueden mandarte al Infierno cuando quieran.

En ese momento, Beth surgió del agua detrás de ellos. Los observó en silencio.

—Todo está bien —la tranquilizó Alec, pero Beth no tenía aspecto de creerle.

Maj bajó la cabeza, y una lágrima le resbaló por la mejilla y acabó en el agua.

—¿Estás segura de que se han llevado a tu padre? —le preguntó bajando la voz—. ¿Estás segura de lo que has oído?

—No estoy segura de nada… él tenía miedo de algo, hablaba de un sacrificio…

Alec miró su rostro, recordó cómo la primera vez le había parecido una hoja en blanco y se dijo que en cambio ahora eran visibles los primeros trazos de tinta, como si solo en ese momento hubiese comenzado su historia.

En sus ojos, sin embargo, Alec vio el mar hasta el horizonte, el volcán del Infierno, que siempre lo hacía pensar en la libertad.

—Tenemos que irnos.

—¿Cómo lo haremos?

—No lo sé.

—Yo tengo esto. —Maj extrajo del bolso las almas que había encontrado en el despacho de su padre. A Alec no le costó reconocer en los discos de color naranja las almas falsificadas.

—¿Cómo las has conseguido?

—Creo que mi padre me las ha querido dejar.

Alec cogió una y la miró con atención.

—Con estas podrías cruzar los puestos de control aquí, pero en el hovercraft te reconocerían. Algún trabajador te vería.

—Me taparé la cara; en el fondo, solo hay que llegar al exterior de las murallas. Luego, desde allí…

—¿Desde allí?

—No lo sé, ahora no tiene importancia —dijo tajante Maj. Después, casi arrepintiéndose, añadió—: No estás obligado a huir conmigo, pero yo no puedo seguir estando aquí.

Alec asimiló en silencio la gravedad de esas palabras y de sus pensamientos. Ese plan podía salir bien, se dijo. Con tal de tener alguna ayuda en el barrio en el momento de subir en el hovercraft que los llevaría fuera del bloque del Paraíso. Y él sabía dónde encontrar esa ayuda.

15

El jardín de la mansión estaba abarrotado de gente, y Maj aún no se había decidido a salir de su habitación. Desde la ventana había entrevisto a su madre, a Marvin y a algunos amigos. Se había quedado en la habitación con la excusa de que estaba terminando de arreglarse, aunque en realidad ya estaba lista desde hacía una hora.

Llevaba un traje blanco, de seda, que le dejaba desnuda la espalda y las largas piernas. Era un vestido muy provocador, lo había comprado otra Maj, la chica que iba de compras al centro con sus amigas, no aquella que huía de casa para reunirse a escondidas con un chico.

Por fin a las doce y media se decidió a salir al jardín. Debajo de la terraza, en el césped y alrededor de la piscina habían colocado mesas de hierro forjado pintadas de blanco, sillones de mimbre, adornos florales. Camareros en uniforme azul deambulaban entre los invitados ofreciendo copas de vino y canapés.

En cuanto Marvin la vio fue a su encuentro sonriendo.

—Eh, ¿dónde te habías metido? Temía que ya no fueras a bajar.

—Me estaba arreglando.

Él la cogió de las manos y la miró satisfecho, como si fuese su criatura.

—Estás preciosa.

Maj recibió el piropo con una sonrisa esquiva.

Cruzaron del brazo la fiesta, deteniéndose a saludar a sus amigos, entreteniéndose unos instantes con los vecinos de casa, regalando generosas sonrisas.

—Mira a quién tenemos aquí.

El rostro risueño del padre de Marvin se les plantó delante.

—Buenos días —dijo Maj.

—Mi hijo y su deliciosa chica —continuó el hombre—. Una bonita fiesta, es una pena que tu padre no esté, pero el trabajo es el trabajo.

Maj permaneció impasible, procurando, sin embargo, captar cualquier mínimo matiz en su sonrisa falsa.

—Venga, salgamos de aquí —dijo Marvin.

Maj lo miró pasmada.

—Tengo que hablar contigo —prosiguió él—, pero necesito un lugar más apartado.

Marvin la cogió de la mano y se encaminó por el jardín, pasando frente al escenario, donde tocaban un violonchelista y un pianista.

—Pero ¿adónde quieres ir? —le preguntó.

Marvin pasó al lado de la caseta de las herramientas y luego bordeó el seto, hasta el pequeño bosque de melocotoneros en cuyo centro había un templete de hierro forjado en el que se enroscaba un rosal trepador rojo.

Allí nadie podía verlos. A lo lejos se oían los ruidos de la fiesta, las voces de los invitados, las notas del piano.

—Marvin, ¿qué pasa? ¿Qué hacemos aquí?

La expresión del chico se volvió repentinamente seria.

—Maj, en este último año contigo he comprendido muchas cosas —empezó él mirándola directamente a los ojos—, he comprendido que el mundo es complicado, más complicado de lo que a veces creemos, y a veces sin darnos cuenta dudamos de todo.

Marvin aspiró y miró un instante por encima del hombro de Maj, hacia los invitados. Siguiendo el movimiento de sus pupilas le pareció que estaba cruzando una mirada con alguien que había detrás. Instintivamente se volvió, pero no había nadie.

—No tenemos muchas certezas —continuó él con tono impostado—, aparte de esta vida, de la suerte que nos ha permitido vivir aquí, en el Paraíso, lejos de la violencia y de la miseria. Lejos del Infierno.

Maj sintió de pronto frío, a pesar del sol que se filtraba por los melocotoneros, reflejándose en el mosaico de espejos que decoraba el techo del templete.

—Todos formamos parte de un gran proyecto —dijo Marvin—, para que un día nuestra felicidad pueda compartirla todo el mundo. Para que un día ya no sea necesario el Infierno.

Marvin le hablaba utilizando las mismas frases, los mismos eslóganes rebuscados que había empleado su padre cuando le había revelado la verdad.

—¿Por qué me dices estas cosas?

—Porque sé que para ti estos días han sido difíciles. La agresión en la playa...

Maj no quería confirmar ni desmentir la versión de los hechos que él le estaba dando, pero sus emociones se impusieron. Una lágrima le resbaló del ojo. La detuvo enseguida, con el dorso de la mano, estropeando así el maquillaje perfecto que había tapado los arañazos del día anterior.

Marvin pareció no darse cuenta, o, en cualquier caso, no prestarle atención.

Se puso de rodillas, le cogió la mano.

—Te amo, Maj.

Lo miró atónita. Miró su sonrisa, sus ojos brillantes. Pensó en cuánto había deseado ese momento, en cuánto había hablado sobre él con sus amigas que ya tenían novio. Después habían cambiado muchas cosas, pero igualmente Maj sintió una punzada de nostalgia.

—Podemos tener nuestra vida —dijo Marvin—, una casa en este bloque del Paraíso…

Marvin dejó en suspenso esa frase, abarcando con su mirada todo cuanto lo rodeaba. Sin embargo, siguiendo sus ojos, Maj solo vio el alto seto que delimitaba el jardín.

—Para siempre —dijo Marvin.

A Maj le pareció que volvía atrás en el tiempo, que borraba las dos últimas semanas en un instante.

—¿Quieres ser mi novia?

El pasado volvía a llamar a su puerta, le estaba ofreciendo una rendija, le estaba diciendo que el Paraíso, si lo quería, seguiría siendo su casa.

A las seis y media de la tarde Alec se encontraba en el claro del río, en el punto donde habían quedado. Con él estaba Milo, que lo miraba con gesto preocupado.

—Hago esto solo por la amistad que me unía a tu padre —le dijo al tiempo que le tendía una pequeña mochila de tela azul.

Ya se lo había dicho, se lo había repetido al menos cinco veces en la última hora. Solo quería saldar su deuda; de lo contrario, nunca lo habría ayudado.

—Milo, no me queda otra salida —le explicó Alec por enésima vez.

—Abre la mochila. Dentro hay ropa un poco desgastada que no llamará la atención. Unos vaqueros, una gruesa sudadera y unas botas negras. Vestida así nadie se dará cuenta de que es una chica, y menos aún que es del Paraíso.

Alec extendió las prendas delante de sí. Estaban usadas y sucias. Olían a hierba.

—¿De dónde las has sacado? —preguntó.

—¿Eso tiene importancia?

—No.

—Entonces, cuando ella llegue harás que se ponga esta ropa y abandonarás aquí la suya. Yo me encargaré de recogerla y de quemarla. No debe quedar ningún rastro. Luego iréis al hovercraft, delante de la iglesia. La mandarás por delante a ella y tú llegarás pocos segundos después. Yo estaré con los guardias en el momento de los controles. Si el alma falsa funciona, el detector grabará la salida de otro trabajador y luego la información desaparecerá del sistema.

Alec miró el río, donde se había bañado con su hermana, el claro con la vegetación que rodeaba la charca natural, los campos cultivados un poco más allá de la orilla.

—¿Crees que nos buscarán? —preguntó Alec.

—No sé qué pasará. Si han decidido mandarte al Infierno, lo harán pronto. No puedes volver a casa. Tendrás que encontrar un sitio donde quedarte, donde esconderte.

Alec asintió gravemente. Guardó la ropa en la mochila y se levantó para dirigir una última mirada al sol, que estaba a punto de ponerse detrás de las murallas.

—No le dirás nada a mi madre, ¿verdad?

—No sé si lo que me pides forma parte de mi deuda.

—No le digas nada, por favor. Ya sabe que regreso a causa de las notificaciones. No quiero que se entere…

Las palabras se le atragantaron. Iba a decir que no quería que su madre supiese que su hijo arriesgaba la vida y que podía morir.

Milo le puso una mano en el hombro, como habría podido hacer su padre, orgulloso y afligido. Luego se volvió y subió por la pendiente hasta el otro lado del río.

Alec se quedó esperando solo. Ya faltaban quince minutos para las siete. Pero no esperaba que Maj llegase puntual. Le pareció oír un ruido, aunque luego reparó en que provenía del cielo, era una especie de silbido acompañado por un sonido intermitente que se apagó poco después.

Alec miró de nuevo la ropa que le había dado Milo. Pensó que era demasiado grande para Maj, pero de todas formas valdría. En Europa le encontraría ropa nueva. Le pediría ayuda a Maureen, es más, quizá precisamente Maureen podría encontrarles un sitio en la escuela ocupada; al menos para los primeros días.

A medida que el sol bajaba, las sombras de los árboles se iban alargando por la pendiente, hacia las murallas que rodeaban el barrio de los trabajadores.

Era por allí por donde Alec contaba con ver aparecer a Maj en cualquier momento.

A las siete y diez, sin embargo, aún no había llegado. Alec se ordenó a sí mismo no preocuparse. En el fondo podía haber tenido mil contratiempos, mil motivos para retrasarse. Lo importante era que llegase antes de las ocho, cuando partía el hovercraft.

A las siete y media Alec subió la pendiente, desde donde alcanzaba a ver a lo lejos los campos de girasoles al otro lado del barrio de los trabajadores. Desde allí llegaría Maj. Trató de aguzar la vista por si detectaba algún movimiento, pero no había nada.

A las ocho menos cuarto estaba en el río, en el punto donde atravesaba las murallas. Era el sitio en el que se habían besado por primera vez, pero las emociones de aquel momento ahora estaban enterradas por el miedo. Faltaban quince minutos. A lo mejor, corriendo conseguían llegar a la plaza de la iglesia en cinco minutos, o en cuatro. Pero eso significaba que les quedaban apenas diez minutos. Si Maj no llegaba, tendría que marcharse solo.

La fiesta tocaba a su fin. Los últimos invitados empezaban ya a marcharse. Quedaban en el jardín las mesas decoradas, los templetes y los floreros.

—Estoy contento —le dijo Marvin a Maj. Se estaban despidiendo delante de la puerta de la mansión, debajo de la columnata.

—Yo también estoy contenta —respondió ella, dirigiéndole una sonrisa radiante.

Él le dio un beso en la frente, luego se volvió y alcanzó a su padre, que lo esperaba al lado de la verja.

Maj lo miró y advirtió el peso de sus ojos recelosos.

—Y bien, ¿cómo ha ido?

Maj se giró. Era su madre.

—Creo que bien, ¿no?

—Sí, sí, yo también lo creo. —Tenía la cara cansada, triste—. Lamento que tu padre no haya podido llegar a tiempo.

—Claro —dijo Maj.

Habría querido confesarle sus pensamientos, sus miedos, sus deseos. Habría querido que fuese su cómplice y no la de su padre.

La mujer se sentó en el escalón de la entrada de la mansión. Ya no había nadie en el jardín, pero aun así a Maj le pareció inusual aquel comportamiento.

—¿Todo bien, mamá?

—Por supuesto, por supuesto —dijo ella—, creo que todo ha salido bien; eso sí, hacía demasiado calor.

Maj se sentó a su lado.

—Marvin me ha pedido formalmente que sea su novia.

Su madre se volvió de golpe, su rostro se iluminó.

—¿En serio? ¡Pero es una noticia maravillosa! ¿Y cuándo? ¿Quién lo sabe?

—Nadie. Me lo ha pedido antes.

—Bien, pero ¿tú le has dicho...?

—Que sí, claro —respondió Maj y sonrió. Sintió que sus ojos brillantes se estaban llenando de lágrimas.

Su madre se percató y la abrazó.

—Mi niña —dijo hundiendo su rostro en los cabellos de su hija—. Estoy muy contenta. No veo la hora de que papá regrese para contárselo.

Maj miró el cielo, todavía luminoso. Eran las seis de la tarde.

—Mamá, me voy a mi cuarto, estoy cansada.

—Por supuesto, cariño, ve a descansar.

Maj entró en la casa. Subió despacio las escaleras mientras sentía el pecho hirviente y trataba de contener los sollozos. Tessa le cerró el paso de improviso.

—¿Todo bien, señorita? —le preguntó.

Maj transformó rápidamente su expresión triste en una sonrisa, pero no estaba en absoluto segura del resultado.

—Estoy muerta de cansancio —dijo de un tirón.

Tessa juntó las manos y sonrió.

Una vez en su habitación, Maj se tumbó en la cama, hundiendo la cabeza en la almohada para atenuar el llanto. Se quedó así unos minutos. Luego se levantó y se puso delante del espejo. Se quitó el elegante traje. Observó los arañazos en las piernas y los brazos, la huella de su primera huida. Los había disimulado todo lo que había podido con un poco de maquillaje, pero ahora le parecían vivos y evidentes como luces encendidas en la oscuridad. Abrió un cajón, cogió unos vaqueros y una camiseta y se los puso. Luego sacó el macuto del instituto de debajo del escritorio, vació los libros sobre la cama y guardó una botella de agua, una toalla, tres camisetas, ropa interior limpia y unas deportivas. No cabían más cosas, y además no tenía idea de lo que iba a necesitar realmente. Del segundo cajón del escritorio cogió el sobre con las almas que había encontrado en el libro, las volcó en una bolsita de seda donde guardaba los pendientes de plata que su padre le había regalado el año anterior.

Luego salió de la habitación y cerró la puerta con llave, que dejó en un florero de la entrada.

Un minuto después estaba caminando por la avenida que llevaba al parque, con la mirada gacha.

A las seis y media cruzó el primer puesto de control del barrio, dijo que le anotaran tres horas, el tiempo de un paseo. El guardia observó la pantalla y sonrió.

—Buen paseo —le dijo—, y feliz cumpleaños.

Maj recibió las felicitaciones con una sonrisa y siguió su camino. Vio a lo lejos a un par de chicos que hacían jogging y luego, cerca de una glorieta en la que había un coche aparcado, a una pareja con un niño de dos o tres años que daba patadas a un balón. Parecía feliz, como sus padres. Pero ¿qué era entonces la felicidad?, se preguntó. ¿Podía ser realmente solo una sensación? ¿O, en el peor de los casos, la suma de varias sensaciones, por falsas, hipócritas e injustas que pudieran ser?

Dejó atrás el parque y siguió por el camino todavía medio kilómetro más, antes de adentrarse en el prado de girasoles. Allí la hierba era alta, y había bastantes zarzas y matorrales. Por fin vio aparecer el muro detrás de una fila de árboles que lo camuflaban.

Miró la hora. Las siete menos cuarto.

De pronto oyó un ruido en el cielo. Era una especie de silbido lejano acompañado por un sonido intermitente. Al principio no le prestó atención, luego elevó los ojos y vio un helicóptero. No sabía de dónde había salido. Instintivamente se tiró al suelo, tratando de esconderse debajo de un matorral. Se quedó allí, tumbada, inmóvil, mientras el ruido de las hélices se hacía ya más fuerte, ya más débil. Pasados unos minutos, el helicóptero se alejó. Maj se incorporó y llegó corriendo al muro que la separaba del barrio de los trabajadores. Lo recorrió hasta el punto en que se cortaba frente al río. Allí, sin embargo, oyó de nuevo el silbido, seguido por el sonido martilleante. Se volvió y vio que ahora había dos helicópteros. Eran pequeños y blancos, y permanecían inmóviles a pocos metros del suelo, en medio del campo de girasoles. De nuevo se tiró al suelo y llegó arrastrándose al tronco de uno de los árboles que bordeaban el muro. Vio que en medio del prado había tres guardias. Luego, más lejos, hacia el camino, un coche. ¿Qué estaban haciendo? ¿Por qué estaban allí? Decidió actuar deprisa. Se puso de pie y saltó al río, pero por la precipitación resbaló y el macuto se le cayó al agua. Lo recogió y cruzó rápidamente el muro. No bien estuvo en el otro lado lanzó un suspiro de alivio, lo había conseguido. Se sentó a la sombra, oculta por un matorral, durante casi un cuarto de hora. A lo sumo, llegaría tarde, pero aún no eran las siete. De todas formas, llegaría a tiempo para coger el hovercraft.

El ruido de las hélices de los helicópteros disminuyó hasta desaparecer del todo. Maj se levantó y se encaminó por la pendiente, hacia el claro. Solo en ese momento, cuatro guardias salieron de los matorrales.

Maj empezó a correr. Se metió por el bosque que ascendía por la colina, corrió sin fijarse en los matorrales que le arañaban las piernas y los brazos. Solo tenía que llegar al claro, faltaba poquísimo. Cayó al suelo y se levantó, mientras el ruido de las hélices de los helicópteros de nuevo resonaba en el cielo. Se volvió para ver dónde estaban, pero perdió el equilibrio una vez más y acabó otra vez en el suelo. Ahora no podía moverse, porque un guardia le cerraba el paso, apuntándola con una ametralladora. Otro se apresuró a recoger su macuto, mientras dos jeeps la alumbraban con las luces largas y los helicópteros se habían detenido encima de ella. El guardia vació el macuto, luego recogió la bolsita de seda. La abrió y puso los ojos en blanco. Se la enseñó al compañero que llevaba la metralleta. Sus miradas parecían mezclar estupor y compasión. Maj trató de incorporarse, pero el guardia meneó la cabeza y ella se detuvo. Sintió un estremecimiento. Luego la cabeza empezó a darle vueltas y todo se volvió negro. Lo último que vio fue un puntito rojo que resplandecía en la barriga de uno de los helicópteros. La última persona en la que pensó fue Alec, que la estaba esperando allí cerca. Lo último que resonó en su cabeza procedía de un recuerdo reciente.

«Hace falta un sacrificio.»

16

La despertó un fuerte viento caliente.

Luego oyó el largo sonido de una trompeta, una, dos, tres veces.

A continuación hubo una explosión que le hizo dar un respingo.

Maj abrió los ojos, pero enseguida tuvo que cerrarlos porque la luz era cegadora. Volvió a abrirlos lentamente, protegiéndose del sol con una mano. Lo primero que vio fue la bóveda del cielo, increíblemente azul.

Cerró de nuevo los ojos, sintiendo la cabeza todavía pesada.

Los abrió.

Vio el mar, una extensión azul marcada por las vetas blancas de la espuma de las olas. Corría hasta el horizonte.

Otra vez el sonido de la trompeta y una nueva explosión.

Todos sus sentidos se encendieron a un tiempo. Oyó el ruido de los motores, el aire caliente que salía de los radiadores y el viento húmedo.

De repente lo vio. El barco del Infierno.

Una larga cubierta de hierro rojo sobre la que se elevaban tres altas chimeneas que escupían humo negro al cielo. Se hallaba en un punto elevado, apoyada contra una de esas chimeneas. Había varias decenas de chicos y chicas, algunos reunidos en pequeños grupos, otros solos.

En el centro del barco había un ancho abismo oval, del que salían gritos y lamentos. Se puso de pie, reparando solo en ese momento en que había más chicos sentados a su lado.

Dio unos pasos y se asomó por una barrera protectora que rodeaba la chimenea. Debajo de ella había al menos diez hombres con uniforme rojo brillante. Desde esa posición podía también ver mejor el agujero que había en medio de la cubierta. Era como un cono invertido y de las distintas alturas salían brazos y cabezas de personas que trataban de mirar hacia arriba.

Se volvió. Sentado junto a ella, había un chico de pelo lacio. Tenía los brazos sobre las rodillas, miraba fijamente hacia el frente.

—¿Cuánto tiempo llevamos viajando? —le preguntó.

Él alzó la vista; tardó unos segundos en distinguirla bien. La escrutó con curiosidad. Ahora que la veía de pie confirmaba su primera sospecha cuando en la noche había visto llegar a una chica delgada y aturdida que los guardias habían dejado allí. Sin duda esa chica no venía de los callejones de Europa. Los guardias de la Oligarquía debían de haber hecho una redada en las ciudades rascacielos.

—Cinco horas, quizá seis —dijo y enseguida volvió a mirar hacia el frente—. ¿Te has recobrado?

—¿En qué sentido?

—Llevas dos horas delirando. Te han sedado bien.

El chico la observó de pies a cabeza y luego asintió despacio. Maj se sintió desnuda ante sus ojos. Todavía llevaba los vaqueros con los que la habían detenido en el Paraíso.

—¿Qué has hecho para acabar en el Infierno? ¿Le has robado dinero a tu abuela?

Maj no respondió.

—Eh, tú —dijo una voz detrás de ella.

Se volvió.

Había una mujer con uniforme rojo rodeada de tres hombres vestidos de la misma forma. Miraba una carpeta que sujetaba entre las manos.

—Ven con nosotros.

Dos guardias la flanquearon, invitándola a seguir a la mujer.

Maj se fijó en la carpeta: en realidad era un cristal reflectante por el que pasaban imágenes. La mujer recorrió la superficie con los dedos, haciendo que se movieran unas figuras y que aparecieran textos escritos. Luego apretó un botón de un lado y en la pantalla solo quedó un círculo rojo con cuatro rayos.

Llegaron a una sala circular a la que daban varias puertas. Entraron en una. Había una mesa, una camilla, armarios con medicamentos y un lavabo. En una esquina de la mesa había un pequeño televisor. Era muy diferente de los televisores a los que Maj estaba acostumbrada, como también las imágenes que emitía. Se veían las calles de Europa, escenas de tiroteos, cadáveres abandonados en la calle. Esa era Europa, aquel era el lugar al que habría querido huir con Alec.

La mujer se sentó detrás de la mesa y apretó de nuevo un botón de la carpeta, que se iluminó, proyectando un resplandor azul sobre su rostro.

—Maj Shobert, la hija de uno de los oligarcas —leyó.

Luego observó unos segundos a la chica, con la frente arrugada, con una expresión asombrada y casi divertida pintada en la cara.

—Échate en la camilla. Y quítate la camiseta.

Maj hizo lo que le había ordenado. Se preguntó dónde estaría su padre, adónde lo habrían llevado y por qué. Se preguntó si sabría que su hija estaba en el barco que iba rumbo al Infierno.

La mujer se levantó, se puso unos guantes de látex y se acercó lentamente a la camilla. Observó a la chica de hito en hito y asintió. Cuando vio la camiseta de Maj, sonrió. Sin duda no la había comprado en los mercados de Europa.

No se asombró de encontrar en el pecho, sobre un seno, a la altura del alma, el escudo de los ciudadanos del Paraíso.

Apoyó un dedo en el tatuaje y recorrió el contorno. No era frecuente ver uno en ese barco.

—Debes de haber montado una gorda, querida niña… —dijo la mujer, y Maj no supo discernir si en su tono había mofa o compasión—. Te aconsejo que este dibujo lo escondas bien cuando estés en el Infierno.

La mujer le miró los ojos con una pequeña linterna, luego le hizo abrir la boca con un palito de madera, le tomó la temperatura con un termómetro electrónico que le puso en la frente. Por último le dio tres pastillas amarillas.

—¿Qué son? —preguntó Maj.

—Antiinflamatorios, antibióticos y un poco de sedante.

Maj miró los comprimidos en su mano. No comprendía por qué tenían que darle medicamentos antes de mandarla al Infierno.

—No nos sirves muerta en la selva —dijo la mujer—, si no, te habríamos arrojado directamente al mar.

—¿Y cómo os sirvo? —inquirió Maj, arrepintiéndose enseguida de la pregunta, que ciertamente había sonado como una afrenta. Pero en realidad era lo único que quería saber. ¿Para qué servían los condenados del Infierno? Y si no estaban allí para morir, ¿qué probabilidades tenían de sobrevivir a su condena?

La mujer la miró perpleja. Se bajó las gafas hasta la punta de la nariz y sonrió.

—Nos sirves para que demuestres a quienes están libres lo que le pasa a quien comete tu delito. Nos sirves para que muestres cuánto vale la libertad que has perdido.

Tras decir eso, le tendió un vaso de agua. Maj lo cogió y tragó las pastillas.

—Muy bien —dijo la mujer. Luego miró su ropa—. ¿Esto es todo lo que tienes?

—Sí.

La mujer arqueó las cejas, se volvió y abrió un armario. Sacó una cazadora de gruesa tela verde y la dejó en la camilla, al lado de Maj.

—Guárdala, y no la pierdas. Hace frío en la selva.

Maj cogió la cazadora, la enrolló y se la metió debajo del brazo. Iba a levantarse de la camilla cuando la mujer la detuvo con un gesto de la mano.

—Espera, no hemos terminado.

Maj se quedó desconcertada unos segundos. ¿Qué más tenían que hacerle?

—Túmbate —dijo la mujer señalando la camilla.

Maj obedeció y usó la cazadora como almohada porque no quería separarse de ella. Esa noche había sufrido el viento gélido de alta mar, a pesar del aire caliente que salía de los radiadores de cubierta y que emanaba un olor terrible a petróleo y a aceite quemado.

La puerta de la habitación se abrió y entró un hombre en bata blanca. Llevaba en la mano una pequeña caja transparente que contenía un disco de metal.

La abrió y extrajo el disco, que sujetó unos segundos suspendido encima de Maj. Ella no tenía idea de lo que era.

Tenía el tamaño de una moneda.

—Te dolerá un poco —dijo el hombre.

Empapó un trozo de algodón en alcohol y se lo frotó en el pecho, pero en cuanto vio el tatuaje con el escudo del Paraíso se detuvo. Miró a Maj a la cara y luego de nuevo el tatuaje. Por último levantó la cabeza y cruzó una mirada con la mujer, que Maj no comprendió.

—Sí, es ella —dijo.

El médico se demoró con el disco de metal en la mano. Luego observó de nuevo a Maj y meneó despacio la cabeza. Tendría unos cincuenta años, barba un poco larga y gafas con una gruesa montura negra.

—Niña, te lo puedo poner más en el centro, sobre el esternón. O en el pecho, tapando el tatuaje.

—¿Qué diferencia hay?

—Los ciudadanos del Paraíso no están precisamente bien vistos en el Infierno. Y la hija de uno de los oligarcas, como ya supondrás...

Maj miró la espada con las rosas; para ella representaba toda su vida, su familia, su madre. Pensó en los dieciséis años durante los cuales había crecido sin saber nada de la vida, del mundo real, de las injusticias ni de la miseria.

—Encima del tatuaje —dijo Maj.

El hombre asintió. Luego hizo un gesto con la cabeza a los guardias, que se acercaron y le sujetaron los brazos, mientras la mujer le introducía un trapo en la boca. Maj volvió la cabeza hacia un lado, y su mirada cayó en el televisor.

Estaban emitiendo el informativo. En una esquina de la pantalla, vio en una foto el rostro de su padre. En primer plano, la periodista leía las noticias.

«Anton Shobert, el cuarto oligarca, ha sido condenado al Infierno por alta traición a los valores de la Oligarquía. Es la primera vez que ocurre, pero ello representa el poder absoluto de la ley, su imparcialidad. Es un sacrificio necesario, ha dicho Kronous, el primer oligarca, para recordar que nadie es superior a la Oligarquía. Anton Shobert será trasladado a las cárceles de Europa, donde se procederá a su interrogatorio. Después será encarcelado en la segunda zona del noveno círculo, la reservada a los traidores a la patria.»

A Maj no le dio tiempo a digerir esa noticia, porque en cuanto el reportaje terminó el médico puso el disco de metal exactamente sobre el símbolo del Paraíso.

La punzada de dolor que sintió fue aguda y repentina. Maj gritó con todo el aliento que tenía. Era como si le hubiesen volcado lava hirviente dentro del cuerpo. Mordió con fuerza el trapo y notó sangre en la boca. Vio la sangre que le chorreaba a los lados del pecho, mientras que la mujer vertía un líquido azul directamente en el disco de metal. El dolor se hizo insoportable, la opresión que sentía era tan fuerte que parecía que le partía el pecho por la mitad. Hasta que de repente ese dolor desapareció, pero fue reemplazado por otro no menos intenso, ahora que sabía que su padre había sido condenado al Infierno.

Cuando la mujer le quitó el trapo de la boca, vio que estaba manchado de sangre.

Maj permaneció inmóvil. Todavía tenía los músculos tensos y la mandíbula dolorida; su pecho, en cambio, estaba completamente anestesiado.

—Ya está —dijo la mujer—. Mírate.

Maj bajó de la camilla y se acercó al espejo de la pared. A duras penas reconoció a la chica bronceada que se preparaba para el largo verano con su chico y sus amigos, entre excursiones en barca y meriendas en el parque. Observó su pecho, el tatuaje ya no se veía.

—Llevadla a la catedral —ordenó la mujer.

Fue conducida por los guardias a través de un largo pasillo que salía de nuevo a cubierta. Esta vez delante de ella no estaban las altas chimeneas, si bien la estela de su humo negro era perfectamente visible en el cielo. Una iglesia mucho más grande que la que había visto en el barrio de los trabajadores se erguía delante de ella. Desde la cubierta podían verse los pináculos y el campanario, que se elevaba varios metros hacia el cielo, mientras que la base se hundía una decena de metros en el suelo para que los cimientos reposasen en el fondo del barco. Había muchos condenados más y también muchos guardias. Por un embarcadero colgante fueron introducidos en una de las galerías que recorrían los lados de la nave central. Los guardias se quedaron fuera de la iglesia.

En cuanto estuvo en el interior, Maj oyó el rumor de las llamas. Procedía de la pantalla que había en el ábside. Sobre una superficie de al menos diez metros por cinco se proyectaban enormes lenguas de fuego.

Alrededor de ella había cientos de condenados. Vio a una mujer de pelo rizado y rojo, con la cara hinchada y el cuello un poco hundido. También a un chiquillo que no aparentaba más de doce años, con una expresión audaz y asustada al mismo tiempo grabada en el rostro, como si el Infierno ya hubiese doblegado su voluntad. Se preguntó qué cara tendría ella en ese momento.

Las imágenes de las llamas desaparecieron. En su lugar surgió un gran bosque que crecía en las laderas del cráter infernal. De pronto se hizo el silencio y una mujer avanzó hacia el altar. Llevaba puesta una túnica negra con paramentos rojos sobre los hombros. Tenía el pelo recogido sobre la cabeza en un apretado vendaje blanco con una cruz dorada bordada sobre la frente. Llegó al atril que había en el altar y abrió un pesado libro. Luego empezó a leer.

—«Por mí se va a la ciudad doliente.»

La pantalla que tenía detrás se encendió de nuevo, mientras en la nave retumbaba el largo sonido del cuerno infernal seguido por tres explosiones. Los condenados de los círculos más bajos comenzaron a gritar y sus gritos se confundieron con el chisporroteo ensordecedor de las llamas. La mujer reanudó la lectura. Su voz amplificada se sobrepuso al ruido, Maj percibió como vibraba su pecho. Unos segundos después, se hizo de nuevo el silencio.

—«Por mí se va al eterno dolor.»

Su voz resonó ahora sombría como un temporal que se aleja.

—«Por mí se va con la perdida gente.»

Detrás de la sacerdotisa, las llamas se disolvieron. En su lugar apareció un gran arco candente sobre el cual había una inscripción: «Dejad, los que aquí entráis, toda esperanza».

Cerró el libro al tiempo que en la pantalla reaparecían las llamas. Se oyó una primera explosión, un estruendo que hizo temblar las paredes. Maj creyó desmayarse, pero, mientras aquel ruido suprimía durante unos instantes el dolor de aquellos días, sobreponiéndose a cualquier pensamiento, una imagen cobró forma en su mente. Era el rostro de su padre, de una de las últimas veces que lo había visto, antes de descubrir la verdad, cuando para ella era simplemente su padre. Sintió rabia y dolor al mismo tiempo, porque creía que el hombre risueño al que había conocido estaba muerto para ella, había quedado su máscara, la del oligarca, que pronto terminaría en el Infierno. Meneó la cabeza, quería ahuyentar ese pensamiento, necesitaba sentir otra cosa, algo verdadero, hermoso, vivo.

Pensó en Alec. Se lo imaginó sentado en el río, en el punto donde habían quedado para huir juntos del Paraíso.

Se preguntó qué habría pensado al no verla llegar, se preguntó si ya había descubierto que había sido condenada al Infierno.

Se preguntó, por último, qué estaría haciendo en ese momento y si alguna vez volvería a verlo.

17

Alec regresó a Europa tres días después de su marcha del Paraíso. El barco atracó una noche en el puerto del suroeste. Desde allí los trabajadores fueron divididos en camiones y enviados a sus barrios. Cuando llegó a Konema ya era por la mañana y las calles estaban cubiertas de una fina capa de escarcha. Cruzó los callejones de su barrio sumidos en silencio, mirando los muros desconchados, los tejados de chapa y las calles llenas de baches.

En casa se quedó solo unos minutos, el rato que necesitó para dejar la maleta que le había dado su madre. Hacía, si cabe, todavía más frío que fuera, por lo que no le molestó mucho salir enseguida para ir al trabajo.

Entró en el Casino a eso de las ocho, la única hora a la que no había clientes. Era demasiado tarde para los de la noche y demasiado temprano para los de la mañana. Su jefe estaba sentado detrás de la barra del bar, contando las ganancias.

Era un tipo de unos treinta años que vivía en una ciudad rascacielos con su mujer y una hija de pocos meses.

—¿Tú qué haces aquí? —le preguntó.

—He vuelto antes.

El hombre lo miró de reojo, con recelo.

—¿Qué has hecho?

—Nada.

—¿Quieres trabajar?

—Para eso estoy aquí.

Con un gesto de la cabeza, su jefe le pidió que se acercara.

—Te tengo que inscribir de nuevo. No te esperaba tan pronto.

Cuando Alec estuvo a su lado, le pasó el detector por el pecho. La pantalla se iluminó de verde, subrayando la expresión de contrariedad del hombre.

—¿Qué pasa? —preguntó Alec.

—No puedo darte trabajo.

—¿Qué significa? ¿Por qué no puedes? ¿Qué es lo que pone?

—No pone nada, ¿qué crees? Pero no te puedo dar trabajo.

Alec se sintió impotente. Necesitaba ese trabajo, por él mismo y por su familia. El jefe lo miró con cara seria.

—Escucha, sé que eres un buen chaval, no sé lo que has hecho, pero no te sacan del plan de trabajo porque sí, si no has hecho nada.

—Yo no he hecho nada, yo...

El hombre lo interrumpió con un gesto de la mano.

—No te justifiques conmigo, es inútil.

Alec salió del Casino abatido. Se encaminó hacia casa pensando que el dinero que tenía en el bolsillo apenas le alcanzaba para una semana. Al llegar a la puerta de la catedral vio los habituales corrillos de gente en la plaza. Por la pantalla pasaban imágenes de una gran erupción en una de las vertientes interiores del volcán. La lava había arrollado los primeros círculos, hundiendo las murallas, barriendo un campamento e incendiando un bosque.

Llegó a casa y con la poca leña que había quedado en el arcón que había al lado de la chimenea hizo un fuego. En cuanto la llama empezó a arder, Alec se sintió mejor. Sacó una lata de carne de la mochila y encendió el televisor. Necesitaba comer y descansar. Después iría a ver a Maureen.

Vio un debate político en el que se hablaba del Infierno, de las rebeliones de los condenados en Dite y las medidas adoptadas por la Oligarquía para aplacarlas. Luego vio un spot sobre un nuevo bloque del Paraíso, una urbanización recién construida en un archipiélago del Mediterráneo. Mostraban las casas blancas por las que trepaban las buganvillas rosas, las palmeras, las piscinas que daban directamente al mar y las playas de arena fina.

Pensó en Maj. Se preguntó una vez más por qué no había ido a la cita. Puede que Milo tuviera razón. Al final, las chicas del Paraíso eligen a los chicos del Paraíso.

Comió la carne y durmió unas horas en el sofá. Se despertó muerto de frío delante del fuego ya apagado. Miró por la ventana, estaba lloviendo, una lluvia fina y persistente. Echó unas ramas al fuego, soplando en las pocas brasas para reavivarlo. Cuando volvió a sentarse, por televisión estaban dando de nuevo un reportaje sobre el Infierno. Mostraban a los condenados, entrevistaban a sus familiares y emitían las imágenes de su entrada por la puerta del Infierno.

Tras las entrevistas a un par de mujeres que lloraban y las imágenes de un hombre que caminaba con la cabeza alta bajo el gran arco candente de la puerta del Infierno, apareció un periodista joven, bastante atractivo, con una sonrisa radiante: «Y ahora pasamos al último reportaje del día. No quiero anticiparles nada, veamos enseguida el reportaje».

En la pantalla apareció un suntuoso edificio de mármol, iluminado por la luz del sol y rodeado por un jardín verde brillante, perfectamente cortado.

Un hombre respondía a las preguntas de un periodista, que sujetaba un micrófono: «Solo puedo decir que lo siento, hay cosas que no deberían ocurrir».

Después entrevistaban a una mujer que tenía la cara roja como un tomate y que mientras hablaba gesticulaba acaloradamente: «Es la confirmación de lo necesario que es el Infierno. Si no podemos estar seguros ni siquiera en nuestras casas, ¿qué va a ser de nosotros?».

A continuación entrevistaron a una chica. Tenía los ojos brillantes: «No sé qué decir, era amiga mía, o sea, es amiga mía…».

La chica rompió a llorar. El periodista se dirigió a la cámara. Alec se acodó en el sofá y enderezó el tronco. Cogió el mando a distancia y subió el volumen.

Ahora salía en primer plano Kronous, el primer oligarca, con traje blanco, el pelo entrecano, una sonrisa radiante en el rostro sin arrugas: «Solo quiero decir a los ciudadanos de Europa que esta condena es la confirmación de los valores en los que creemos. La ley de la Oligarquía es igual para todos, tanto en el Paraíso como en Europa. Las almas no están en venta y quien mercadea con ellas comete un crimen que se castiga con la condenación. Las bandas criminales de Europa, que la Oligarquía combate desde hace décadas, han obtenido grandes beneficios y muchos condenados del séptimo círculo han recobrado la libertad. Anton Shobert ha pagado con una de las condenas más graves su traición. Y su hija está sometida a la misma ley».

Tras estas palabras, el hombre elevó los brazos, haciendo el gesto de saludo de la Oligarquía: «La ley es igual para todos, tanto en el Paraíso como en Europa».

El reportaje concluía con las imágenes de una chica a la que detenían en una pradera. Los guardias bajaban de un helicóptero, mientras dos jeeps militares la rodeaban. Parecía un esfuerzo desmedido para un objetivo como ese. Después el encuadre subía hacia el cielo y se difuminaba en una rápida secuencia de imágenes: un río, una mano que empuña una ametralladora, una pequeña iglesia. Por último, se veía corriendo a los guardias de la Oligarquía, y de fondo se oían disparos. El reportaje resaltaba el rostro de la chica condenada.

Maj.

Alec clavó los ojos en la pantalla, incrédulo.

Se estremeció. El reportaje terminó y pusieron anuncios. Cambió de cadena para encontrar otro informativo y durante toda una hora buscó el desmentido de aquella información. Pero lo que encontró fue la confirmación.

Habían condenado a Maj al Infierno.

Salió de casa y se puso a andar sin rumbo.

No podía estarse quieto. Sentía en las piernas una electricidad que le hacía temblar la sangre de las venas. Pronto se sorprendió andando hacia la Catedral del Mar. Se detuvo en el sitio de siempre, frente a las imágenes de los condenados que durante años había mirado todas las noches. Era presa de una indignación y de una frustración que lo abrumaban, impidiéndole reflexionar, porque cada pensamiento parecía un líquido hirviente que se incendiaba al instante.

Se quedó allí hasta muy entrada la noche, buscando en las imágenes del Infierno el rostro de Maj, aunque sabía que con toda probabilidad en ese momento seguiría en la cárcel portuaria a la espera de ser embarcada. Por la pantalla pasó un gran encuadre del volcán. Parecía casi real, parecía que se elevaba allí, sobre el portal. Entró en la iglesia y se detuvo en el centro de la nave principal.

A esa hora no había nadie y el único ruido era el chisporroteo de las llamas que salía de los altavoces. Cruzó uno tras otro los altos arcos y paró delante del altar. Allí se postró de rodillas, en sus ojos se reflejaba el fuego, pero en su mente estaba grabado el rostro de Maj, con la última sonrisa que le había dirigido y que él había grabado en su memoria, guardándola como una joya preciosa.

Salió de la iglesia y fue a la escuela. El edificio quedaba a unos cientos de metros y llegó en pocos minutos. Llamó a la puerta con fuerza. Esperó unos segundos, pero nadie abrió. Siguió llamando y solo después se percató de que el edificio estaba abandonado. Algunas ventanas de la segunda planta estaban abiertas de par en par. Empujó el portal y descubrió que estaba abierto. Entró y fue por los pasillos. En el suelo había sacos de dormir apelotonados y mantas polvorientas. Había sillas volcadas, cristales rotos y manchas de sangre en las paredes. Recorrió todo el pasillo hasta una puerta de madera roja, donde una vez lo había llevado Maureen. Subió por unas escaleras. En la tercera planta, entró en una habitación pequeña y oscura de la que salían unas escaleras de caracol que conducían al refugio de la muchacha, en lo que antaño había sido una torrecilla astronómica. Ahora únicamente quedaba la cúpula de hierro oxidado. En el suelo encontró una manta, un libro, unas velas y una especie de caballete sobre el que había una taza de metal.

—¿Quién anda ahí? —dijo una voz detrás de él.

Alec se volvió y vio a un niño. No tenía más de diez años.

—¿Qué ha pasado? —preguntó Alec.

—¿Y tú quién eres?

—Soy un amigo de Maureen.

El niño miró los restos de las escasas pertenencias de la chica.

—Ya no está, ya no está aquí.

—¿Qué quieres decir? ¿Qué ha pasado?

—Han desalojado la escuela, se los han llevado a todos, ¿no lo sabías?

Alec meneó la cabeza.

—Hace una semana, creo, o más, no me acuerdo. Lo sabe todo el mundo, ¿tú dónde estabas? ¿Dormías?

—¿Adónde se los han llevado? ¿Dónde están?

—Unos cuantos consiguieron huir, hubo chivatazos, a otros los cogieron, a algunos los van a mandar al Infierno.

Alec salió de la escuela presa del pánico. Pasó por delante de la iglesia y vio los ríos de lava proyectados sobre el portal. Le parecía que esa lava, que esas llamas lo estaban acorralando, que le estaban cerrando todas las salidas. No había tiempo para pensar, para decidir qué era lo mejor que se podía hacer.

Atravesó el laberinto de estrechas callejuelas del barrio Gótico, donde se cruzó con un par de vagabundos que se cobijaban como mejor podían bajo una marquesina y con un grupo de chicos que habían encendido un fuego en un bidón. Siguió adentrándose por las calles de los barrios residenciales. Las altas ciudades rascacielos volvían aún más oscuras las calles. No había nadie, solo un perro callejero y dos hovercrafts de la guardia de la Oligarquía. Algunos rascacielos estaban iluminados y por las ventanas vislumbró fragmentos de vida: una mujer con un niño en brazos, un hombre que empujaba una mesa, dos chicos que fumaban.

Cuando dejó atrás también el barrio residencial ya no llovía y un tímido sol se había asomado entre las nubes. Delante de él había al menos cuatro kilómetros de ciénagas, sobre cuyas aguas se elevaban palafitos, pero también complejas construcciones de madera de hasta dos y tres plantas. A lo lejos se veía el mar. En la línea del horizonte se erguían los brazos mecánicos de la zona industrial.

Recorrió casi en línea recta los pocos kilómetros que distaban del barrio portuario y, cuando por fin llegó, estaba tan extenuado que tuvo la tentación de meterse en el primer local.

Allí se orientó fácilmente. Durante unas semanas, después de la muerte de su padre, había ido varias veces. No le resultó difícil reconocer la entrada del chalet que buscaba, la cristalera de cuadros enmarcada por el muro de ladrillos y el pequeño jardín delantero, con una higuera solitaria.

En el lado opuesto de la calle había un par de locales con luces rojas.

El portal estaba abierto. Entró. Subió las angostas escaleras que conducían a la segunda planta, donde había una puerta. Llamó.

Oyó unos pasos y el ruido del cerrojo. Luego la puerta se entornó un palmo.

—¿Quién es? —preguntó una voz.

En la penumbra del rellano Alec no conseguía ver quién hablaba.

—Marcus, soy Alec.

—¿Cómo sabes mi nombre?

—Soy el hijo de Federico, tu hermano, nos vimos… más o menos hace dos años.

La puerta se cerró de golpe. Alec se quedó inmóvil, a la espera, sin saber si volver a llamar. De nuevo un ruido de pasos, luego algo que caía al suelo y rodaba.

La puerta se reabrió de golpe. Marcus estaba de pie en la habitación y lo apuntaba con un fusil.

—¡Largo de aquí!

18

Marcus lo apuntaba con el fusil; los músculos, tensos, le temblaban. Tenía los ojos desmesuradamente desorbitados, barba de al menos un mes y muy poco pelo. La camisa marrón que llevaba parecía manchada de sangre, los vaqueros negros estaban rasgados a la altura de las rodillas y las altas botas de cuero estaban abiertas, sin cordones. En el cuello y en las manos eran perfectamente visibles los tatuajes que le cubrían todo el cuerpo.

—Marcus, soy tu sobrino. ¡Mírame! ¿No me reconoces?

—¡Largo de aquí! —gritó Marcus—. ¡No me jodáis!

Alec retrocedió un paso, pero luego se detuvo.

—¡Largo, he dicho!

—Te necesito —repuso Alec con un hilo de voz—. Necesito hablar contigo.

Al parecer, algo hizo reaccionar a Marcus, porque bajó el fusil, apenas se volvió y miró al chico de reojo.

—No te han mandado ellos —dijo para sí.

—¡No me ha mandado nadie!

—¿Cómo puedo saber que no has salido de mi cabeza? —preguntó el hombre.

—No he salido de tu cabeza, te lo aseguro.

—A veces salen de mi cabeza, parecen como los otros… —prosiguió él, pero no se sabía con quién estaba hablando.

—Marcus, soy tu sobrino, Alec.

Él lo observó; daba la impresión de estar más tranquilo.

—Haz algo imprevisible —dijo mirando un punto indefinido del rellano—. Cuéntame un chiste, ellos nunca me contarían un chiste.

Alec vio las llamas de la chimenea prendida detrás de su tío. No sabía qué hacer. Buscó en la mente un chiste, pero no encontró ninguno.

—¡Y bien! ¡Cuéntamelo! —gritó Marcus y volvió a apuntarlo con el rifle.

Antes de que Alec pudiera abrir la boca, Marcus comenzó a asentir, primero despacio, luego con más fuerza, hasta que por último estalló en una estruendosa carcajada.

—Anda, pasa, me has hecho reír bastante.

Alec lanzó un vistazo a la higuera por la ventana de las escaleras, a continuación otro al hombre que lo invitaba a pasar después de haberlo amenazado con un fusil. No sabía si estaba haciendo lo correcto, pero creía que no le quedaba otra opción.

El piso de Marcus era un solo espacio que venía a ser como tres o cuatro veces su casa. En uno de los lados largos estaba la chimenea, y además había un sofá; en la pared opuesta, una vieja cocina de hierro oxidado repleta de platos sucios y una mesa con una sola silla. Frente a la entrada, en cambio, había una cristalera de cuadros que daba a los locales de las luces rojas.

Alec fue directamente a la chimenea y se puso delante, de pie, a pocos palmos de las llamas. La ropa mojada empezó a humear.

—Hace muchos años, cuando vine aquí, todo era diferente —dijo Marcus ahora con una voz cálida, acogedora. Luego se sentó delante de Alec en un sillón desfondado de terciopelo verde lleno de quemaduras.

Alec miró alrededor: las paredes grises, el suelo mugriento y las bombillas que colgaban del techo creando halos azules y amarillos en el suelo.

—¿Dónde estamos? —preguntó Marcus volviéndose hacia él.

Alec no sabía si darle o no la respuesta obvia.

—Estamos... en tu casa.

—Claro, claro, eso es lo que *ellos* quieren hacernos creer.

—Pero... ¿quiénes son ellos? —se atrevió a preguntar.

—¿Tú no sabes quiénes son ellos?

—No.

—Los muertos.

—¿Los muertos quieren hacernos creer que estamos en tu casa?

Marcus asintió. Luego lo miró y sonrió.

—Me gusta, me gusta tu forma de razonar.

Así las cosas, Alec comprendió cuál era el problema de su tío. Había visto a muchas personas colgadas por el nepente como para saber cuándo tenía a una delante.

Marcus se levantó y fue a un pequeño mueble desgastado que estaba al lado de los fogones, del que sacó unas latas de comida. Luego se detuvo y levantó despacio la cabeza.

—«A mitad del camino de la vida... —dijo elevando una mano hacia el cielo como si estuviese declamando un poema—, en una selva oscura me encontraba, porque mi ruta había extraviado...» ¿Tú sabes cómo sigue?

Alec negó con la cabeza. No lo sabía y ni siquiera comprendía de qué estaba hablando.

—¿Qué es?

Marcus no respondió, por un momento pareció que se había apagado como un viejo engranaje que se detiene. Luego se iluminó de golpe.

—«Dejad…, los que aquí entráis…»

Alec conocía esas palabras. Las había leído en la catedral. Estaban grabadas en el arco candente del Infierno, sobre el volcán.

Marcus dejó las latas de comida en la mesa. Luego cogió una larga capa negra que estaba colgada de un clavo de la pared y se envolvió completamente. Fue caminando despacio hasta la puerta, como si estuviese absorto en sus pensamientos.

—¿Tú conoces a Federico? —preguntó.

—Es mi padre.

—Tú padre… ¿cómo está?

—Ha muerto.

Marcus asintió gravemente y salió.

Alec trató de seguirlo, pero ya había desaparecido por las escaleras. Volvió a la casa y lo vio desde la ventana mientras se alejaba por la calle que bordeaba el puerto. Detrás de él, unos viejos pesqueros se balanceaban, empujándose unos a otros.

Entretanto, la ropa empapada por la lluvia casi se había secado. Alec echó algún tronco más al fuego, preguntándose si su tío volvería y, en tal caso, qué podía preguntarle. La última vez que lo había visto estaba cansado, exhausto, pero no loco.

Miró las latas de carne y de alubias que había dejado sobre la mesa y puso dos a calentar cerca de las brasas. Por lo menos habría resuelto una comida.

Intentó encender el televisor con la esperanza de encontrar alguna noticia sobre la detención de Maj. Después de pasar por varios canales sintonizó uno que emitía el rostro de Maj coronado de espinas, con chorros de sangre cayéndole por las mejillas. Era una imagen falsa, parecía un fotomontaje, aunque igualmente lo impresionó.

Vio cuatro informativos seguidos, pero no había ninguna noticia de Maj. Al final apagó el televisor, acercó todo lo posible el sofá a la chimenea y decidió que lo único que podía hacer era esperar el regreso de su tío. Dio un par de cabezadas y luego, sin darse cuenta, se quedó completamente dormido.

Lo despertó el ruido de la puerta.

Abrió los ojos y vio las últimas brasas de la chimenea que resplandecían en medio de las cenizas. Echó una mirada hacia la ventana y vio que fuera estaba oscuro, pero no sabía decir si era la tarde o la noche.

La puerta se abrió de par en par y Marcus dio un paso hacia el interior de la casa.

Miró alrededor con precaución.

—¿Qué has hecho? —dijo en voz baja, para sí. Tenía un aspecto extraño, alarmado. No se estaba dirigiendo a Alec.

Luego reparó en él.

—¿Y tú quién eres? ¿Qué haces en mi casa? —le preguntó.

—Marcus, nos hemos visto hace poco.

Marcus no se alteró, observó con atención primero al chico y luego la habitación.

—Soy Alec, el hijo de Federico.

Marcos se acercó con cautela, dándole a Alec tiempo de asimilar que quien tenía delante era en parte otra persona. Los ojos parecían menos desorbitados, tenía una expresión serena pero concentrada, lúcida. El que tenía delante parecía en todos los sentidos un hombre distinto del de unas horas antes.

—¿Cómo es que estás aquí?

—Necesitaba hablar contigo.

Marcus se acercó más.

—Cómo has crecido —dijo lentamente y sonrió—. Tienes los ojos de tu padre.

Alec estaba desorientado por su actitud, y Marcus pareció advertirlo.

—Supongo que lo has encontrado.

—¿A quién?

—A él.

—No sé de quién me estás hablando.

Marcus suspiró pesadamente, se aproximó al fuego y luego miró en la mesa las sobras de la modesta comida, asintiendo.

—¿Ha preparado él la comida?

—No, yo.

—Ah, claro, ya me parecía. Si te prepara la comida no toques nada, es capaz de envenenarte; sin querer, por supuesto.

—He calentado dos latas, pero te compraré otras —se apresuró a decir Alec.

—No hace falta, no te preocupes. ¿Quieres un té?

—Bueno, sí.

Marcus puso a hervir agua en una cazuelita de cobre. Se enjuagó las manos, se las secó en un trapo que había colgado en la pared y cogió un bote de hojalata de un pequeño armario, del que extrajo unas hojas secas enrolladas.

—No es peligroso, ya lo has visto. Solo está..., ¿cómo lo diría?, un poco chiflado...

—¿De quién estás hablando?

—Del hombre que, supongo, te ha hecho entrar en la casa cuando has llegado.

—Pero si ese hombre eras tú.

—No, no era yo. Mejor dicho, era yo, una parte de mí... No siempre estamos tan disociados... A veces solo es una mezcla.

Marcus suspiró de nuevo, estaba abatido. Cogió la cazuelita del fogón y vertió el contenido en dos tazas de hojalata. Le tendió una a Alec y se sentó al borde de la chimenea.

—No siempre ha sido así —dijo tras dar un sorbo al líquido caliente—. Antes de ir al Infierno era normal. Bueno, ¿por qué estás aquí?

—Una persona que para mí es muy importante ha sido condenada. Pero no ha hecho nada... y yo...

—¿Y tú? —Marcus suspiró y cerró los ojos. Se frotó la cara y luego meneó varias veces la cabeza.

—Ella es inocente —continuó Alec.

—¿Y qué? ¿Sabes cuántos inocentes hay en el Infierno? —preguntó Marcus—. ¿Qué quieres de mí?

—Dime solo cómo es, cómo conseguiste sobrevivir allí. Tengo que hacer algo. Es una niña, solo tiene dieciséis años, ¿qué le pasará?

Marcus lo miró con gesto serio.

—¿Realmente lo quieres saber?

—Sí.

El hombre vaciló unos segundos. Iba a decir algo, pero calló, como si el peso de las palabras que habían tomado forma en su cabeza fuera excesivo.

—Yo me voy —dijo al fin. Se embutió en la capa y se dirigió a la puerta.

Alec se levantó del sofá y fue tras él.

—¡Espera! No puedes irte así.

Marcus lo ignoró y Alec lo retuvo por un brazo. Marcus se volvió, asombrado por ese gesto audaz.

—¿Qué quieres de mí? ¿Qué quieres que te cuente? ¿Qué crees que le pasará?

—¿Morirá...?

—¿Una chica de dieciséis años en el Infierno? ¿Tú qué crees?

—¿Qué puedo hacer?

—Nada.

—Pero si tuviese ayuda, si alguien pudiese ayudarla... —dijo Alec, mientras en su mente ese pensamiento, que hasta ese momento no se había atrevido a confesarse ni siquiera a sí mismo, empezaba a concretarse cada vez más—. ¿Cuántas probabilidades hay de que un hombre vaya al Infierno y consiga regresar?

—No cuesta nada ir al Infierno. Lo difícil es salir.

Los ojos de Marcus se velaron repentinamente de tristeza. Luego sonrió con amargura.

—En el fondo, resulta absurdo pensar que un destino tan importante haya terminado así.

—¿Qué quieres decir? —preguntó Alec, pero Marcus estaba embargado por los recuerdos.

—La vida ha venido a pedirte cuentas también a ti.

—¿Qué quieres decir? No te entiendo.

Marcus balanceó la cabeza, dio dos palmadas y se acercó de un salto a la ventana. Estiró los brazos, luego dobló varias veces las rodillas, como un atleta que se prepara para una carrera. Por último se volvió hacia Alec.

—Nunca te dijo nada, ¿verdad? —le preguntó.

—¿Quién?

—Tu padre.

—¿Sobre qué?

—Sobre quién era. —Marcus sonrió y meneó la cabeza, dos gestos que parecían contradictorios.

—¿Qué tiene que ver eso con lo que te he dicho?

El hombre cogió un trozo de carbón de la chimenea, lo sopló y lo observó unos segundos. Trazó una línea curva en la pared que representaba una montaña. Luego dibujó alrededor un bosque, una playa, un mar. En medio de la montaña esbozó unos cubos de metal, unidos por molinos cuyas aspas eran impulsadas por ríos. Con trazo veloz y nervioso hizo unos círculos concéntricos dentro de la montaña, luego marcó los centros de esas circunferencias y los unió con líneas rectas a la cumbre de lo que, ahora Alec lo comprendió claramente, era el cráter de un volcán.

Luego se volvió hacia su sobrino.

—Tu padre sabía cómo salir.

—¿Por qué?

—Porque tu padre era un arquitecto del Infierno.

19

Sentada en la cubierta del barco, Maj miraba el horizonte vacío. Le dolía la cabeza y el ardor en el pecho no le daba tregua.

Pensaba en su padre, se preguntaba qué habría hecho para merecerse la condena al noveno círculo. La periodista había dicho que era el de los traidores a la patria. De modo que su padre había traicionado a la Oligarquía. Se preguntó por qué y entretanto la imagen que tenía de Europa, del Infierno y del Paraíso comenzó a cambiar. Había crecido creyendo instintivamente en la bondad del gobierno oligárquico. Ahora ya no sabía qué pensar.

El sol ya se estaba poniendo y la cubierta del barco se había recubierto de una ligera bruma. Se puso la cazadora que le había dado la doctora y sobre la que estaba sentada. Le llegaba hasta el trasero y, a pesar de que le faltaban varios botones, la abrigaba.

Durante un instante se imaginó a Alec sentado en primera fila en una de las catedrales de Europa observándola mientras corría en la oscuridad del bosque. Ese pensamiento tenía algo de irreal, como si todo aquello no le estuviese ocurriendo verdaderamente a ella.

—Hola —dijo una voz.

Maj alzó la cabeza. De pie delante de ella había un chico bastante robusto, con el pelo corto y los ojos pequeños y hundidos, ocultos por pómulos prominentes que daban a su rostro un aspecto algo grotesco. Llevaba un chaquetón pesado, pantalones gruesos, botas, una sudadera y también un sombrero de cuero marrón. A su lado había otro chico y una chica de más o menos la misma edad. Los tres parecían formar un grupito.

—Hola —respondió Maj.

—¿Qué tal? ¿Cómo estás? —preguntó él.

Maj se encogió de hombros. Era una pregunta muy rara dadas las circunstancias.

—¿Tú qué tienes? —preguntó el chico robusto.

—¿En qué sentido?

Él se abrió el chaquetón. Tenía una riñonera atada a la cintura, una cuerda enrollada al pecho y los bolsillos interiores estaban llenos de objetos. Maj reparó en que la chica llevaba una mochila al hombro y que también ella iba bien abrigada.

—Yo no tengo nada, solo esta cazadora… ¿Cómo hacéis para tener todas esas cosas? ¿Se pueden conseguir en algún sitio?

Un nuevo sentimiento, un instinto de supervivencia estimuló de pronto los pensamientos de Maj. Había unos chicos, tenían cosas que podían permitirle mantenerse con vida, defenderse. Ella también las quería.

El chico sonrió, achicando aún más sus minúsculos ojos. Luego hizo un gesto a sus dos compañeros. Estos la inmovilizaron de golpe mientras el otro le quitaba la cazadora a la fuerza. Maj trató de forcejear, pero en respuesta le asestaron dos rodillazos en los costados, que la postraron en el suelo.

Los tres se fueron rápidamente, dejándola dolorida y sin aliento.

No se movió durante unos segundos. Parpadeó y vio entonces la luz del sol, que se ponía en el horizonte, reflejada en la cubierta mojada. Intentó recuperar el aliento.

—Oye, ¿todo bien? —preguntó una voz.

Esa vez Maj se volvió de golpe.

Delante de ella había un chico con vaqueros rasgados y una sudadera manchada de barro.

—No voy a hacerte nada —le dijo.

Solo entonces Maj lo reconoció. Estaba a su lado cuando se había despertado. Pensó que si hubiese querido agredirla o robarle, ya se habría aprovechado.

—¡Qué cabrones! —exclamó el chico—. ¿Te ayudo a levantarte?

—No, gracias —contestó con sequedad Maj.

—Comprendo —dijo él sin el menor asombro—. Esos son correos. Yo no soy correo.

No añadió nada más, dando por hecho que Maj sabía lo que estaba diciendo.

—Los diablos no los tocan y ellos hacen lo que quieren —continuó.

—¿Por qué?

—Tendrán sus intereses. Aquí todo el mundo tiene interés en hacer algo, haces bien en desconfiar.

—¿Y tú no tienes ninguno?

—Es diferente.

—¿Qué interés tienen los correos?

—Bueno, depende: drogas, herramientas, medicamentos, hace falta saber quién se lo encarga. Ojo, llegan los diablos.

Un grupo de guardias pasó corriendo a su lado, sin mirarlos. Maj seguía en el suelo, abrumada por el dolor de un golpe que le habían dado a propósito. Nunca le había pasado nada semejante.

—¿Quiénes son los diablos?

El chico sonrió, divertido por su ignorancia.

—¿Me preguntas quiénes son los diablos? ¿Tú de dónde vienes?

—Si te apetece, respóndeme. Si no, déjalo.

—Los guardias, los guardias del Infierno —le explicó el chico—. ¿Quién, si no?

Entonces Maj consiguió sentarse. Se deslizó despacio contra la pared de hierro del barco, en el punto más protegido del viento. El chico se mantuvo a distancia. Ella lo miró con recelo, tratando de leer sus intenciones en su rostro. Tenía facciones delicadas, el pelo lacio de un palmo de largo le caía sobre la frente, un poco por encima de los ojos, penetrantes. El cuerpo era robusto, se intuía incluso a través de la gruesa sudadera. No tenía el aspecto opulento de Marvin y de los otros chicos del Paraíso, pero no parecía haber pasado hambre.

De repente se oyó el largo sonido del cuerno infernal, seguido de tres explosiones.

—Debemos irnos —dijo el chico—, tienen que soltarnos el discursillo en la catedral.

—¿Por qué sabes todas estas cosas? —preguntó Maj.

—Lo raro es que tú no sepas nada.

—¿Qué quieres decir? ¿Tú ya has estado en el Infierno?

—No, pero tú nunca has hablado con nadie que haya estado, ¿verdad?

—Claro que he hablado —mintió Maj.

El chico sonrió de nuevo.

—De todas formas, yo soy Cloe. Dite, sexto círculo, ¿y tú?

—¿Por qué lo quieres saber?

—Porque no soy una criminal, y soy muy buena reconociendo a los que no han hecho nada.

—¿Buena? —preguntó Maj, dándose cuenta con unos segundos de retraso que Cloe también era un nombre femenino.

—Sí, buena.

Maj observó mejor a quien hasta hacía un instante había creído que era un chico, y Cloe se percató.

—Soy una chica —dijo estirándose con los índices las comisuras de la boca para fingir que ponía a la fuerza una amplia sonrisa, como si aquel fuese el símbolo claro de su feminidad.

Maj escuchó el sonido suave de su voz, que efectivamente también podía ser de una chica, y se tranquilizó.

Fueron juntas al punto de reunión de los condenados frente a la catedral. Los guardias, o diablos, como los había llamado Cloe, las hicieron entrar en las galerías que rodeaban la nave.

Esa vez, en el altar, había un hombre con uniforme rojo. Parecía desempeñar un cargo importante, porque los otros soldados y el sacerdote estaban un par de escalones más abajo.

Maj se asomó por el parapeto, demorándose con la mirada en los condenados de los círculos inferiores.

—No los mires —dijo Cloe—. Es preferible que nadie memorice tu rostro.

—¿Por qué?

—Porque se ve a la legua que eres una presa fácil.

—¿Qué quieres decir?

Entonces Cloe negó con la cabeza, aunque en su fuero interno empezaba a no tener dudas sobre la que había sido su primera sospecha. Esa chica de rasgos delicados, de pelo cuidado y de manos finas no podía venir de Europa.

—¿A cuántos años te habrán condenado? ¿A tres? ¿A cinco? Abajo hay hombres destinados de por vida al Infierno. Estarían dispuestos a arrancarte el corazón si supieran que lo pueden usar.

Maj asintió.

—Tendrás que evitar durante un tiempo las zonas de sombra —prosiguió Cloe—; al menos hasta que tengas un aspecto un poco más… infernal.

—¿Qué son las zonas de sombra? —preguntó Maj.

Cloe no respondió. La miró en silencio unos segundos.

—¿No quieres contarme qué has hecho y de dónde vienes?

Maj bajó la mirada. No, no quería contárselo, y no se lo contaría a menos que fuese estrictamente necesario.

—De acuerdo —dijo Cloe y volvió a mirar hacia el frente, hacia el altar, donde el hombre de antes se disponía a tomar la palabra.

—Si estáis aquí, significa que habéis pecado —empezó este—, vuestro crimen contempla la condenación, y el Infierno será desde mañana vuestra casa.

Se oyeron gritos en las partes inferiores. El hombre no se descompuso, esperó el silencio y habló de nuevo.

—El triste acuerdo constituye el camino para la felicidad que todos deseamos. Queremos paz, justicia, amor para todos los ciudadanos de Europa. Por este motivo hoy estáis aquí, para que paguéis vuestra deuda y para que así participéis en la construcción de una sociedad mejor.

Tras esas palabras, el hombre retrocedió. Sus pasos crujieron en la tarima de madera del altar, resonaron de forma siniestra en el silencio absoluto de la iglesia. Luego se hizo la oscuridad. La enorme pantalla que había detrás de él se iluminó con llamas rojas.

—Ya, una sociedad mejor —repitió Cloe meneando la cabeza—. Cuántas trolas.

En la pantalla apareció el volcán. La imagen temblaba como si en ese momento un terremoto sacudiese la Tierra. En la cumbre del cráter había un río de lava que descendía rápidamente, las llamas bullían y chisporroteaban, escupiendo chorros candentes al aire. Después la lava acababa en un abismo y desaparecía en el interior de la montaña.

—Que comience la comedia —dijo el hombre, y sus palabras retumbaron en la catedral, mientras detrás de él se materializaba la selva, el bosque que ascendía por uno de los lados del volcán.

Luego reinó de nuevo el silencio.

El embarcadero empezó a chirriar. Un ruido de cadenas retumbó en el corazón de la nave. Maj sintió que un escalofrío le recorría la espalda.

Las puertas de la catedral se abrieron y los condenados salieron en tropel a la cubierta.

La bruma se estaba despejando. Maj vio a centenares de hombres de pie, inmóviles, y, en medio de ellos, a los guardias de uniforme rojo, que parecían pequeñas llamas ardiendo en el suelo de hierro. Todos miraban hacia un solo lado. En medio de la bruma había aparecido la silueta oscura del volcán. Una sombra se cernía sobre el barco, ocupando todo el espacio visual y perdiéndose en el cielo, donde nubes negras se adensaban en un remolino imparable. Llamaradas y rayos repentinos rasgaban el aire, seguidos por explosiones de chorros de los cráteres, que, como altas chimeneas, se elevaban sobre la cumbre del volcán.

El ruido de las cadenas se detuvo y acto seguido se produjo un estruendo. El barco seguramente acababa de atracar. Se oyó el largo lamento del cuerno infernal, luego ruido de pasos apresurados y las primeras voces, murmullos que pronto se convirtieron en gritos de pánico. Maj se asomó por la cubierta para mirar la tierra firme. Vio a los primeros condenados que acababan de bajar al muelle. Unos corrían, otros trataban de regresar y eran parados por los guardias, otros se tiraban al suelo llorando, y otros, en cambio, caminaban despacio, encarando su destino.

Maj miró a Cloe, su expresión resuelta, firme. No parecía tener miedo. Ella, en cambio, estaba experimentando una nueva forma de terror, una sensación que le retorcía las entrañas y le impedía respirar.

—Ahora nos harán bajar a nosotras —susurró Cloe—. ¿Vienes conmigo, niña del Paraíso?

20

La lluvia golpeaba la cristalera de cuadros que daba a la calle. A través de los cristales cuarteados, las luces rojas de los locales parecían desenfocadas, como colores borrados por el tiempo.

—¿Mi padre era un arquitecto del Infierno? —preguntó Alec, pero Marcus no lo escuchaba.

Estaba dibujando otra vez en un estado hipnótico. Era como si el mismo carbón condujese su mano por la pared.

Alec golpeó una taza que había en la mesa y la hizo caer. El ruido de la hojalata en el suelo hizo que Marcus se volviera. Tenía los ojos como platos, las cejas ligeramente arqueadas en una expresión de extasiado estupor, como presa de una alucinación.

—El volcán —dijo señalando el dibujo con el gesto nervioso de una mano.

—¿Qué?

—El volcán —repitió Marcus.

Luego cogió la taza del suelo y tiró el trozo de carbón al fuego. Se arrimó a la pared y pegó la oreja. Con los dedos índice y corazón, empezó a ascender por el croquis, siguiendo las líneas más oscuras.

Se detuvo en los árboles, recorrió el sendero que zigzagueaba por el borde de la montaña, y por fin se detuvo delante de un gran portal.

—«Por mí se va a la ciudad doliente —recitó en voz baja y temblorosa—, por mí se va al eterno dolor...»

—¿Qué estás diciendo?

Marcus no respondió. Sus manos se deslizaron por la pared hasta llegar a la chimenea, donde había dibujado un barco atracado en un embarcadero y un bosque.

—«En una selva oscura me encontraba... —susurró Marcus—, porque mi ruta había extraviado.»

Se volvió y miró a Alec con los ojos brillantes y fuera de las órbitas. Inclinó despacio la cabeza.

—«En una selva oscura me encontraba...»

Alec lo observó inmóvil.

Marcus miró de nuevo la pared y, con los dedos índice y corazón de la mano derecha, subió al centro del bosque, hasta llegar a una gran muralla. Allí se detuvo. Usando los dedos de la mano como si fueran dos piernas, siguió el perímetro de las murallas que rodeaban el volcán. Paró delante del gran arco por el que se entraba en el cráter.

—«Dejad, los que aquí entráis, toda esperanza —dijo pronunciando lentamente cada palabra—. Todos los pasadizos, todos los caminos, todos los senderos.»

—¿Qué pasadizos? ¿Qué estás diciendo?

—Federico los dibujó entre las páginas... Todo se ha perdido. Me los quería dar a mí, quería que yo conociese el camino.

Marcus puso de nuevo los dedos en la pared. Llegó al bosque, pero paró y volvió hacia atrás. Ascendió hasta la cumbre del volcán y se detuvo allí donde el dibujo estaba incompleto. Alec lo observaba sin pronunciar palabra.

—He perdido el camino —dijo con un hilo de voz. Luego puso la mano en medio de los círculos y se quedó quieto en medio del volcán.

Repentinamente se fijó en Alec. A continuación se volvió hacia la pared, vio el dibujo y miró alrededor nerviosamente. Corrió al fregadero de la cocina, abrió a toda prisa unas puertas y sacó un cubo. Lo llenó de agua y, una vez delante de la pared, le arrojó el contenido entero con todas sus fuerzas. Después cogió un trapo del suelo y empezó a frotar con ímpetu para borrar el dibujo.

Cuando hubo quitado buena parte del croquis, volvió a mirar a Alec.

—No se puede ir al Infierno —dijo con tono terminante—. No se puede volver atrás.

Alec guardó silencio. Extrajo de la mochila la carpeta que le había dado Beth. La abrió, sacó el bloc y se lo enseñó a su tío procurando que no pudiese cogerlo.

—¿Qué son?

Marcus observó el primer dibujo y retrocedió.

—¿Quién te los ha dado?

Alec no respondió. Pasó despacio las páginas delante de él, para que pudiese verlos bien.

—¿Qué son?

Marcus se arrodilló, pero sin dejar de guardar las distancias. Miró los folios con una mezcla de avidez y terror.

—¿Qué son? —insistió Alec.

—No son nada. ¡Son el delirio de un loco, tu padre! ¡Es por lo que se cavó su propia tumba!

—¿Qué quieres decir? ¡Ya estoy harto, quiero saber qué le pasó a mi padre, quiero saber por qué has estado en el Infierno y qué son estos dibujos! ¡Dime la verdad!

—No.

—¿Qué tiene que ver mi padre con el Infierno?

—Ha muerto demasiada gente —dijo Marcus— por una ilusión; la muerte no tiene vuelta atrás ni una nueva meta... sencillamente, es muerte. No hay otra tierra.

—Si hay algo relacionado con él que yo no sepa, quiero que me lo cuentes... —Las palabras se le desvanecieron en la boca; empezaba a comprender cuál era la única pregunta certera que todavía no había formulado—. ¿Quién era mi padre?

Marcus lo miró y sonrió tristemente. Se alejó hacia la ventana iluminada por los relámpagos. Oyó unos ruidos que llegaban de la calle, un chirrido de ruedas en el asfalto, gritos. Eran sonidos lejanos, parecían llegar del pasado.

Un trueno retumbó fuera haciendo vibrar el suelo. La sombra de Marcus se alargó sobre el dibujo, haciendo que pareciera más alto y fornido de lo que era en realidad.

—Fue uno de los más geniales arquitectos del Infierno —dijo con una voz de nuevo clara—. Durante años creó las máquinas de la ley del Talión. Tú no sabías nada, supongo.

Alec negó con la cabeza, mientras pensaba en las largas semanas en las que su padre se ausentaba con la excusa de que lo habían llamado los trabajadores de las obras de los nuevos barrios del Paraíso.

—Hasta que se dio cuenta de la injusticia que reinaba en el Infierno; comprendió que había sido construido para destruir a quien criticaba el poder, que era un instrumento de represión de la Oligarquía. Conoció a los inocentes, y conoció a los opositores del régimen. Para ellos dibujó el mapa.

—¿Qué es el mapa?

—Eso que tienes en la mano, al menos en parte.

Alec bajó la mirada hacia los dibujos y los observó con nuevos ojos. De repente el bloc de folios le pareció más pesado.

—¿Para qué sirve?

—Para ir de un círculo a otro, para reunirse en Dite.

—¿En Dite? ¿Por qué?

—En Dite están todos los herejes, los que han cometido crímenes contra las instituciones. Allí iba a empezar la rebelión. Desde allí los rebeldes iban a salir del volcán.

—Pero ¿cómo? ¿Cómo puede salirse de Dite?

Marcus se volvió y se acercó a la pared, donde el croquis no se había borrado del todo. Con el dedo pasó rápidamente del bosque a la cima de la montaña para luego descender hasta el centro del cráter, sobre el que había una muralla alrededor de lo que debía de ser Dite. Cogió el trozo de carbón y trazó una línea recta que salía de los contornos marcados, hasta el punto donde debía estar el mar.

—La espelunca —dijo Marcus.

—¿Qué?

—Es el túnel que te saca del Infierno. Lo proyectó en secreto con otros arquitectos que eran sus cómplices.

—¿Un túnel para salir del Infierno?

—Desde allí iba a empezar la rebelión. La Oligarquía se percató de que estaba ocurriendo algo, pero no encontraron el túnel. Y nadie ha podido encontrarlo nunca, pero yo sé que existe…, yo sé que hay una salida.

Alec lo miró incrédulo. No había salida del Infierno, como tampoco había objeciones a la justicia ni a los principios de la Oligarquía. Lo repetían siempre los políticos en todos los debates televisivos. El Infierno representaba la ley absoluta, el imperio de los oligarcas, el nuevo reino creado en la época en que nacieron los mundos divididos.

—Condenaron a tu padre —continuó Marcus.

—¿Mi padre fue condenado al Infierno?

—Claro. Al noveno círculo, entre los traidores a la patria.

Alec sintió que un temblor de rabia y desesperación le recorría el cuerpo. Nunca lo había conocido realmente, empezaba a hacerlo gracias a aquellas palabras que le devolvían apenas un fragmento, pero que aun así arrojaban una nueva luz sobre el mundo en el que siempre había creído vivir y sobre el lugar que su padre había querido darle en ese mundo. Sintió que las lágrimas le surcaban las mejillas y que un dolor más grande que él lo abrumaba.

—Todavía estaba vivo cuando entró en el noveno círculo —prosiguió Marcus—, pocos días después de que los guardias se lo llevaran de casa.

La imagen de su padre sacado a la fuerza de casa por los guardias de la Oligarquía se prendió como un incendio inopinado en su mente, y se le sumaron todos los detalles que aquellos días terribles habían borrado. Vio a su hermana de rodillas tratando de retener al hombre mientras entre sollozos suplicaba a los guardias que lo dejaran. «¡No os llevéis a mi papá!», gritaba, «por favor, no os lo llevéis». Él la miraba con ojos llenos de dolor, probablemente ya conocía su destino. A buen seguro ya no tenía dudas mientras estrechaba con fuerza a su hijo, pidiéndole que fuera fuerte.

Marcus cogió de nuevo el trozo de carbón y se arrodilló en el suelo. Trazó una línea curva que se enroscaba sobre sí misma. Era una curva helicoidal perfecta que dibujó con una precisión de la que Alec nunca lo habría creído capaz.

Luego se levantó, le cogió los dibujos de Beth de las manos y empezó a hojearlos rápidamente. Se arrodilló de nuevo y comenzó a colocarlos a lo largo de la curva que había trazado. Al cabo de cinco minutos, todos los dibujos estaban en el suelo. Con el carbón, Marcus hizo después un círculo que abarcaba los dibujos.

—Este es el mapa del Infierno. Los círculos están unidos entre sí por pasadizos secretos situados en una curva que se enrosca dentro del cráter según un equilibrio perfecto, el de la sección áurea.

—Pero entonces ¿qué tienen que ver los dibujos?

—Tu padre marcó los puntos de entrada de los pasadizos dentro del libro, entre un canto y otro. Podían parecer simples dibujos, pero en realidad eran las puertas entre los círculos. Los inocentes llegarían así a Dite, y allí empezaría el camino hacia la libertad. Nadie ha descubierto nunca el mapa, puede que nadie haya cruzado jamás la espelunca para salir. Nadie aparte de él, cuando la construyó. Él fue quien me dijo que al otro lado del Infierno, que al otro lado del volcán, había una nueva tierra, una tierra libre, una montaña.

21

Alec salió de la casa de Marcus. Necesitaba estar solo, pensar. Una vez en la calle, se paró y volvió la vista. La nieve había cubierto los antepechos de las ventanas y pintado de blanco las calles de Europa. Vio a su tío a través de la cristalera. Una silueta negra contra el rectángulo de luz amarilla que proyectaba hacia atrás un leve resplandor.

Anduvo hasta el barrio Gótico y se detuvo en la plaza de la catedral. Entró por el portal lateral y se sentó en un banco de madera, al lado de una de las grandes columnas de mármol de la nave.

Todavía era temprano y solo había algunas mujeres vestidas de luto. Miraban las imágenes del Infierno, con ojos llenos de dolor. Durante un instante se imaginó a su madre en medio de ellas, con la cabeza cubierta por un velo negro, la mirada perdida en las imágenes del Infierno, con la esperanza de ver aparecer en cualquier momento a su hijo, pero también con el temor de verlo morir.

Se veía una tierra roja, árida, azotada por un fuerte viento que levantaba polvo y arena. Conos de tierra, semejantes a pequeños cráteres, se elevaban pocos metros y constituían el único abrigo para los condenados, quienes inútilmente se asían a ellos antes de ser barridos por el viento. Aparecían hombres y mujeres cayendo al suelo, como hojas secas. Un chico y una chica se abrazaban con fuerza, con la esperanza de oponer más resistencia al viento, pero fueron levantados del suelo, como una planta arrancada de raíz. Alec los siguió con la mirada hasta que desaparecieron en la arena roja.

Permaneció allí toda la noche, con los ojos perdidos en las imágenes, la mente concentrada en mil interrogantes. ¿Su padre era realmente un arquitecto del Infierno? ¿Cómo había podido ocultarle su verdadera identidad? ¿Qué sabía su madre? ¿De verdad había un camino para huir de ese lugar?

Salió de la iglesia cuando amanecía. Se tapó la cabeza con la capucha y se abotonó bien la chupa.

Iba a ir por el callejón que desde la plaza se adentraba en el barrio de los pescadores cuando reparó en que la fachada de la catedral estaba engalanada. La noche anterior no le había prestado atención. De las vidrieras pendían grandes estandartes de la Oligarquía, pero también de las ventanas de los edificios colgaban banderas, cuyos colores chocaban con la pintura desconchada de las viejas construcciones.

En eso oyó voces, seguidas inmediatamente por ruido de pasos. Sonaban en las piedras de la calzada con la fuerza de una granizada. Un grupo de chicas y chicos apareció en la plaza. Eran al menos unos veinte y avanzaban desordenadamente, empujándose y bromeando.

—Venga, que va a empezar —dijo uno de ellos—, moveos y no os olvidéis de levantar bien las manos, que van a estar las televisiones.

Una chica que estaba detrás de él levantó ambos brazos, con las palmas de las manos bien abiertas, haciendo el saludo de la Oligarquía. Un joven que la seguía a unos pasos aprovechó para pellizcarle el culo. Ella se volvió de golpe.

—¡Baja esas manos, memo! —profirió riendo.

—¡Vosotros dos, ya está bien! —los amonestó el que dirigía el grupo—, ¡ahora poneos serios!

Alec tardó unos segundos en acordarse del día que era. En otras circunstancias no se habría dejado pillar por sorpresa. Lo habría esperado con odio y temor durante semanas, y al final se habría encerrado en casa, hasta que pasase. Pero, con todo lo que había ocurrido, se le había pasado por completo.

El grupo pasó a su lado.

—¡Viva la Oligarquía! —exclamó un chico con los brazos levantados y mientras miraba fijamente a Alec, esperando que este hiciese lo mismo.

Pero Alec se limitó a asentir, aunque tendría que haber correspondido al saludo con la misma exclamación. El otro lo miró mal unos segundos, luego siguió su camino.

El grupito desapareció en un callejón, dejando sitio al ruido de las trompetas y de los tambores, al chillido del megáfono que recitaba los eslóganes de la Oligarquía, y a la oleada de gritos que creaba el estruendo de un río en crecida.

Alec cruzó la plaza, fue por el mismo callejón que habían cogido los chicos y se detuvo justo al borde de la gran avenida que dividía la ciudad, por donde poco después marcharía el ejército de la Oligarquía, seguido por la población en fiesta.

Los recuerdos empezaron a abrirse camino por su mente como clavos incrustados en la blanda corteza de un árbol.

Su madre colgando la bandera fuera de la ventana.

El sonido de las trompetas y de los tambores llegando en oleadas cada vez que la banda militar se acercaba.

Su padre todavía no había vuelto. «¿Dónde está papá?» «Llega dentro de poco.»

Luego los guardias, el ruido metálico de su equipamiento, el crujido de sus botas. Las miradas inexpresivas.

Los recuerdos giraban sobre sí mismos entreverándose, y Alec se vio catapultado a la calzada. Sacudió la cabeza para ahuyentar las imágenes del pasado, pero también la del desfile que acababa de empezar delante de él, acompañado por el estruendo de los aplausos. Una fila de guardias marchaba de forma compacta, llenando la calle hasta donde a Alec le alcanzaba la vista. El ruido de las botas que golpeaban contra el asfalto duro acompasaba el ritmo de la música que seguía el desfile a un centenar de metros. Por detrás de la banda se veían los tanques y los enormes hovercrafts de los oligarcas.

Alec comprendió que debía irse de allí. La multitud ocuparía al cabo de pocos minutos todas las callejuelas y hasta el más pequeño rincón de las inmediaciones.

Trató de volver sobre sus pasos, pero la entrada del callejón estaba bloqueada por una enorme tanqueta del ejército. Empezó a andar pegado a las paredes, tenía que encontrar la siguiente bocacalle, que le permitiría escabullirse sin llamar la atención.

Se abrió camino empujando a la gente que poco a poco se iba concentrando a los lados de la calle. La banda se estaba aproximando y el volumen de la música aumentaba a cada paso. Las cabezas erguidas y las miradas severas de los soldados recibían las expresiones entusiastas de la gente, en las que no se conseguía distinguir la sincera adhesión del servil alarde.

Alec sintió que la cabeza le daba vueltas, luego náuseas, la frente sudada. Tenía calor, pese a que la calle estaba cubierta de nieve y a que tenía la ropa mojada. Observó a los guardias, a los soldados, el blanco de los uniformes se confundía con la nieve, mientras que los emblemas rojos en las guerreras y en las botas parecían manchas de sangre.

Las palabras de Marcus resonaron en su cabeza.

«Tu padre era un arquitecto del Infierno.»

«Dibujó el mapa para que escaparan los inocentes.»

«Él comprendió qué era el Infierno, y ellos lo eliminaron.»

«Ellos.»

Alec se detuvo y los miró. ¿Quiénes era ellos? ¿Eran los soldados que vigilaban las carreteras de Europa? ¿Eran los ricos habitantes del Paraíso? ¿O los oligarcas? ¿O bien los ciudadanos de Europa con su apoyo mutuo, con su indiferencia?

Una punzada de rabia le contrajo los músculos de la espalda, seguida de una descarga de adrenalina.

¿Qué clase de mundo era ese? Un mundo al servicio del poder y de la riqueza de unos pocos privilegiados. Un mundo que acallaba cualquier discrepancia.

Su padre.

Maj.

Sus amigos.

Había visto cómo se llevaban a decenas de ellos. Cómo eran conducidos al Infierno acusados de robo, tráfico, agresión. Cuando la único culpa real era la de no tener esperanzas, y haberlo comprendido.

Un mareo más fuerte lo hizo tambalearse y se estrelló contra un grupo de guardias que marchaba al lado del desfile con las banderas enarboladas.

—¡Ten cuidado! —lo reprendió uno de ellos.

—¡Largo! —dijo otro, antes de que alguien lo agarrase y lo sacase de allí.

Era una mujer de mediana edad. Alec no sabía quién era.

—Eh, chico, ¿te encuentras bien?

—Sí, sí —contestó apresuradamente, pero la cabeza le seguía dando vueltas. Trató de alejarse y se cayó al suelo.

—Hay un chico que se encuentra mal —dijo un hombre.

La multitud seguía pasando a su alrededor. Un guardia lo cogió por los hombros.

—Será mejor que te vayas a casa.

—Se encuentra mal —intervino otro hombre—, tiene fiebre.

—No, no —protestó Alec al tiempo que se desasía del hombre.

En ese momento el desfile se detuvo y se hizo un silencio repentino, espectral.

—Buenos días, ciudadanos de Europa.

Kronous estaba de pie sobre un hovercraft al menos tres veces más alto que un tanque y casi tan ancho como toda la avenida.

—También este año celebramos el nacimiento de la Oligarquía, la unión de los gobiernos de Europa por una paz duradera y una creciente prosperidad.

Una ovación acompañó la breve pausa del primer oligarca.

—¡Viva la Oligarquía! —exclamó Kronous.

Y la multitud le hizo eco con un grito que hizo temblar la calle.

El desfile continuó su recorrido acompañado por la música de la banda. Alec estaba inmóvil, porque a sus ojos aquel desfile se había convertido en un inmenso vehículo militar del tamaño de toda la ciudad impulsado por las sonrisas falsas de todos los ciudadanos de

Europa. La calzada, en cambio, se había convertido en un sepulcro, las piedras eran lápidas de todas las víctimas inocentes del Infierno.

Entre ellas, vio también a Maj. Se imaginó su tumba como uno de los millares de piedras del pavimento.

La cabeza, detenida en aquella visión, dejó de darle vueltas.

Se abrió una grieta en el muro de gente que seguía el desfile. Atravesó la calle, pero primero pasó en medio de los tanques que avanzaban compactos y luego dejó atrás a las dos filas de soldados. Llegó detrás del hovercraft, lo rodeó y también dejó atrás a la banda que precedía a aquel. Delante de Alec ahora solo estaba la avenida desierta, flanqueada por los altos edificios con las banderas de la Oligarquía, que ondeaban blandamente en los antepechos.

El desfile aún no se había interrumpido cuando él se detuvo y lo vio llegar como una ola a punto de romper en unos escollos.

Nadie se había atrevido jamás a tanto. Nadie había desafiado jamás deliberadamente a la Oligarquía.

Después se hizo el silencio. La banda paró a unos pasos de él. Los tanques se detuvieron y también las sonrisas de los ciudadanos se debilitaron como las llamas de un incendio bajo una lluvia repentina.

Alec levantó ambos brazos, con las palmas de las manos bien abiertas hacia las filas de soldados. En sus ojos, como en los de todos los ciudadanos que presenciaban sin palabras la escena, leyó confusión, desorientación. Aquel era el saludo de la Oligarquía, era el mayor homenaje que un ciudadano podía rendir a los gobiernos, pero en ese momento se había convertido en otra cosa.

Pasaron unos segundos, luego Alec bajó los brazos, lentamente, sin doblar los codos, hasta que ambos estuvieron perfectamente perpendiculares al cuerpo. Los ciudadanos de Europa asistían atónitos a ese gesto que parecía fruto de un ritual concreto, pero Alec no tenía la menor idea de lo que estaba haciendo. Había saludado a la Oligarquía y ahora con esos mismos brazos detenía su marcha triunfal.

El primer oligarca lo miró desde lo alto del hovercraft.

Dos soldados avanzaron hacia él. Uno de ellos le dio a entender con un gesto que debía irse de allí. Alec meneó despacio la cabeza. Toda la rabia que albergaba se había convertido en adrenalina pura. Tendrían que pasar por encima de él con los tanques: no podía moverse ni aunque hubiera querido.

La banda se preparó para seguir tocando y durante unos segundos el gentío pareció reanimarse, pero, tras el sonido de la trompeta y un redoble de tambores, de nuevo se hizo el silencio.

Alec no se movía, seguía inmóvil, con los brazos extendidos y las palmas hacia Europa. Periodistas y comentaristas políticos presenciaban la escena en los balcones que daban a la avenida. Todas las cámaras lo apuntaban, pero enseguida pasarían por la severa criba de la censura. Nadie, con toda probabilidad, vería aquellas imágenes.

Fue en ese momento cuando un grupo de guardias lo rodeó.

Luego todo se volvió negro.

Se despertó tumbado en un catre en una celda pequeña y oscura. La luz de la luna se filtraba por una claraboya e iluminaba a un hombre que estaba de pie delante de los barrotes.

Un guardia abrió la celda.

—Tiene cinco minutos —dijo, y el hombre asintió.

Entró, se sentó en el catre y lo miró. Era Marcus.

—Escucha bien, todo lo que voy a decirte podría salvarte la vida.

22

Los guardias empezaron a hacer bajar a los condenados del vientre del barco. Cinco cada vez, cada treinta segundos. El ruido de los pasos en la pasarela de hierro resonaba en el silencio. Las voces de los condenados parecían silbidos que se dispersaban en la oscuridad como el último humo de un fuego recién apagado.

Habían pasado cinco días desde su arresto. Cinco días desde que Marcus lo había ido a ver para decirle aquellas palabras que deberían salvarle la vida. Lo habían llevado a la cárcel del barrio portuario, desde donde zarpaban los barcos hacia el Infierno. En Europa habían emitido los reportajes conmemorativos del desfile. Los eslóganes eran los de siempre: «La población celebra la confianza y el futuro», «La Oligarquía camina por las calles de Europa, el buen gobierno está entre nosotros». Naturalmente, nadie había mencionado el percance, nadie había hablado de ese chico que se había lanzado al centro de la calle.

Durante el viaje hacia el Infierno, Alec permaneció inmóvil en la cubierta del barco. Con la cabeza inclinada sobre los brazos, que estrechaban las rodillas. No había gritado cuando le habían grabado la marca de fuego del Infierno en el pecho. Le había parecido casi un consuelo, porque durante media hora larga no había podido pensar en nada más que en esa punzada abrasadora que le aplastaba el esternón.

El chillido de una gaviota lo hizo volverse. El pájaro se había posado en el muelle, muy cerca de donde él estaba. Un golpe de viento le levantó las plumas y la indujo a abrir las alas, de modo que la misma corriente la elevó de nuevo. Su silueta se esfumó en un instante.

Alec dio los primeros pasos en el muelle.

Las olas rompían en las vigas de madera produciendo un rumor sombrío, fluctuante, como el de una vieja campana que resuena al fondo de un pozo.

Se volvió una última vez, pero el barco ya estaba desapareciendo, devorado por la niebla. La luz amarilla de unas farolas altas apenas la penetraba. En cambio, en ambos lados del muelle, se distinguían perfectamente dos filas de diablos, los guardias infernales, envueltos en sus brillantes uniformes rojos.

Alec lanzó un vistazo fugaz a los cuatro que habían bajado con él: un rubio enclenque, un chico con barba larga y una enorme cicatriz en la mejilla, un hombre con la tez amoratada que se tapaba la cabeza con un sombrero y, por último, una chica que iba un par de metros por detrás de ellos, con el terror pintado en el rostro.

—¿Qué va a pasar ahora? ¿Qué nos van a hacer? —no cesaba de repetir el enclenque.

—¡Cálmate! —le dijo el de la cicatriz.

—¿Cómo puedes estar tan tranquilo? —insistió el enclenque, pero esta vez no obtuvo respuesta.

—Necesito beber —dijo la chica—. ¿Cuándo van a darnos agua?

—Fuera de la selva —le respondió el chico de la cicatriz. Se volvió hacia ella y le clavó unos ojos de depredador.

Alec pensó que ese hombre no habría vacilado un segundo en eliminarlos a todos por conseguir algo, y también pensó que el enclenque no tenía muchas posibilidades de sobrevivir.

Recordó el momento en que había visto aparecer a Marcus al otro lado de los barrotes de la celda del puerto. Los guardias lo habían cacheado antes de dejarlo pasar.

«Que no vean que tienes miedo —fueron las primeras palabras de su tío—. Muéstrate siempre fuerte, seguro, peligroso. Eso es lo que hacen los animales para asustar a sus presas o para defenderse de los depredadores. Y en el Infierno tú no eres una persona, sino un animal.»

El muelle terminó y Alec se vio en tierra firme. Muchos chicos, al menos unos treinta, se habían detenido allí; parecía que algunos de ellos querían volver sobre sus pasos, otros parecían paralizados por el miedo, y otros se habían dejado caer al suelo rindiéndose a la desesperación.

—No se vuelve atrás —dijo una voz apenas susurrada.

Era alguien que, como él, trataba de sobreponerse a la adversidad. Alec evocó un recuerdo borroso de su padre, de un día que lo había llevado a la playa. Tenía solo cinco años y, como le daba miedo meterse en el agua, se quedaba en la orilla y echaba a correr cada vez que llegaba una ola.

«No se vuelve atrás», le dijo su padre con una sonrisa.

Ahora aquellas palabras sonaban oscuras y amenazadoras como una maldición.

—¿Adónde vas? —le preguntó el chico de la cicatriz.

—Al Limbo.

—¿Qué has hecho?

—¿Eso tiene importancia?

—No; si quieres, vamos hasta la puerta juntos.

—No.

Cuatro grandes focos iluminaron de golpe el suelo. Procedían de unos postes muy altos que formaban un cuadrado alrededor de los condenados. La luz era tan fuerte que los obligó a taparse los ojos con las manos.

El ruido de un motor que se acercaba se sobrepuso al del viento y al de las olas contra los postes del muelle. La silueta de un hovercraft surgió de la oscuridad de la selva y se detuvo a pocos metros de los condenados. El portalón inferior se abrió lentamente y descendieron seis hombres uniformados como diablos. Se colocaron en fila delante del paralelepípedo de luz que emitían los focos. El panel anterior del hovercraft se iluminó y en la superficie se proyectó un vídeo que mostraba al primer oligarca.

Su expresión era orgullosa y serena. El cuerpo fibroso se intuía bajo la ropa de paisano. Llevaba unos simples vaqueros, una camisa blanca y un jersey ligero.

«Bienvenidos —dijo sin el menor rastro de ironía—. Me gusta recibir personalmente a los condenados. Es un gran viaje y una gran oportunidad la que os espera. La de redimir vuestra alma, afrontando la muerte.»

Kronous hizo una breve pausa y sonrió volviendo la cabeza de un lado a otro.

«Tendréis de todo. No estáis aquí para morir, sino para expiar vuestros pecados, para pagar por los crímenes que habéis cometido, para dar ejemplo a los ciudadanos de Europa. Tenéis que seguir cinco sencillas reglas para cumplir vuestra pena. Uno: no cometáis crímenes. Dos: no abandonéis vuestro círculo. Tres: mantened una relación civilizada con vuestros compañeros. Cuatro: no fabriquéis armas. Cinco: aceptad la ley del Talión y tendréis comida, ropa y medicamentos.»

El vídeo se interrumpió. Los diablos subieron al hovercraft, que se alejó rápido y silencioso, tal y como había llegado.

Luego las luces se apagaron.

Alec se quedó inmóvil donde estaba, recordando lo que le había dicho Marcus: «Os dirán las cinco reglas para sobrevivir en el Infierno. De nada vale que las sepas. Son puras patrañas. Al día siguiente las habrás infringido todas».

Entonces comenzaron los primeros llantos, los gritos.

Alguien corrió hacia atrás, tratando en vano de regresar hacia el barco.

Se oyeron dos disparos, la forma en que los diablos advertían claramente de que desde allí no se salía. Un grupo de condenados corrió hacia la derecha, otros hacia la izquierda, muy pocos eran los que avanzaban hacia el frente, porque delante de ellos había un muro negro de oscuridad.

—¿Dónde está el camino? ¿Adónde hay que ir? —preguntó un chico—. ¡Por favor, ayúdame!

Alec se volvió. Era el enclenque rubio. Estaba aterrorizado. Tenía los ojos fuera de las órbitas, brillantes, y la frente sudada.

—Hay que caminar recto —respondió Alec. Hablaba con voz entrecortada pero firme, le faltaba el aliento.

—Yo no he hecho nada —dijo el enclenque agarrando a Alec del brazo—. No he hecho nada, ¿entiendes? No debería estar aquí.

Alec se soltó de él. El chico cayó al suelo y empezó a sollozar. Alec se alejó rápidamente, pero alguien lo cogió por el hombro. Se volvió.

—¿Puedo ir contigo? —preguntó una voz femenina, sumisa—. Vamos juntos a la puerta.

La oscuridad no le permitía verla bien, pero su cuerpo parecía delgado, debía de ser joven. Alec se imaginó a Maj en su lugar.

—Por favor —le suplicó la chica—, solo sácame de aquí; total, de todas formas, voy a morir.

—No es verdad —repuso Alec, aunque no estaba hablando con ella. Sus palabras se las dirigía a Maj. Le estaba pidiendo que resistiera, le estaba rogando que siguiera viva—. Ven conmigo.

Alec tendió una mano y le agarró una muñeca. Ella no dijo nada. Cuando apenas habían dado unos pasos hacia la selva, un grupo de condenados se acercó corriendo. Alec oyó sus jadeos. Los arrollaron, tirándolos al suelo.

Cuando Alec se levantó, la chica había desaparecido. Avanzó unos metros mientras sus ojos se acostumbraban a la oscuridad y empezó a percibir las primeras formas: la silueta de un árbol, una roca, un ligero resplandor que procedía del mar y que destacaba más el perfil anguloso de los escollos.

Hubo otros dos disparos y un grito seguido de un ruido sordo, alguien había caído en el muelle.

«No se vuelve atrás», se repitió Alec, al tiempo que las palabras de Marcus resonaban sin pausa en su cabeza: «Tienes que atravesar la selva lo más rápido que puedas y procurar no herirte. Si llegas cojo a la entrada del Infierno, estás acabado».

Alec elevó los ojos hacia el cielo, estaba negro, sin estrellas, hostil. Un repentino resplandor amarillo lo iluminó, mostrando el remolino de nubes negras y grises que se enroscaban sobre la cima del volcán. Fue solo un instante, pero le permitió distinguir la selva. El denso sotobosque de endrinos silvestres sobre el que se alzaban los robles. Parecían enormes setas de contornos quemados.

Echó a andar en la oscuridad y al cabo de unos pasos se encontró solo, inmerso en las tinieblas.

Las hojas crujían bajo sus pies, las ramas le azotaban las piernas. Avanzaba con los brazos estirados hacia delante, si bien las espinas le arañaban de todas formas la cara. Un par de minutos después tropezó con algo y se cayó al suelo. Tardó unos segundos en descubrir que aquello contra lo que había tropezado se movía entre sus brazos. Era un cuerpo humano. Lo empujó y fue empujado. Se levantó y apretó el paso, pero el miedo más que el cansancio lo habían dejado sin aliento.

No veía nada.

Empezó a pensar que tenía los ojos cerrados.

Sí, debía de tenerlos cerrados, se dijo. Con los dedos recorrió el perfil de la frente hasta debajo de las cejas. ¿Estaban cerrados o abiertos? No lo sabía. Sin embargo, se percató de que se había detenido. ¿Qué había dicho Marcus? Ya no lo recordaba. Aspiró. El aire olía a cenizas y a azufre.

Reanudó su camino. Los ruidos del bosque llegaban a sus oídos amplificados. Notaba a su alrededor la presencia de otros condenados, percibía los jadeos, los pasos, el olor penetrante del sudor.

Se imaginó la oscuridad que se deslizaba como un líquido oscuro en su boca, tiñéndole de negro la garganta, el estómago, luego todos los órganos vitales hasta llegar a la superficie de su cuerpo, que era como una vasija de barro que de repente se desmenuzaba y desaparecía.

No había más.

¿Era posible?

Echó a correr de nuevo. Chocó con unas ramas y de pronto se estrelló con fuerza contra un tronco y se cayó al suelo. Trató de mirar alrededor, todo era oscuridad. Después levantó la cabeza y vislumbró el perfil de la copa de un árbol. Parecía una página arrancada. Había reaparecido el cielo.

Apenas era más claro que las plantas, pero lo suficiente para que le permitiera orientarse. Pudo ver por qué lado subía la pendiente y reanudó otra vez su camino. A medida que avanzaba, la luz aumentaba, iluminando las rocas y los arbustos del sotobosque. Hasta que de golpe la selva terminó.

Más allá de los árboles, la cuesta continuaba. La débil luz del cielo teñía de azul la pradera. La luna era un disco pálido que aparecía y desaparecía en el remolino de nubes.

El dibujo de Beth se perfiló en su mente como una fulguración repentina. Era el dibujo que había sobre la chimenea. Estaban representados el bosque, una colina y un hombre caminando. Había además otros detalles, pero entonces no fue capaz de recordarlos.

La débil luz de la luna iluminó los hilos de vapor que brotaban de la hierba. Parecían algas blancas ligeramente mecidas por el viento.

«Los vapores adivinatorios provocan alucinaciones místicas. Cuanto menos respires, más posibilidades tendrás de llegar sano y salvo a la puerta. No puedes evitar que te droguen, pero corre todo lo que puedas y…»

Las palabras de Marcus se interrumpieron como si hubiese grabado mal el recuerdo.

Echó a correr. Ya no notaba el cansancio, el miedo y el dolor convertidos en adrenalina. Las ideas se centraron rápidamente en su cabeza.

Sabía lo que debía hacer. La pradera se había vuelto verde y la niebla había desaparecido, por encima de él habían salido las estrellas.

Estaba amaneciendo, el cielo azul brillante se degradaba hacia el celeste en el horizonte. La selva había quedado detrás; más allá de las últimas copas de los árboles, se veía el mar aclarado por la luna. De repente un ruido rompió el silencio, seguido por un sombrío borboteo que parecía llegar del subsuelo.

Las tres fieras aparecieron en el mismo momento, sobre la colina.

Su perfil se recortaba contra el cielo, el mismo cielo que le había dado un instante de esperanza. La pradera estaba llena de condenados. Hombres, mujeres, jóvenes. Tenían los rostros marcados por el cansancio, estaban cubiertos de arañazos y de tierra.

El largo sonido del cuerno se vio seguido por el rugido del león, que resonó de forma espeluznante.

Alec no estaba tan drogado para no darse cuenta de que tenía los sentidos más aguzados.

Miró a las tres fieras, todavía inmóviles. Le pareció entrever los dientes afilados de la loba, pese a que desde donde se encontraba eso era prácticamente imposible. Debía de hallarse al menos a cien metros de él. Aún no había terminado este razonamiento cuando un cuerpo se le echó encima y lo tiró sobre la hierba. Sintió los golpes en el pecho y los arañazos que se le abrían en los brazos. Rodaba por el suelo bajo el peso de la loba. Se levantó, pero ahora tenía delante al león, lo estaba mirando, listo para abalanzársele. Corrió en diagonal por la pendiente, con todas las fuerzas que tenía; los otros condenados hacían lo mismo. Los cuerpos caían uno tras otro, y en el aire retumbaba el eco de los pasos pesados que pisaban el suelo como tambores. Estaba al límite de sus fuerzas, ya no le quedaba aliento.

Se cayó al suelo. El león se abalanzó sobre él. Se dijo que era el final. Vio el rostro de Marcus, el de Beth, el de Maj. Se demoró en su sonrisa, cerró los ojos y trató de fijarla en su cabeza.

De nuevo se oyó el largo sonido del cuerno.

Cuando abrió los ojos estaba tumbado en la orilla de un arroyo. A su alrededor había otros hombres y mujeres. Unos bebían, otros se lavaban las heridas en el agua.

Solo tenía algún arañazo en los brazos. Se puso de pie y vio a lo lejos, en la cima de la colina, tres grandes estatuas. Las tres fieras. Pero eran solo estatuas, nada más.

«El efecto desaparece rápido. Advertirás que la mayor parte de las cosas que crees haber hecho no son sino creaciones de tu mente.»

Las palabras de Marcus le suscitaron un instante de alivio, luego reapareció el miedo. Ese era el poder del volcán infernal. Aquella isla podía suprimir la realidad, las percepciones, la memoria. Esa era la fuerza que el Infierno mostraba a los condenados aun antes de que lo pisasen.

Más allá de las fieras, a lo lejos, se vislumbraba el perfil de los altos tejados puntiagudos de Nueva Jerusalén. Alec paseó la mirada desde el campanario más elevado hasta el punto donde empezaba el primer anillo de murallas del Infierno. Alrededor había cientos de guardias; los uniformes rojos de los diablos parecían pequeñas llamas que lamían la base de las murallas.

«No se vuelve atrás», dijo su mente, que ya se había apropiado de aquellas palabras recogidas en la oscuridad. Y pocos segundos después por fin la vio: la puerta del Infierno.

Tenía al menos veinte metros de alto y los mismos de ancho, era un coloso de cemento y negra piedra volcánica. Las llamas ardían en la parte de arriba y en la inscripción. Bajo el arco, las chispas caían a la oscuridad, parecían luciérnagas incandescentes que flotaban unos segundos antes de posarse en el suelo humeante. Los condenados, que como él habían visto aparecer la puerta en la cima de la colina, estaban de pie, hipnotizados. El sonido del cuerno infernal resonó en el aire tres veces y las llamas del arco se elevaron varios metros para luego precipitarse como el chorro de una fuente.

En ese momento, Alec vio en el suelo, a un metro de donde se encontraba, algo brillante. Avanzó un paso para verlo de más cerca. No le quedaron dudas: medio enterrada, era la hoja de un cuchillo.

«En el Infierno se encuentra todo, menos armas de fuego. Nadie las usa, los diablos te eliminarían antes de que pudieras apretar el gatillo. Pero las navajas sí que son valiosas. En las zonas de sombra, dicta las leyes quien tiene un cuchillo.»

El cuchillo estaba a poco más de un metro de él. La hoja estaba sucia; el mango de madera, roto. Alec dio un paso y se agachó, con las manos apoyadas en las rodillas, como para descansar un momento. Luego, avanzando un poco más, dejó caer una mano hasta el suelo, cogió el cuchillo y se lo guardó en un bolsillo.

A su alrededor había unos veinte condenados de distintas edades, repartidos en un radio de cinco o seis metros. Nadie parecía haberse percatado de nada y Alec se encaminó velozmente hacia la puerta.

—¿Qué has cogido? —preguntó una voz detrás de él.

Alec no le hizo caso y siguió andando. Una mano lo cogió del antebrazo.

Alec se volvió.

—¿Hablabas conmigo?

Un hombre lo miraba, con el rostro crispado en una mueca que manifestaba una mezcla de rabia y enfado.

—Enséñame lo que tienes en el bolsillo.

—No tengo nada —dijo Alec; dejó de apretar el cuchillo y sacó las manos de los bolsillos. Miraba las murallas, donde estaban los guardias. ¿Estaba a salvo? ¿Podía echar a correr hacia ellos?

—Obedece o te mato en cuanto estemos dentro —gruñó el hombre—. Dame lo que has escondido.

Mientras tanto, algunos chicos se habían interesado en la escena. Entre ellos, el de la cicatriz en la mejilla, con el que había bajado del barco. Ahora estaba con un chaval más pequeño, parecía casi un niño, pero si se le observaba con atención cualquiera habría reconocido los ojos consumidos por el nepente, la mirada vacía del que ha dejado de pensar.

Alec se dijo que se exponía a meterse en un lío inútil. Necesitaba un cuchillo, cierto, pero también necesitaba entrar en el Infierno ileso. Extrajo rápidamente el cuchillo del bolsillo, se lo enseñó al hombre y luego lo soltó. Se dio la vuelta y se marchó antes de que aquel pudiera decir nada.

Un instante después oyó un ruido violentísimo. Alec se volvió de golpe y vio que el chaval que parecía casi un niño le lanzaba una patada con todas sus fuerzas en la cara al hombre, ya tirado en el suelo. Su compañero, mientras tanto, recogía el cuchillo.

Alec siguió recto, yendo rápido hacia los guardias. Una vez en la base del gran arco de la puerta infernal, paró a contemplar las palabras grabadas con letras candentes. Su sentido era en buena medida oscuro para él, nunca había visto la inscripción completa, pero el último verso no necesitaba explicaciones.

«Dejad, los que entráis, toda esperanza.»

23

Alec estaba parado delante del gran arco infernal, con los ojos fijos en las palabras que ardían en la parte alta.

«Dejad, los que entráis, toda esperanza.»

Chorros de fuego caían al suelo. De los lados salían las murallas que rodeaban toda la cumbre del cráter y más allá de las cuales era imposible ver. Había al menos trescientos diablos formados en dos filas y decenas de jeeps que se movían de un lado a otro por la pendiente y por las murallas. Varios helicópteros surcaban el cielo, bajando de vez en cuando hasta el nivel del suelo, mientras dos hovercrafts permanecían justo en la entrada, para que los condenados tuvieran que pasar entre ellos. Los guardias sacaban de un contenedor mochilas y ropa y las repartían a los condenados.

Alec se puso en fila detrás de unas diez personas. Quien recibía el equipamiento iba a cambiarse en medio de la pradera. Hombres, mujeres y chicos se desnudaban completamente para reemplazar la ropa raída por el uniforme de los condenados. En ese momento todo el mundo parecía preocuparse solo de sí mismo. Alec sabía, porque se lo había dicho Marcus, que los problemas llegarían después.

—Altura —dijo un guardia cuando le llegó su turno.

—Un metro setenta y cinco.

—Peso.

—Setenta kilos.

El guardia cogió un par de pantalones de color naranja de una caja que había al lado del contenedor, una camisa gruesa de áspero algodón verde, un chaquetón gris con varios bolsillos y un par de botas de cuero negro. Otro guardia le dio la mochila.

Alec se alejó del contenedor y se detuvo al lado de otros condenados. Dejó la mochila en el suelo y empezó a desnudarse.

A unos pasos de él, tres chicas se estaban cambiando. Descalzas en la hierba mojada, con la piel arañada y el pelo alborotado y sucio. Una de ellas estaba llorando. Alec la miró, pero también esta vez, como había ocurrido en el muelle con la que le había pedido ayuda, se imaginó a Maj en su lugar, llorando, asustada.

Terminó de atarse rápidamente las botas, se puso la camisa y el chaquetón y se alejó. Más adelante miraría qué había en la mochila. Al cabo de unos metros, sin embargo, vio a un hombre tirado en el suelo, llevaba la mochila al hombro, parecía que se había caído. Nadie se dignaba mirarlo.

—Ayúdame —imploró el hombre con voz entrecortada.

Alec lo miró.

—¿Qué te ocurre?

—Si me ayudas a levantarme… a cruzar el arco… luego se me pasa.

Alec siguió recto.

Tras dar unos pasos entre los condenados que avanzaban lentamente, se volvió. El hombre seguía en el suelo y trataba en vano de que alguien lo incorporase. Tendía los brazos hacia todas las personas que pasaban a su lado, como quien se halla en medio de un río y está a punto de ser arrastrado por la corriente.

Tendría unos cuarenta años, la cabeza rapada, barba gris de varios días, físico robusto y manos gruesas. Podía ser su padre. Podía ser un hombre inocente, pero también un homicida.

Alec volvió atrás rápidamente.

—¿Puedes andar? —le preguntó.

El hombre lo miró y alargó una mano hacia él. Alec la asió y lo ayudó a levantarse entre las miradas ya asombradas, ya indiferentes de los otros condenados.

—Eres un buen chico —dijo el hombre mientras le rodeaba los hombros con un brazo. Avanzó despacio, cojeando, la pierna izquierda de vez en cuando se le vencía y tenía que arrastrarla—. Luego se me pasa; en cuanto se caliente, se me pasa.

Al cabo de menos de un minuto, efectivamente, el hombre empezó a caminar mejor. Retiró el brazo de los hombros de Alec y no se detuvo. Su mirada se volvió más segura, pero Alec pensó que nunca sobreviviría al Infierno.

—Gracias —dijo, y se alejó.

Alec lo siguió mientras avanzaba en medio de los otros condenados. Había un hombre gordo de unos sesenta años, que se arrastraba cansinamente, con el rostro cárdeno y ojeras profundas. Otro que reía y uno que hablaba en voz alta, gesticulando. Decididamente, había menos mujeres que hombres. Quizá la décima parte. Había dos que caminaban juntas de la mano; otras tres, de unos cuarenta años, avanzaban en compañía de un hombre más joven.

La mirada de Alec recayó de nuevo en las tres chicas a las que poco antes había visto cambiarse al lado del contenedor. No tenían más de dieciséis años. Las tres avanzaban muy pegadas, mostrando un rostro severo, la expresión agresiva de quien está dispuesto a defenderse, pero también de quien no puede disimular el miedo detrás de los ojos brillantes.

—Eres el del desfile —dijo una voz detrás de él.

Alec se volvió. Había un chico flaco y alto, con el pelo rizado y rojo, la tez clara y facciones finas. El uniforme de los condenados le quedaba evidentemente ancho y en el cuello se le veían perfectamente las venas azuladas. Tenía el aspecto de quien no come desde hace días. Llevaba de la mano a una chica más joven, el pelo oscuro y lacio, los ojos verdes con largas pestañas.

—¿Eres el que paró el desfile? —repitió el chico pelirrojo—. Nos arrestaron el mismo día, yo iba delante del desfile, toco en la banda...; es decir, tocaba.

Alec se encogió de hombros pero no dijo nada.

—Pensé que eras un idiota, hacías que te mandaran al Infierno, luego también me detuvieron a mí. ¿En qué círculo estás?

Alec no respondió.

—Escucha, nosotros no somos como los demás —prosiguió el chico—, no hemos hecho nada. Unámonos, formemos un equipo, en el Infierno se sobrevive así, ¿no? He visto que no eres un canalla, no puede serlo alguien que levanta a un viejo al que eliminarán mañana... ¿Por qué te comportaste así en el desfile? Al día siguiente no se hablaba de otra cosa.

—¿Qué quieres decir?

—Los informativos no dijeron ni una palabra, pero el asunto fue sonado, yo lo vi, los niños se lo contaban por la calle, todos con los brazos abiertos.

Alec reanudó su camino, sin decir nada y dejando atrás a aquella pareja. No estaba convencido de que fuese inteligente hablar por ahí de lo que había hecho. Y, en cualquier caso, esos dos no habrían sido buenos aliados. Daba igual que fueran culpables o inocentes, eran débiles.

La sombra del alto arco de cemento englobaba a los condenados como una boca a punto de cerrarse sobre ellos. Parecían serpientes que se enroscaban en torno a sus tobillos. Luego las lenguas de niebla amarilla los alcanzaron.

Los condenados formaban ahora una fila compacta entre las dos filas de guardias que vigilaban la puerta, con los fusiles de precisión empuñados, los mismos fusiles con los que hacían respetar la ley.

«En las zonas de sombra vence la ley del más fuerte, pero bajo las cámaras rige la ley de los diablos. Si tienes un arma, si intentas conseguir algo con violencia, recibes un disparo. La primera bala es de goma, para inmovilizarte. Después pueden matarte. O trasladarte a las Malasbolsas del octavo círculo. En ese caso, es preferible morir enseguida.»

Alec siguió avanzando. No sabía decir si ya había dejado atrás la puerta, tenía la sensación de estar caminando sobre las nubes. No era consciente de sus pasos, de su movimiento.

Enseguida, sin embargo, el Infierno se hizo notar.

Al principio solo fueron suspiros, voces, lamentos. A medida que avanzaba, el ruido se hacía más fuerte, se oían algunos llantos y gritos henchidos de rabia.

—Ya hemos llegado —dijo alguien detrás de él.

—¿Por dónde tenemos que ir? —preguntó quedamente otro.

Eran voces desconcertadas, asustadas. Transmitían el mismo terror que él sentía cada vez más intenso en su interior.

Se detuvo. El suelo cedía ligeramente bajo el peso de las botas. Algo le subió por dentro de los pantalones hasta la pantorrilla. Dio patadas al aire, se palmoteó las piernas y reanudó su camino.

Siguió a paso rápido hasta que la niebla empezó a despejarse y descubrió sobre qué andaba. El suelo estaba cubierto de una capa de gusanos que se retorcían unos sobre otros. Pero ese no era el peor espectáculo, pues hacia donde se volviese había cadáveres en distintos estados de descomposición. Marcus le había dicho que bajo el arco infernal morían los primeros condenados, los vencidos por el miedo, la desesperación; muchos se dejaban caer allí y esperaban. No podían volver atrás, morían allí, de sed o de hambre.

La tierra se puso a temblar, con una sacudida fuerte que la hacía retumbar. A lo lejos le pareció distinguir llamas. Un rumor de agua advertía de la presencia de un río no lejano.

Luego la niebla se despejó del todo, revelando lo que ocultaba.

Un arco casi perfecto de montañas. Las vetas más altas estaban cubiertas de nieve, se elevaban alrededor de la circunferencia del volcán. Casi treinta kilómetros lo separaban de la cima opuesta, donde algunas crestas rocosas, negras como la oscuridad más profunda, sobresalían de las nubes que se adensaban en la cumbre del cráter.

En medio, la tierra se abría en un abismo de una profundidad de más de mil metros, del que se elevaban vapor y neblina. Voces, gritos y lamentos rebotaban en las paredes del volcán. Al fondo del cráter se vislumbraba un reflejo dorado, parecía un espejo de agua, pero la superficie era irregular, y no se distinguía si todo era efecto de la luz o si realmente había un lago. «El pantano Estigia», pensó Alec mientras visualizaba en su mente uno de los dibujos de Beth. Seguramente había bosques y grandes extensiones desiertas, si bien era difícil tener una visión de conjunto. El vapor salía sin parar de la tierra, junto con lo que por momentos eran solo chorros de fuego y en otros auténticos ríos de lava que centellaban formando en la oscuridad un retículo discontinuo de llamas.

Una explosión hizo vibrar el suelo. Alec tuvo la impresión de hallarse todavía en el barco en medio del mar y no en tierra firme.

Unos segundos después de anunciarse con el ruido de las aspas que enseguida se convirtió en un estruendo ensordecedor, en el cielo apareció de repente un helicóptero. Pasó por encima de los condenados congregados en la entrada del Infierno. Transportaba una plataforma sobre la que había tumbados dos hombres.

—Dichosos ellos, se van —le comentó un chico a otro que estaba a su lado.

—Fíjate en cómo están.

Alec solo alcanzó a ver algo. Uno de los hombres se hallaba completamente cubierto de sangre. El otro estaba echado a su lado, con un brazo colgando en el punto en que el cable de acero unía la plataforma al helicóptero. No lograba entender qué estaba ocurriendo, por qué se estaban llevando a esos dos. Supuso que era así como retiraban los cadáveres en el Infierno.

—¿Están muertos? —preguntó Alec.

El chico que había hablado antes se volvió lentamente hacia él. Luego miró de nuevo el helicóptero, que se alejaba.

—No, son libres.

Una sacudida hizo temblar de pies a cabeza a Alec que empezó a sentir la consistencia del miedo, que te penetra como una navaja y te remece por dentro. Ese era el precio que había que pagar por la libertad.

Alec se volvió hacia el chico pelirrojo, estrechaba a su novia entre sus brazos, le tapaba los oídos con las manos y le ocultaba el rostro en su hombro, como si quisiese protegerla del horror de aquel lugar. Alec se preguntó una última vez qué crimen podían haber cometido, pero se dijo que eso quizá no tenía ninguna importancia.

Avanzó lentamente y advirtió que algunos condenados se estaban congregando. Los guardias los estaban empujando a todos hacia un punto de reunión. Él también tuvo que ir hacia una gran estructura circular de cemento alrededor de la cual había seis arcos.

24

El Palacio de la Oligarquía se alzaba al sur de los Alpes, en la amplia llanura de la península itálica. Era un gran rascacielos levantado en la zona en la que desde hacía casi diez años se construían las murallas del que iba a ser el mayor bloque del Paraíso que habría en Europa. Era la sede de los oligarcas, de las fuerzas de gobierno, donde se celebraban las cumbres militares, pero también era la base operativa de la realización.

Todas las imágenes del Infierno pasaban por allí. En la amplia sala de la décima planta, los realizadores seleccionaban y montaban ininterrumpidamente los vídeos de los condenados que después se emitían en todas las catedrales de Europa.

Las puertas del ascensor de cristal que recorría la fachada del edificio se abrieron sin que nadie les prestase atención. Marvin bajó y miró alrededor, buscando a su padre.

En la sala reinaba un silencio sepulcral, que contrastaba con las imágenes violentas. Cada realizador tenía cascos y micrófono y trabajaba solo. Marvin aún no sabía dónde se encontraba exactamente. El viaje en helicóptero había durado varias horas. Había visto el mar y la costa desierta, habían sobrevolado las cadenas montañosas y luego había empezado la larga llanura envuelta en la niebla. El Palacio de la Oligarquía había aparecido así, de repente; las nubes lo rodeaban y desde el helicóptero solo se veían las últimas diez plantas y el helipuerto sobre el tejado.

Había pasado solo una semana desde aquel viaje. Pero su vida había cambiado completamente.

—¿Va todo bien, Marvin? —preguntó Kronous, su padre, sorprendiéndolo mientras se hallaba absorto en el panorama. Parecía vislumbrar aquí y allá cabañas alrededor de un río y pequeñas parcelas de tierra cultivada.

—Sí, gracias —respondió él con rapidez.

—¿Qué pasa?

—Pienso.

—Es normal, al principio.

—Me preguntaba cómo se transformará todo esto, cómo haréis para convertirlo en un bloque del Paraíso.

—«Cómo haremos», no «cómo haréis».

—Claro, cómo haremos.

El padre sonrió. Marvin se acercó al ventanal y miró hacia abajo.

—Oye, ¿qué te pasa? —preguntó el padre.

—Nada. Sencillamente, no creía que el mundo fuese así.

En esa última semana habían cambiado muchas cosas para él. Había contemplado durante largo tiempo las imágenes del Infierno. Había visto los rostros de los muertos, las tomas del barco infernal y miles de vídeos de Europa. Los edificios ruinosos, las calles patrulladas por los hovercrafts, los puestos de control y los guardias. Su padre le había mostrado los crímenes más habituales: robos, homicidios, tráfico ilegal de mercancías y de droga. Mientras había vivido en el Paraíso nunca le había interesado el resto del mundo, y habría seguido sin interesarle si su padre no le hubiese dicho que pronto se convertiría en el nuevo oligarca.

—«La felicidad es una ciudad en construcción» —dijo Kronous abriendo los brazos hacia la llanura envuelta en niebla.

Marvin se volvió hacia él.

—Este es el eslogan con el que te darás a conocer en Europa.

Marvin asintió débilmente.

—Pero ahora tenemos que resolver un problema.

El padre se acercó a la mesa situada en el centro de la habitación y pasó la mano por encima. El tablero se iluminó, proyectando un holograma. La luz azul se reflejó en el suelo de madera y en los rostros del padre y el hijo.

Era una calle de Europa. Se veía a una chica con los brazos abiertos delante de un edificio. Los guardias se aproximaban para llevársela y ella no oponía resistencia, sino que se quedaba allí inmóvil. Marvin miró a su padre, sin comprender por qué le estaba enseñando esas imágenes.

El vídeo hizo un fundido y a continuación aparecieron diez hombres. Eran obreros de Konema, con las caras manchadas de hollín, las barbas largas, los monos raídos. Estaban parados delante de la verja de una gran fábrica, todos con los brazos abiertos. Podía parecer que se estaban abrazando, pero se veía claramente que los de delante tenían los brazos rígidos y perpendiculares al cuerpo, y las palmas de las manos hacia la cámara.

El padre de Marvin pasó nuevamente las manos por la mesa, haciendo que apareciera un tercer vídeo; esta vez del Infierno. Se veía a un chico en una zona de protección. Acababa de recoger la caja con la ración de comida, y ahora miraba a la cámara con los brazos abiertos.

La luz se apagó. El hombre observó a su hijo con expresión seria.

—Siempre ha existido la discrepancia —dijo Kronous—, y siempre existirá. No hay poder sin discrepancia. El secreto de un gobierno fuerte consiste en controlar la discrepancia, en convertirla en la llama que alimenta el poder.

Marvin lo miró sin comprender. Esas palabras no tenían ningún significado para él.

—El poder está unido a los símbolos, a símbolos que todo el mundo pueda reconocer. Y los más fuertes son las personas.

El hombre rozó una vez más la mesa. El tablero se iluminó, mostrando esta vez la imagen de un chico, solo, parado delante del desfile de la Oligarquía por las calles de Europa. Salía con los brazos abiertos, incluso cuando lo alcanzaban las balas de goma y caía al suelo.

La imagen se agrandó hasta mostrar su rostro, y entonces Marvin lo reconoció: era el trabajador de la familia de Maj.

—¿Comprendes lo que está pasando? —preguntó Kronous.

—No.

—Aparecerás en público con los brazos abiertos. Dirás: «La felicidad es una ciudad en construcción».

Marvin asintió y solo una fracción de segundo después preguntó:

—¿Por qué?

—Porque ese será el nuevo símbolo del poder, el nuevo símbolo de la Oligarquía. Serás el oligarca más joven de nuestra historia. Te aguardan un gran viaje y una gran oportunidad.

El holograma se apagó. Marvin se alejó de la mesa y miró de nuevo por los ventanales. La niebla había desaparecido, solo quedaba un poco de calina en el horizonte, donde el sol, ya anaranjado, se estaba poniendo.

—¿Qué va a ser de Maj? —preguntó Marvin sin volverse.

El hombre bajó la mirada, pero su hijo no podía verlo.

—Expiará sus culpas en el Infierno.

25

Todos los condenados estaban reunidos entre los seis arcos, cada uno de los cuales conducía a un círculo del Infierno. Al otro lado de los arcos, el terreno descendía rápidamente hacia el primer círculo de murallas que separaba el Vestíbulo del Infierno del Limbo. Desde aquella posición era perfectamente visible la estructura de los círculos infernales. Había cinco anillos de murallas, que correspondían a los primeros círculos del Infierno. Cada uno de ellos estaba constituido por una terraza que recorría toda la circunferencia del volcán y que en algunos puntos se ensanchaba, abarcando bosques y amplias llanuras, mientras que en otros se estrechaba hasta convertirse en un pasillo de apenas unas decenas de metros de ancho. El quinto anillo, el más bajo, rodeaba el pantano Estigia, en cuyo centro se distinguían las murallas de la ciudad de Dite.

Alec se dirigió hacia el primer arco, bajo el cual había una puerta de metal. Muchos condenados ya estaban reunidos allí delante, en su mayoría, chicos y chicas. Los más jóvenes, en efecto, abarrotaban el primer círculo, el Limbo, donde no había previstas penas corporales.

Cuando estuvo a un metro de la puerta de metal, vio una luz roja parpadear tres veces.

Era la señal de que su alma había sido identificada y de que el sistema había registrado su entrada. La cuenta atrás había empezado. Podría salir solo cuando hubiera cumplido su condena, siempre que llegara a sobrevivir.

Las hojas de la puerta se abrieron lentamente. No alcanzaba a ver nada al otro lado. Avanzó y empezó a oír en su cabeza el sonido de los segundos que pasaban. Subió en silencio con otros condenados al enrejado de hierro que era la base del elevador. Este se puso en marcha cuando eran más de cincuenta, apretujados entre los barrotes de hierro. Un ruido de cadenas, seguido por un chirrido de planchas de metal, acompañó su descenso al subsuelo.

Alec contó los segundos: uno, dos, tres.

Llegó a diez.

El elevador paró. Los barrotes se abrieron.

Los condenados bajaron en tropel, empujándose, pisándose unos a otros. Al principio Alec se dejó llevar por la gente, que pronto se dividió en pequeños grupos. A poca distancia había unos árboles, algunos condenados fueron en esa dirección. A pesar de la niebla amarilla que cubría el terreno, se distinguía la inclinación del suelo. Así, Alec dobló hacia la izquierda y comenzó a subir con paso firme, como le había aconsejado Marcus. Tenía que encontrar un punto donde parar y orientarse.

Algo lo arrolló por un costado, arrojándolo al suelo y haciéndolo rodar por la pradera hasta el tronco de otro árbol. Instintivamente se levantó y se golpeó la cabeza con la corteza del tronco. A un metro de distancia un chico lo observaba. Con las piernas dobladas, listas para saltar. Parecía solo y no especialmente amenazador. Alec evaluó un instante la posibilidad de hacerle frente. No podía seguir huyendo.

El chico dio un brinco y lo agarró por el pecho con una fuerza inarticulada, parecía un mono enloquecido. Alec se volvió de golpe y trató de aplastarlo contra el tronco, lo que consiguió solo parcialmente. El chico lo soltó, cayó al suelo, lo miró y echó a correr, como si hubiese comprendido que no podía vencerlo.

Alec se disponía a continuar cuando de pronto se dio cuenta de que no podría avanzar mucho más si no tenía una estrategia que seguir. Recordó las palabras de Marcus: «Sube todo lo que puedas y encuentra un lugar desde el que puedas orientarte. No duermas si puedes evitarlo».

Aspiró profundamente y siguió su camino, procurando ir hacia donde, por lo que alcanzaba a ver, la niebla se iba despejando. Anduvo despacio entre los troncos negros de los árboles. No había arbustos o matorrales que obstaculizaran su camino, solo un terreno blando en el que aquí y allá crecía una mata. Al cabo de unos minutos, por fin empezó a ver menos árboles.

En el instante en que dejó atrás el bosque, la niebla desapareció, como si las plantas la hubiesen atrapado en una red.

El Infierno se le apareció de nuevo. Era la inmensa circunferencia del cráter, cuya tierra negra se alzaba en algunos puntos hacia el cielo, culminando en cumbres nevadas. Unas nubes amenazadoras chocaban en un movimiento circular para luego dispersarse y clarearse, para alargarse hacia el fondo del cráter como los poderosos brazos de un tornado.

Alec se quedó paralizado ante aquella escena, cerró los ojos, pero incluso en la oscuridad de su mente le parecía ver las chispas rojas de los cráteres más jóvenes que había diseminados por todos los círculos.

Supo que se hallaba en una estrecha franja de tierra cuando vio por encima de él las enormes murallas de cemento que delimitaban el primer círculo. En la parte de arriba creyó reconocer los uniformes rojos de los diablos. Un grupo de ellos iba hacia una torre, donde Alec distinguió claramente unos fusiles preparados para disparar.

Delante de él, en cambio, había un abismo que separaba el primer círculo del segundo. Aquel podía ser un buen punto para tratar de orientarse, pero pensó que antes debía asegurarse de que estaba a salvo. Miró hacia atrás. No había motivo para regresar al bosque. El círculo se ensanchaba en un llano protegido de las murallas por un enorme promontorio rocoso y, hacia el valle, por un río: con toda probabilidad, el Aqueronte. Se dijo que allí encontraría agua para beber y un sitio donde esconderse y comer las pocas provisiones que le habían dado.

Al menos esas eran sus intenciones cuando del bosque salió un grupo de chicos. No eran menos de quince. Tenían caras espectrales; las pupilas, grises e inexpresivas. Alec comprendió que no conseguiría huir.

—¿Quién eres? —preguntó uno de ellos.

Entretanto se habían acercado, rodeándolo.

Alec miró alrededor para saber si había alguna vía de escape.

—¿De qué banda eres? —preguntó el mismo chico. Debía de ser el jefe del grupo. Era flaco pero recio. Los músculos del cuello se le tensaron al hablar, y la camisa, remangada hasta los codos, mostraba antebrazos musculosos cubiertos de tatuajes.

Alec se sintió aterrorizado. Marcus le había hablado de las bandas, le había dicho que, salvo que fuera estrictamente necesario entablar una alianza, se mantuviera apartado de ellas.

—Venga, habla —dijo el chico avanzando raudo hacia él—, ¿ya estás con alguien?

Alec no tuvo tiempo de responder, porque el chico lo empujó y lo tiró al suelo. Cayó de espaldas y el golpe apenas lo amortiguó la mochila, pero el chico se le subió al pecho con los pies. Luego se le sentó encima.

—Acabas de llegar, ¿eh?

—Basta —dijo alguien detrás de él. Era el hombre de la cicatriz, aquel con el que había bajado del barco—. Cógeselo todo y vámonos.

—¿Lo cogemos también a él? —preguntó otro chico, más joven. Estaba completamente rapado y le faltaba un brazo.

Alec vio que en el grupo estaba también el enclenque. Ya no llevaba el uniforme ni la mochila. Es más, por su cara hinchada, parecía que le habían dado una buena paliza.

El jefe de la banda le dio a Alec una patada en las costillas que lo tiró al suelo de bruces. Luego dos chicos lo asieron por los brazos y lo levantaron.

—Y bien, novato, ¿estás con nosotros o contra nosotros?

Alec pensó que no podría resistir mucho tiempo solo. Si no lo hacía esa, cualquier otra banda terminaría capturándolo. Luego entrevió, detrás de ellos, una parihuela con dos cadáveres completamente desnudos. Era la pareja que poco antes le había propuesto una alianza, el chico pelirrojo y la que parecía su novia.

Con un gesto brusco y repentino se soltó y echó a correr valle abajo con toda la fuerza que tenía. El miedo lo hacía avanzar como un alud que cae de la montaña. Aprovechando la pendiente del terreno, daba grandes saltos, se caía al suelo, se levantaba enseguida y seguía corriendo.

Entró en un bosque de ficus gigantes, mientras detrás de él oía gritos y pasos. Lo estaban persiguiendo, no sabía cuántos eran, no sabía si insistirían, si estaban armados. Los gritos dejaron de oírse, luego un chico cayó a su lado y rodó delante de él: era aquel al que le faltaba un brazo. A su espalda, alguien rompió a reír socarronamente.

Alec dejó atrás una hoguera que ardía entre dos árboles. Alrededor había tres personas. Oyó que alguien gritaba y de nuevo pasos rápidos. Había más hogueras en medio de un pequeño campamento. Entonces reparó en el esqueleto de un animal. Medía al menos tanto como tres cuerpos humanos adultos y tenía el lomo cubierto de pelo hirsuto. Al dejar atrás aquel cadáver, no pudo dejar de lanzarle un veloz vistazo. Vio entonces las tres cabezas y los tres cuellos que salían del cuerpo. Una yacía inerte, aplastada sobre la hierba; otra trataba de incorporarse despacio; la tercera, en cambio, al cruzarse con la mirada de Alec, ladró furiosamente y gruñó enseñando los dientes.

Alec parpadeó, sintiendo que se le helaba la sangre y pensando que sus perseguidores le pisaban los talones. Le faltaba el aliento. A pesar de la adrenalina, de la sangre que le latía en las venas, sabía que estaba herido. Se había golpeado varias veces contra rocas y ramas.

Oyó un silbido detrás y vio una sombra a dos metros. Un chico estaba a punto de darle alcance. Alec trató de apretar más el paso, pero no pudo. Entonces algo lo agarró por los hombros y lo tiró al suelo. Rodó unos diez metros intentando zafarse del hombre o bicho que tenía encima. Se puso de pie con una fuerza ciega y se desasió de un chavalín flaco y bajo que, sin embargo, en cuanto Alec echó de nuevo a correr, fue en pos de él, dispuesto a acometerlo otra vez.

Cuando los pensamientos echaron a volar por su cuenta, Alec creyó que estaba muerto. Ese terror lo despertó de golpe, como una bofetada, como un cubo de agua fría arrojado a la cara. A Alec le asombró no estar tumbado en el suelo, rodeado de chicos, de bestias, hecho trizas. Pero había cambiado su situación. No había dejado de correr. Se volvió y vio las sombras que lo seguían y unas hogueras lejanas. Luego miró otra vez hacia el frente, donde se había abierto un claro. Los árboles terminaban de repente alrededor de un círculo de hierba verde iluminada por una luz amarilla, irreal, que definía los contornos de la niebla que se elevaba despacio de la pradera, como vapor de agua hirviente. En medio había un refugio. Alec lo reconoció enseguida porque lo había visto en las imágenes de la catedral. Encima había un poste alto que sostenía cuatro faros y cuatro cámaras.

Allí no podrían robarle ni matarlo, pensó Alec, hallando la energía para un último impulso. Recorrió los metros que lo separaban del claro casi volando, cayendo y rodando en la hierba húmeda, donde se quedó echado, inmóvil.

26

En el claro del bosque había un cubo de metal oscuro. Tenía dos metros de alto y cada lado estaba dividido en decenas de recuadros rectangulares en cuyo centro brillaba un puntito rojo. Sobre el cubo se elevaba un poste en el que había cuatro pantallas.

Alec seguía en el suelo tratando de recobrar el aliento cuando vio que tres chicos se acercaban a la estructura, apoyaban el pecho en uno de los rectángulos y se iban rápidamente con una caja de cartón.

Las cuatro pantallas se encendieron, mostrando primero a un chico al que los guardias de la Oligarquía sacaban de su casa, luego a una chica con las manos esposadas a la espalda que era escoltada por dos guardias. Por último, a un chico en una tienda de comestibles corriendo antes de ser alcanzado por un proyectil y caer al suelo.

Eran imágenes de los tres condenados, escenas de su arresto o, en uno de los casos, las del delito cometido tomadas por los servicios de seguridad de Europa.

Alec se sentó. Tras quitarse el chaquetón y remangarse los pantalones hasta las rodillas, se miró el cuerpo. Estaba repleto de llagas y notaba las heridas en la cara ahí donde las ramas lo habían arañado.

Pero seguía entero.

Y estaba en un refugio.

Se puso de pie y se acercó al cubo de hierro. Lo examinó unos instantes y le pasó la mano por encima, palpando la superficie fría y brillante del metal. Alzó la cabeza para ver la cámara y se imaginó esa escena proyectada en las grandes pantallas de la Catedral del Mar o en la pequeña iglesia del barrio de los trabajadores. Al pensar en su madre y en Beth sentadas en un banco, en primera fila, a los pies del altar, se le hizo un nudo en la garganta. Pero no debía llorar, no debía conmoverse, era un animal.

Acercó el pecho para activar el mecanismo de reconocimiento del alma. Un led rojo se iluminó tres veces, y permaneció encendido mientras de la estructura salía una chapa con una caja de cartón.

La cogió enseguida y el cajón se cerró.

Alec miró mejor la caja. No era muy grande y pesaba como mucho un kilo o dos. Iba a abrirla, pero luego vaciló. Miró hacia el bosque. Apenas detrás de los árboles, fuera del ojo de las cámaras, había decenas y decenas de condenados, solos o en pequeños grupos. Algunos lo miraban, otros parecían concentrados en alguna negociación. En todas partes, en el suelo, metidas en mochilas y en grandes bolsas, estaban las cajas del refugio.

Alec no tenía idea de lo que le podía pasar si volvía al bosque. Ese lugar tenía reglas que desconocía por completo. Pero tenía hambre. Iba a guardar la caja en la mochila, aunque luego cambió de parecer y la abrió.

Dentro encontró un pedazo de carne seca y maloliente y un frasco que llevaba estampada la fotografía de una mujer sonriente con un delantal rojo y blanco. Sobre su cabeza había un bocadillo en el que se leía lo que estaba pensando: «Qué bondad, qué bondad».

En el frasco había alubias. Se las comió lentamente y también se bebió parte del líquido en el que estaban inmersas. Le dio un mordisco a la carne seca, pero cambió de parecer, pensando que podía guardarla para otro momento. Por último, cogió la cantimplora que llevaba colgada a un lado de la mochila. Sin embargo, estaba vacía. Mirándola mejor reparó en que el tapón se había roto, tal vez en una de las caídas.

Se acordó del río que corría por el límite inferior del círculo. Lo había visto desde arriba y quizá no sería difícil llegar hasta allí.

Se alejó hasta el lindero del bosque. Buscó un punto del claro donde le parecía que no había nadie. Tuvo la tentación de quedarse allí, bajo el ojo vigilante de las cámaras.

Se disponía a irse cuando las cuatro pantallas se encendieron a la vez, mostrando su rostro en primer plano. El encuadre se ensanchó hasta abarcar todo su cuerpo; luego, en sobreimpresión, apareció la imagen de una tienda de comestibles de Europa. Se veía el gran almacén con los techos altos y las provisiones de comida apiladas en latas contra la pared. En el suelo estaban los cuerpos manchados de sangre de cuatro personas: dos adultos y dos niños. Era una familia. Los guardias esposaban por la espalda a un chico mientras la imagen se desvanecía de nuevo sobre el primer plano de Alec.

Las pantallas se apagaron. Alec permaneció inmóvil. Miró hacia el bosque, donde unos chicos habían observado la misma escena. Comprendió que tenía que marcharse de allí. Salió del claro y se adentró entre los árboles a paso rápido, que fue acelerando hasta que terminó corriendo.

Llegó al río cansado; sentía los músculos contraídos y doloridos. Miraba alrededor nerviosamente, no sabía si alguien lo había seguido.

Delante de él, el agua corría entre terrones de tierra, troncos medio podridos y rocas que asomaban aquí y allá. Brotaba vapor de la superficie, ocultando parcialmente de la vista el abismo artificial que se hundía en el cráter unos veinte metros más adelante. Chorros de lava, llamas repentinas y burbujas de fuego iluminaban a lo lejos un paisaje que parecía hecho de piedra y lava.

Alec cayó de rodillas en la orilla irregular del río y miró el agua marrón. En su cabeza bullían mil pensamientos, estaba tan agitado como la resaca de un mar borrascoso.

El miedo se mezclaba ahora con la rabia, con la sensación de injusticia. Aquellas imágenes le atribuían un crimen infame que no había cometido. Él nunca había matado. Entonces ¿por qué habían emitido ese vídeo? ¿Por qué no habían difundido lo que había hecho realmente? Se dejó caer al suelo, conteniendo a duras penas la desesperación que lo inducía a gritar y a llorar.

Abstraído en esos pensamientos, no se percató de lo que estaba ocurriendo. Se estaba hundiendo en la tierra blanda de la orilla. Se estaba hundiendo en las arenas movedizas.

Trató de ponerse en pie, si bien sus piernas ya estaban sumergidas hasta las rodillas. Levantó una con esfuerzo, pero acabó metiendo la otra más, hasta el muslo. Cogió con una mano una mata que parecía fuerte, aunque se le soltó y Alec se vio con todo el tronco dentro del fango.

—¿Necesitas ayuda? —preguntó una voz que exhibía una falsa tranquilidad.

Con el rabillo del ojo, Alec vio a un chico de más o menos su edad, con el rostro sonriente y los pómulos prominentes bajo los ojos pequeños. Tenía la frente marcada por muchas arrugas y la cabeza completamente rapada.

—¿Necesitas ayuda o no? —volvió a preguntar.

—Sí —contestó Alec.

—¿Te saco, entonces?

Alec se preguntó si le estaba tomando el pelo.

—Sí, por favor.

—¿Y tú qué me das?

—¿Qué quieres?

—Te salvo si tienes algo que darme; si no, por mí ya puedes palmarla. —El chico se acercó unos pasos, pero andando con cuidado sobre una roca—. Qué carita tan mona —le dijo—. ¿Acabas de llegar? Claro que acabas de llegar. Dame tu mochila.

—No me la puedo quitar si no me sacas de aquí.

—Encuentra una manera de hacerlo; si no, te dejo ahí.

Alec ya tenía la cabeza a pocos centímetros del fango. En breve ya no podría mantenerla alzada y tendría que apoyar al menos la barbilla en las arenas movedizas. Trató de quitarse la mochila, pero no lo consiguió.

—Pues entonces, amigo, adiós. —El chico dio media vuelta y regresó sobre sus pasos—. *Bye, bye* —dijo alzando una mano.

—¡Espera! —gritó Alec.

—No te aflijas, oye, los que son como tú de todas formas no duran. Mejor palmarla ahora que después.

Intentó calibrar si aquel chico, que estaba dispuesto a dejar morir a un ser humano en medio del fango, podría ser un buen aliado. Y su mente le dijo que aquel era justo el tipo de persona que necesitaba.

—Conozco un modo de salir de aquí —dijo Alec con la voz quebrada. Ya tenía la cara en el fango.

—Lo veo difícil.

—No estoy hablando de las arenas movedizas.

—¿De qué, entonces?

—Del Infierno.

27

El hovercraft atravesaba lentamente las ciénagas hendiendo la niebla y creando olas concéntricas a su alrededor. Maj miraba por el ojo de buey. Unas sombras se movían en el agua. Un hombre tiraba de una balsa con una mujer tumbada. De pronto, un cuerpo se estrelló con fuerza contra el cristal. Maj vio primero sangre que salpicaba por todas partes y luego el rostro de un chico que se hundía en el agua. Se volvió hacia el otro lado.

—Casi hemos llegado —le indicó Cloe, que estaba sentada a su lado—, mira.

A unos cientos de metros habían empezado a perfilarse las murallas envueltas en llamas.

Maj miró la ciudad y luego de nuevo a Cloe, cuyo rostro parecía ahora tranquilo y seguro. Habían cruzado juntas la selva oscura, Cloe la había llevado siempre de la mano, incluso cuando los vapores adivinatorios le habían distorsionado la realidad y mostrado las tres fieras que se ensañaban con su cuerpo. Se había desmayado, y, para que recuperara el conocimiento, Cloe le había metido la cabeza en un arroyo que olía a azufre. En la puerta del Infierno se habían puesto los uniformes de los condenados delante de los ojos excitados de chicos y hombres; alguno se había acercado, alguno les había ofrecido protección. Pero Cloe sabía cómo moverse, sabía cómo responder. Tras cruzar el arco del sexto círculo, el elevador había descendido durante varios minutos mientras la temperatura aumentaba a cada segundo. Luego los condenados habían sido introducidos en el hovercraft, rumbo a Dite.

Ahora las murallas de la ciudad estaban delante de ella, aunque aún no se veían los edificios que había dentro.

—¿Qué va a pasar? —preguntó Maj.

—Tendremos que estar preparadas, tú sígueme siempre.

—¿Tendremos que huir?

—No enseguida; mientras sigamos bajo las cámaras, estaremos a salvo.

Había unos veinte condenados sentados dentro del hovercraft. Casi todos eran hombres, tenían rasgos duros que marcaban profundas sombras bajo los ojos y en las mejillas hundidas. Había también un viejo con el pelo canoso que le llegaba hasta los hombros, y una mujer de mediana edad con extraños ojos saltones que le conferían un aire espectral. Todos llevaban el uniforme del Infierno y algunos de ellos miraban el equipamiento de la mochila; otros, como Maj, observaban el Pantano Estigia, las charcas de agua marrón que se alternaban con los islotes de rocas y arbustos cubiertos de fango.

El vehículo recorrió el último tramo de ciénagas y luego subió por una leve pendiente de tierra negra humeante. Las murallas estaban cada vez más cerca. Entre las llamas y las burbujas de fuego que estallaban en la cima, Maj creyó ver unos pájaros enormes dando vueltas.

Hubo unas sacudidas, y el hovercraft paró. Maj vio en tierra a dos hombres dándose puñetazos, a una chica vestida con harapos corriendo, a un grupo de chicos acampados alrededor de una hoguera en la que quemaban pedazos de animales que ya eran difíciles de identificar.

Luego el vehículo reanudó la marcha, llegó a las murallas de la ciudad y pasó debajo de un gran arco en el que había otros dos hovercrafts. Durante unos segundos, Maj no vio nada, salvo unas chispas que caían desde arriba y rebotaban en el metal brillante que tenían sobre sus cabezas.

Al otro lado de las murallas, la niebla desapareció completamente, revelando un edificio de al menos cincuenta plantas. La parte inferior estaba recubierta de cristal, mientras que la superior era solo un esqueleto de hormigón. Luego vio un edificio semejante pero inclinado, que se apoyaba en otro más pequeño de ladrillo rojo. El hovercraft pasó en medio de dos montones de coches desguazados y dobló en una avenida ancha en la que había altas palmeras que parecían clavos incrustados en una pared. Por último se detuvo en el centro de una gran plaza redonda rodeada de rascacielos derruidos. El asfalto de la calle estaba roto y rajado en varios puntos.

Las puertas traseras se abrieron, haciendo que entrara una repentina corriente de aire candente. Dos filas de guardias los esperaban a los lados de la escalinata.

Los condenados se echaron al hombro la mochila y se prepararon para bajar.

La luz era intensa, blanca; el aire, abrasador y húmedo.

Una vez que todos los condenados hubieron descendido, los guardias volvieron a subir al vehículo, el portalón trasero se levantó y el hovercraft se alejó silenciosamente.

Maj miró alrededor. Se hallaba en medio de una amplia plaza circundada de esqueletos de edificios, montones de escombros y de coches desguazados. Palmeras, trepadoras, árboles de hojas gruesas y grandes tapizaban los edificios.

—¿Qué hacemos ahora? —preguntó Maj.

—Esperar —susurró Cloe—, no deben descubrir nuestras intenciones.

—¿Sabemos adónde ir?

—Sabemos dónde buscar.

No lejos de ellas había un alto poste sobre el que había montado un cubo con cuatro pantallas. En la base tenía una jaula de metal. Unos chicos se acercaron lentamente, con la mirada gacha. De pronto, del suelo surgieron unas llamas altas, ascendieron al menos tres metros, como el chorro impetuoso de un géiser, y luego desaparecieron bajo tierra. Los chicos se apartaron, pero fueron rozados por una llamarada. Maj vio cómo el fuego lamía la mochila y el pelo de uno de ellos, mientras que otro conseguía alcanzar la jaula de metal.

—¿Ahí es donde se coge la comida? —preguntó Maj.

—Sí, es un refugio.

Una de las pantallas se iluminó mostrando en primer plano a un chico espantado. A continuación el encuadre se ensanchó, incluyendo a los guardias de pie delante de un suntuoso edificio blanco. El chico gritaba algo, aunque no había sonido. Luego echó a correr, pero enseguida cayó al suelo. El vídeo se detenía en el pie del guardia de la Oligarquía, que le aplastaba la cabeza en el suelo.

—Venga, larguémonos —ordenó Cloe—, sígueme.

Se alejaron hacia el perímetro de la plaza. Llegaron a uno de los edificios y pararon delante de los escaparates rotos de un gran salón, en cuyo interior había un grupo de chicos. Estaban fumando.

—Hola, preciosas —exclamó uno, que se incorporó de un salto y fue hacia ellas.

Instintivamente, Maj se pegó a Cloe.

—No te preocupes —dijo Cloe—, seguimos en el radio de las cámaras, aquí no nos pueden hacer nada.

—Pues quedémonos aquí.

—No podemos.

—¿Por qué?

Entretanto, el chico se les había acercado.

—Estamos acampados aquí al lado —dijo con una sonrisa divertida que a Maj no le inspiró la menor confianza—, si queréis…

—De acuerdo —respondió Cloe. Maj la miró alarmada. El chico, en cambio, la observó sorprendido—. Pero tenemos unos amigos —añadió Cloe—, los recogemos y venimos.

Tras decir eso, volvieron sobre sus pasos, hasta el punto en que habían bajado del hovercraft. Los chicos que habían cogido la comida del refugio estaban ahora comiendo la carne seca sentados en el suelo sobre sus mochilas. Maj observó aquellos rostros sudados y ennegrecidos, los cabellos chamuscados, los uniformes que se acababan de poner ya manchados de tierra y cenizas.

—Cloe, ¿qué estamos haciendo?

—Sígueme y no te preocupes. Dejamos atrás a estos y después nos vamos por otro camino.

Atravesaron toda la plaza. Maj sentía todo el peso de la mochila, el sudor que le empapaba la ropa y le chorreaba por la espalda. La avenida estaba desierta, pero a Maj le pareció percibir unos ruidos, unas sombras que se movían furtivamente dentro de los enormes edificios de cristal destruidos. Cloe dobló en una calle más pequeña y umbrosa, y se apoyó contra una pared. Maj se paró a su lado jadeando, pero su respiración agitada se convirtió enseguida en un sollozo.

—¡Ahora no puedes llorar, no hay tiempo! —exclamó Cloe—. Quítate la mochila y túmbate en el suelo.

—¿Qué?

—Haz lo que te he dicho.

Maj obedeció sin poder dejar de llorar. Tenía miedo, temía que Cloe quisiese robarle la mochila, quizá la había llevado consigo adrede para eso. Cloe se arrodilló. En la calle quedaban restos de una hoguera, tierra, cenizas y algún pedazo de carbón. Cogió un puñado y lo frotó primero en la mochila y luego en el cuerpo de Maj, en la ropa, en el calzado, en las manos y, por último, en el rostro. Luego hizo lo mismo consigo misma.

—No deben creer que acabamos de llegar —dijo Cloe, mientras la ayudaba a levantarse. Las lágrimas le marcaban dos rayas blancas en la cara manchada de hollín. Cloe la miró unos instantes pensando que ni aunque la hubiese arrojado a las llamas esa chica habría podido disimular su rostro angelical—. Ánimo —añadió secándole una lágrima—, tenemos que encontrar la red.

Un chico apareció delante de ellas. Era bastante corpulento, tenía el pelo rubio y corto, la tez blanca pero marcada de negro bajo los ojos y las manos grandes y sucias. Una cicatriz le cruzaba el cuello de un lado a otro.

—Dadme las mochilas —ordenó.

—Vámonos —dijo Cloe y empujó a Maj hacia delante.

Ella empezó a caminar, pero le temblaban las piernas. Se alejaron en la dirección opuesta.

—Eh, no os hagáis las listas, soltad aquí las mochilas y a lo mejor os dejamos ir.

—Sigue andando —susurró Cloe.

Sin embargo, otros dos chicos les cerraron el paso. Uno de ellos tenía los ojos almendrados y el pelo lacio y negro; el otro, en cambio, era gordo pero ágil.

—¿Quiénes son? —preguntó Maj, con la voz trémula por el miedo.

—Es una banda de correos, nos quieren asustar. Tú no te preocupes, permanece a mi lado.

—Démosles lo que nos piden y marchémonos.

—Maj, tienes que hacer lo que te digo.

—Ya no me bastan las mochilas —dijo el del cuello desfigurado.

En un instante, Maj y Cloe se vieron rodeadas por un grupo de al menos ocho condenados.

—Mochila y ropa —exclamó el de los ojos almendrados acercándose amenazador—. ¡Ahora mismo!

—Haz lo que dicen —dijo Cloe al tiempo que se quitaba la mochila. El tono de su voz no delataba la menor agitación.

Maj se quitó la mochila y la dejó en el suelo con las manos trémulas.

—Ahora, la ropa —hizo eco el chico de la cicatriz—; sed buenas.

Maj miró a Cloe, que se estaba quitando el chaquetón lentamente.

—Eh, os doy unos segundos, después os la quitaremos nosotros.

El condenado gordo se echó a reír con sorna. Maj vio que su rostro se deformaba en una mueca monstruosa. A su lado estaban dos condenados, inmóviles, con la piel quemada, los uniformes raídos, las miradas impasibles. A uno de ellos le faltaba una mano.

—Tengo miedo —susurró Maj.

—Haz lo que piden —dijo Cloe en voz baja.

Maj se quitó despacio la cazadora, pero ahora le temblaba todo el cuerpo. Se quitó también la camisa y la tiró al suelo.

Entonces el chico de la cicatriz se acercó a paso rápido. Cogió la mochila de Maj y se la puso al hombro.

—Dame también las botas —ordenó. Y luego, dirigiéndose a Cloe—: Y tú no me cabrees.

El gordo y el de los ojos almendrados agarraron a Cloe por los hombros y le arrancaron de la mano la mochila. El chico al que le faltaba la mano empujó a Maj y la tiró al suelo. Se arrodilló a su lado y con la única mano que tenía trató de quitarle una bota. Maj dio patadas al aire y consiguió levantarse, pero el chico del costurón en el cuello la asió por los hombros, inmovilizándola.

—Es mejor que no lo hagas —dijo Cloe con voz tranquila.

—¿Cómo? —preguntó él.

—He dicho que es mejor que no lo hagas.

—¿Por qué?

—Tu castigo solo será peor.

Maj miró a Cloe incrédula por aquella valentía disparatada que la hacía hablar con tanta seguridad.

El chico sonrió, parecía que le hacía gracia, y luego meneó la cabeza.

—¿Y qué pasaría si lo que hago es cortarte tu cara bonita?

—Ya te he dicho que es mejor que no lo hagas. Decide tú.

El muchacho escupió al suelo y la miró con rabia.

—Deja ya de decir chorradas, ¿vale? —Extrajo una navaja de un bolsillo y se le acercó con aire agresivo.

En ese momento se oyó un ruido, como un lejano redoble de tambores, seguido de crujidos procedentes de los edificios. La banda de correos se detuvo al instante. Una sombra cruzó la calle y arrolló al chico de la cicatriz en el cuello, haciéndolo caer al suelo.

De las primeras plantas de los edificios salieron decenas de chicas. Su tez brillante parecía pintada con carbón, no llevaban el uniforme de los condenados, sino pantalones cortos y camisetas raídas. Solo las botas de cuero eran las que habían recibido de los guardias.

Una lluvia de cristales se abatió sobre los condenados. El chico de los ojos almendrados cayó al suelo; aquel al que le faltaba una mano echó a correr, con la cara ensangrentada. Lo cogieron entre tres: dos lo inmovilizaron mientras la tercera le pegaba con fuerza en el estómago. Maj lo vio desplomarse escupiendo sangre. Se volvió: detrás de ella otras tres chicas tenían sujeto en el suelo al del costurón en el cuello, que ahora trataba de incorporarse.

—Por favor, dejad que me vaya, os daré todo lo que queráis —les suplicó.

Una de las chicas que lo estaba encarando empuñaba una especie de palo que tenía en la punta un pedazo de cristal puntiagudo y manchado de sangre. Con un movimiento seco se lo clavó en el cuello. Las otras dos lo desnudaron rápidamente, guardaron la ropa en una mochila y lo abandonaron desnudo en el suelo. Maj lo vio retorcerse un par de veces y luego quedarse inmóvil, muerto.

Dos condenados consiguieron huir a través de un amplio salón de uno de los edificios. Luego las chicas rodearon a Maj y a Cloe.

Los pantalones cortos dejaban al aire la piel manchada y sudada. Empuñaban armas fabricadas con maderas, con barras de hierro y con cristales puntiagudos y perfilados.

Sus miradas eran firmes y seguras, los pequeños ojos oscuros las observaban inmóviles.

28

Alec ya estaba metido en el fango hasta el cuello, si bien con los brazos podía sujetarse bastante bien al suelo. Sin embargo, nunca podría salir de allí solo. Aunque no se hundiera, de todas formas se habría muerto de frío o de hambre.

Miró al chico de la cabeza rapada, que ahora lo escrutaba con curiosidad. A su espalda se elevaban unos ficus gigantes y él estaba de pie, agarrado a las raíces que colgaban de las ramas más altas.

—Conozco una manera de salir de aquí —dijo de nuevo Alec—, y si me sacas te la puedo enseñar. Hay una salida, más abajo.

—¿Abajo dónde?

—Sácame de aquí y te lo diré.

—Mejor dímelo ahora.

—En Dite, hay una salida en Dite.

—¿Y cómo llegamos?

—Nos quitaremos el alma.

El chico permaneció unos instantes observándolo para saber si estaba hablando en serio.

—Nos quitaremos el alma, ya no podrán vernos, y saldremos.

—Oye, que te maten a ti, si quieres.

El chico hizo otra vez ademán de marcharse. Era evidente que ese novato le estaba tomando el pelo. Quitarse el alma equivalía a firmar tu condena a cadena perpetua o a muerte. Su pérdida solo era admisible por una herida o una agresión, en cuyo caso tenías que someterte a la inspección de los guardias para que te reimplantaran el alma; pero, si una bestia te desgarraba un trozo de carne del pecho a mordiscos, era más probable morir desangrado que encontrar las fuerzas para que te pusieran un nuevo microchip.

—Hablo en serio. Yo me quitaré el alma primero. Estaría loco si lo hiciera sin conocer una vía de escape. Y si te he tomado el pelo siempre puedes eliminarme. O hacer lo que quieras conmigo.

El chico vaciló unos segundos.

Luego miró alrededor, se quitó la mochila, aunque no la dejó en el suelo, y extrajo una cuerda. Ató un extremo a un tronco y el otro lo sujetó con la mano. Tiró con fuerza, para que la cuerda le sirviera a Alec de punto de apoyo. Alec consiguió sacar rápidamente del fango primero los brazos, luego una pierna. Un minuto después estaba incorporado, pero con el tronco inclinado hacia delante para recuperar el aliento. Detrás de él estaba el chico que lo había rescatado, apuntándolo con la navaja.

—Ahora dame la mochila o te tiro de nuevo.

—Te he dicho que me quito el alma y te demuestro que podemos salir.

—Dame esa mochila —insistió el chico.

—Déjamelo y te enseño cómo salimos de aquí.

—¿A quién pretendes tomar el pelo? ¡Haz lo que te digo o te mato!

Alec trató de mantener la calma. No podía ceder.

—¿Cuántos años tienes que estar aquí?

—Te la estás jugando. Estoy perdiendo la paciencia.

—Si vienes conmigo podrás salir dentro de tres días, lo que se tarda en llegar a Dite.

El chico permaneció inmóvil, con la mirada clavada en la mochila, la navaja empuñada, la frente fruncida. Alec retrocedió un paso para apartarse del radio de acción del arma.

—No te hagas el listo —gruño el chico, amenazador.

Luego guardó la navaja en una funda que llevaba atada al cinturón. Pensando que estaba a salvo, Alec bajó la guardia, y el otro aprovechó para asestarle un fuerte puñetazo en la cara que lo hizo caer hacia atrás, contra una roca. Enseguida se abalanzó sobre él, le dio la vuelta de una patada, le arrancó la mochila de la espalda y se alejó.

—¡Espera! —gritó Alec—. Quédate con mi mochila, pero préstame la navaja, me quitaré el alma y entonces tú decidirás si estoy loco o si te estoy contando la verdad.

El chico paró. Que acabara de agredirle y de pegarle parecía no condicionar sus intenciones. Empezó a pensar que quizá no estaba mintiendo. Había oído historias de gente que había tratado de escapar, leyendas sobre condenados que conocían pasadizos secretos y misteriosas vías de escape. La verdad era que del Infierno nunca se había evadido nadie.

—Dime tu nombre.

—Alec.

—¿Por qué estás aquí?

—Porque tengo que rescatar a una persona. ¿Tú cómo te llamas?

El chico no respondió enseguida, pero lo miró, asombrado por esa confesión.

—Guido, me llamo Guido.

—Necesito un aliado —añadió Alec—, alguien que venga conmigo.

—¿Adónde?

—Al sexto círculo. Saldremos por allí.

Guido lo observó con creciente estupor.

—¿Se puede saber quién diablos eres tú? ¿Qué has hecho para que te metan aquí? ¿Qué eres, un hereje? ¿Formas parte de la rebelión?

—No formo parte de nada. Solo tengo que encontrar a una persona.

Guido evaluó aquella información y cómo podría cambiar su futuro inmediato. Después de tres años en el Limbo, a la semana siguiente sería trasladado al círculo al que lo habían asignado, el séptimo, donde tendría que cumplir cuatro años y donde seguramente moriría. No se trataba solo de que aquel fuese un círculo propiamente dicho, con leyes del Talión, bandas de criminales y altas probabilidades de coincidir con la gente con la que tenía cuentas pendientes en Europa. La verdad era que empezaba a estar cansado. Cansado de matar, cansado de correr. Pese a que por ahora no quería admitirlo ni siquiera a sí mismo.

—¿Y cómo lo haremos para llegar al sexto círculo? —preguntó Guido.

—Entonces ¿vienes conmigo?

—Tú dime cómo llegaremos.

—Conozco el camino.

—¿Por qué?

—Tengo mis fuentes.

—Pues harás bien en decírmelas. De todas formas, vale, acepto. No vayas de listo, te lo repito, tardo un segundo en cambiar de opinión y en matarte. Vamos.

—¿Adónde?

—Te llevo a mi campamento. Allí te quitarás el alma.

Tras decir eso, se encaminó por el bosque. Alec trató de sacudirse el fango que le cubría la ropa y luego fue tras él.

Pasaron dos veces delante de corrillos de gente reunida alrededor de hogueras improvisadas en las que ardían pedazos de carne. Nadie trató de detenerlos ni se fijó en ellos.

—¿Por qué no se meten con nosotros? —preguntó Alec.

No era mera curiosidad. No estaba seguro de que fuera a hacer el viaje con ese tío y, por si se quedaba solo de nuevo, necesitaba saber cómo debía actuar.

—No se meten conmigo —dijo Guido—. No tienes nada que ver.

—¿Qué quieres decir?

—Que si estuvieses solo ya te habrían desnucado. —Guido se volvió hacia él y lo miró a la cara—. Y, a juzgar por los arañazos, diría que ya te has pegado unas buenas carreras. ¿Cuándo llegaste?

—Ayer.

—Los primeros días son los peores. Por lo menos, sigues vivo. Gracias a mí.

Fueron por un sendero escarpado que subía entre las rocas oscuras. Alec empezaba a acusar el cansancio. Alzando la cabeza vio el cielo azul, donde había aparecido alguna estrella. Detrás de él se cernía el techo verde oscuro formado por las copas de los ficus gigantes y, más allá del bosque, la tapa de niebla negra y roja que cerraba el cráter del volcán.

—¿Siempre hay esta niebla? —preguntó Alec pensando que necesitaba averiguar dónde se hallaba para situar el mapa y dar con el pasadizo del primer al segundo círculo.

—No, depende, no lo sé —respondió Guido, apresuradamente.

El sendero se ensanchó hasta convertirse en una terraza que sobresalía de la montaña.

—Por aquí —dijo Guido al tiempo que entraba en una abertura de la roca.

Alec echó un último vistazo a las murallas de cemento que se elevaban por encima de él. En la parte de arriba le pareció entrever el perfil de un grupo de guardias que salía de una torre. Luego lo siguió al interior de la gruta.

Había imaginado que encontraría a un grupo de chicos, a una banda como la que lo había perseguido. Lo sorprendió que dentro no hubiera nadie.

Guido encendió una antorcha y la plantó en el suelo. La luz iluminó una tienda marrón sujeta con una cuerda, cajas de madera y una cantimplora como la que tenía Alec.

—¿Quieres? —preguntó Guido y le tendió la cantimplora.

Alec bebió un largo trago.

Guido amontonó unas cuantas ramas secas en medio de la gruta, donde quedaban los restos de una hoguera. Cogió un trozo de cartón y lo prendió. La llama brotó rápidamente, alumbrando la oscuridad que los rodeaba.

Alec se acercó para secarse la ropa, mientras Guido sacó la navaja y puso la hoja al fuego. De su mochila extrajo carne seca, que dejó en una piedra al lado de las llamas, y una lata que puso directamente en las brasas.

—Come. —El tono de Guido no era interrogativo ni imperioso.

No se trataba de la primera vez que acogía a alguien en su refugio desde que hacía unos meses había abandonado la banda. Ofrecer una comida o un cobijo para la noche era una moneda segura que podía salvarte la vida un día u otro. Miró a Alec: se había sentado con las piernas cruzadas al lado del fuego, una posición en la que ningún condenado con un mínimo de cerebro se habría colocado delante de nadie. De un salto habría podido fácilmente tirarlo al suelo y matarlo. Habría hecho un buen negocio: una mochila nueva, un uniforme recién recogido y setenta kilos de carne para vendérsela a algún infame. Él nunca había comido carne humana. Era el único límite que se había impuesto, la única frontera que se había trazado entre sí mismo y el Infierno.

—Necesito la navaja para quitarme el alma —dijo Alec.

Guido no respondió. Quitó la hoja del fuego y la dejó enfriar unos segundos. Luego la guardó en la funda de piel que tenía atada al cinturón. Sacó una manta de una de las cajas, se la enrolló alrededor del cuerpo y se sentó en un rincón, contra la roca.

—Duerme, si quieres —dijo y enseguida inclinó la cabeza sobre el pecho—, mañana me explicas por qué conoces el camino. Si me has tomado el pelo, peor para ti, te lo aseguro.

—Tengo que quitarme el alma —insistió Alec.

Sin embargo, el otro no le respondió: tenía los ojos abiertos, pero parecían fijos en un punto impreciso de la gruta.

—Mañana.

Alec no tenía idea de por qué aquel chico, que poco antes había estado a punto de matarlo, ahora le hacía esa concesión. Pero Guido conocía perfectamente los riesgos de una herida semejante, habría perdido sangre, no habría podido evitar una infección, a pesar del desinfectante que suministraban en la mochila junto con el equipamiento básico. Habría tenido que beber mucha agua y mantener limpia la herida. Todo ello no era posible esa noche.

Alec se quedó observando en silencio a Guido, que ahora parecía dormido. Estaba casi seguro de que se hallaba más que alerta. Se sentía cansado y tenía sueño, pero no conseguía dormir. Pensaba en Maj, rogando que estuviera bien. La encontraría, la sacaría de aquel lugar.

Aún era de noche cuando Alec salió de aquella gruta.

Hacia levante se adivinaba el principio de un resplandor en las cumbres nevadas de las montañas. Dio unos pasos hasta el borde de la pared rocosa. Oía crujidos, gritos de animales, voces y lamentos lejanos. Se preguntó si provenían de los otros círculos. Se preguntó qué lo aguardaba.

El cielo empezó a aclararse y la luz del amanecer iluminó de celeste las murallas que había detrás de él, proyectando débiles sombras en el suelo. La niebla aún no se había despejado, pero Alec pudo vislumbrar durante un instante la amplitud del volcán. Vio los pequeños cráteres del segundo círculo, los bosques del tercero y, a lo lejos, la gran ciénaga que rodeaba las murallas de Dite. Luego se volvió hacia Nueva Jerusalén. Desde donde estaba, apenas podía ver los campanarios y los tejados de las catedrales a su izquierda.

Se arrodilló y dibujó un triángulo en la arena. Esa era Nueva Jerusalén.

Desde allí trazó una línea que descendía hacia poniente, calculando aproximadamente la posición en base al punto donde poco antes había visto que se aclaraba el cielo. A continuación trazó una X sobre el dibujo, más o menos frente a la entrada del segundo círculo, la gruta de la arena roja. Recordó su último encuentro con Marcus, cuando le había preguntado cómo podía estar seguro de aquellos pasadizos, qué posibilidades había de coger el camino correcto y cuál era el riesgo de perderse en los meandros del volcán.

«Tienes que bajar al bosque y seguir el agua. Los arroyos del Aqueronte descienden y se pierden bajo tierra. Solo cuando veas la arena roja estarás en el sitio debido, y entonces tendrás que encontrar la gruta del dibujo.»

«¿Y si me pierdo? Esto no es un mapa de verdad... Esto... solo es un esbozo.»

«No existe solo el mapa, tendrás que fiarte de tu instinto.»

«¿Cómo puedo fiarme del instinto? Tengo que encontrar un camino.»

«El instinto de todo animal es el de encontrar la libertad y la salvación, tu naturaleza te guiará al final del camino.»

Alec no estaba en absoluto convencido de que su naturaleza pudiese conducirlo. No sabía si ese día iba a poder encontrar el pasadizo, pero sabía perfectamente qué ocurriría si fracasaba. Guido había sido claro al respecto, y Alec poseía ya bastantes elementos para saber que no dudaría en matarlo. Lo miró de nuevo, parecía alerta y dormido al mismo tiempo. Un pensamiento le atravesó la mente como un rayo. Podría matarlo. Quizá abalanzándose sobre él y golpeándole la cabeza con una piedra. Perdería a un aliado, pero evitaría granjearse un enemigo en el supuesto de que no encontrase enseguida el pasadizo. Se imaginó a sí mismo empuñando la piedra mientras la arrojaba contra Guido con fuerza, y experimentó por primera vez una sensación que no conocía: tuvo miedo de sí mismo.

29

Maj y Cloe estaban sentadas en un rincón de la balaustrada que delimitaba la azotea del rascacielos de las amazonas. El sol se estaba poniendo detrás de la cima del volcán, pintando de naranja las largas lenguas de hielo que descendían de las cumbres nevadas. Se confundían así con los ríos de lava que fluían más abajo. Las amazonas las habían llevado por la ciudad sin pronunciar palabra. Habían atravesado calles secundarias, pequeñas plazas cubiertas de escombros y patios ocultos por edificios derruidos. Hasta llegar a un rascacielos de al menos cincuenta plantas. Habían subido varias decenas de tramos de escaleras. Solo en las últimas plantas habían encontrado gente. Todas eran mujeres, vestidas como las guerreras que las habían salvado.

En el centro de la azotea había una gran hoguera. Maj miró alrededor, abarcando de un solo vistazo los otros rascacielos, las murallas de Dite que ardían en torno a aquella ciudad destruida y luego, detrás de las murallas, la ladera del volcán. La tierra tembló, produciendo un largo crujido seguido por el tintineo de los cristales que se desprendían de las fachadas y caían al suelo.

—¿Qué has hecho? —preguntó Cloe.

Maj no comprendió enseguida el sentido de esa pregunta. La miró con gesto interrogante.

—¿Qué has hecho para estar aquí?

Ni siquiera en su fuero interno Maj había sido capaz de responderse a eso. Pero ahora por primera vez se lo planteaba directamente, y no tenía dudas: no estaba allí por un delito ni por Alec, sino por sí misma.

—Quería saber la verdad —contestó Maj. Luego calló.

—¿La verdad? ¿Sobre qué?

—Quería conocer el mundo.

—No es un delito por el que se acabe aquí.

—No, ¿verdad? —respondió Maj, dándole la razón a Cloe. No sabía hasta qué punto sincerarse: Cloe la había llevado hasta allí, le estaba ofreciendo la posibilidad de permanecer con vida, pero no dejaban de estar en el Infierno.

—Quizá dependa de lo que se haga para descubrirla —la pinchó Cloe.

Una chica se acercó con un caldero lleno de un líquido que olía a carne. Les tendió dos escudillas de madera.

Había una solidaridad espontánea en aquel gesto que no traslucía ninguna bondad ni amabilidad.

—¿Qué es la red? —preguntó Maj cuando la chica se hubo alejado.

—Es como las chicas sobreviven en el Infierno. Los hombres se agrupan en bandas, son muchos, las mujeres son muchas menos. Por eso existe la red.

—Pero ¿cómo funciona? ¿Y por qué sabes todas esas cosas?

Cloe elevó la mirada al cielo y cerró los ojos. Luego la observó.

—Escucha, en Europa todo el mundo sabe lo de la red, hasta los oligarcas. De vez en cuando tratan de eliminarla, pero la red no se rompe, puedes quitarle un trozo, pero no tiene centro, no puedes destruirla.

—¿Sois las recién llegadas?

Cloe se volvió. La que había hablado era una chica bastante alta, de tez clara y facciones marcadas. Su cuerpo parecía como tallado con unos pocos golpes secos.

—Soy Liz.

—Hola —dijo Cloe.

—Ya se ha hecho tarde para ponernos con la iniciación, así que la dejaremos para mañana por la mañana. Vendréis conmigo. Podéis dormir aquí, hace calor.

—De acuerdo —asintió Cloe. Parecía ya saber lo que la esperaba.

—Veremos el vídeo de vuestro delito y decidiremos si os aceptamos.

La chica se alejó. Maj siguió sus pasos, largos y firmes, los músculos de los muslos eran como los engranajes de un motor.

Cloe miró a Maj. Las amazonas no la habían visto en el barco, con el rostro limpio y sin el uniforme del Infierno. Pero para ella ese rostro no tenía secretos.

—Quizá tendrías que decírselo ahora.

—¿El qué?

—De dónde vienes. Hay pocas como tú en el Infierno, y no están muy bien vistas... Pero si estás aquí...

Maj la observó, no lograba entender su razonamiento. Cloe se le arrimó más para que no la oyeran.

—Si estamos en el Infierno es porque alguien ha pensado que el mundo no era tan hermoso como pretendía, y que otros debían pagar por ello. La Oligarquía ha construido este lugar para tener el control total sobre Europa, para defender sus privilegios, para defender... el Paraíso.

Maj comprendió entonces que era inútil seguir ocultando la verdad.

—No pueden saber que vengo de allí.

Cloe se quedó pasmada. La confirmación de la que solo era una sospecha le brindaba una sensación nueva que no había previsto. Nunca había conocido a una chica del Paraíso.

—Claro que pueden —dijo con voz temblorosa—. Por eso hacen la iniciación. En ese momento descubren tu delito y deciden si aceptarte en la red.

—¿Y si descubren que vengo de...?

—No lo sé, depende de lo que hayas hecho.

La débil luz que quedaba ponía de relieve las grandes nubes negras que se enroscaban en el cielo sobre sus cabezas.

Maj no pudo dormir esa noche, pero de todas formas cerró los ojos y trató de permanecer inmóvil, necesitaba reposar los músculos, tensos por el cansancio y el miedo.

Por la mañana, antes del amanecer, Liz fue a despertarlas.

Maj sintió que la sacudían por un brazo. Se volvió y vio el rostro de la amazona cubierto por lo que parecía una capa de grasa negra. Pocos minutos después estaban bajando las escaleras del edificio junto con cuatro chicas. No salieron a la calle, sino que siguieron hasta el subsuelo, hasta un largo túnel por el que discurrían unos rieles. Anduvieron largo rato bajo la tenue luz que llegaba de unas estrechas aberturas en el techo.

Al cabo de una hora, se detuvieron en una estación.

Había varios andenes y esqueletos de trenes abandonados. Escaleras cubiertas de escombros y placas de metal oxidadas.

—Tenéis que coger la caja con la ración de comida —dijo Liz—. Salid por las escaleras. Las encontraréis delante. Nosotras estaremos en los edificios de alrededor, os observaremos desde allí.

Cloe y Maj se alejaron. Subieron las escaleras salvando los escombros que en algunos puntos obstaculizaban casi completamente el paso. Llegaron a una planta intermedia, un gran salón sujeto con vigas de cemento marrón. En el suelo había tres dedos de agua y barro. Maj vio en el lado opuesto un resplandor procedente de una rampa que llevaba a la superficie. Cuando estuvieron en el nivel de la calle, supieron qué era la máquina infernal. Se trataba de una pirámide formada por gradas de cemento, cuya base medía al menos cincuenta metros de lado.

Cloe miró a Maj.

—Voy. Recuerda: despacio o rápido, es la única manera de no acabar quemada —dijo y se aprestó a subir el primer escalón.

Cuando puso el pie se oyó una vibración en el suelo, seguida de un ruido metálico intermitente, como si un engranaje acabase de ponerse en marcha.

La pantalla que había sobre la jaula se iluminó de nuevo. Otro chico había cogido la ración de comida. Aparecieron un rascacielos y un puente; luego, el chico empuñando un cuchillo, y con él más gente fumando. Un grito apartó a Maj de aquella imagen. Una llamarada surgió del suelo a pocos centímetros de Cloe, que, en vez de saltar hacia atrás, la esquivó y cerró los ojos.

Siguió subiendo, más llamaradas se elevaron a lo largo de varios metros. Esta vez la embistió una por un costado. Maj ahogó un grito, mientras veía que el fuego envolvía de lleno a la chica. Cloe dobló las rodillas y jadeó. Tenía el pelo un poco quemado y el uniforme ennegrecido. Continuó subiendo; pisando con fuerza, alcanzó rápidamente el penúltimo escalón. Una nueva llamarada estalló a su espalda y la hizo resbalar hacia delante; amortiguó la caída con los brazos, pero luego rodó hacia un lado, donde otra llamarada la acometió. Se levantó, con la cara manchada y sudada, y una expresión de miedo hasta entonces desconocida. Ganó el extremo superior de la pirámide de un salto tan fuerte que casi se estrelló contra la enorme jaula de metal.

Una luz roja parpadeó tres veces, de la jaula salió una chapa negra con la caja de la ración de comida. Cloe la cogió y se volvió hacia la base de la pirámide, desde donde Maj la estaba observando. Todos los ojos de las amazonas estaban pendientes de la pantalla que se acababa de encender. Ese era el momento crucial, aquel en que se decidía si una condenada podía pasar a formar parte de la red.

Primero apareció una ciudad rascacielos, luego el rostro de una chica, era Cloe. Había también un hombre. Estaban sentados a la mesa de una cocina. Él llevaba el uniforme de los guardias de la Oligarquía. Después se veía solo a Cloe apuntando con una pistola a la bandera de la Oligarquía, pero era una imagen rara, la bandera aparecía solo después de un fundido del rostro de Cloe y de la pistola.

La pantalla se apagó. Cloe se volvió hacia la plaza y se cruzó con la mirada de Liz, que estaba apostada en la segunda planta de un edificio derruido. Liz asintió lentamente, entornando ligeramente los ojos.

Luego Maj empezó a subir.

«Despacio», pensó.

El fuego la rozó dos, tres veces, sintió que se le abrasaba la piel, pero era un dolor soportable. La llamarada, en efecto, solo duraba un instante y dejaba la piel enrojecida pero sin quemaduras.

Localizó enseguida las grietas en el cemento de las que salían las llamas. No era difícil bordearlas, pero su inclinación no era previsible, lo cual hacía peligrosa la subida. Mientras, veía que otros chicos trepaban a la pirámide y que efectivamente unos se movían rápido, sin fijarse en las grietas, y que otros avanzaban despacio pero ágiles.

Cuando llegó a la parte de arriba, la cara le ardía y sentía el olor a quemado de su pelo.

Cloe seguía allí. Al otro lado de la pirámide, una chica acababa de efectuar el reconocimiento, por lo que había obtenido su ración. Esa vez Maj no miró la pantalla.

—¿Has visto mi vídeo? —preguntó Cloe.

Maj asintió.

—¿Sabes lo que mostrarán de ti?

—No.

—¿Has sido detenida en el Paraíso?

Maj no respondió. Se acercó a la enorme jaula de metal, observó la rejilla de la que salían las cajas con la comida. En cada recuadro había un círculo rojo. Se acercó un paso más y uno de los círculos se iluminó y parpadeó tres veces. Maj miró la pantalla; luego, de nuevo, a la jaula. Una chapa se deslizó por un rodillo, y sacó una caja blanca. Maj la cogió y se la puso bajo el brazo. Luego alzó la cabeza hacia la pantalla. Los ojos de las chicas de la red observaban aquellas mismas imágenes desde lejos.

Maj se vio a sí misma en medio de una pradera. En el cielo había dos helicópteros. Bajaban hasta el nivel del suelo, luego la imagen se desvanecía. Aparecía de nuevo ella trepando un muro, ella entrando en la pequeña iglesia de los trabajadores, ella bañándose en el río con un chico, no se reconocía el rostro de Alec. Un nuevo fundido mostraba una rápida secuencia de imágenes que se sobreponían entre sí: una mano empuñando una pistola, un cristal haciéndose añicos, una niña que gritaba y lloraba. Seguían escenas confusas en las que se veía a guardias de la Oligarquía corriendo, hombres y mujeres abatiendo a unos guardias a tiros. El vídeo continuaba con una secuencia de imágenes de Maj en el Paraíso, en bañador mientras se lanzaba a la piscina, en el parque frondoso que rodeaba el barrio, en la playa cristalina vigilada por los guardias, en barca en el lago mientras reía con sus amigas. Luego por abajo aparecieron las llamas que poco a poco cubrieron todo el encuadre.

El vídeo se interrumpió de golpe y la pantalla permaneció oscura unos segundos. Maj se quedó observándolo mientras unos pensamientos inconexos bullían en su cabeza. Nunca había empuñado una pistola ni había visto cómo un grupo de hombres y mujeres disparaba contra los guardias. Sin embargo, ella era la chica que había trepado el muro, la que estaba de pie en medio de los helicópteros. El vídeo describía a una sola persona, a una chica que había tenido todas las ventajas del Paraíso pero que había echado a perder su vida.

Maj se volvió hacia Cloe, que la estaba observando con una expresión de profundo estupor, luego se fijó en la base de la pirámide. Había más chicos y chicas mirando el delito proyectado. No era frecuente ver las imágenes del Paraíso en el Infierno. Maj sintió un calor repentino en el pecho, observó a Cloe y luego los rostros inmóviles de las amazonas. Enseguida tuvo claro que la habían reconocido, tal y como había ocurrido en el Paraíso el día que fue agredida por un hombre, el día en que los embustes que le había contado su padre empezaron a salir a la luz.

—Eres hija de un oligarca —susurró Cloe con voz neutra, aunque Maj detectó en ellas desprecio y odio. Esos eran los sentimientos más comunes que los ciudadanos de Europa albergaban por la Oligarquía.

Liz meneó despacio la cabeza.

La chica del Paraíso no podía formar parte de la red de las amazonas.

30

Con la luz de la mañana, el bosque tenía un aspecto completamente diferente. A pesar de la niebla que en ciertos puntos envolvía a los árboles, el olor a corteza y a hierba mojada se sobreponía al de la ceniza que arrastraba el viento.

Alec y Guido habían abandonado el refugio y llevaban caminando ya media hora. Alec había localizado el sitio donde, según el mapa, debería hallarse la gruta de la arena roja. Guido sabía cómo llegar, se tardaba unas horas.

Encontraron a un grupo de cinco muchachos que transportaban un animal sangrante, probablemente, un chacal. Luego pasaron por un campamento, por en medio de un grupo de tiendas reforzadas a los lados con piedras y troncos y colocadas en círculo alrededor de una hoguera. Unos chicos dormían. Alec cruzó una mirada con una chica que se estaba lavando el pelo en un cubo. En cada rostro veía a Maj, buscaba desesperadamente confirmar que seguía con vida.

—¿Aquí estamos a salvo? —le preguntó a Guido.

—¿Qué quieres decir?

—Ayer me querían matar, me persiguieron, ahora nadie se fija en mí.

Guido, que caminaba un par de metros por delante de él, meneó la cabeza y soltó una carcajada.

—Las cosas no son así. Ayer eras un novato. Ahora estás conmigo. Si alguien te hace algo me ofende a mí, y mogollón de gente me debe algo.

—No entiendo.

—Es la ley del Infierno. Aquel al que proteges, defiendes, salvas la vida, das de comer u ofreces hospitalidad se convierte en tu deudor.

—¿De modo que yo estoy en deuda contigo?

—¿No lo crees?

—Sí, creo que sí. Pero ¿cómo puede ser una ley? ¿Quién la cumple?

—Todos. Más vale cumplirla, porque, si no, todo el mundo se entera. Y entonces eres el primero al que eliminan. Si la cumples formas parte de los pactos de sangre.

—¿Y nunca nadie infringe la ley, o roba o ataca a alguien, o…?

—Claro que sí. Estamos en el Infierno.

Dejaron atrás el bosque y siguieron andando por una franja de tierra. El anillo del círculo infernal se estrechaba hasta convertirse en una terraza de no más de veinte metros de ancho. A su derecha estaban las murallas de cemento. Alec volvió a ver a los guardias, sus uniformes rojos parecían llamitas que ardían en la pasarela entre las torres. A la izquierda estaba el abismo que bajaba al séptimo círculo.

—¿Alguna vez has matado a alguien? —preguntó Alec.

—Puede.

—¿Puede que hayas matado a alguien?

Guido no respondió y Alec pensó que no tendría que habérselo preguntado.

—Sí, he matado a alguien —dijo Guido—; alguien trata de robarte, te defiendes, alguien muere.

Alec escuchó esas palabras pensando que no contaban toda la verdad.

—Pero ¿tú qué has hecho? ¿Por qué te condenaron en Europa?

—¿Ahora pretendes someterme a interrogatorio?

—Respóndeme si quieres. Si no, da igual.

—Trapicheaba con nepente. Hay cosas peores, ¿no? No hacía daño a nadie.

—¿Y a cuántos años te han condenado?

Guido guardó silencio, mientras seguía andando.

—Tienes que quitarte el alma —dijo, por cambiar de tema.

—En cuanto encontremos la gruta —repuso Alec, renunciando a obtener una respuesta.

—No falta mucho.

Empezó a soplar un viento frío y cortante, que expulsaba la niebla del cráter.

—Como sea una jugarreta te arrepentirás, en serio —insistió Guido. El tono de su voz no era amenazador. Parecía que estuviese aplicando una simple lógica.

—Ya verás que no es ninguna jugarreta —respondió Alec, aunque en su fuero interno tenía miedo. No podía estar seguro de que encontraría ese pasadizo, ni siquiera estaba seguro de su existencia, pero Guido había sido claro: no le daría una segunda oportunidad.

Llegaron a un nuevo grupo de árboles bajo los que crecía una tupida vegetación. Matorrales con anchas hojas, flores oscuras y pegajosas, lianas que colgaban de las ramas y se enredaban en el suelo. Tuvieron que aflojar el paso.

Alec reparó en ese momento en los arroyuelos que corrían entre los árboles. Oía el rumor, pero no los distinguía claramente. Muchos de ellos desaparecían en la tierra. Y todos seguían el mismo rumbo. Alec vio las rocas y unos agujeros en el suelo, y, entre las rocas, las enormes raíces de los árboles. Luego en medio de la hierba empezó a aparecer la arena roja, y en su mente cobró forma el primer dibujo de Beth: la gruta, el bosque, los arroyuelos y la arena.

Avanzaron siguiendo el sentido de los arroyos. El terreno descendía y los árboles se espaciaban. De vez en cuando entre los troncos se entreveían fragmentos del volcán: la niebla, las explosiones de fuego, la luz reflejada por espejos de agua que surgían en la pendiente cada vez que una ráfaga repentina de viento despejaba unos segundos el vapor y la niebla.

Luego la vio: la gruta del dibujo. Un agujero bordeado por rocas y estalactitas. Parecía una boca que trataba de morder el suelo.

—Hemos llegado, es aquí —dijo Alec—. Este es el pasadizo.

Guido se quitó la mochila y la apoyó contra un árbol. Escupió al suelo y se tumbó. Estaba cansado, ambos lo estaban después de la larga caminata.

—¿Ahora qué tenemos que hacer?

—Tenemos que entrar en la gruta, desembocaremos en el segundo círculo —le explicó Alec con una seguridad totalmente reñida con el miedo que sentía por dentro.

Guido empezó a recoger del suelo leña y hojas.

—Hagamos un fuego.

Lo prendió con unos movimientos rápidos. Llevaba cartón seco en la mochila y era evidente que lo guardaba precisamente con esa finalidad. Luego puso la hoja de la navaja sobre la llama, pero sin calentarla demasiado. La frotó varias veces contra el interior de su cinturón de cuero y luego la puso de nuevo al fuego. Solo entonces se la tendió a Alec, que la cogió y la miró atentamente. Parecía bien afilada. Tendría que pasársela con un gesto firme por la piel, para no desgarrarla. Debía cortar en el punto exacto en el que le habían implantado el alma, pero eso no le parecía muy difícil. La pequeña silueta se veía perfectamente.

Se sentó en una roca con las piernas cruzadas. Se quitó el chaquetón y se desabotonó la parte de arriba de la camisa. Acercó despacio la navaja y se la puso sobre la piel, sin apretar. La hoja estaba de nuevo fría. Una vez que se quitara el alma ya no podría cumplir su condena. Le quedarían dos maneras de salir del Infierno: o con Maj, desde Dite, o muerto.

—¿Tienes alcohol? —preguntó Guido.

—No.

—En la mochila ponen también alcohol, los más idiotas se lo beben.

Guido abrió la mochila de Alec y extrajo de un bolsillo interior un frasquito de plástico duro con un líquido celeste. Lo dejó en el suelo y volvió a sentarse.

Alec recorrió con la hoja la superficie que debía cortar. Con el pulgar y el índice de la mano izquierda tensó la piel.

Luego cortó. Un movimiento seco, decidido. Sajó la carne blanda del pecho con facilidad. Un dolor repentino, como un fuego que estalla.

—Pero ¿qué haces? —gritó Guido.

Alec no respondió. Empezó a brotar sangre del pecho. Hurgó con la punta de la navaja debajo del alma, tratando de sacarla por la herida abierta.

—¡Estás loco! —gritó de nuevo Guido. Lo observaba sin acercarse, sentado en su mochila.

Alec estaba pálido, apretaba los dientes. Lo intentó por segunda vez, pero el microchip era resbaladizo y, a pesar de que lo había movido de sitio, no conseguía extraerlo. Se sentía mareado, parpadeó.

Introdujo de nuevo la navaja en la herida y esta vez sacó el alma en la punta de la hoja ensangrentada.

Acto seguido cogió el frasquito, abrió el tapón y se echó alcohol en la herida, tratando de usar la menor cantidad posible. Con la misma navaja cortó un trozo de la camisa y lo apretó contra la herida. Solo entonces se dejó caer contra el tronco que había detrás de él.

Guido lo miraba sin poder pronunciar palabra. Se levantó, dio unos pasos y se arrodilló a su lado. En ese momento habría podido robarle todo fácilmente y largarse. Esa noche se había convencido de que lo de Alec no era más que una farsa. Que Alec se había inventado toda aquella historia para que le salvara la vida y que él había sido un ingenuo por creerle. Había ido con él por el bosque con la intención de robarle allí, lejos de su refugio, después lo abandonaría a su destino.

Pero lo que acababa de hacer lo cambiaba todo.

—Estás completamente loco.

—He hecho lo que había dicho.

—Ahora ya no puedes salir de aquí.

—Claro que saldré.

—Pero ¿adónde quieres ir? ¿Qué quieres hacer? —Guido era presa de una agitación que no experimentaba desde hacía años. Estaba acostumbrado a hacerlo todo con sangre fría, conocía los riesgos y el precio que había que pagar, en Europa como en el Infierno. Ahora las cosas habían cambiado.

—¿Y bien? ¿Vienes conmigo?

Alec miró la navaja, abandonada en una piedra al lado de la hoguera. Guido se dio cuenta. Dudaba. Todavía no estaba convencido de que ese novato pudiera estar ofreciéndole una vía de escape. Por otro lado, sabía perfectamente que no tenía muchas esperanzas. Pronto iba a ser trasladado al séptimo círculo y allí no resistiría mucho tiempo. La que se le presentaba era probablemente su última oportunidad de salir vivo del Infierno.

31

Maj bajó corriendo de la pirámide, hendiendo las llamas que brotaban inopinadamente del cemento.

Las amazonas la habían rechazado.

La esperanza se había esfumado en unos segundos ante las imágenes que describían a la rica muchacha del Paraíso que había mandado al traste su felicidad. Por un momento se preguntó si las cosas hubieran podido ser diferentes. Lo tenía todo, dinero, diversiones, vivía en un pequeño mundo perfecto, ella tenía la culpa de su condena, merecía arder en el Infierno.

Pero no se merecía entrar en la red de las amazonas. El Paraíso la había expulsado y ahora el Infierno la rechazaba.

Al llegar abajo se volvió por última vez para ver a Cloe, que seguía en la cúspide de la pirámide. Maj no sabía adónde ir. Se adentró en una calle ancha cubierta de tierra y de escombros, de la que brotaban troncos de grandes árboles que proyectaban sus sombras sobre los edificios de cristal de alrededor. Pasó al lado de un grupo de monos que gritaban y saltaban, luego dobló en una calle más pequeña, que resultó ser un callejón sin salida. Entró en la galería de un edificio. Había muchos escaparates rotos y en el suelo todavía se veía el dibujo de los mármoles de colores. Había mucha gente acampada, tumbada en el suelo sobre mantas mugrientas, ardía un fuego en un bidón.

Maj dejó de correr y se puso a andar. No le importaba el peligro, ya no sentía el miedo que la había acompañado hasta allí. Alguien le dijo algo, pero ella no oía nada. Avanzó hasta el final de la galería y salió a una pradera que terminaba unos cientos de metros más adelante, en las murallas de la ciudad.

En medio de la pradera yacía la chatarra de un hovercraft. Estaba casi completamente cubierto de tierra y plantas trepadoras, pero algún rincón de metal brillante reflejaba todavía la luz. Delante había una plataforma de cemento con cuatro largas mesas rodeadas de bancos. Se sentó y puso la caja con la ración de comida delante de ella.

Permaneció inmóvil, oyendo el silbido del viento en sus cabellos, los gritos y los lamentos que llegaban de lejos, desde el otro lado de las murallas, y el murmullo de la tierra, que parecía que se resquebrajaba y disgregaba a varios metros bajo sus pies.

—Eh.

Maj se volvió de golpe.

Cloe la miraba con una expresión triste, la sombra de una sonrisa en los labios.

—No es buen sitio para parar. —Se acercó y se sentó frente a ella. La observó en silencio durante un instante, luego dijo en voz baja—: ¿Por qué no me habías dicho que eres hija de un oligarca?

—Déjame sola.

—No. Tenemos que irnos de aquí.

—Soy hija de un oligarca. —Esas palabras se le quebraron en la garganta—. La red no me quiere, el Paraíso tampoco, y yo no quiero nada, no deberían haber venido aquí, a ti te han aceptado. ¿Por qué no te has quedado con ellas? ¿Por qué me has seguido?

Cloe sonrió. Luego miró alrededor.

—Porque creo que se equivocan.

—Tú no decides, ¿no?

—No, pero la reina podría tomar otra decisión.

—¿Quién es la reina?

—Lo sabrás si vuelves conmigo al rascacielos.

—¿Por qué haces esto? Ahora que ya sabes quién soy, deberías odiarme.

—¿Debería odiarte porque eres hija de un oligarca? Sí, a lo mejor te odiaría si estuvieras en el Paraíso, pero estás aquí en el Infierno, y el vídeo…

—Lo que se ve en el vídeo no es verdad, esas imágenes no son ciertas.

—¿No te apresaron los helicópteros?

—Eso sí.

—¿Tú no estabas con ese trabajador?

—Sí, pero nunca he matado a nadie, no sé qué tienen que ver los guardias… —Un sollozo interrumpió sus palabras.

—Escúchame, Maj, los vídeos de los delitos nunca son del todo ciertos, los exageran, los crean, para que la gente en Europa se indigne, deben vernos en medio de las llamas, luchando para conseguir comida, y luego ver que nos hemos merecido este castigo.

Maj no dijo nada. Miró a lo lejos el humo que se elevaba de la base de las murallas, le pareció distinguir unas siluetas oscuras planeando sobre las llamas.

Cloe se percató de que algo había atraído su atención y se volvió.

—Arpías —dijo—. Es mejor que nos larguemos. Podrían llegar aquí.

—Vete tú. No debías seguirme.

—¿Has decidido dejar que te maten?

—No he decidido nada. He dicho que te vayas.

—Ven tú también, por favor.

—Pero ¿qué más te da? —En el tono de su voz había más estupor que rabia.

Cloe le cogió las dos manos y las apretó con fuerza, forzándola a mirarla a los ojos.

—Maj, aquí estamos en el Infierno, no en Europa ni en el Paraíso, así que no me importa lo que pienses ni lo que quieras, tú ahora eres mi amiga, estás conmigo y, a menos que decidas matarme aquí mismo, no voy a dejar que te separes de mi lado.

Maj permaneció inmóvil, con los ojos como platos. Un golpe de viento le alborotó el flequillo. Vio los mechones ennegrecidos, percibió el olor a quemado que emanaba su cuerpo sudado.

—Mi padre es un guardia de la Oligarquía —dijo Cloe, mientras los ojos se le ponían brillantes—. Sé lo que significa crecer teniendo que acatar valores falsos, con la esperanza de obtener alguna ventaja, una casa mejor, un piso en una planta alta en una ciudad rascacielos, el sueño absurdo de conseguir algún día una colocación en el Paraíso. Yo no creí en nada de eso y por eso estoy aquí. No somos tan diferentes.

Un ruido procedente de la chatarra del hovercraft hizo que Cloe se pusiera de pie de un salto. Durante unos segundos hubo de nuevo silencio. Luego, pasos rápidos seguidos de unas sacudidas y de gritos animales.

—Larguémonos —dijo Cloe a la vez que recogía la caja con la ración de comida.

En ese momento un cuerpo oscuro se abalanzó sobre Maj y la tiró al suelo. Se le adhirió al cuerpo y se agitó convulsivamente, no como un agresor, sino como una presa que ha caído en una trampa. Maj se volvió y rodó, sin entender qué la había atacado. Oyó más ruidos, sacudidas y pasos rápidos, y vio que Cloe había subido de un brinco a la mesa, y que con las rodillas dobladas giraba bruscamente de un lado a otro el rostro aterrorizado.

Maj empujó con las manos a la bestia que se le había enroscado como una telaraña. Tenía la piel gruesa y áspera, pero había además algo blando, como plumas. El animal se soltó, aunque se quedó revoloteando en el aire un metro por encima de ella.

El cuerpo tenía el tamaño del tronco de un hombre adulto, era un óvalo cubierto de piel negra arrugada. Tenía dos patas, cada una de ellas con tres dedos que terminaban en largas garras. El pecho estaba envuelto en negras plumas que se tupían en los lados, en las alas desplegadas que se agitaban nerviosamente, como si tuvieran que desprenderse de una pared de pegamento. La criatura lanzó un grito estridente mostrando el pico abierto y el rostro humano. La piel era oscura y rugosa, caía sobre los pequeños ojos amarillos y alrededor del pico corto rodeado por labios rosados y finos.

Maj retrocedió de culo unos metros. Luego se puso de pie y echó a correr, pero de esa forma atrajo su atención. Docenas de aquellas bestias se abatieron sobre la mesa a la que un instante antes Cloe y ella estaban sentadas. Tres arpías se precipitaron sobre ella y la tiraron al suelo, se pusieron a picotearle la espalda y a arrancarle pelo. Ella rodó, dando patadas y forcejeando, mientras los gritos de las bestias la ensordecían. De nuevo consiguió incorporarse y vio a Cloe, de pie a pocos metros de distancia. Estaba tratando de desprenderse de una con fuerza, pero parecía que un ala del animal se había enredado con su pierna.

Al final Cloe logró soltarse, aunque se quedó arrodillada en el suelo. Estaba herida, tenía la ropa manchada de sangre. Fue despacio hasta el punto en que se encontraba Maj, quien entretanto observaba cómo las bestias se abalanzaban sobre la mesa, donde había quedado algo de comida en la caja de cartón.

—Huyamos —dijo en voz baja Cloe, como si temiese que aquellas criaturas pudiesen oírla. Asió a Maj por el borde de la camiseta rasgada y manchada de tierra y con un gesto de la cabeza le señaló la dirección que había que tomar—. Tenemos que llegar a los rascacielos.

Mientras tanto, parecía que las arpías se habían apaciguado. Algunas estaban posadas sobre el hovercraft desguazado, otras caminaban por la pradera, arrastrando sus cuerpos anchos y las largas alas, que barrían el suelo.

Las dos chicas se alejaron furtivamente, si bien instantes después oyeron de nuevo los gritos y el silbido del aire: la bandada de arpías volaba de forma compacta apenas a unos metros de sus cabezas, tenían un aspecto espantoso; los picos, que tensaban la piel de la cara, mostraban la lengua y el paladar rojo. Todas las alas se agitaban a la vez, produciendo un sonido rítmico que recordaba el de las aspas de un helicóptero.

Empezaron a correr. Maj sintió que el miedo le corría por las venas, que la sangre le desbordaba los músculos. Cayó al suelo en medio de un charco de fango caliente y se levantó sin detenerse, dos arpías aterrizaron a su lado, avasallándola, pero ella logró no perder el equilibrio. Aquellas bestias parecían cuerpos muertos cuando caían al suelo. Sin embargo después se levantaban, sacudían la cabeza y, moviendo despacio las alas, levantaban de nuevo el vuelo. La bandada estaba encima de ella, podía sentir sus alientos, que olían a sangre y a basura. Supo que en pocos segundos la alcanzarían de nuevo y apretó más el paso, descubriendo de repente una fuerza que ni ella misma creía tener. Cloe se quedó unos metros más atrás, y las arpías se abatieron sobre ella, arrollándola. Maj se volvió dos veces sin aminorar el paso, viendo primero la masa negra de carne y plumas que rebotaba en el suelo como si fuese un solo cuerpo, luego a Cloe, que se reincorporaba y trataba de avanzar, pero de nuevo la alcanzaban las bestias. Maj paró, volvió hacia atrás, aunque no tenía con qué espantarlas, no tenía armas. Empezó a gritar, gritó con todas sus fuerzas, desgarrándose la garganta, con los pulmones a punto de estallar, reclinando el pecho para lanzar un chillido que se sobrepuso a los ladridos bestiales de las criaturas.

Las arpías se detuvieron de golpe y le clavaron la mirada.

A Maj le pareció leer estupor y rabia en sus ojos, en sus expresiones humanas. Aquella fracción de segundo le bastó a Cloe para escapar y alcanzar a su compañera, que ya corría por la pradera.

Consiguieron llegar a los primeros edificios cuando algunas arpías ya habían abandonado la persecución. Se metieron en un edificio derruido, cruzaron un arco donde antaño debió de existir un portal y se cobijaron en un hueco de la pared del que salían las escaleras. Subieron corriendo los primeros tramos. Se dejaron caer al suelo en un rellano que daba al hueco de un ascensor. Permanecieron varios minutos en silencio, jadeando, con las cabezas moviéndose de arriba abajo nerviosamente, los músculos crispados que no dejaban de temblar.

Maj miró a Cloe, su rostro, que conjugaba rasgos duros, la mandíbula estrecha, la frente arrugada, y curvas suaves, en las mejillas, alrededor de los ojos.

—No puedo volver al edificio de las amazonas, ve sola, han visto esas imágenes, han visto que soy una niña rica del Paraíso, han visto…

Cloe la interrumpió poniéndole una mano en la boca.

—Todavía no has entendido. Los realizadores te han pintado como una criminal sin escrúpulos, eres la chica del Paraíso, pero la que desafía a los guardias, y cuando las amazonas te juzguen también lo entenderán. Tienes que jugar bien tus cartas.

—¿Por qué estás haciendo todo esto? —volvió a preguntar Maj.

—Porque necesito una amiga.

—No sé si puedo ser una buena amiga —dijo Maj.

—No necesito que seas buena. Solo necesito una amiga.

32

Alec abrió los ojos con las primeras luces de la mañana. Estaba recostado entre el tronco del árbol y la mochila, arrebujado en su chaquetón. Miró alrededor, Guido no estaba.

Tenía recuerdos confusos del día anterior. Había perdido mucha sangre, pero había conseguido desinfectar bien la herida. Había mantenido la mano apretada en el trozo de tela que tapaba la herida y había bebido mucho. No recordaba el momento en que el dolor y el cansancio lo habían vencido, pero en algún momento debía de haberse dormido.

Primero cogió la cantimplora y se terminó la poca agua que quedaba. Luego retiró el trozo de tela de la herida y descubrió que ya se había formado una gruesa costra. No parecía que estuviera mal. En el punto donde la navaja había sajado, la piel estaba un poco levantada e hinchada, pero no perdía sangre.

—Buenos días —dijo Guido al tiempo que aparecía detrás de un árbol. Sujetaba entre los pies un pequeño cerdo de pelo oscuro—. Ha habido suerte con la caza.

Alec se levantó, tenía los músculos doloridos. Miró alrededor y dio unos pasos para ver en qué condiciones estaban sus piernas. La luz de la mañana iluminaba varias formaciones rocosas que sobresalían del terreno, rodeadas siempre de una fina arena roja. Había restos de estalactitas, y a lo lejos se distinguían entradas de grutas, muchas de ellas ocultas por las raíces de los árboles.

—No me has tomado el pelo —dijo Guido—. Y yo cumplo los tratos. Pero no pienso quitarme el alma hasta que no vea el pasadizo.

—Antes de salir al segundo círculo tienes que quitártela. No podemos correr el riesgo de que un guardia te identifique.

—¿Dónde desemboca el pasadizo?

Guido sabía que las identificaciones tenían lugar a lo largo de las murallas y especialmente bajo las torres en las que se hallaban los puestos fijos de los guardias. Allí los detectores reconocían las almas en un radio de pocos metros. Los helicópteros se acercaban a los círculos solo en casos excepcionales. Por eso, mientras se mantuvieran lejos de las murallas, no correrían peligro.

—No tengo ni idea. —Alec se arrepintió enseguida de esa frase—. No sé dónde desembocaremos, pero saldremos al segundo círculo y no debemos llevar el alma.

Guido no añadió nada más. Comenzó a guardar todo el equipamiento en la mochila, dejando fuera solo una caja de hierro que emanaba un ligero resplandor. Era una de las cosas que venía dentro de las cajas de las raciones de comida. Estaba abierta a los lados y contenía tizones ardientes. Podía convertirse en un cuchillo rudimentario, pero Guido ya tenía una navaja, así que hizo con ella una linterna.

—Creía que te habías ido —dijo Alec, que no conseguía comprender las auténticas intenciones de Guido.

—¿Y me habría ido dejándote bien arropado? Yo no soy tu madre.

—¿Pues por qué lo has hecho? —Ahora se daba perfecta cuenta de que Guido lo había tapado con la manta y le había puesto la mochila en la espalda.

—Es lo que hacen los aliados.

—¿Es lo que somos?

—Depende de ti —contestó Guido y señaló con un gesto de la cabeza la gruta—. ¿Vamos?

Alec cogió la linterna y se acercó a la entrada de la gruta, iluminando la roca oscura. Dio unos pasos, la luz apenas bastaba para reconocer los perfiles de los bloques de piedra. Avanzó lentamente y enseguida se detuvo, esperó a que los ojos se le acostumbraran a la oscuridad.

—Sí, vamos.

Empezaron a bajar.

Se movieron con cautela y no tardaron en encontrarse en un túnel estrecho. El suelo era irregular y resbaladizo. El aire era más caliente.

—Aquí hay poco oxígeno —dijo Guido.

Al cabo de unos minutos desembocaron en una gruta más grande. En un primer momento percibieron la amplitud solo gracias al rumor del agua que creaba un continuo eco.

—Dame la linterna —pidió Guido.

Luego cogió un trozo de cartón y lo prendió. La luz duró solo unos instantes, mostrando un reguero que corría entre las rocas y terminaba en un laguito cuya profundidad era imposible establecer.

—Adelante —dijo Alec y prosiguió tratando de seguir el sonido del agua, porque creía que el canal debía salir por algún sitio.

—Espera.

—¿Qué pasa?

—No podemos seguir sin rumbo. ¿Dónde está el pasadizo? ¿Cómo diablos vamos a llegar a Dite de esta forma? —Su voz contenía a duras penas la rabia.

—No lo sé. Lo que sé es que este es el camino —repuso Alec, pero se lo decía a sí mismo, se rogaba a sí mismo que siguiera creyendo que aquella era la dirección correcta.

Una vez que dejaron atrás el laguito, la gruta se ensanchaba, pero resultaba mucho más complicado saber hacia dónde ir. Podía haber ramificaciones, acabaron dos veces en un tramo cerrado y tuvieron que volver sobre sus pasos.

—Yo me voy —dijo Guido—. Estás loco, no sé por qué te he seguido, soy un idiota. Dame la antorcha.

—Si tú regresas, yo también tendré que regresar.

—Haz lo que quieras, la antorcha es mía, si ves a oscuras, vete a donde te dé la gana.

—¿Tienes otro trozo de cartón? Al menos probemos a iluminar la gruta de nuevo.

Pocos minutos después, una llama desgarró la oscuridad. Guido había prendido un cartón. La luz descubrió un lago más grande que el anterior, tras el cual se entreveía una pequeña playa. Antes de que la llama se apagase, Alec advirtió que la arena que había entre las rocas era roja. Ese era el único indicio que conducía al camino indicado por Marcus.

Todas sus esperanzas estaban depositadas en lo que le había contado su tío. Sin embargo, Marcus era un hombre inestable, destruido por el nepente, era un loco que había vuelto del Infierno, pero dejándose allí buena parte del cerebro.

—Podría ser por allí —indicó Guido.

Alec no se entretuvo en averiguar si su compañero había cambiado de parecer. Con la linterna bien apretada en la mano, se aprestó a entrar en el agua.

Cruzaron lo que resultó ser una charca poco profunda. El agua apenas les llegaba a las rodillas y en la otra orilla descubrieron que el túnel continuaba, aunque ahora era más empinado. Descendía como unas escaleras a derecha e izquierda, estrechándose y ensanchándose y siguiendo la forma de grandes bloques de piedra que parecían engastados en la montaña.

—Esto no es una gruta —dijo Alec.

—¿Qué quieres decir?

—Hay marcas de pico.

Alec sintió de nuevo cierta esperanza. Se imaginó a su padre en ese mismo túnel presenciando la excavación de los pasadizos entre los círculos. Su padre, el arquitecto. Evocó su rostro, pero por primera vez, después de años, no vio el rostro triste del hombre al que se llevaban los guardias de la Oligarquía. Por primera vez en su memoria no sonó la marcha triunfal del desfile. Vio a un hombre más joven que contemplaba el Infierno y que entretanto se imaginaba un mundo nuevo.

En ese instante, al fondo de la gruta, brilló una luz roja.

—¡Fíjate! —gritó Alec parando de golpe.

Guido se detuvo detrás de él. En la extremidad del túnel había aparecido un tenue resplandor rosado.

Avanzaron despacio hacia aquel punto luminoso que se iba haciendo más intenso. El aire se volvía cada vez más caliente y seco. Un silbido lejano hacía pensar en fuertes ráfagas de viento. Pasada una curva estrecha, se encontraron frente a un arco natural, tras el cual también el aire parecía teñido de rojo.

El viento soplaba sin cesar, levantando arena que se depositaba en la entrada de la gruta y formaba pequeñas dunas. Poco más allá de la salida de la montaña, apenas alcanzaban a vislumbrar unas formaciones rocosas cónicas. Parecían pequeños cráteres.

Guido se acercó a la salida, con los ojos perdidos en el viento que teñía de rojo el aire. Se le posó un poco de arena en las botas.

—Así que ¿es verdad?

—¿Qué?

—Que este es el segundo círculo.

—Creo que sí —contestó Alec.

Todos los dibujos de Beth aparecieron en su cabeza. Eran más claros y nítidos ahora que tenía la certeza de que coincidían con lugares reales y que podrían conducirlo a Maj.

—¿Qué hacemos? —preguntó Guido.

—Tenemos que encontrar un punto desde el que se vea el cráter.

—¿Por qué?

—Porque tengo que situar el mapa.

La mirada de Guido había cambiado. Ya no quedaba rastro de la desconfianza del principio y él mismo percibía un nuevo conflicto en su interior, el que contraponía la rabia y la resignación que había sentido en los últimos años a esa nueva esperanza a la que no sabía dar un nombre.

—Te lo explicaré todo —dijo Alec sintiendo que le hablaba a un aliado—, pero ahora tienes que quitarte el alma.

Guido prendió otro trozo de cartón y desinfectó la navaja. Luego se sajó la piel bajo el pecho con un golpe seco. No hizo la menor mueca de dolor. En aquellos años se había acostumbrado a toda clase de sufrimiento y estaba seguro de que aquel acto le provocaría poco más que un escalofrío. Pero cuando miró el alma en la punta ensangrentada de la navaja, experimentó una sensación que no tenía que ver con el cuerpo. Repentinamente sintió que ya no tenía ningún vínculo con toda la otra gente. Comprendió que no existía para el mundo, sino solo para sí mismo. O a lo mejor también existía para el mundo, pero no para la Oligarquía, ni para el Infierno ni para los guardias. Ahora no era más que un árbol, que una roca o que un animal.

Alec le entregó el frasquito de desinfectante, que él vertió primero sobre la herida y luego sobre un trozo de tela, que apretó sobre el corte para bloquear la sangre.

—Vamos —dijo mientras se encaminaba hacia la salida.

33

En cuanto salieron de la gruta, Alec y Guido se vieron acometidos por el viento caliente que arrastraba polvo rojo. Encima de ellos, la ladera del cráter se elevaba escabrosa e inaccesible, para terminar un centenar de metros más arriba, en el imponente anillo de murallas de cemento que separaba el primer círculo del segundo. La arena se levantaba incesantemente del suelo formando pequeños remolinos, pero ello no impedía ver los tejados centelleantes de Nueva Jerusalén, que brillaban a lo lejos. Era un panorama alucinante, los campanarios parecían suspendidos en medio del cielo.

Anduvieron casi una hora, bordeando pequeños cráteres poco más altos que una persona, de los que salía a intervalos regulares aire caliente. La tierra temblaba de vez en cuando, daba la impresión de que en ese punto el corazón del volcán salía a la superficie.

Alec se paró al lado de un cráter. Trató de aguzar la vista y advirtió que estaba flanqueando las murallas de cemento del segundo círculo. Miró a Guido, la arena se le había pegado al sudor, formando una máscara roja sobre su cara.

Alec se apartó del abrigo que había encontrado detrás del cráter y se percató de que el viento había empezado a soplar con más fuerza.

—Venga, no debemos parar.

Guido no se movió. Estaba mirando fijamente al frente, parecía hipnotizado.

—Tengo que encontrar un sitio desde el que orientarme.

Guido señaló con el dedo un punto indeterminado. Alec solo vio más cráteres.

—¿Qué pasa? ¿Qué tengo que mirar?

En ese instante pasó por delante de él una sombra arrastrada por el viento, como un tronco por la corriente de un río. La sombra desapareció, pero enseguida apareció otra. Luego otras dos, más lejanas. Entretanto el viento seguía aumentando.

—¿Qué son? —preguntó Alec.

No le dio tiempo de oír la respuesta. Algo se abalanzó sobre él, haciendo que se cayera al suelo y que se estampara contra el cráter. Era una chica. Estaba cubierta de arena, la ropa y la mochila ahora eran completamente rojas. Le chorreaba sangre de la frente. Lo miró, no parecía asustada. Alec se levantó y supo qué eran esas sombras.

Un hombre avanzaba a gatas tratando de aferrarse al suelo, era alguien que como ellos había conseguido protegerse detrás de un cráter. Tres chicas intentaban juntarse para oponer más resistencia al viento. En cambio, un grupo de condenados resbalaban juntos por el suelo arenoso; a Alec le recordó el vuelo desordenado de una bandada de pájaros.

El viento creaba un estruendo ininterrumpido que hacía difícil hablar.

—¡Parará en algún momento! —gritó Guido—. ¿Qué hacemos?

Alec no lo sabía. Muchas de las palabras de Marcus, que al principio le habían parecido oscuras, estaban empezando a adquirir un significado muy concreto: «Cada delito tiene su ley del Talión, la condena que castiga el pecado. El viento de la pasión sacude a los lujuriosos. No hay manera de evitarlo».

—No podemos evitarlo —dijo Alec para sí.

—¿Qué?

—¡No podemos evitarlo! Es la ley del talión.

Dos personas resbalaron a pocos metros de ellos gritando, tendiendo los brazos.

—¡Echadnos una mano! —gritó uno de ellos—. ¡Ayudadnos! ¡Después os recompensaremos!

Alec y Guido permanecieron inmóviles.

—¡Ayudadnos, cabrones! —gritaron antes de desaparecer en los remolinos rojos.

Una nueva ráfaga los acometió y los levantó del suelo. Alec se estampó contra el cráter y luego recorrió al menos cinco metros en volandas antes de rebotar en el suelo. Trató de ponerse de pie mientras seguía resbalando, pero el viento lo hizo tropezar y caer. Detrás de él vio a Guido, que no conseguía parar, como un tronco que cae rodando por una pendiente. El viento se aplacó un instante, luego una corriente lo hizo dar un salto de al menos diez metros. Alec intentó en vano dirigirlo, para aterrizar en un punto concreto, pero lo que consiguió fue estrellarse en el suelo junto con otros dos cuerpos que habían sido empujados por el viento en la misma dirección.

—¡Guido! —gritó.

—¡Estoy aquí!

No sabía de dónde llegaba la voz, pero no debía de estar lejos.

Entonces el viento cesó de golpe.

Alec se quedó en el suelo unos segundos, dolorido.

Se sentó con esfuerzo. Escupió al suelo y aspiró el aire caliente.

La arena roja, ya no removida por las ráfagas, se estaba depositando en el suelo como los copos de una nevada. En el silencio reinstaurado en aquel pequeño valle oyó voces, lamentos, susurros.

Cuando la arena se hubo depositado completamente, vio dónde había terminado. Era un pasillo de no más de cinco metros de ancho, delimitado por imponentes paredes de roca en las cuales, a varias alturas, se abrían grutas de las que salían destellos, suspiros y gritos repentinos. Por todas partes había condenados despatarrados, aunque algunos ya estaban de pie, otros se sacudían la arena de la ropa y otros ya se habían puesto en camino.

Alec comprobó que no se había lastimado mucho. Cuando vio a Guido, tirado en el suelo unos metros más adelante, comprendió que su compañero no había tenido la misma suerte. Tenía la cara cubierta de sangre y de arena. Fue corriendo hacia él.

—¡Guido! ¿Cómo te encuentras?

Guido lo miró y esbozó una sonrisa sarcástica, pero solo le salió una expresión dolorida.

—¿Estás herido?

Guido tendió una mano para que Alec lo ayudase a levantarse. Se sacudió un poco de arena de la ropa, se escupió las manos y se frotó con ellas la cara.

—Creo que sí.

—¿Puedes andar?

Guido dio unos pasos. Dobló ligeramente el tronco a derecha e izquierda y alzó los brazos.

—Estoy entero.

Luego se llevó una mano a la frente, de allí le salía la sangre.

—Tienes que desinfectarte esa herida —dijo Alec. Se quitó la mochila y sacó el frasquito de alcohol.

—No, no me lo des —repuso Guido—. Lo necesitamos para la herida en el pecho, no encontraremos más fácilmente. Ahora necesitamos agua y comida, y un sitio donde pasar al menos una noche.

—¿Dónde vamos a encontrar todo eso?

Guido miró alrededor. No parecía desorientado. Aunque estaban en el segundo círculo, aquello seguía siendo el Infierno y las mismas leyes valían para los primeros seis círculos, hasta Dite.

—Tendremos que hacer un trueque.

—Pero ¿qué podemos cambiar? Necesitamos las mochilas, los equipamientos.

—Yo tengo algo de lo que podemos prescindir.

Se encaminaron por el pasillo rocoso. A su alrededor había otros condenados, cada uno se preocupaba solo de sí mismo, de sus propias heridas. Dos chicos les pidieron agua, Guido les hizo un gesto negativo con la cabeza. Un hombre, en cambio, les ofreció comida, pero tenían que seguirlo. No le hicieron caso. Guido evitaba a la gente y sus miradas. A los lados del túnel empezaron a aparecer tiendas y pequeños campamentos. Había también estructuras hechas con cuerda y madera, mientras que en el suelo había alfombras y almohadas o simples sábanas de colores. Por todas partes había chicas vestidas con escasa ropa ceñida, cuando no completamente desnudas.

—¿Dónde estamos? —preguntó Alec.

—¿Tú que crees?

Un viejo jorobado con una ridícula trenza de pelo canoso se acercó y agarró a Alec por la manga de la camisa.

—Anda, ven conmigo y ya verás lo bien que te lo pasas.

Alec apartó el brazo, el viejo lo rodeó.

—Fíjate en eso, fíjate qué chicas más guapas.

Debajo de una tienda roja había unas chicas echadas sobre una ancha alfombra rodeada de almohadas. Detrás de ellas, al otro lado de una gruesa tela, se entreveía movimiento.

—¿Qué lleváis en estos buenos macutos, eh? —insistió el viejo palpando la mochila de Alec.

—Nada que te interese —le espetó Guido—. Ahora, lárgate.

El viejo se quedó unos instantes mirando a Guido con una rara expresión ofendida. Acto seguido se alejó cojeando hacia otros condenados que llegaban detrás de ellos.

—¿Alguna vez has estado en un burdel? —preguntó Guido.

—¿Yo? No.

—¿No has ido en Europa?

—Nunca he tenido ocasión.

Guido se rió con sarcasmo.

—No hay que tener ocasión, hay que abrir la puerta de un burdel y entrar.

Alec miró alrededor. Sentadas en sillones hechos con sucias almohadas o tumbadas sobre alfombras había docenas de chicas. Algunas tenías descomunales pechos falsos y rasgos grotescos. Jadeos, suspiros y gritos resonaban en las paredes rocosas.

—No me apetece.

—Bueno, es una de las cosas que hay que hacer antes de morir, ¿no? ¿O prefieres morir sin haber estado nunca en la cama con una mujer?

—No tengo intención de morir.

—Es mejor estar preparados.

—¿Estaré mejor preparado para morir si me voy con una de esas?

Guido se encogió de hombros.

—Yo iría.

Cuanto más avanzaban, más se multiplicaban las tiendas, junto con el ruido, las voces de quienes negociaban el precio, de quienes discutían. A Alec le recordó el mercado de Konema, donde a diario se detenía a comprar algo para la cena.

—Pero ¿por qué lo hacen? —pregunto Alec.

—¿Las chicas? Pues por dinero, o por protección, el sexo es una buena mercancía de cambio, también en el Limbo; es mejor que dejar que el viento te estrelle contra las rocas.

—¿Y nadie dice nada? ¿Nadie sabe nada? ¿Dónde están los guardias de la Oligarquía?

—Aquí no hay cámaras. Ningún buen ciudadano de Europa verá nunca este burdel.

Alec seguía observando los rostros de los hombres transfigurados por la excitación, los ojos nublados por el nepente.

Casi habían llegado al final del túnel, y a unos cien metros de distancia se entreveía el techo verde formado por las copas de los árboles. Guido paró al lado de un corrillo de gente que estaba fumando.

—¿Qué haces? —preguntó Alec preocupado—. ¿Por qué nos detenemos?

—Ha llegado el momento de hacer el trueque.

—¿Vamos a hacerlo con estos?

Tumbados sobre las almohadas, unos hombres se pasaban una pipa grande. Había uno alto, moreno y robusto. Tenía la piel bronceada y llamativos tatuajes en el cuerpo.

A su lado había otro más bajo, rechoncho, con escaso pelo en las sienes y mirada lánguida. Estaba tumbado de lado sobre una almohada, parecía un gato gordo. Alrededor de ellos había otros hombres más jóvenes y chicas.

—Espérame aquí —dijo Guido y se dirigió hacia el grupito.

—¿No pretenderás ir con esos?

Guido no respondió y se acercó al hombre más bajo.

—Oh, hermoso joven, ¿vienes a hacernos competencia? Te advierto que a estas solo les gustan los bajos y gorditos.

Todos estallaron en carcajadas. Guido se aproximó, pero el hombre lo detuvo con un gesto de la mano.

—¡Espera, espera un momento, voy a adivinar quién eres, no me lo digas!

Se puso de pie tambaleándose, tenía las facciones hundidas por el nepente, que le dibujaba una sonrisa exagerada.

—¡Eres un joven oligarca, un putero! No, eres una linda bailarina, eras una bailarina de lap dance, una simpática doctora, pero te tiraste a todos los guardias y al final alguien te metió en el trullo, ¡no! Eres un honrado trabajador, un buen regente de burdeles, ¡no! Eres todas esas cosas a la vez, o bien…

El regordete alzó los brazos hacia el cielo.

—O bien eres un príncipe de sangre azul —dijo con una ridícula entonación teatral—, eres un buen gobernador, pero te gustan las chicas muy jóvenes… ¿Y quién te lo reprocha, amigo mío? ¡Sé bienvenido a nuestra mesa, sea bienvenida toda Europa!

Tras pronunciar esas palabras, hizo una reverencia tan enfática que acabó despatarrado en el suelo. Sus compañeros se echaron a reír de nuevo, hubo aplausos y silbidos. Guido entonces se acercó al hombre alto. Se arrodilló a su lado, le habló rápidamente al oído y desaparecieron juntos detrás de una cortina roja.

Al cabo de unos minutos, salieron. El hombre tenía un aire satisfecho, mientras que Guido estaba impasible. Se acercó a Alec y le tendió una bolsa de tela.

—Guárdala en la mochila, hay agua y medicinas.

Alec obedeció.

—¿Ya nos podemos ir?

—Ahora sí.

—¡Adiós, majo! —exclamó el regordete—, ven a vernos, pero tráete a unas amigas, supongo que no te faltarán con tu cara bonita. ¿O eres de la acera de enfrente?

Alec y Guido se alejaron, dejando atrás las carcajadas estentóreas de la banda. Recorrieron un centenar de metros, hasta que el túnel terminó en un ensanche.

Guido sacó la cantimplora de la bolsa de tela y tomó un primer trago. Luego se la pasó a Alec, que hizo lo mismo.

—¿Qué hay dentro? —preguntó Alec. Tenía un sabor extraño, ligeramente salado.

—Antiinflamatorios.

Alec tomó otro trago. Luego le devolvió la cantimplora a Guido y se quedó mirándolo unos segundos.

—¿Todo bien?

—Sí.

—¿O sea que todo en orden?

—Sí, ya te lo he dicho, ¿qué quieres?

—Tú, antes, con el chico moreno..., en la tienda...

Guido lo escudriñó, frunciendo la frente. Su expresión cambió de repente, hasta que empezó a reír.

—¿Por qué te ríes?

Guido meneó la cabeza.

—¿Qué crees que he intercambiado?

—No lo sé. ¿Qué?

Guido se metió una mano en el bolsillo y al sacarla le mostró la palma abierta. Tenía un trozo de nepente.

—¿Eso es lo que les has dado a esos tíos?

—Claro, es lo único que quieren, más que el sexo.

Una vez que hubieron aplacado la sed, Guido dividió en dos partes un pedazo de carne seca y un mendrugo de pan.

—No es mucho, pero debería bastarnos para aguantar también esta noche.

Delante de ellos, un desprendimiento cortaba transversalmente el círculo. Grandes bloques rocosos y piedras planas formaban una barrera natural que iba de las murallas del primer círculo a las del segundo. Al otro lado del desprendimiento, comenzaba el bosque.

Se encaminaron por la tierra suelta, saltando entre las rocas o sorteando las más grandes. Cualquier paso en falso provocaba corrimientos de tierra y derrumbes, y las piedras rodaban, quebrándose contra las altas murallas. El sol empezaba a ponerse. Alec vio un bloque rocoso que sobresalía entre todos los demás y trepó a él. Quería encontrar un punto desde el que poder observar el cráter y orientarse para localizar el siguiente pasadizo.

—Oye, ¿qué haces? ¿Adónde vas? —preguntó Guido, que ya se había adelantado.

—Voy —contestó Alec.

Primero observó las murallas. En la pasarela de arriba había un guardia, solo y quieto. Escrutaba la parte de abajo.

Luego subió al muro de protección y se arrojó al vacío.

Alec lo vio caer en la escarpada pendiente que había debajo de las murallas, y luego estamparse contra una roca. La sangre del hombre salpicó en la piedra, que se volvió naranja por la luz del ocaso. Guido le dio alcance corriendo.

—¡Venga! —exclamó—. Coge todo lo que puedas antes de que lo vea otro.

El hombre no estaba muerto. Movía los brazos y su cuerpo pegaba sacudidas. Guido se le arrojó encima mientras Alec observaba el cráter. En ese momento el segundo dibujo de Beth se materializó delante de sus ojos.

34

Maj y Cloe permanecieron escondidas en el edificio de las afueras de Dite hasta la puesta de sol. Pensaban que con la escasa luz del crepúsculo podrían atravesar la ciudad y regresar al rascacielos sin que las vieran. Aunque había pasado poco tiempo desde su entrada en el Infierno, ya no tenían el aspecto de los recién llegados. Su ropa estaba manchada de cenizas, tierra y sangre; las caras, marcadas por los arañazos de las garras de las arpías.

Mientras el sol se ponía, tiñendo de naranja los cristales rotos de los edificios y proyectando largas sombras sobre las calles, cruzaron la ciudad, siempre apartadas de las grandes avenidas, mirando alrededor constantemente, pendientes de cada ruido. Maj se daba solo ahora cuenta del peligro que había corrido al huir de la pirámide.

En la esquina de una calle se encontraron con un mono enorme, inmóvil, apoyado contra un muro de ladrillos. Llevaba en brazos dos crías, que parecían dormidas.

Tuvieron que cambiar de calle para sortear a un grupo de gente que estaba reunida en un cruce, entre los hierros de coches volcados y grandes hogueras en las que ardían cuerpos. Maj tuvo la sospecha de que eran cadáveres humanos, pero podía equivocarse.

Llegaron al rascacielos de las amazonas sin cruzarse con nadie más. Entraron en el gran vestíbulo desierto de la planta baja cuando el sol ya se había puesto. Subieron las escaleras en un silencio sobrecogedor, mientras fuera la noche se llenaba de ruidos; algunos de ellos parecían humanos, otros, animales. De repente la tierra tembló, haciendo crujir las vigas de acero del edificio y tintinear los cristales rotos.

Subieron las primeras ocho plantas. Al principio del siguiente tramo se vieron sorprendidas por un grupo de amazonas. Eran diez y se habían colocado a lo largo de los escalones, delante y detrás de ellas. Era evidente que llevaban un rato siguiéndolas.

—¿Quiénes sois? —preguntó una de las amazonas.

—Llegamos ayer —contestó Cloe—, ya hemos estado aquí, esta mañana hemos tenido que escapar de la pirámide porque…

En la oscuridad se encendió una antorcha. La luz de la llama iluminó los rostros de las chicas, la piel negra, las botas altas atadas alrededor de las pantorrillas. Empuñaban largas lanzas en cuya punta tenían atado un trozo de cristal afilado.

—Maj —dijo la chica que llevaba la antorcha. Era Liz, la que la había conducido a la pirámide. Avanzó unos pasos para iluminarla mejor—. Eres la hija de uno de los oligarcas.

Maj asintió con un gesto imperceptible de la cabeza.

—Venid —dijo la chica señalando las escaleras—. La reina os espera.

Siguieron subiendo, Maj no conseguía llevar la cuenta de las plantas, aunque de vez en cuando distinguía, al otro lado de los amplios salones invadidos de escombros, los tejados de los edificios más bajos.

Llegaron a la última planta. También de noche ardía un gran fuego en medio del techo. Las amazonas estaban reunidas alrededor del brasero, serían al menos un centenar. Hablaban en voz baja entre ellas. Cuando las vieron llegar guardaron silencio.

Maj y Cloe fueron llevadas cerca del fuego; mientras tanto, las amazonas las observaban, colocándose en un círculo perfecto. Las llamas alumbraban sus rostros duros. En el cielo se veían relámpagos silenciosos. Alrededor del Pantano Estigia, los ríos de lava que descendían por el borde del cráter parecían inmensos troncos que sostenían aquellas nubes apocalípticas.

La reina avanzó hacia ellas. Tenía las piernas esbeltas y largas, llevaba pantalones vaqueros cortos y una camiseta que, eso sí, le dejaba al aire la barriga hinchada y que a duras penas le tapaba el pecho abundante. Maj la miró asombrada. No cabía duda de que esa chica estaba embarazada.

La reina miró a Maj y esbozó una sonrisa, asintiendo ligeramente. Dos amazonas salieron del grupo formado alrededor del fuego, cogieron a Cloe por los hombros y la hicieron retroceder. Maj la vio desaparecer, luego se volvió hacia la reina, que se había acercado a ella para observarla a menos de un palmo.

—Los ángeles empiezan a caer —fueron sus primeras palabras.

Maj oyó un zumbido a su izquierda. Se volvió y vio a una chica con una vieja cámara en la mano. La estaba grabando. La rodeó. Luego encuadró a la reina.

—Es raro que una chica del Paraíso llegue a Dite. Aquí reciben castigo los herejes, los que se han opuesto al gobierno. ¿Por qué una chica del Paraíso tendría que oponerse a la Oligarquía?

Maj no sabía qué responder. Le había quedado impreso en la retina el gesto de Liz después de ver el vídeo de su delito. Pero Cloe la había convencido de que las amazonas le darían otra oportunidad, de que la interrogarían. Observó los rostros de esas chicas, mientras la cámara seguía su mirada asustada, y comprendió lo que estaba ocurriendo.

—Porque los ciudadanos del Paraíso no saben.

La cámara la encuadró y luego volvió a enfocar el vientre hinchado de la reina. Tenía la piel tensa y le asomaba el ombligo.

—¿Qué es lo que no saben?

—No saben lo que pasa aquí, el Infierno, Europa, yo lo descubrí por casualidad, yo… —Maj calló al recordar lo que le había dicho Cloe, tenía que jugar bien sus cartas y no lo estaba haciendo.

—El delito que has cometido está claro. Te has opuesto a la Oligarquía, has huido del Paraíso, has matado gente, guardias.

Maj reflexionó unos segundos sobre aquellas palabras. Podría y tendría que explicar que ese vídeo era falso, que solo algunas de esas imágenes eran verdaderas. Pero se daba cuenta de que, dadas las circunstancias, a lo mejor debía hacer justo lo contrario y confirmar esa versión.

—No es un delito tratar de ser libre —dijo, asombrándose de sus palabras. La chica de la cámara se arrodilló y la grabó desde los pies hasta la frente sudada—. Quería huir del Paraíso.

La reina sonrió.

—He visto escapar a otras chicas de sus jaulitas de cristal en el Paraíso. Su huida termina cuando descubren que fuera no hay un mundo libre. Pero tú eres la hija de uno de los oligarcas.

Se interrumpió. En el cielo retumbó un trueno. Gotas de lluvia negra empezaron a caer sobre las amazonas y sobre el fuego, crepitando entre las llamas.

La reina se acercó a Maj, de manera que la cámara pudiese encuadrar sus perfiles enfrentados. Luego la rodeó observándola de pies a cabeza. Maj llevaba aún el uniforme que le habían dado los guardias, pero estaba empapada de sudor.

—Las chicas del Paraíso mueren aquí en el Infierno. Las que han cometido un delito por error, las que han traicionado, matado, las que se han acostado con un trabajador. Mueren porque han sido expulsadas del Paraíso, pero querrían volver. ¿Tú quieres volver al Paraíso?

En la mente de Maj brotaron los recuerdos. Su habitación, la ventana que daba al jardín, el olor a hierba cortada, las tardes con sus amigas en el parque o en la piscina. Y además estaban sus padres, los días en el lago con su padre, cuando aún era una niña, su madre, que la vestía como una princesa para su fiesta de cumpleaños. Sabía que no quería recuperar esa vida, solamente quería conservar intacto el recuerdo.

—No —respondió.

Maj se subió la camiseta hasta mostrar el pecho. Las llamas iluminaron el pequeño disco de acero que había tapado el tatuaje con la espada y las rosas. Miró a la reina, que asintió ligeramente. Luego miró alrededor, sintiendo los hilos que unían a aquellas chicas.

—No puedo garantizarte que sobrevivirás a la condena. Y hay deberes. Tienes que estar dispuesta a luchar siempre, a defender a tus hermanas, a matar a los infames, y no solo a ellos, tienes que estar dispuesta a cazar, a soportar el fuego que castiga a los condenados de este círculo. Si la muerte te parece un camino más sencillo, renuncia ahora.

La miró directamente a los ojos. Le puso dos dedos en la frente y se los deslizó por las sienes, las mejillas y el cuello.

Por último sonrió.

Dos chicas se acercaron a Maj. Una le quitó la camiseta, la otra le desató las botas y se las quitó. La despojaron de los pantalones y Maj se quedó entonces desnuda, inmóvil, a unos pasos del fuego.

Durante unos minutos nadie se movió. Maj sintió el viento tibio de la noche en el cuerpo. Se miró las manos, los pies, el pecho, las rodillas arañadas. Ese era su cuerpo, pensó, nunca lo había observado bien, nunca lo había sentido. Ahora, en cambio, era como si una primera capa de la piel se hubiera quemado, descubriendo a otra persona.

Una chica se acercó y dejó ropa en el suelo: unos pantalones cortos, una camiseta verde, un cinturón de cuero y sus botas negras.

—Vístete con esa ropa.

Maj se arrodilló. Miró las prendas y lentamente se las puso. Primero los pantalones, luego la camiseta. Se sentó en el suelo y se calzó las botas de cuero, atando bien los cordones. Por último el cinturón. Ahora era como todas las otras, solo tuvo que observar sus rostros, sus miradas, los músculos tensos y las piernas marcadas por arañazos y moretones para verse a sí misma, para saber que ahora era un nudo de la red, que su vida estaba unida a la de ellas.

Finalmente la reina le tendió el palo con el cristal en la punta. El pequeño trozo de tela que lo envolvía seguía blanco.

—Esta será tu arma. Con ella la red se defiende de las arpías, mata a los condenados, protege a las chicas cuando entran en Dite, antes de su iniciación. Con esta arma cazarás a los chacales y a los cerberos, con ella harás que te vean en todo el mundo, para decirle que eres una de las nuestras.

Maj apretó el palo.

—Mañana empezará tu entrenamiento.

La luz del fuego teñía de naranja el cristal y el pequeño trozo de tela. Parecía ya manchado de sangre.

—El mundo se quedará mirando a la chica del Paraíso que se ha rebelado contra la Oligarquía.

35

En el barrio de los trabajadores, la madre de Alec preparaba las maletas para regresar a Europa. Beth estaba sentada en el suelo, con la espalda apoyada contra un árbol, cuando vio aparecer a Milo al final de la calle. El hombre se acercó con la mirada gacha y la cabeza balanceándose despacio. En el instante en que Beth se volvió para avisar a su madre, esta ya estaba en la puerta. Llevaba días esperando noticias de Alec: desde su marcha, no había sabido de él.

Milo cogió una muñeca de la mujer. Pretendía que fuera un gesto afectuoso, pero lo hizo con tanta prudencia y tosquedad que no consiguió su propósito.

—¿Ha llegado? —preguntó la mujer con voz temblorosa.

—Sí, pero… —Milo meneó la cabeza, estaba buscando las palabras adecuadas.

—Milo, por lo que más quieras, ¿cómo está mi hijo?

—Lo lamento —contestó él y le pareció que esas palabras eran suficientes, pero evidentemente se equivocaba.

—¿Qué es lo que lamentas? ¿Qué ha pasado?

—Alec se ha metido en un juego demasiado grande, yo se lo había advertido.

La mujer se puso tensa, la sacudió un escalofrío de miedo.

—¡Por favor, Milo, me va a dar un infarto, dime qué ha pasado!

—Alec ha sido condenado al Infierno.

La mujer permaneció impasible ante la noticia. Su peor pesadilla se había hecho realidad y su mente se negaba a creerlo.

—No es verdad —susurró, con los ojos perdidos en el vacío, mientras en su mente afloraba el recuerdo del día en que los guardias de la Oligarquía se habían llevado a su marido.

La mujer palideció y le flaquearon las piernas. Milo la sujetó justo antes de que se cayera al suelo, luego la abrazó; pero ella no encontraba consuelo. Parecía que su cuerpo ya había comprendido que la noticia estaba incompleta.

—Han encontrado su alma —añadió Milo.

La habían hallado en un campamento del primer círculo. Desgraciadamente, todo el mundo sabía qué significaba eso. Lo más seguro era que al condenado lo hubiese devorado una fiera.

—Lo lamento —repitió, sintiendo el peso de la deuda que ya no podría satisfacer.

La muerte de Alec confirmaba lo que había que pagar por buscar la libertad; aun así, mientras volvía a su cabaña de madera se preguntó si la muerte no valdría más que una vida de mentiras.

La madre de Alec se sentó al lado de la tienda de campaña, con los brazos ceñidos alrededor de las rodillas; estaba tan abrumada por el dolor que no podía llorar ni hablar. Beth, delante de ella, la observaba, con el rostro desencajado por el llanto, mientras las lágrimas le surcaban las mejillas. Retrocedió unos pasos, dio media vuelta y se fue corriendo. Entró a toda prisa en la iglesia y cayó de rodillas ante el altar. En la pantalla que había al fondo de la nave proyectaban la imagen del volcán infernal.

En ese momento Beth comprendió que, ahora que había perdido a su hermano, no había ninguna diferencia entre el Infierno y el Paraíso. No habría sol, mar azul, alegría, riqueza, comida ni comodidad capaz de compensar el dolor por la pérdida de la persona a la que más quería en el mundo.

La imagen del volcán se desvaneció, luego aparecieron las murallas de cemento de un círculo y a continuación una columna de guardias marchando. Un centinela se había quedado atrás, quieto en una torre. Era un chico, miraba la terraza del círculo apuntando con el fusil. Había algo extraño en su rostro, que quedaba, sin embargo, fuera del encuadre, como si la cámara no hubiese reparado en él, como si lo hubiese incluido por error entre los guardias de rostro impasible que desfilaban en primer plano.

El centinela desapareció de la escena, mientras en la parte baja de la pantalla empezaron a elevarse llamas que introducían las secuencias de uno de los círculos. Si la cámara se hubiese detenido unos segundos más, Beth habría visto a un soldado que se lanzaba desde la torre y se estampaba contra la base de las murallas.

Y después entre las rocas también habría visto a un chico que se abalanzaba sobre el cuerpo del soldado, para robarle la ropa y el equipamiento.

Guido fue rápido e impasible. Le quitó las botas al guardia mientras este aún se movía.

Perdía mucha sangre por la cabeza. No tardaría en morir.

Alec vio la pasarela de la parte alta de las murallas. Nadie se había percatado de nada. Los otros centinelas se habían alejado.

—¡Venga, ayúdame! —exclamó Guido. Guardó las botas en la mochila. Luego le quitó los pantalones y la guerrera, que lanzó a Alec—. Mira qué hay dentro.

Alec rebuscó en los bolsillos, en los que encontró una barra de chocolate, cigarrillos y un pequeño estuche de piel. Este contenía la foto de una mujer y la de un niño. Miró a Guido, que registraba los bolsillos de los pantalones y le arrancaba al guardia la camisa ensangrentada. Le dieron ganas de vomitar. Se lanzó sobre él, lo cogió por los hombros y lo empujó hacia un lado.

—¿Qué haces?

—¡No puedes! —gritó Alec—. ¡No puedes, no podemos! Eso es repugnante.

—¡Así se sobrevive en el Infierno! ¿Qué crees?

Ahora el guardia tenía los ojos abiertos y lo observaba. En su mirada no había odio ni miedo. Parecía haber comprendido ya que era su fin. Alec se arrodilló a su lado y le puso delante de los ojos el estuche de piel con las dos fotos.

Una lágrima brotó de los ojos ensangrentados del hombre.

—Podemos llamar a los guardias, acudirá alguien —dijo Alec.

—No —respondió el hombre con un hilo de voz—. Me estoy muriendo, es lo que quería.

—¿Por qué?

Guido se había puesto de pie y lo observaba inmóvil.

—El Infierno te penetra, ya no ves nada.

—¡Pero tienes una mujer! ¡Tienes un hijo! —gritó Alec—. ¡Tienes una vida! ¡No puedes matarte, tienes una vida!

El guardia parpadeó.

—¿Esto es vida?

Luego tosió y escupió saliva y sangre.

—Mátame, te lo ruego.

—No —dijo Alec.

—Ya estoy muerto, solo tienes que pegarme un tiro. No me dejes aquí.

Alec miró el cuerpo del hombre completamente retorcido sobre las rocas. Era evidente que para él ya no había esperanzas. Un sollozo le sacudió el pecho, luego empezó a llorar convulsivamente.

Guido lo cogió por los hombros y lo puso de pie.

—Larguémonos —dijo y se encaminó hacia las rocas.

Alec lo siguió.

—¿Por dónde vamos? —preguntó Guido una vez que se hubieron alejado.

Alec lo miró asombrado. En la expresión de su cara no había el menor indicio de lo que acababa de ocurrir.

—¿Qué pasa? —preguntó Guido.

—Es normal, ¿verdad?

—¿Qué?

—Ver morir a la gente, arrancarle la ropa a un cadáver…

—Lo más normal en el Infierno es morir, y da gracias al cielo que no te haya pasado a ti. —El tono de su voz era duro y tajante. No había comprensión ni compasión. Guido recordaba la primera vez que había visto morir a alguien en el Infierno, era un hombre con el que había hecho un trueque y al que después un cerbero había despedazado delante de sus ojos. Recordaba que lo había observado largo rato, inmóvil encima de un árbol, mientras esperaba que la fiera se marchase, pero ya no recordaba ninguna de las emociones que ahora atormentaban a Alec—. Bueno, ¿nos movemos?

Alec miró al frente y por fin encontró el pasadizo. Fue como si los trazos secos y rápidos de Beth se hubieran puesto a correr por las rocas, por la hierba, por las murallas, sobreponiéndose con precisión al paisaje y señalando, por último, el punto al que debían ir.

Se trataba de una cámara de aire en la base de las murallas entre el segundo y el tercer círculo. En el dibujo parecía una puerta, pero en realidad era un agujero de menos de un metro de alto. Un ancho contrafuerte tapaba esa entrada, impidiendo que los guardias pudieran verla desde arriba. Alrededor había pinos de ramas muy anchas que también brindaban abrigo. Todos los detalles coincidían con el dibujo. Esa vez no tenía ninguna duda.

Entraron uno detrás del otro. Avanzaron a gatas unos metros, hasta que se encontraron en una sala iluminada por una tenue luz naranja.

El techo medía menos de dos metros de alto, pero resultaba difícil establecer la exacta extensión del lugar. El espacio, en efecto, seguía los relieves de la montaña, por lo que el suelo de hormigón era irregular. Una cinta transportadora se deslizaba lentamente a un palmo del suelo, entre las columnas que sostenían el techo.

La cinta pasaba al lado de grandes jaulas de hierro que surgían del suelo, unos brazos mecánicos, a intervalos regulares, empujaban sobre el rodillo las cajas de cartón con las raciones de comida.

—¡Coge todo lo que puedas! —dijo Guido, mientras abría las cajas, sacaba la comida y guardaba todo lo que le cabía en la mochila y en los bolsillos del chaquetón.

Una débil luz aclaraba ligeramente el ambiente, aunque varias zonas permanecían completamente sumidas en la oscuridad. Las palabras de Marcus acudieron en su ayuda, al tiempo que el recuerdo del guardia muerto empezaba rápidamente a desvanecerse: «Te encontrarás dentro de la montaña, allí debes buscar los molinos. En los rodillos están las raciones de comida, pero esa zona está vigilada, debes actuar deprisa».

El suelo descendía a medida que avanzaban. Llegaron al fondo de la sala.

—Son los cimientos de las murallas entre el segundo y el tercer círculo —dijo Guido poniendo las manos en los grandes bloques de cemento.

Entre los bloques había arcos, equidistantes entre sí. Por dentro giraban los engranajes de los molinos.

—Tenemos que pasar por aquí —dijo Alec.

—¿Cómo puedes estar tan seguro?

—No estoy seguro.

En ese momento oyeron pasos.

—Eh, ¿quién anda ahí? —gritó una voz—. ¿Quién es?

Los pasos se multiplicaron deprisa. Al menos cinco o seis personas bajaban rápidamente hacia ellos.

Sin vacilar, Alec señaló la cámara de aire entre el arco y un molino. Luego se sentó en el suelo. Estaba húmedo. La rueda del molino elevaba grandes cilindros llenos de hielo.

Se asió a uno de los brazos, se deslizó hasta el eje sobre el que giraba la rueda y, pasando rápidamente de un brazo a otro, llegó hasta la parte inferior de la rueda. Allí, para no caer boca abajo, se dejó resbalar, esperando encontrar un punto de apoyo, un escalón o cualquier otra cosa donde poner los pies.

Sin embargo, los pies se le hundieron, luego tuvo que soltarse del molino y se fue al fondo con todo el cuerpo. Con un ligero impulso salió a la superficie, pero el agua estaba helada y la ropa y la mochila tiraban de él hacia abajo.

—¿Qué hacemos? —gritó Guido. Su voz llegaba evidentemente del arco de al lado.

—¡No lo sé!

Alec se dio cuenta de que lo que tiraba de él hacia abajo no era solo su peso, sino además una corriente que parecía girar oblicuamente al movimiento del molino, como si dos fuerzas perpendiculares se hubiesen enredado. Trató de recordar el mapa, el dibujo de Beth, las palabras de Marcus, pero el frío no lo dejaba razonar. Marcus le había dicho que el tercer círculo era azotado por una lluvia ininterrumpida, por nieve y por granizo. Que ese era el pasadizo y que llegarían a través de los engranajes del Infierno.

—Salid de ahí —dijo una voz.

Alec vio las piernas del guardia justo encima de él, desde donde todavía llegaba un poco de luz. No podían volver atrás, los habrían cogido.

Se dejó hundir por la fuerza de la corriente. Tuvo la sensación de que daba vueltas sobre sí mismo varias veces mientras su cabeza chocaba contra los bloques de hielo. No podía respirar, el hielo le oprimía terriblemente el pecho. Luego la corriente lo devolvió a la superficie, estampándolo contra un muro de piedra.

Tomó aliento, abrió los ojos.

Sobre su cabeza caía sin cesar una cortina de agua mezclada con nieve. Delante de él había un bosque de pinos que parecían elevarse sobre un mar de fango y hielo.

Guido estaba a pocos metros, arrodillado en lo que parecía un contrafuerte de las murallas. Tosía con fuerza. Luego empezó a vomitar.

Encima de él, enormes cañones arrojaban agua, nieve y hielo.

—Bajemos, rápido —dijo Alec, y se lanzó por la pendiente.

Cogió velocidad y se hundió en el fango que había en la base de las murallas. La nieve y la lluvia seguían cayendo sin parar.

—¡Estamos justo debajo de los cañones, tenemos que largarnos de aquí! —gritó Alec mirando el bosque que tenía al frente.

Se arrastraron por el fango unos metros hasta apartarse de la trayectoria de los cañones. En los árboles había una nieve fina que se derretía en cuanto tocaba el suelo, porque la temperatura del aire no era en absoluto baja. Alec pensó que debía de hacer al menos veinte grados, los mismos que en el círculo anterior, lo que volvía incomprensible el paisaje.

Solo entonces reparó en la puerta de entrada del círculo. Había un arco de piedra cubierto de nieve. Debajo una sombra se movía despacio, descubriendo solo parcialmente su identidad, cada vez que una luz muy tenue la iluminaba. Alec tardó unos segundos en captar en una única imagen a la monstruosa criatura.

Se trataba de un animal enorme, de no menos de dos metros de alto. Tenía tres cabezas que se agitaban alrededor de los condenados que entraban en el círculo y gritaban desesperados. Los ojos rojos centelleaban en la oscuridad, el vientre era ancho y protuberante. Con las garras trataba de asir a los hombres que pasaban, pero una cadena lo retenía. Un chico fue alcanzado por un zarpazo y cayó al suelo; otro tropezó y la bestia le mordió un brazo, manchando de sangre la nieve blanca. Sin embargo, casi todos conseguían cruzar el arco, y luego, hundidos en el fango, intentaban afanosamente llegar al bosque.

Alec observó inmóvil aquella escena que había visto alguna vez en la iglesia. Las imágenes de la pantalla de la Catedral del Mar eran como el reflejo de las que estaba viendo, con la diferencia de que ahora no estaba sentado en un banco, donde no le podía pasar nada. Alec reconoció a Cerbero, el guardián del tercer círculo. Marcus le había hablado de él, y también le había nombrado la Comedia.

«Recuerda que todo coincide con lo que figura en la Comedia», le había dicho en la celda.

«¿Qué quieres decir?»

«Fiera monstruosa y cruel, caninamente ladra con tres fauces sobre la gente que aquí es sumergida. Cerbero es el guardián del tercer círculo. Lo encontrarás.»

«Marcus, ¿qué es la Comedia?»

«Ahora no podemos hablar de eso. Si llegas hasta el final, también descubrirás qué es la Comedia, todo comienza ahí y todo volverá a empezar desde ahí.»

Marcus lo había dejado con esas palabras enigmáticas que para Alec no tenían ningún significado. Pero ya no le importaba comprender.

Lo único que le importaba era salvarse para salvar a Maj.

36

En las pantallas de la Catedral del Mar se veían las imágenes de un condenado oprimido por el fango y por la nieve. Estaba tirado en el suelo, boca abajo, con los brazos abiertos parecía que trataba de trepar a un árbol, mientras que la parte inferior del cuerpo se hundía en la tierra. La nieve caía sin tregua a través de las ramas, cubriendo su espalda y sus hombros.

Eran las siete de la tarde, la hora en que los bancos de la catedral se llenaban de gente, de trabajadores que se quedaban una media hora antes de volver a casa, de mujeres que estaban desde la tarde mientras aguardaban a que abrieran las tiendas de comestibles, además de las esposas y de las madres de los condenados, muchas de las cuales se pasaban allí el día y la noche.

Todas esperaban ver antes o después a sus propios hijos, a sus maridos, a sus amigos. Pero muchas veces la esperanza se traducía en el temor de descubrirlos muertos.

El vídeo se interrumpió de golpe y todo se volvió negro. Sin embargo, no empezó la toma exterior del volcán que habitualmente se intercalaba en el vídeo de cada círculo.

Apareció una imagen difuminada, un fuego, gente, poco más que sombras. El encuadre se centró en las llamas, balanceándose.

En los pasillos de la iglesia se elevaron voces y comentarios.

Luego la luz aumentó, mostrando claramente la escena, que parecía rodada con una vieja cámara.

Había una chica de pie al lado de un gran fuego. Estaba completamente desnuda. A su alrededor, otras chicas vestidas con ropa sucia y raída. El micrófono de la cámara interceptó probablemente el chisporroteo de las llamas, que durante unos segundos retumbó en la nave. Luego el primer plano de la chica ocupó toda la pantalla, desde el altar hasta el techo, para que todo el mundo la reconociese.

Era Maj Shobert, la hija de uno de los oligarcas.

Los altavoces rechinaron. Luego se oyó una voz: «El mundo se quedará mirando a la chica del Paraíso que se ha rebelado contra la Oligarquía».

Alguien se puso de pie. Dos guardias avanzaron rápidamente hacia la puerta de la sacristía. Por los altavoces, la misma voz repetía aquellas palabras: «El mundo se quedará mirando a la chica del Paraíso que se ha rebelado contra la Oligarquía».

Pasaron escasos minutos y la noticia de una interferencia en la proyección de los vídeos del Infierno llegó al Palacio de la Oligarquía.

Kronous estaba hablando con el jefe de guardias del Infierno. En la amplia sala de realización estaba tratando de averiguar cómo había podido terminar aquel vídeo pirata dentro de una de las secuencias.

—Esto no ha ocurrido nunca —le decía al jefe de guardias—, y tenéis que explicarme cómo ha llegado una cámara hasta Dite.

El jefe de guardias esbozó involuntariamente una sonrisa.

—Llega eso y más cosas, señor.

—Me da igual. ¡Hay que hacer algo ahora mismo!

Marvin ocupaba el asiento de un realizador. En la pantalla de enfrente, la imagen estaba parada en el cuerpo de Maj, iluminado por la luz naranja del fuego. Ese cuerpo desnudo que él nunca había visto y que había deseado largo tiempo, cuando todavía la Oligarquía y el Infierno eran solo una historia que le contaba su padre, un conjunto de hologramas que le había enseñado antes de llevarlo fuera del Paraíso.

—Que intervengan los guardias —ordenó Kronous—, que bajen de su posición más cercana. ¿Cuál es su posición más cercana?

—La torre occidental de Dite, pero no creo que sea una buena idea.

Kronous se volvió de golpe hacia él.

—¿Qué quieres decir? Entonces ¿qué hacemos?

—Esa decisión no la tomo yo, pero no creo que consigamos reponer el orden mandando a los guardias infernales que bajen a los círculos para enfrentarse a las amazonas.

—De alguna manera tenemos que pararlas. Hemos esperado demasiado, y ahora... ahora la hija de Schobert está con ellas. No podemos permitirlo, mandemos a nuestros hombres.

—Nosotros no dictamos la ley, sino el Infierno —dijo el jefe de guardias, repitiendo uno de los eslóganes que afirmaban que el Infierno era la expresión de los principios mismos de la Oligarquía y no fruto del juicio arbitrario del hombre.

—Sí, pero nosotros hacemos el Infierno —rebatió Kronous.

El jefe de guardias encajó aquellas palabras sin rechistar.

Kronous apretó un botón de un tablero en el que había varios mandos. La pared cubierta de pantallas que había delante de ellos se iluminó, mostrando de nuevo el rostro de Maj, mientras la voz de fondo repetía que el mundo iba a quedarse mirando a la chica del Paraíso que se había rebelado contra la Oligarquía.

—¿Comprendes su propósito? Quieren convertirla en un símbolo.

Marvin observó el rostro arañado, sudado, manchado de ceniza de la que había sido su chica.

—Tendríamos que haber extirpado la red hace muchos años. Las cosas no deberían estar así —dijo el primer oligarca mirando al jefe de guardias, que permanecía impasible—. Que bajen tus hombres, coge a la chica y sácala de allí —le ordenó—. La devolveremos al Paraíso.

El jefe de guardias respiró hondo y se acercó a las pantallas. Sabía cuál era el rascacielos en el que se encontraban, conocía bien el Infierno, conocía la red y sabía que las amazonas debían de tener un buen motivo para hacer aquello. Había asistido a cientos de revueltas, de insurrecciones que se extinguían con el primer muerto, cuando los condenados comprendían que no iban a conseguir nada. Pero la red era diferente y él lo sabía. Perdería docenas de soldados y no podía permitirse esa derrota. Sin embargo, no había otra solución.

—No puedo mandar a mis hombres a Dite —dijo—, pero puedo hacer otra cosa.

—¿Qué quieres decir?

—Puedo abrir las jaulas.

—¿O sea?

—Cerberos, minotauros y arpías se abatirán sobre Dite.

Kronous lo miró, mientras evaluaba detenidamente esa posibilidad. De esa manera, el mismo Infierno castigaría la insurrección. La ley de la Oligarquía se aplicaría sin la intervención directa del hombre.

—Naturalmente, no podrán hacer distinciones —añadió el jefe de guardias.

—Eso no me importa.

El jefe de guardias observó por última vez el encuadre de la cámara sobre las amazonas. Kronous se le acercó y le puso la mano en un hombro.

—Abre las jaulas.

37

En el bosque de pinos del tercer círculo había poca luz. Una niebla oscura, que olía a humo y a descomposición, trazaba negras pinceladas en el aire.

El terreno por el que avanzaban era tan fangoso que en muchos tramos el lodo les llegaba a las rodillas. Con ellos había otros condenados, los que acababan de entrar en el círculo después de pasar al lado del Cerbero, el enorme perro de tres cabezas que hacía guardia encadenado. De vez en cuando alguien caía y se hundía hasta el cuello.

El fango empezó a disminuir a medida que Alec y Guido se alejaban del alcance de los cañones.

El paisaje cambió bruscamente.

Los vapores negros se disolvieron deprisa y el aire comenzó a calentarse. Los pinos desparecieron y en su lugar surgieron unos pocos árboles grandes, de troncos abultados y nudosos. En las copas había cabañas hechas de madera, ramas entrelazadas, cuerdas y telas. Pequeños fogones ardían en esas construcciones rudimentarias, donde se distinguían figuras humanas.

No resultó difícil hacer un buen trueque. Tenían las mochilas repletas de la comida robada. A cambio de dos pedazos de carne seca y de dos latas de alubias, consiguieron un refugio para la noche en una cabaña. Secaron el equipamiento y la ropa al fuego y durmieron unas horas, por turnos. Ningún trueque te protegía de los robos.

A la mañana siguiente se pusieron de nuevo en camino.

Atravesaron el bosque, que parecía infinito, y varias veces creyeron que habían vuelto sobre sus pasos. Alec debía encontrar un punto donde orientarse para averiguar en qué lugar se hallaban respecto a la línea helicoidal que, según le había dicho Marcus, marcaba la articulación de los pasadizos entre los círculos.

Enseguida se dieron cuenta de que no podrían encontrarlo antes de que anocheciese.

—¿Qué hacemos? —preguntó Guido.

Llevaban horas hablando poco, tan solo se decían lo esencial.

—Hoy también dormiremos aquí.

—Perderemos un montón de provisiones.

En ese momento oyeron pasos, crujidos, algo que se movía a su alrededor. A Alec le pareció entrever unas sombras que se perseguían en la oscuridad. Una columna amarilla barrió la niebla, descubriendo un claro circular de tres o cuatro metros de diámetro, no diferente del que habían visto en el primer círculo, con un refugio en el centro.

—Todos andan por aquí.

—¿Quiénes son todos?

—Todos los que han venido a recoger la comida.

Se oyó un crujido, seguido por un sonido rítmico que hacía pensar en cadenas que eran enrolladas en una polea. Del suelo brotó una jaula.

El ruido cesó de golpe y de los lados del claro salieron cinco condenados. Corrieron hasta la jaula y acercaron el pecho, activando así el reconocimiento del alma.

La pantalla se iluminó, mostrando las imágenes de la detención de un condenado. El chico estaba de pie en un callejón de Konema que Alec conocía perfectamente. Delante de él, unos guardias le apuntaban con sus fusiles. Tenía las manos en alto, en lo que podía ser un gesto de rendición, pero luego las había extendido y se había quedado inmóvil, con los brazos abiertos perpendiculares al cuerpo. Durante un instante Alec creyó verse a sí mismo.

Entretanto una chica cogió la caja con la ración de comida y, antes de abandonar el claro y regresar al bosque, se detuvo, se volvió y extendió los brazos. En ese momento dos condenados salieron del radio de la cámara.

—Ahora —dijo Guido, a la vez que les atizaba dos golpes rápidos y secos.

Cayeron al suelo. Alec cogió sus cajas y echó a correr. Vio que los chicos trataban de levantarse y enseguida pegó un brinco. Chocó contra manos y cuerpos, oyó gritos que se incitaban recíprocamente. Entró de nuevo en el bosque, pero algo lo tiró al suelo, lo golpeó varias veces, él reaccionó con fuerza al sentir entre las manos un pelo hirsuto, mientras un peso le aplastaba el pecho. En la oscuridad reconoció las tres cabezas del cerbero. Rodó por el suelo y consiguió soltarse. Se incorporó y localizó a Guido, que ya era poco más que una sombra entre los matorrales. Ahora alrededor veía a los condenados, que corrían, y a los cerberos, que los perseguían, los pasos inseguros, tambaleantes de aquellos, y los pesados de estos, que avanzaban con la fuerza de un alud.

Un cerbero le cerró el paso con las fauces abiertas y las cabezas girando y chocando entre sí.

La fiera lo embistió con una fuerza sobrehumana, arrojándolo al suelo. Sintió el duro impacto contra un tronco. La sangre le chorreó por los ojos y le llenó la boca, mientras se le nublaba la vista. Parpadeó una, dos, tres veces. Lo invadió un sueño repentino y se dijo que la muerte se anunciaba así. Antes de perder completamente el conocimiento, le pareció que volvía a ver las imágenes del vídeo con los delitos de los condenados. Ahora, sin embargo, todos tenían los brazos extendidos y estaban inmóviles, con la mirada altiva delante de los guardias de la Oligarquía. El recuerdo pasó luego al día de su detención durante el desfile, pero en su mente nublada la Oligarquía era una ola gigantesca que invadía la calle, y él no era más que un chico con los brazos extendidos que quería pararla.

38

El suelo estaba blando y candente, pero Maj corría con todas sus fuerzas, rozando apenas las briznas de hierba, oyendo el silbido del viento entre sus cabellos y sus orejas, con la vista clavada en el chacal que tenía a menos de diez metros. Empuñaba la lanza en la mano derecha. Con ella iban otras dos amazonas, además de Cloe, que estaba más adelante y se aprestaba a lanzar.

En la última semana su vida había cambiado completamente. Las amazonas la habían aceptado en su red. Su iniciación había sido grabada con cámaras clandestinas y la cinta pirata se había difundido en Europa. En algunas catedrales, el vídeo de la chica del Paraíso a la que recibían las amazonas estaba rodado como una interferencia. Pocos segundos en los que se repetía constantemente la imagen de Maj de pie frente al fuego y la voz de la reina: «El mundo se quedará mirando a la chica del Paraíso que se ha rebelado contra la Oligarquía».

Al día siguiente de la iniciación se le asignó su guía, Liz, que tenía unos años más que ella y le enseñaría a cazar, le mostraría qué debía comer y cómo debía hacerlo, cómo tenía que moverse por la ciudad, cómo debía defenderse de los otros condenados, cómo había que matar un animal o a un hombre.

Maj había aprendido a tirar la lanza. Había practicado en una de las plantas del rascacielos, junto con Cloe y otras condenadas recién llegadas, con un tronco que le habían dado como blanco. Había comido carne seca y verduras en lata de las raciones de comida, pero también había empezado a conocer las plantas que las amazonas cultivaban en grandes cubas de cemento sobre la azotea del rascacielos. Eran hierbas medicinales para preparar bebidas y desinfectantes naturales.

Cada día había ido a las máquinas infernales para conseguir su ración de comida, y cada día el fuego le quemaba menos, porque la piel se le iba volviendo más dura y resistente.

Al cabo de una semana tuvo que participar en su primera batida de caza. No había escasez de animales en la periferia de la ciudad, allí donde se acababan los edificios y comenzaban las grandes extensiones de hierba y fango en las cercanías de las murallas. Había chacales, lobos, a veces algún cerdo salvaje.

Maj corría junto con las otras amazonas, cada una de ellas empuñando una lanza, con los ojos fijos en la presa. Cloe arrojó la lanza e hirió al chacal en la pata, pero no se la clavó. El pelo del animal se tiñó de rojo mientras caía al suelo y rodaba unos metros, para luego levantarse y continuar su carrera.

El río, que corría plácido en la planicie situada al otro lado de los últimos edificios de Dite, antes de las murallas candentes, apareció detrás de un montículo que el chacal superó con un salto renqueante debido a la herida. Maj vio dos enormes cerberos abrevando en un pequeño islote en medio del agua. Un poco más allá había más chacales.

Una de las dos amazonas arrojó con fuerza la lanza. Esta vez el cristal dio de lleno en la caja torácica del animal, atravesándolo y tirándolo al suelo. En un instante estuvieron allí las cinco: Maj, Cloe, Liz y las dos amazonas con las que formaban el grupo de caza.

Ahora la presa estaba inmóvil, debajo de ella. El chacal jadeaba, no podía siquiera levantar la cabeza, que se balanceaba pegada al suelo, mientras la sangre le había manchado los dientes y el pelo del hocico. Maj no pudo dejar de sentir lástima, sobre todo cuando se dio cuenta de que no era un adulto. Tenía el pelo suave y el lomo estilizado, y en el cuerpo no había marcas de más heridas.

Parecía un animal joven que acababa de empezar a vivir. Parecía ella, pero no la rebelde del vídeo que habían visto las amazonas, sino la chica del Paraíso, pequeña e indefensa. Maj sentía que la misma mentira que se escondía en los dientes apretados del cachorro, en su pelo cubierto de sangre, la encarnaba ella en aquellas imágenes que la presentaban como la chica del Paraíso que se rebela contra la Oligarquía.

—Mátalo tú —dijo Liz.

Maj no reparó en que la chica estaba hablando con ella.

—Venga, atízale en el cuello.

Maj lo miró muda. En el lago, en el Paraíso, siempre obligaba a su padre a soltar los peces que pescaban. Sin duda, Liz no podía imaginarse que a la chica que según el vídeo había disparado a muchos guardias de la Oligarquía le costaba matar un animal.

—Venga, tenemos poco tiempo —la apremió Liz—, las otras nos están esperando.

Maj miró el chacal una vez más, esperando que se muriese solo. Pero el animal seguía jadeando. Dio un paso hacia él, aunque ya estaba bastante cerca para rematarlo. El animal apretó los dientes y saltó hacia la pierna de Maj, que no pilló por poco.

—Puedo hacerlo yo —dijo Cloe, acercándose.

Liz las miró a las dos: nunca habría esperado tanto rato para que una recién llegada matara una fiera. Pero la reina había sido clara: «Ponla a prueba. Quiero una guerrera».

Cloe había intuido el miedo de Maj. En esos días en el rascacielos había aprendido a conocerla, habían hablado largamente, de noche. Maj había descubierto qué significaba tener una amiga en el Infierno, alguien con quien hablar, llorar, abrazarse de noche cuando el miedo te despierta de golpe y la cabeza te dice que no vas a salir de esa, que no conseguirás sobrevivir, que a lo mejor aguantas otro día, una semana o un mes, pero que tu vida está abocada a terminar. Una amiga era un buen motivo para vivir en el Infierno. Eso ya lo sabía perfectamente.

Cloe le agarró la mano y la apretó alrededor de la lanza.

—Remátalo.

Maj ya no podía echarse atrás. Alzó el brazo y calculó la mejor trayectoria. No parecía difícil. Era como clavar una estaca en la tierra, se dijo. Pero la bestia había empezado a aullar, su grito parecía casi un llanto.

Observó sus ojos espantados, se preguntó si se había dado cuenta de que estaba a punto de morir. Se le hizo un nudo en la garganta. Estaba como ella.

El brazo saltó como un resorte, desprendiendo una energía que Maj no creía poseer. El animal aulló mientras el cristal se le clavaba en el cuello, y Maj tapó ese aullido desgarrador con un grito. El chacal se retorció durante casi medio minuto, luego se quedó inmóvil. Maj soltó la lanza. Se arrodilló y puso la mano sobre el animal; se le quedó roja de sangre.

—¿Qué haces? —le preguntó Liz—. Venga, apártate.

—Maj, no te comportes así —le susurró Cloe al oído, tratando de que se alejara, mientras Liz y una de las otras amazonas ataban las patas del animal para poder transportarlo—. Esto es necesario, ¿entiendes?

Maj se fue corriendo antes de que las amazonas pudieran ver sus ojos brillantes. Empezó a llorar convulsivamente, los sollozos le sacudían el pecho. Necesitaba limpiarse la sangre, sentía su olor acre. Llegó al meandro más cercano del río. Se agachó en la orilla y se lavó las manos y los brazos. Cloe apareció a su lado poco después, la obligó a incorporarse y le dio dos bofetadas.

—¡No puedes comportarte así! —gritó Cloe—. ¡No puedes!

Maj no dijo nada.

—Eres un nudo de la red —prosiguió Cloe.

—Yo ya no sé quién soy.

—¡Eso da igual! No debes pensar en quién eres, debes pensar en sobrevivir.

—¿Y eso qué sentido tiene? ¿Para qué sobrevivimos?

—Para salir de aquí, para volver a ser libres.

—¿Y después? ¿Qué nos espera después? ¡El Infierno está también allí fuera, tardas más en morir, pero todo es igual! Y yo no soy la chica del Paraíso que se rebela contra la Oligarquía, no soy más que la chica del Paraíso, la que duerme en una cama con colchas de seda, pasa los domingos en la piscina, siempre tiene comida. ¡Nunca me ha importado nada del mundo, no soy vuestra heroína!

Cloe la cogió del pelo y la tiró al suelo. Se arrodilló a su lado, mientras le agarraba la cabeza a un palmo del agua para que pudiese ver su reflejo. Con la boca abierta y los labios ligeramente levantados, como una fiera que enseña los dientes, la frente arrugada y los pómulos rojos presionando los ojos, una sombra oscura le chorreaba sobre las sienes, era la sangre del chacal.

—Esta soy yo —dijo Maj quedamente.

Cloe le dio un beso rápido y decidido en los labios.

—Esta eres tú.

Cuando volvieron, Liz y las otras dos chicas ya habían terminado de atar al animal para poder llevarlo colgado de un palo. Un grupo de amazonas las esperaba en el punto donde finalizaba la pradera y empezaban los edificios derruidos. Estaban acampadas en la azotea de una antigua fábrica de ladrillos rojos y vigilaban la llanura, por si aparecía cualquier otra banda.

Con ellas estaban además tres hombres, dos jóvenes de unos veinte años y otro que debía de tener al menos cuarenta. En la azotea de la fábrica cortaron el cuerpo del animal en dos partes, una se la entregaron a los tres hombres, quienes dieron a cambio una bolsa blanca.

—¿Quiénes son? —preguntó Maj cuando se adentraban en la ciudad.

—Anarquistas.

—No sé quiénes son los anarquistas.

—Es otra banda de Dite, son los únicos con los que hacemos trueques. Se parecen un poco a nosotras.

—¿En qué sentido?

—Son presos políticos, gente que se ha opuesto a la Oligarquía y por eso está aquí. Hay quien se ha hecho condenar solo para venir a Dite, para unirse a los anarquistas.

Maj la miró incrédula, le parecía imposible que estuviese hablando en serio.

—¿Quién puede hacer algo así?

—Quien cree que el mundo es inaceptable.

El rascacielos apareció de repente, más allá de una pequeña plaza con una fuente en el centro. Había una estatua de un cuerpo femenino parcialmente cubierta de pequeños fragmentos de espejo.

Una vez en el interior del edificio, unas cuantas amazonas cogieron la mitad del animal muerto y subieron las escaleras. Maj y Cloe fueron al sótano, donde se encontraba la antigua cisterna, el motivo por el que años antes habían elegido aquel edificio como base. La cisterna les suministraba toda el agua que necesitaban y habían organizado una parte de ella como un auténtico baño, en el que podían asearse y reposar.

Era una sala amplia envuelta en vapor que olía a hierbas. Altas columnas sostenían el techo, que parecía de piedra. Una tenue luz naranja alumbraba el ambiente, mostrando arcos de aspecto antiguo entre las columnas.

Dejaron la ropa en el suelo y entraron despacio en el agua hirviente. Alrededor se oían voces y susurros, y la luz iluminaba de vez en cuando a las otras chicas que se estaban bañando.

Maj se hundió en el agua, dejándose envolver por el vapor como si fuera un abrazo del que no habría querido soltarse nunca. Echaba de menos el calor humano, el calor de la gente, de sus amigos.

Cloe nadó unos metros. Maj observó desde atrás su cuerpo recio. Tenía varios moretones en las pantorrillas y en los muslos. La alcanzó en dos brazadas y se sentaron juntas en las escalerillas del borde.

—Quisiera quedarme aquí toda la vida —dijo Maj.

—Hasta que cumplas tu condena.

—No, toda la vida.

Cloe sonrió y le acarició la cabeza, un gesto que Maj no se esperaba, pero que aceptó como un regalo, como si su amiga hubiese leído sus pensamientos.

—¿Cómo consiguen conservar este sitio? ¿No lo ha encontrado nadie?

—Está bien defendido. La red es fuerte, pero no hablemos de eso ahora.

—No sé de qué hablar.

—¿Quién era ese chico? El que sale en el vídeo de tu delito, en el río.

Maj tardó unos segundos en acudir con la mente a aquellas imágenes que la devolvían a sus últimos días en el Paraíso, los más hermosos y los más terribles.

—En parte, es el motivo por el que estoy aquí.

—¿En serio?

—Creo que sí. Él me hizo ver cómo es el mundo, me lo explicó, en el Paraíso no sabemos nada.

Cloe la miró con curiosidad.

—¿Qué significa que no sabéis nada?

—Yo nunca había visto el Infierno, no tenía idea de cómo era Europa. Sabía, claro, dónde estaba, sabía que no tenía nada que ver con el Paraíso, que nosotros éramos ricos y ellos pobres, pero no se trata de eso. Con él me sentí real y verdadera por primera vez, su mundo era auténtico, y el mío, falso, y, si creces en un mundo falso, tú también eres falsa. Al cabo de dieciséis años no eres nadie, estás tranquila, estás bien, crees que diriges tu vida, pero no es así.

Maj guardó silencio unos segundos.

—Ahora las emociones me estremecen, siento el dolor, lo siento todo, antes no sentía nada.

Se pasó la mano por el brazo, rozándose la piel, quería sentirse más. Aquel era su cuerpo, aquella era ella.

Haciendo un cuenco con las manos, Cloe cogió un poco de agua y se la echó sobre la cabeza. Olía a azufre. Se frotó los ojos y miró a Maj, pensando en lo diferentes que eran, en cómo en esos días se había convertido en una amazona. Ella, en cambio, estaba acostumbrada a luchar y por eso se encontraba en el Infierno, porque la vida siempre le había parecido una guerra en la que un buen día había perdido.

—¿Qué ocurrió entre vosotros? —le preguntó Cloe—. Respóndeme solo si quieres.

Maj sonrió, evocando el día en que se besaron en la orilla del río. Recordó la sensación, el deseo, su olor.

—Al principio lo busqué yo, él no quería contestarme, trabajaba en nuestro jardín. Después comenzamos a hablar, nos contamos nuestras vidas. Creo que fue así como pasó. —Maj se interrumpió, sin darse cuenta de que su razonamiento estaba incompleto—. Ya no podía prescindir de él, necesitaba verlo, oír su voz, necesitaba imaginarme cada día con él a mi lado, si no, la vida no tenía sentido.

Dejó de hablar, demasiadas emociones se mezclaban en su interior. Experimentaba aún aquel deseo, era más intenso que nunca, pero lo aplastaba la condena que pesaba sobre ella, por la certeza de que sus vidas habían quedado separadas para siempre.

—¿Lo amas? —le preguntó Cloe.

—Es tonto pensar en eso ahora. ¿Qué importancia tiene ya?

—Es un pensamiento alegre.

—¿Y para qué sirve un pensamiento alegre?

—Puede ayudarte a estar bien, puede darte fuerzas para vivir, en el Infierno se necesitan estas cosas.

Maj se concentró en lo que sentía, cerró los ojos y pensó en Alec, pero su imagen aparecía desenfocada detrás de las llamas, de la sangre.

—Íbamos a escapar juntos del Paraíso. Lo teníamos todo preparado, teníamos un plan. Había huido del barrio, estaba yendo en su busca.

Cloe guardó silencio, pero con su mente recorría las imágenes que había visto en la parte alta de la pirámide, los hombros de aquel chico inmerso en el río que abrazaba a su amiga.

—Me sigo preguntando qué pudo pensar cuando vio que no llegaba.

—Sea lo que sea lo que pudo pensar, ya tiene que haber cambiado de opinión.

—¿Qué quieres decir?

—Si ha regresado a Europa, sabrá que has sido detenida, ya habrá visto el vídeo de tu delito.

Solo en ese momento, Maj cayó en la cuenta: Alec sabía que había sido condenada, y también cuándo y cómo había ocurrido todo. De modo que no podía pensar que lo había traicionado, que no había respetado su trato.

—Entonces ¿sabe que estaba yendo en su busca?

—Necesariamente.

Algo se desató en el corazón de Maj. Cerró los ojos de nuevo y pensó con todas sus fuerzas en Alec, lo reconstruyó en su cabeza, lo volvió real. Forzó su mente hasta imaginarse que lo besaba, sintiendo sus labios, su piel áspera, su olor. Nunca había hecho nada semejante, con Marvin jamás, ni siquiera había sentido la necesidad. Ahora descubría por primera vez que existía un lugar en su cabeza en el que podía refugiarse, en el que podía revivir aquellas emociones.

Cuando abrió los ojos, Cloe la estaba mirando con una sonrisa dulce y triste a la vez. Habría querido que esos ojos estuviesen cerrados por ella. Que alguien pensara en ella con esa intensidad. Deseó besar a la chica del Paraíso, pero no lo hizo. Necesitaba una amiga, y decidió guardarse para sí aquel secreto.

39

Lo primero que Alec vio cuando abrió los ojos fue el cuerpo de un cerdo salvaje muerto colgado de un árbol. Trató de incorporarse, pero se dio cuenta de que estaba atado. Fue presa del pánico. Alzó la cabeza y vio la tupida copa de un árbol. Sus robustas ramas se confundían con las de otros árboles, que estaban iluminados por una luz amarilla artificial. Se sentó, descubriendo que había dormido en una tarima de madera montada sobre el tronco y que las cuerdas, ceñidas alrededor de una manta, tal vez servían para evitar que se cayese accidentalmente.

Alguien lo había encontrado.

Alguien lo había llevado a aquel lugar.

Pero ¿quién? ¿Y por qué? ¿Y dónde estaba Guido?

En su mente surgieron fragmentos de un viaje que no sabía situar en su memoria reciente. Vio una montaña, el abismo infernal que se abría al lado de un sendero. Rostros junto a él, personas que caminaban, una de ellas era sin duda Guido, a la otra no la reconocía.

Consiguió soltarse de la cuerda y se puso de pie, sintiendo enseguida un pinchazo en el pecho. Miró la herida donde se había quitado el alma y advirtió que estaba hinchada. Todavía le quedaba un poco de desinfectante, pero de eso ya se ocuparía después. Antes tenía que averiguar dónde estaba.

Permaneció quieto unos segundos y solo en ese instante reparó en dos grandes ojos que lo estaban observando. Agachado sobre una de las ramas había un chiquillo, inmóvil. No estaba escondido y Alec se preguntó cómo no lo había visto antes. Era poco más que un niño. Tenía el pelo corto y la piel oscura, sobre la que resaltaban unas grandes pupilas. Llevaba ropa ligera, que dejaba entrever una osamenta fina.

—¿Quién eres? —preguntó Alec.

No le respondió.

—¿Tú me has traído aquí?

El niño olfateó el aire y saltó a la tarima de madera sin hacer ningún ruido. Alec retrocedió unos pasos. Las tablas crujieron bajo sus pies.

El niño olfateó de nuevo el aire.

—No tienes miedo —dijo. Su voz era clara pero firme. Parecía la de una mujer.

—¿No?

—No.

—¿Hueles el aire?

El niño se encogió de hombros, luego estiró despacio el antebrazo y miró fijamente a Alec, adoptando una postura que parecía cumplir un ritual concreto. Sopló despacio, produciendo un silbido.

—¿Qué pasa? —le preguntó Alec.

El niño sopló otra vez, luego olfateó el aire.

—Es verdad que eres diferente, me lo había dicho.

—¿De quién soy diferente? ¿Quién te lo ha dicho?

—Los otros condenados tienen miedo.

—¿Yo no?

—Tienes menos. Ella tiene mucho.

—¿Quién es ella?

—Dice que te conoce. Por eso te hemos cogido.

Durante un instante, Alec renunció a comprender lo que quería decir aquel niño.

—¿Dónde estamos?

—En un bosque, entre el cuarto círculo y el quinto, más o menos.

—¿Y cómo hemos llegado?

—Guido te ha arrastrado en una camilla. Él tiene mucho miedo.

—¿Está aquí?

—Sí.

El niño le dio dos golpes al tronco del cerdo salvaje para espantar las moscas. Luego desató una cuerda del tronco y la deslizó entre sus manos. La mochila de Alec bajó lentamente por la tarima de madera. Encima de ellos había más mochilas, bolsas y herramientas. Estaban atadas con sogas por medio de un sistema de poleas.

—Es por las serpientes —explicó el niño—, si no, entran en las mochilas. Coge agua, tienes que beber.

Alec abrió la mochila y sacó la cantimplora. Estaba llena. Tomó un par de tragos, experimentando un alivio inmediato. Tenía la garganta seca y caliente.

—Ahí vienen —dijo el niño, asomándose por la tarima.

El primero que apareció fue Guido, que trepó por una soga atada a una rama grande del árbol. Detrás de él había una chica.

—¡Alec! —exclamó Guido al verlo de pie. Por algún motivo, parecía alegre.

Soltó la soga y se asió a un tronco, luego se deslizó por la tarima de madera, haciendo temblar las tablas. Miró a Alec y le arrojó los brazos al cuello, lo estrechó unos segundos y a continuación lo apartó, sujetándolo con fuerza de los hombros. Alec estaba desorientado por su comportamiento.

—Hola, Alec —dijo entonces la chica.

Llevaba los pantalones del uniforme de los condenados y una ancha sudadera negra. Tenía el pelo alborotado y enmarañado sobre la frente, pero se lo había recogido con un palito incrustado entre los mechones. Se miraron unos segundos. Guido los observaba con curiosidad, parecía que el encuentro le hacía gracia, mientras que el niño seguía la escena con los ojos entornados, los brazos ligeramente extendidos y las palmas vueltas hacia los tres chicos.

Alec fue a su encuentro y la abrazó. Notó su espalda fibrosa entre sus manos, su cuerpo enérgico y al mismo tiempo frágil, su doble naturaleza, que conocía perfectamente. Percibió su olor, seguía siendo a especias, pero había algo más. El fuego y la tierra le habían dejado su huella. Miró sus ojos brillantes: sin querer, se vio reflejado en ellos, desde que había entrado en el Infierno no había visto su propia imagen. No vio nada de sí mismo, salvo el dolor, el miedo.

—¿Cuánto llevas aquí? —le preguntó.

—Dos semanas, creo, nos cogieron en la escuela.

—¿Cómo estás? ¿Estás herida?

—No, estoy bien —respondió ella y le lanzó una mirada al niño—. Él me encontró, estaba muerta, o sea, no estaba muerta pero me había dado un golpe en la cabeza, en el tercer círculo, allí nos habían mandado.

—¿Al tercer círculo? ¿Por qué?

—No siempre hay una lógica, pero quizá eso ya lo sabes.

—Sé poco.

—¿Por qué estás aquí?

Esa pregunta no se podía responder brevemente. Había una larga historia y Alec no creía que pudiera contarla en ese momento. Miró alrededor.

Había otras casitas en los árboles. Solamente eran cabañas, o simples estructuras de troncos unidos entre sí y cubiertos con telas y ramas. En cada una ardía un fuego y las llamas ahuyentaban la niebla amarilla que se deslizaba entre el follaje.

Maureen le puso una mano en el hombro.

—Aquí estamos a salvo. Es su casa.

Entretanto, el niño había cogido un haz de leña. Con movimientos rápidos hizo un montón con una serie de troncos pequeños, que prendió. Por su parte, Guido había bajado al suelo el cuerpo del cerdo salvaje. Con un cuchillo le había cortado las patas y ahora lo estaba despellejando.

—¿Cuánto tiempo ha pasado? ¿Desde cuándo estoy aquí?

—Han pasado cinco días. Jorgos te encontró. —Alec comprendió que Maureen estaba hablando del niño—. Le había hablado de ti. Lo sabe todo.

—¿Qué significa que lo sabe todo?

—Él ha nacido aquí. No lleva alma.

Alec la miró, creyendo que había entendido mal. Sin embargo, Maureen asintió.

—Alec, ¿por qué estás aquí?

Mientras asaban la carne del cerdo, Alec le contó los sucesos de las últimas semanas. El encuentro con Maj, la decisión de irse juntos a Europa, su condena y luego el descubrimiento de que su padre era un arquitecto del Infierno. Le habló de Marcus, de los dibujos de Beth que componían el mapa y de la salida del Infierno.

Después de comer, Maureen se acercó a Alec.

—¿Puedo dormir a tu lado?

Alec levantó un borde de la manta y le sonrió. Maureen se sentó y se apoyó en su pecho. Él sintió el calor de su cuerpo y le pareció tan precioso como el agua y las provisiones. Ella se acurrucó más y él la abrazó. En los otros refugios del bosque se oían voces y susurros. Algunos fuegos seguían encendidos.

Maureen subió la manta hasta más arriba de sus cabezas. Alec oyó el sonido de su respiración amplificado y el latido acelerado de su corazón. Permanecieron largo rato en silencio.

—He tenido realmente miedo de morir —dijo Maureen—, nunca me había pasado, es raro, ¿tú lo has tenido?

—Sí, cuando estaba en la selva.

—Por primera vez deseé que hubiera algo después de la muerte; estaba fatal, creía que no podría volver a levantarme, así que me dije: «Si hay algo después, pues me muero».

Maureen evocó las horas que había pasado tirada en el suelo.

—¿Qué pasó luego? —le preguntó Alec.

—Llegó Jorgos. Me llevó a un refugio, me cuidó.

—¿Por qué lo hace?

—No lo sé.

—¿No se lo has preguntado?

—Él no es como nosotros. Solo sigue su instinto, no sé por qué lo hizo, no sé adónde me está llevando. Pero conoce lugares en los que podemos estar a salvo.

—¿Qué lugares?

—Lugares como este. Aquí no corremos peligro. Se encuentra agua, se puede cazar animales, no llegan los guardias, pero hay otros lugares seguros, hay aldeas por las montañas.

Alec pensó en el mapa y en los dibujos de Beth que representaban el esqueleto del Infierno. Le resultaba difícil figurarse aldeas o refugios, pero había visto la extensión del volcán, las cumbres nevadas que permitían imaginarse otros valles y bosques.

—Tendrá apenas diez años. Si nos lleva a otro lugar, podremos organizarnos, tenemos tiempo, poco a poco te construyes una cabaña y hay gente que te puede ayudar, Jorgos sabe reconocer a aquella de la que te puedes fiar.

Alec suspiró.

—Yo no me puedo quedar. Tengo que ir a Dite.

Maureen meneó despacio la cabeza. Alec sintió que la piel de su amiga se estremecía al contacto con la suya.

—Alec, tú también has visto el Infierno, estamos vivos de milagro. Quieres ir a Dite, pero en medio hay una ciénaga y la ciudad está rodeada de murallas, hay... unas criaturas más espantosas de lo que te puedes imaginar y...

—Lo sé, Maureen, lo sé. —Alec la atrajo hacia sí.

—¿Qué probabilidades hay de sobrevivir? Moriremos, alguien nos matará, o terminaremos heridos, he visto lo que pasa, aquí la gente muere sin parar.

—No digo que mañana estaremos fuera de aquí, pero conozco el camino para volver a casa... Para mí no hay nada después de la muerte.

—¿La amas? —le preguntó Maureen de repente.

—Eso ahora no tiene importancia. Estamos aquí, estamos nosotros, tenemos un camino para ir a Dite, y yo conozco la salida del Infierno, ¿qué importancia tiene lo demás?

Maureen sonrió, una lágrima le surcó la mejilla.

—Estás aquí por eso, ¿cómo no va a tener importancia?

Alec retiró la manta que había protegido sus últimas palabras. Miró a Maureen a los ojos, tratando de averiguar qué estaba pensando.

—¿Por qué me lo preguntas? ¿Por qué quieres hablar de eso ahora?

—No lo sé.

—Ven a Dite con nosotros. Saldremos de aquí, te lo prometo.

40

En el Palacio de la Oligarquía, Marvin se había quedado solo en la habitación que le habían asignado. Estaba decorada con muebles esenciales: una cama de dos plazas cubierta de colchas de seda azul, mesillas rojas, un escritorio y un pequeño baño.

Se encontraba en la planta setenta y dos. Desde esa altura no se veía el suelo, porque una densa capa de nubes lo tapaba todo. En cambio, se veían el cielo azul y el ir y venir de los helicópteros blancos y rojos de la Oligarquía rumbo bien al Paraíso o a Europa. El palacio se hallaba, en efecto, a medio camino entre la caótica aglomeración urbana al norte de los Alpes y los barrios del Paraíso de las orillas del Mediterráneo.

Esa semana Marvin había visitado las últimas obras que se estaban haciendo más al sur. Había viajado en helicóptero hasta la costa con su padre, y desde allí se habían desplazado con los hovercrafts del ejército. Por la mañana se entrenaba en el gimnasio y era adiestrado en el arte de la retórica para sus futuras apariciones televisivas. Por la tarde estudiaba las imágenes de Europa. Por la noche cenaba con altos oficiales del ejército. En una cena le presentaron a los otros oligarcas, que parecían la copia exacta de su padre.

Una noche que no conseguía conciliar el sueño salió al pasillo, llegó al ascensor y bajó a la décima planta.

Todas las pantallas estaban encendidas en la sala de realización y mostraban a los condenados en los distintos círculos. Los realizadores trabajaban en silencio.

Un hombre se volvió al verlo llegar.

—Buenas noches, señor —le dijo.

—Buenas noches —respondió Marvin.

Le chocaba que lo llamaran «señor». Todavía no lo habían nombrado oligarca, pero la gente ya le demostraba respeto y reverencia.

Una camarera joven se le acercó.

—¿Le traigo un café?

Marvin la miró. Asintió.

Luego fue hasta las pantallas.

En una se veía a un chico huyendo de un cerbero. La imagen se paró de golpe y se fundió en una de las tres cabezas del animal, que desgarraba su tobillo. Marvin comprendió que el vídeo estaba en elaboración y que pronto lo emitirían en todas las catedrales de Europa.

En otra pantalla se veía una especie de pirámide rodeada de altos edificios. Los condenados la trepaban y recibían chorros de fuego rápidos y repentinos que brotaban del suelo. Arriba estaba el refugio con las raciones de comida y el poste con las pantallas que mostraban los delitos de los condenados.

Poco después llegó la camarera, que llevaba en una bandeja una taza blanca con un ribete dorado. Marvin la cogió y se tomó el líquido caliente y dulce.

Empezó a caminar a lo largo de la pared de las pantallas. Los realizadores fingían no verlo, o, si se cruzaban con su mirada, balbucían un rápido y obsequioso «Buenas noches, señor». Al llegar al fondo, se detuvo delante de un vídeo.

La imagen estaba fija en un chico. A Marvin no le costó reconocer el rostro del trabajador: Alec.

—¿No puede dormir? —preguntó una voz detrás de él.

—Hace días que no duermo —le reconoció Marvin al jefe de guardias.

—Es lo que les pasa a todos cuando descubren la realidad. Se necesita tiempo para aceptar este mundo.

Marvin no dijo nada y volvió a observar el rostro del trabajador. El jefe de guardias apretó un botón debajo de la pantalla, y empezó el vídeo. La expresión de Alec se convirtió en una mueca de dolor, mientras su cuerpo se estampaba contra una roca roja. Luego el vídeo paró.

—Es el segundo círculo —dijo Marvin.

El jefe de guardias asintió.

—¿Ha sido condenado al segundo círculo?

—No.

Marvin lo miró asombrado por aquella respuesta.

—¿Eso qué significa?

—Lo que he dicho. Ha sido condenado al primero, al Limbo, una condena no grave, al fin y al cabo.

—Entonces ¿qué hace allí?

—Está bajando, atravesando el Infierno. No sabemos por qué.

El jefe de guardias le hizo un gesto a uno de los realizadores. Cuatro pares de pantallas se apagaron unos segundos. Marvin comprendió que se trataba de la sección controlada por el realizador, que ahora estaba esperando instrucciones de su superior.

Un instante después se reencendieron. En cada una había varias máquinas infernales. Las jaulas solían estar en el centro de un espacio vacío. Podía ser un claro en pleno bosque o una plaza en Dite, o bien un lago de fango en el Pantano Estigia. El motivo era sencillo: debajo de la jaula de metal se encontraban los túneles a los que llegaban las cajas con las raciones de comida. Era una red de conductos y engranajes complejos que enlazaba con los conductos por los que, en cambio, podían pasar tanto los guardias como las fieras infernales. En el centro de la estructura estaba Dite, tránsito entre el alto y el bajo Infierno.

Marvin miró uno tras otro los vídeos de los condenados que recogían su ración de comida. En la toma salían en el instante en que sacaban la caja. Todos, una vez que la habían cogido, levantaban los brazos en el gesto de saludo de la Oligarquía, y a continuación los bajaban, manteniéndolos extendidos y perpendiculares al cuerpo durante unos segundos.

Su padre ya le había mostrado otras imágenes en las que condenados y ciudadanos de Europa enseñaban los brazos extendidos. Era el gesto que había hecho Alec antes de su detención. Las tomas de su captura en la calle, delante del desfile de la Oligarquía, no se habían difundido, pero eran muchos los que lo habían visto hacer aquel gesto, aunque no conocían su nombre. Por las calles de Europa corría el rumor de que había muerto, de que habían encontrado su alma en un campamento y de que muy probablemente había sido devorado por las fieras. Pero había quien decía que había sido visto en el segundo círculo, también en el tercero. Algún condenado, liberado en esos días, había dicho que estaba vivo.

—¿Por qué hacen eso? —preguntó Marvin.

—Desconocemos el motivo. Y creemos que ni ellos mismos lo saben. Pero se está haciendo con frecuencia creciente.

—Lo saludan a él —dijo Marvin mientras observaba el vídeo del desfile—. ¿Pueden haber circulado las imágenes de su detención?

—No, creemos que no. Hemos interrogado a algunos obreros de Konema y a estudiantes del oeste, en las urbanizaciones de la costa. No saben nada. Por eso tenemos que darnos prisa. Aparecerás en público con los brazos extendidos, se convertirá en el saludo de la nueva Oligarquía.

Marvin se acercó a la pantalla, escrutó el rostro del chico, lo sobrepuso al recuerdo que tenía de él, cuando lo había visto en el Paraíso, con Maj.

—¿Funcionará?

—Claro que funcionará —respondió su padre, que acababa de entrar en la habitación—. ¿Qué haces todavía despierto?

—No podía dormir.

Kronous se acercó a las pantallas y miró a Alec.

—Casi ha terminado su descenso.

41

Un rayo de sol atravesó el muro de niebla. Como un cuchillo fino se clavó en el tronco del baobab. Alec abrió los ojos, miró alrededor y reconoció las casas y los campamentos en medio de los árboles.

El viento sacudió las mochilas y los haces de leña colgados de las ramas, dispersando unos segundos la bruma y descubriendo el valle situado en el centro del cráter y el perfil de una torre. Más allá se distinguía la silueta de unos edificios altos. La niebla ocultó en pocos instantes el paisaje, pero lo que había visto le bastó a Alec para saber que Dite no estaba lejos.

Guido se hallaba sentado al lado del fuego, sujetaba una hoja enrollada que ardía emanando un denso humo negro. Olía a resina y a otoño.

—Buenos días —dijo Guido.

—¿Dónde están Maureen y Jorgos?

—Han ido a intercambiar el cerdo.

Guido dio una bocanada a la hoja enrollada y apretó los ojos. Retuvo unos segundos el humo y luego lo expulsó en una larga nube.

—¿Quieres? —preguntó.

Alec negó con la cabeza. Nunca había fumado, pero conocía perfectamente aquel olor.

—He cambiado —dijo Guido—, soy otra persona, ¿sabes?

Alec cogió la cantimplora del suelo y bebió.

—Ha pasado en estos días, tú dormías, o sea, mientras estabas desmayado y te traía con Jorgos.

—¿Qué ha pasado?

—He visto mi vida desde fuera y me he dado cuenta de que no valía nada. —Guido aspiró la hoja y de nuevo expulsó el humo—. Cuando me propusiste ir contigo, que me quitara el alma, acepté, pero sin saber por qué. Creía que me convenía, parecía ventajoso, aquí se razona así. Aunque no me la quité por eso. Tenía miedo a morir, pero lo he comprendido solo ahora. La muerte me daba miedo, dejar de existir; primero existes y después ya no, y contigo desaparece todo, el universo termina.

Alec se sentó, seguía cansado y no entendía por qué Guido le estaba contando esas cosas.

—He hecho el amor con Maureen —dijo Guido—, pasó ayer, lo hicimos en el prado, entre la hierba.

Apretó los ojos, sentía que los pensamientos se le debilitaban, que se le enredaban, le parecía estar persiguiendo un sentido que no hacía más que escapársele.

Alec lo miró pasmado. Trató de saber si eso le molestaba, si le daba celos, y así se descubrió evaluando por primera vez lo que sentía por ella. Volvió con la mente al beso que se habían dado unos días antes de que se embarcase para el Paraíso. Se preguntó qué habría ocurrido si no se hubiese marchado. A lo mejor se habrían besado de nuevo, a lo mejor un día habrían hecho el amor, puede que en la escuela ocupada, sobre un saco de dormir raído. Y él jamás habría conocido a Maj y su vida habría sido diferente, muy diferente.

—¿Te molesta? —le preguntó Guido. Parecía que le había leído el pensamiento.

—No.

—Porque todavía no sé que relación hay entre Maureen y tú.

Alec reflexionó un instante.

—Diría que somos amigos, pero fuera del Infierno, aquí es diferente. Aquí somos personas que tratan de salvar la vida.

Guido sopesó aquellas palabras mientras su mente retomaba el hilo de los pensamientos anteriores.

—He sentido la vida cuando he hecho el amor, y he comprendido que lo que tenía no era solo miedo a morir, sino deseo de seguir viviendo. Nadie me lo había dicho antes…

Alec esperó a que Guido terminase de hablar, pero esos pensamientos se estaban desvaneciendo y pronto se diluirían en una sensación de paz y ausencia.

—¿Qué?

—Que merece la pena; ya que estamos aquí, es preferible vivir, ¿no? Después a lo mejor descubrimos que realmente hay algo mejor, que hay algo que no conocemos. Pues eso, supón que hay algo grande, algo inmenso y oculto.

Guido depositó la hoja enrollada, ya apagada, en una piedra al lado del fuego. Luego se dejó caer hacia atrás lentamente, hasta tumbarse completamente en el suelo.

—Ay, ¿quién habrá inventado todo esto? —dijo con un hilo de voz. Luego cerró los ojos.

Alec se quedó mirando unos segundos su cara de felicidad. La frente y la mandíbula se distendieron.

Oyó un chirrido debajo de las tablas y se volvió con cautela. Maureen saltó del tronco y aterrizó sobre la tarima. Tenía el rostro con marcas de arañazos y algunos cardenales, el pelo alborotado y los ojos demasiado brillantes.

—¿Cómo te encuentras? —le preguntó Maureen.

—Creo que bien.

Ella dejó en el suelo dos bolsitas que tenían un polvo blanco.

—¿Qué es? —preguntó Alec.

—Harina. Nos ha costado cara, todo el cerdo que quedaba.

—¿Dónde está Jorgos?

—Ha ido a alguna parte, volverá con comida.

Alec se volvió hacia Guido, que dormía. Luego se dirigió hacia Maureen.

—Me ha contado…

Ella bajó la mirada, parecía avergonzada.

—Sí.

Luego miró a su amigo y pensó en todas las veces que lo había deseado, en todas las noches que había soñado con él cuando, sola en el tejado de la escuela, trataba de explicarse aquel mundo que le parecía absurdo. Con Alec el mundo era menos absurdo, y la vez que se habían besado en el Casino había atisbado un sentido, una dirección, había experimentado una emoción enorme, arrobadora, en la que no sabes dónde estás pero tienes el convencimiento de ir por el buen camino. Después, sin embargo, lo había visto muerto, había creído que no volvería a despertarse. Por eso había hecho el amor con Guido.

—Ha sido una tontería —dijo.

—No creo que en el Infierno haya tonterías. Todo lo que no mata vale, ¿no te parece?

Maureen miró a Guido y sintió por él una inexplicable ternura.

—Hombre, no me ha matado —dijo Maureen y sonrió. Se sintió idiota por esa frase. Pero Alec sonrió a su vez—. Mi temor es que todo se acabe en cualquier momento, porque si eso pasa nuestra vida realmente no sería nada. A mí no me preocupa morir, vivir me da igual, solo quisiera mantener los ojos abiertos sobre el mundo cuando ya no esté, quisiera estar segura de que sigue ocurriendo algo, porque, si no, ¿qué sentido tendría todo?

Maureen miró alrededor: los árboles, la luz que se filtraba en la niebla, el valle del cráter y la ladera del volcán, que surgía aquí y allá, descubriendo fragmentos de bosques, lagos y crestas rocosas.

—No puedes dejar aquí solo los ojos —dijo Alec—, tenemos que salvarnos íntegramente.

—Quería hacer el amor contigo —murmuró Maureen—, quería que lo hiciéramos cuando estábamos en Europa, cuando éramos… ¿libres? Necesito sentirme libre, sentir algo, sentir placer, dolor, lo que sea.

Maureen bajó la mirada a sus brazos arañados y Alec tuvo la impresión de saber cómo se había hecho esos cortes. No parecían heridas casuales, sino finas líneas rojas paralelas.

—¿Te los has hecho tú? —preguntó Alec.

Ella se encogió de hombros.

—Maureen, salgamos de aquí.

—Tengo mucho miedo.

—Eso también nos ayudará a salvarnos, como en Europa, no es diferente.

—Es muy diferente.

—Iremos todos a Dite —dijo una voz detrás de ellos. Era Jorgos. Llevaba un haz de leña atado a la espalda, y al hombro, el cuerpo de un animal grande, parecía un lobo. Dejó la leña al lado del fogón. Colocó los troncos y prendió el fuego—. Nos estamos dirigiendo hacia allí —añadió.

Maureen lo miró confundida.

—¿Qué significa que nos estamos dirigiendo hacia allí? —le preguntó Alec.

—Allí es adonde estaba llevando a Maureen.

—¿Por qué no nos lo habías dicho antes?

Jorgos no respondió, aspiró y expulsó lentamente el aire hacia ellos.

—¿Tú conoces el camino? —le preguntó Alec.

—El camino no, conozco el Infierno.

Alec observó su cuerpo de niño, que contrastaba con la firmeza y la seguridad de su voz. Luego cogió un trozo de carbón del fuego y comenzó a dibujar.

Primero hizo un círculo, era la cumbre del cráter. Trazó un pequeño hexágono en el centro, las murallas de Dite. Luego los campanarios de Nueva Jerusalén, y desde ahí la curva helicoidal que llegaba justo al centro del círculo tras dar cinco vueltas por el interior de su circunferencia.

—Es el mapa —dijo Alec y pintó una cruz en el punto en el que tendrían que buscar la salida del Infierno—. Llegaremos a Dite. Encontraremos la salida. Si nos perdemos, debéis saber lo que yo sé.

Se pusieron en camino a la mañana siguiente, después de haber recogido todas las provisiones, de llenar las mochilas con cuerdas, telas y todo el equipamiento que tenían, incluidos los haces de leña seca. Los fogones de las cabañas sobre los árboles estaban apagados cuando partieron con las primeras luces del alba. Alec y Jorgos iban delante, Guido y Maureen detrás.

Alec supo que se hallaba delante del dibujo de Beth en cuanto salieron del bosque. La pradera que ascendía en terrazas, las murallas que separaban el tercer círculo del cuarto a su izquierda y, más arriba, las cumbres nevadas y las dos puntas rocosas por entre las que tenían que pasar. Los desprendimientos cortaban oblicuamente el borde del volcán y allí era donde las murallas entre los círculos se interrumpían. Anduvieron en silencio hasta que la niebla se despejó y la pendiente de la montaña apareció en toda su majestuosidad. Más arriba, las rocas y la tierra estaban cubiertas de nieve.

—Tu padre ha estado en Dite —dijo Jorgos.

Alec paró y lo miró.

—¿Cómo lo sabes?

—Era más pequeño, pero allí lo conocen, entonces él era libre.

Alec sintió que un escalofrío le recorría la espalda.

—¿Y tú lo viste?

Jorgos asintió con un gesto tajante de la cabeza y siguió andando.

—¿Qué sabes de él?

—Lo que me han contado. Él hablaba con la red, ha estado en el rascacielos.

—No sé de qué hablas.

—La red, las amazonas, es de donde yo vengo. Yo he nacido en Dite, mi madre era una amazona.

Alec había oído hablar de ellas, alguna vez había visto sus imágenes en la catedral.

—Pero ¿cuándo fue eso? —le preguntó.

—No lo sé, yo no conozco el tiempo. Tu padre estaba solo y solo no podía ir, los arquitectos se quedan como mucho en las máquinas infernales. Pero él hablaba con la red, las ayudaba, les explicó dónde estaban los pasadizos entre los círculos.

—¿Por eso tú también conoces el camino?

—No, ya te lo he dicho, yo no sigo los caminos.

—¿Y qué sigues?

—Creo que el olor, me han dicho que hago eso.

—Pero ¿quién te lo ha contado todo?

—Las amazonas, ya las verás, os llevaré donde ellas.

Alec calibró esos datos, si bien las frases confusas del niño lo dejaron perplejo.

—¿Nos estás llevando donde ellas?

—Yo tengo que ir allí.

—Eres raro —le dijo Alec.

—Lo sé, soy diferente, me lo han explicado.

—¿Qué quieres decir?

—Yo soy libre.

—¿Libre en qué sentido? Tú también estás en el Infierno.

—No conozco las palabras para explicarlo, solo sé lo que me han dicho, soy libre, porque no tengo miedo. El miedo es el Infierno.

Alec escuchó esas palabras, tuvo que repetírselas mentalmente para poder encontrarles un significado. Se preguntó qué era el miedo y pensó en su madre llorando en la catedral, en su hermana, que dejó de hablar tras la desaparición de su padre, pensó en los guardias de la Oligarquía que patrullaban las calles de Europa, en el desfile del ejército y en los grandes hovercrafts, y de repente se le esclareció el sentido de aquellas palabras. Eso era el miedo. Eso era el Infierno.

—¿Cómo era mi padre? —preguntó Alec.

Jorgos se detuvo. Primero olfateó el aire y giró la cabeza con ese movimiento animal que Alec ya había aprendido a reconocer.

—¿Qué pasa?

—Animales, pero están lejos —respondió Jorgos. Luego siguió caminando—. Era un anarquista.

—No sé qué es un anarquista.

—Si no existen guardias, no existe la Oligarquía, y no tienes miedo.

—¿Y mi padre era así?

—Tu padre era un anarquista. Pero tenía miedo.

La montaña estaba cada vez más cerca. Ahora el viento era frío y soplaba en una sola dirección, hacia el cráter del volcán. La niebla formaba un manto unos metros por encima de sus cabezas. Era como si reposara sobre grandes bloques de piedra a lo largo de la pendiente, que parecían haberse desprendido del borde de la montaña.

Jorgos se detuvo en un pequeño claro. Alec se volvió hacia el valle, percatándose de lo empinada que se había vuelto la ladera. Maureen y Guido los alcanzaron poco después. Ella jadeaba. Él estaba empapado en sudor, pero tenía el rostro distendido y la mirada brillante.

—Tenemos que encontrar un sitio para la noche —dijo Jorgos mirando primero hacia arriba, hacia las puntas rocosas que salían de la nieve, y luego hacia abajo.

Hacía poco que el sol se había puesto detrás de la cumbre del volcán y con la oscuridad habían reaparecido las altas torres candentes de Dite al fondo del valle. Chorros de fuego y chispas amarillas pintaban la niebla y el humo negro que se elevaba alrededor. Por primera vez, Alec vio qué había también al otro lado de las murallas. Las llamas, en efecto, iluminaban altos rascacielos derruidos, esqueletos de cemento y metal y cristales rotos que quebraban la débil luz del fuego. Alrededor de las murallas, en cambio, se veían los destellos dorados de las aguas de la ciénaga.

—¿Qué son esos edificios? —preguntó Alec.

—Eso es Dite —respondió Jorgos.

—Pero es una ciudad.

En las imágenes que veía en la catedral, en Europa, nunca enseñaban todos los edificios, sino solo fragmentos que parecían poco más que telones de fondo para las máquinas infernales.

—¿Qué había allí? —preguntó Alec.

—Una gran ciudad, antes de que el volcán se reactivase —contestó Jorgos—, antes del Infierno.

—¿Cómo es que sabes todo eso?

—Son las historias que se cuentan en Dite, de noche en la red, frente al fuego. —Jorgos cerró los ojos—. Allí estaba tu padre, tu padre contaba esas historias, creo, quizá yo todavía no había nacido.

Alec evocó los relatos de su padre, las historias de exploradores, viajes, volcanes, todas las aventuras fantásticas que les narraba a él y a Beth de noche. Y también en sus historias había bandas de chicos y chicas, había ciudades y ríos, temporales y vendavales y montañas que había que escalar. Y estaba la gran metrópoli abandonada donde se ocultaba el tesoro.

Reanudaron el camino por el desprendimiento, bordeando los grandes bloques de piedra, que parecía que podían caerse en cualquier momento, al tiempo que largas lenguas de nieve empezaban a aparecer aquí y allá como blancos dedos de hielo que buscaban estrechar la pendiente. Anduvieron en silencio una hora más, hasta que llegaron al pequeño altiplano encajonado entre dos promontorios rocosos.

Alec reconstruía en aquel paisaje los dibujos de Beth, sobreponiendo los trazos del lápiz negro a la montaña.

—Acamparemos aquí para pasar la noche —dijo Jorgos—. Mañana estaremos en el pantano Estigia.

42

Al día siguiente bajaron por la empinada pendiente, no lejos de la cual habían acampado para pasar la noche. Tardaron toda la mañana en llegar al valle. El pantano Estigia apareció de improviso bajo un muro de niebla roja. Era una extensión de charcas, fango, riachuelos de agua pútrida y esqueletos de árboles. En las rocas, que despuntaban aquí y allá a ras del agua, se habían construido rudimentarios palafitos, en cuyo interior a Alec le pareció detectar movimiento, ruidos, sombras que se desplazaban lentamente.

Más allá de la ciénaga se veía el promontorio sobre el que se alzaba la ciudad de Dite.

—¿Cómo llegaremos hasta allí? —preguntó Guido.

—Necesitamos un bote —dijo Jorgos—, tendremos que hacer un buen trueque.

Empezaron a caminar entre los islotes, hundiéndose cada dos por tres en el fango y pasando bajo los palafitos rechinantes. Había varios botes flotando muy juntos entre los troncos que sujetaban los palafitos. Hombres encorvados de caras sombrías se movían como fantasmas, y si se encontraban con alguien paraban solo unos segundos para susurrarle palabras henchidas de odio.

—No miréis a nadie —dijo Jorgos—, esquivad sus ojos.

El niño se detuvo al lado de un bote en el que dormitaba un barquero solitario, envuelto en una capa negra que le tapaba también la frente.

—¿Qué quieres por llevarnos a la orilla interior? —le preguntó Jorgos.

El hombre se zafó de la capa con una brusca sacudida de cabeza, desmintiendo la impresión de que estaba medio dormido.

—¿Qué queréis? —replicó con tono agresivo.

—Tenemos que llegar a la orilla interior.

El hombre lo miró con semblante despectivo. Luego apoyó un remo contra la pared de un palafito, de manera que el bote se desplazó lentamente hacia ellos. De cerca su cara era todavía más inquietante de lo que había parecido. La tez era negra, la nariz aguileña y los pómulos prominentes; tenía los labios tensos en una expresión de desdén.

—¿Qué ofrecéis? —preguntó.

—Carne —contestó Jorgos.

—No me interesa.

—¿Tú qué quieres? —intervino Guido.

—Nepente —dijo el hombre—, pero lo quiero ahora mismo.

—¿Como este? —preguntó Guido a la vez que extraía de su bolsillo una bolita negra.

El hombre la miró con recelo, luego la cogió y con un gesto de la cabeza los invitó a subir a bordo.

Mientras el bote se deslizaba lentamente bajo los palafitos, Guido untó el nepente en una de las hojas que había guardado y se la tendió al hombre. Después de dos caladas este se transformó completamente. Sus facciones se distendieron, los pómulos se aflojaron, la mandíbula se relajó y la frente se ablandó.

—¿Sois nuevos aquí? —preguntó. También el tono de su voz era diferente. Era sereno, cálido.

—Sí.

—No parecéis gente de este círculo... —dijo el hombre, pero no había recelo en su voz—. Quizá yo tampoco lo parecía, cuando llegué aquí...

El bote salió del laberinto de palafitos y se abrió camino por un archipiélago de islotes cubierto por unas cuantas matas. Los condenados se arrastraban como sombras, empuñando cañas de bambú y redes.

—¿Qué hacen? —preguntó Guido.

—Pescan. Hay peces en esta agua, y no solo peces. ¿Queréis pescar? Si tenéis más nepente, os puedo llevar.

—No, gracias —dijo Alec.

El barquero asintió, expulsando una nube de humo blanco.

De repente se oyó un ruido en la ciénaga, un silbido y golpes de agua. De un grupo de árboles negros salió un hovercraft. El barquero detuvo el bote apoyando el remo contra una roca. Alec vio pasar el vehículo. No era como el del desfile, era más pequeño, parecido al que transportaba a los trabajadores en el Paraíso.

El hovercraft paró a menos de cinco metros del punto en el que se encontraban. Los motores soplaban el agua, levantando olas concéntricas que bambolearon el bote. El portalón trasero se abrió y aparecieron cinco guardias. Solo tres de ellos bajaron del vehículo y se apostaron en una roca. Un potente faro se encendió, proyectando un cono de luz blanca sobre los cuatro chicos y sobre el hombre.

—Acercaos e identificaos —dijo un guardia—, es una operación de control.

El barquero cogió el remo y lo acercó a un montículo de hierba que se elevaba de un conglomerado de rocas y fangos, hacia el que habían sido llevados por la corriente creada por el hovercraft. Ya iba a mover el bote cuando sintió que algo le asía la rodilla. Se volvió y vio el rostro de uno de los chicos.

—No te muevas —le dijo Alec en un susurro.

Alec se volvió hacia sus compañeros. Guido lo miraba sin saber qué hacer. Maureen estaba inmóvil detrás de él, mientras que Jorgos había desaparecido.

—¿Qué hacemos? —preguntó.

—No lo sé —le respondió Guido.

—Si nos cogen será nuestro fin.

—Podemos decir que nos han quitado el alma, que nos atacaron.

—Eso también supondría nuestro fin.

—¿Qué quieres hacer?

Alec le apretó la rodilla al barquero. El hombre miraba la luz blanca que lo deslumbraba, resaltando sus facciones grotescas.

—¿Qué profundidad tiene el agua? —le preguntó.

—Poca, pero no es segura.

—¿Qué quiere decir que no es segura?

El barquero abrió la boca, pero no dijo nada. Alec comprendió que el nepente estaba alcanzando todo su efecto y que pronto el hombre se caería dormido hacia atrás.

Los guardias subieron la escalerilla del hovercraft. El estruendo de los motores se redobló, el vehículo se elevó un metro sin cerrar el portalón y fue hacia ellos.

—Subid —ordenó uno de los guardias.

Ahora estaba justo delante de ellos. De un salto podían llegar fácilmente a su bote.

Antes de que Alec o Guido pudieran hacer algo, un guardia cogió a Maureen de los hombros y la hizo subir por la escalerilla del hovercraft.

Extrajo el detector del cinturón y lo acercó al pecho de Maureen, exactamente debajo del cuello. La pantalla se iluminó, proyectando una luz verdosa sobre su rostro.

—Maureen Whestler —dijo lentamente—, has sido condenada al tercer círculo, ¿por qué estas aquí?

—Son ellos —intervino otro guardia, con la mirada clavada en la embarcación.

—Maureen Whestler, ¿por qué estás aquí?

—Los hemos encontrado —añadió uno de ellos.

Guido se lanzó a la ciénaga sujetando a Alec por la cazadora y arrastrándolo consigo. El bote se volcó, creando unos segundos de confusión que Guido aprovechó para alejarse por el fango, agarrándose a rocas, ramas y raíces.

En ese instante, Jorgos salió del agua y de un salto llegó hasta la escalerilla del hovercraft. Empujó a dos guardias y los hizo caer a la ciénaga. Luego cogió a Maureen por la muñeca y con ella se hundió en el fango. Alec los vio y trató de seguirlos, pero entre él y Maureen estaban los guardias, dos de los cuales habían trepado a una roca, mientras que otro ya había vuelto al vehículo. Guido estaba lejos, pero igualmente intentó seguirlo.

—¡Quieto! —gritó un guardia.

Alec oyó que el ruido del hovercraft aumentaba de intensidad y vio que la luz del faro se alzaba sobre él. Se volvió un instante, mientras con la mano derecha ya había asido una rama que asomaba de una roca.

El vehículo estaba girando sobre sí mismo. El chico se encaramó con fuerza a la roca y echó a correr entre los árboles. Las raíces formaban una base de apoyo lo bastante sólida para que pudiera avanzar rápidamente.

El hovercraft bajó hasta su cabeza, aplastando las ramas muertas. Alec dobló a la izquierda, se lanzó y se hundió en una charca de agua. Chocó primero contra un tronco y luego dio con las rodillas en el fondo rocoso, pero permaneció inmóvil bajo el agua.

No pudo contener la respiración más de unos segundos, la carrera lo había dejado extenuado. Procuró salir lentamente a la superficie para no hacer ningún ruido. Sacó la cabeza hasta la boca y empezó a respirar profundamente. Abrió los ojos. La ciénaga estaba sumida en el silencio. Solo se oía el ruido del agua que le chorreaba del pelo. Se puso de pie. Por todas partes, a su alrededor, hasta donde alcanzaba la vista, solo había espejos de agua azules y negros, islotes de fango y rocas, y serpientes de niebla que se enroscaban en torno a los árboles muertos.

43

Alec cruzó la pradera sembrada de lápidas y se detuvo un momento al lado de una vieja construcción de piedra. «Estoy vivo —se dijo—. Estoy vivo.» Miró la camisa rasgada y manchada de sangre y barro. Luego la tumba de la que había salido. Un túnel iba por debajo de las murallas y desembocaba en el cementerio de las afueras de Dite. Ese era el pasadizo entre el quinto círculo y el sexto. Mientras se encaminaba hacia los rascacielos, Alec pensó en la vez que Beth había pintado ese dibujo en la pared de encima de los fogones. Le había parecido un sitio poco adecuado para dibujar lápidas, pero como siempre no le había dicho nada.

Su plan era encontrar un refugio dentro de Dite, buscar a Maj y luego tratar de regresar a la ciénaga, con la esperanza de que entretanto Maureen y Jorgos hubiesen logrado reunirse con Guido.

Después de que el bote volcase, Alec se había arrastrado por el fango sin saber hacia dónde se dirigía. Había visto desaparecer a Guido detrás de un islote, entre los árboles. Más tarde también había desaparecido el hovercraft. Había llegado a la orilla guiado por la luz de las murallas candentes de Dite. Allí la ciénaga terminaba bruscamente y la tierra era dura y seca. No había guardias en la parte alta de las murallas, sino grandes pájaros negros revoloteando entre las llamas y el humo. Había esperado todo el día y toda la noche, con la esperanza de encontrar a sus compañeros.

Lanzó un último vistazo al cementerio para asegurarse de que sabría encontrar el punto al que debía volver. No estaba dispuesto a dejar a sus amigos en la ciénaga. A cien metros se extendía la ciudad propiamente dicha. Los altos edificios se alzaban compactos. Lo que en un primer momento había tomado por una especie de arco de entrada eran en realidad dos edificios hundidos uno sobre el otro.

Cruzó un vertedero en el que había hierros de camiones enormes, de coches y hasta de dos hovercrafts cubiertos de hierba y musgo. Trepó por los hierros y por los vehículos oxidados. Oyó ruido de pasos raudos, y vio entonces a dos ratas inmensas entre los escombros. Pensó que se las habría podido comer, pero había perdido la mochila con todo el equipamiento: la cantimplora, los medicamentos, las telas, las cuerdas, todo se había hundido en la ciénaga. Tenía que encontrar la manera de fabricarse un arma lo antes posible.

Se encaramó a uno de los hovercrafts y desde allí pudo ver mejor la ciudad. Anchas avenidas definían un ordenado retículo.

Bajó del hovercraft y siguió por la pradera llena de desechos. Una vez en el arco triunfal, decidió bordearlo en lugar de cruzarlo. Se deslizó por entre las traviesas de cemento, recorrió un pasillo que horadaba el edificio, y descubrió, cuando saltó al otro lado, que estaba caminando por una de las paredes laterales caídas.

Aterrizó en el asfalto. Se hallaba dentro de la ciudad.

Una luz amarilla y artificial aclaraba apenas la calle, los muros de los edificios ennegrecidos por el humo y las cristaleras rotas.

Mientras bordeaba una hilera de escaparates que mostraban locales completamente vacíos, oyó de repente un ruido en uno de los edificios. Paró. Distinguió entonces claramente el sonido de un vidrio que se rompía, seguido de un crujido. Podía ser una rata o un chacal, o que el edificio se estuviera resquebrajando.

Pero también podía ser una persona.

Una sombra cruzó veloz y lo acometió una corriente. Alec se dirigió al centro de la calle, creía que allí podía estar más seguro, pero tuvo la impresión de que lo rodeaban.

En todas partes, ocultas entre las sombras y los hierros de coches, había sombras.

Se metió en una calle angosta, entre dos edificios altos de ladrillo. Pero antes se volvió un instante y vio a dos chicos. Uno llevaba un palo con decenas de trozos de cristal incrustados. El otro corría desmañadamente, como si fuese cojo, tenía la tez oscura y la barba descuidada, el pelo grasiento y la ropa manchada de ceniza y quemaduras. Alec se arrimó a la pared para que no lo viesen. Luego se introdujo en un escaparate y accedió a un patio interior, entre los muros de edificios que tenían un aire antiguo. Los cruzó corriendo y se coló por una ventana, arrepintiéndose enseguida, porque se encontró en un piso desierto. Tuvo que recorrer varias habitaciones y pasillos para dar con la salida en el lado opuesto y desembocar de nuevo en la calle. Oyó voces, eran masculinas, gritos roncos, las voces de quienes están estrechando el cerco alrededor de su presa.

Se volvió y vio a un muchacho gordo y alto que corría con una antorcha prendida en la mano, pero no parecía ir en su dirección.

Luego reparó en tres chicas en un puente de hierro, a menos de diez metros. La piel brillante y manchada de negro, las facciones duras, los cuerpos fibrosos con ropa que les cubría apenas la cintura y el pecho. No lo habían visto y tenían su atención puesta en otra cosa.

Alec vio a una criatura que al principio no reconoció. Su cuerpo era tan grande como el de cuatro hombres adultos, se asemejaba a un toro, pero era más musculoso y tenía un solo ojo en medio de la frente.

Entonces supo que era un minotauro. Pero algo no encajaba. Los minotauros estaban en el séptimo círculo, no en el sexto, no en Dite.

Dos chicas clavaron sendas lanzas en el costado de la fiera, que pareció no notarlo siquiera; entretanto el muchacho alto con la antorcha se había abalanzado sobre una de ellas, tirándola al suelo. Alec oyó un grito femenino mientras se alejaba corriendo.

Pasó al lado del muchacho alto, que ya se estaba incorporando. La chica seguía en el suelo, sangrando pero consciente. Alec intercambió con ella una mirada que duró solo una fracción de segundo, pero lo distrajo. Perdió el equilibrio y se cayó al suelo. Dos manos fuertes lo levantaron. Se volvió de golpe y descubrió que lo había recogido una de las guerreras a las que había visto antes. Se zafó y ella lo tiró al suelo. Alec cayó de espaldas y el golpe lo dejó sin respiración.

—¿Quién diablos eres? —le preguntó ella con una voz que parecía casi masculina.

Alec vio como detrás de ella el minotauro se desplomaba de costado. Alrededor de la fiera se habían reunido ocho chicas.

—¿Quién debo ser?

La guerrera estaba encima de él, como un depredador que espera dar el golpe final.

—¡Dime quién eres! —gritó otra vez—. No estás con ellos.

—No estoy con nadie.

La chica lo levantó por los bordes de la camisa, que se rasgó, descubriendo el pecho y la herida donde se había quitado el alma. Lo miró a los ojos, aquel rostro le resultaba familiar.

—¡Oye, Cloe, ven! —gritó alguien.

Ella se volvió ligeramente. Alec aprovechó para zafarse y se fue corriendo. Entró en otro edificio sin mirar atrás. Esta vez se encontraba en un enorme aparcamiento elevado. Cogió una rampa y empezó a subir, una planta, dos; entonces vio el cartel que señalaba las escaleras en una puerta, fue hasta allí a toda prisa y subió los escalones de tres en tres. Cuando llegó arriba se dio cuenta de que estaba atrapado. Corrió hasta la otra punta de la azotea, que para su suerte estaba casi pegada a un edificio más alto. Sin calcular el peligro, tomó carrerilla y saltó.

Cuando aún no se había levantado, otro cuerpo ya había aterrizado en el edificio a poca distancia de él. Alec echó a correr con la esperanza de localizar las escaleras. Necesitaba llegar a la planta baja. En la calle tendría más libertad de movimientos. Ese pensamiento, la esperanza de encontrar una vía de escape, lo distrajo.

Un cuerpo se abalanzó sobre él y lo tiró al suelo.

Alec casi no opuso resistencia. Consiguió volverse para mirarle la cara a su agresor. Era una chica, con la frente fruncida por la ira y el miedo; los dientes apretados le tensaban la piel manchada de las mejillas. Un chaleco de piel le ceñía el pecho, en el que había varios tatuajes negros. La chica se incorporó, le dio una patada en un costado con la bota y luego, mientras él se retorcía de dolor, le aplastó la cabeza contra el suelo con el otro pie. Su frente se estampó con violencia en el cemento y sintió el sabor de la sangre en la boca.

Con el rabillo del ojo observó a la chica, que había alzado una mano por encima de él. Vio el destello de la hoja de un cuchillo.

En ese instante la reconoció. Con un hilo de voz murmuró su nombre.

Los ojos de ella se encendieron. Maj estaba inmóvil, apuntando con el cristal al cuello de Alec.

Lo había visto mientras corría. Lo había seguido con la mirada, captando durante una fracción de segundo su imagen reflejada en los espejos rotos de los restos de una fuente. Era un mosaico hecho con teselas que cubrían lo que debió de ser la estatua de una mujer. Por eso la imagen del rostro del chico le había llegado en pequeños fragmentos, que sin embargo no le habían dejado ninguna duda.

A Alec le costaba reconocer aquel rostro. Tenía la piel más oscura de lo que recordaba. Parecía casi quemada en los pómulos y en la nariz. En el pelo le habían salido mechas rojas, las facciones resultaban más duras, tensas. Pese a todo, evidentemente era ella.

—Alec —dijo Maj.

No creía que volvería a pronunciar ese nombre, al menos mirándolo a los ojos. No creía que fuera a verlo de nuevo.

Maj estaba encima de él. Con la pierna izquierda doblada y pisando el antebrazo de Alec. En la mano derecha seguía empuñando el cuchillo. Apartó la pierna y bajó el brazo sin guardar el arma en la funda. No se lo podía creer, ni siquiera conseguía alegrarse.

Alec comprendió su reacción. Durante todos esos días había esperado ese momento, mientras que ella había tenido el mismo tiempo para perder toda esperanza.

Maj sintió que el rostro se le enrojecía. Guardó el cuchillo y le tendió una mano a Alec, que seguía inmóvil. Le rozó la muñeca. Alec notó enseguida un escalofrío y sonrió. Con los dedos ella le recorrió el brazo, entre los arañazos, los moretones y el barro. Su piel se había convertido en una página escrita que contaba la historia de aquel viaje.

La mano de Maj se detuvo a la altura del cuello, luego se deslizó por la pequeña cicatriz que se había formado en el pecho, en el punto donde se había quitado el alma.

Le daba miedo enloquecer, temía haber enloquecido ya, hasta el punto de dar cuerpo y consistencia a su sueño absurdo, a la esperanza que hasta ese momento no había admitido ni siquiera para sí misma: la de volver a verlo.

Le acarició la barbilla. Estaba manchada de sangre y polvo.

Los dedos de Maj se posaron en sus ojos, en su frente, en sus cabellos.

—¿Estás herida?

Maj meneó despacio la cabeza. Ahora la miraba Alec, sobreponía el cuerpo de la chica del Paraíso al de la guerrera que tenía delante. Tenía los músculos hinchados y tensos, los movimientos eran más rápidos y nerviosos, su cuerpo no olía a flores, sino a tierra y sangre.

Alec hizo ademán de ponerse de pie. Maj instintivamente se echó hacia atrás, como para parar un ataque. Él se quedó quieto.

—Solo quiero ver si sigo entero —dijo al darse cuenta de hasta qué punto el Infierno la había convertido en una fiera dispuesta a defenderse, pero también a atacar y a matar.

—Perdóname —contestó Maj y se levantó a su vez.

Alec aspiró, sintiendo un repentino pinchazo en las costillas. Expulsó despacio el aire y aspiró de nuevo, varias veces, hasta que el dolor menguó. Ahora que la veía allí de pie, comprendía quién era Maj: las botas, los pantalones cortos, el cinturón de cuero y la camiseta raída y abierta. Maj se había convertido en una amazona.

—¿Por qué estás aquí?

—He venido a rescatarte.

—¿Has venido… a rescatarme?

Alec asintió. Maj negó lentamente con la cabeza, incrédula.

—Hay un camino para salir de aquí.

—¿Para salir del Infierno?

—Por eso me he quitado el alma —dijo Alec, mientras se bajaba de nuevo la camisa y le enseñaba la herida del pecho.

—¿Cómo has conseguido…? ¿Cómo has llegado aquí? ¿Por qué te han condenado?

—Hay un camino para salir de aquí, te lo contaré todo, descubrí que mi padre era un arquitecto del Infierno, tengo un mapa que me ha permitido llegar hasta Dite, podemos irnos, podemos ser libres.

Maj escuchó esas palabras sin ser realmente capaz de comprender su significado. No podía creer que Alec hubiese ido a rescatarla para sacarla del Infierno. No era posible.

—Han pasado un montón de cosas desde la última vez que nos vimos —continuó él—, pero nunca he dejado de pensar en ti, por eso estoy aquí. Y no estoy solo, o sea, ahora sí, pero he atravesado todos los círculos con unos amigos, ahora creo que están en la ciénaga.

En ese momento ocurrió algo. En los días que había pasado en la red, Maj se había fabricado su nueva piel, una mezcla de dolor y de adrenalina. Aquella piel se había convertido en una gruesa coraza dentro de la que se había quedado la chica del Paraíso que había sido. Le parecía ver con claridad su viejo cuerpo agazapado en el interior de aquella armadura.

—Alec —dijo con un hilo de voz.

Él sonrió. Había intentado conservar el sonido de aquella voz junto con el recuerdo de su rostro, pero sus oídos estaban llenos de los gritos de dolor y de los lamentos de los condenados.

Dio un paso hacia ella, se acercó hasta que sintió el calor de su cuerpo. Esta vez Maj no retrocedió. Levantó despacio los brazos y Alec hizo lo propio. Sus manos se rozaron. Ella apretó los puños en torno a sus muñecas. Alec la abrazó y Maj se sintió a la vez vulnerable y protegida. Se apartó de él un instante solo para mirarlo a los ojos. Sus rostros casi se rozaron.

—¿Cuándo supiste que me habían condenado?

—En Europa, por televisión. Vi los reportajes en los que hablaban de ti.

—También mi padre está en el Infierno.

—Lo sé.

—He conocido a una chica, se llama Cloe, estoy viva gracias a ella, me llevó a la red.

—Eres una amazona.

—No, soy yo.

Alec se acercó para darle un beso y se detuvo a un centímetro de sus labios.

—¿Puedo besarte?

—¿Por qué me lo preguntas?

—No lo sé, ahora todo es diferente, ¿no?

—Puedes besarme también en el Infierno. Puedes besarme donde quieras.

Alec le rozó suavemente los labios temblorosos, sintiendo su aroma, olía a agua y a tierra. Luego la besó con más fuerza mientras la atraía hacia sí y oía los latidos acelerados de su corazón.

—Has venido a rescatarme —susurró Maj, como si sintiese la necesidad de repetírselo a sí misma.

44

En el palacio de la Oligarquía, Kronous había decidido seguir las operaciones por las pantallas de la realización. Vestía el uniforme oficial reservado a los oligarcas, una túnica broncínea y plateada sobre unos pantalones blancos, mientras que Marvin llevaba unos sencillos vaqueros y una sudadera roja.

El jefe de guardias estaba sentado al lado de uno de los realizadores.

—Ya casi estamos —dijo.

Kronous se volvió hacia él.

—¿Cómo conseguiréis mantenerlos dentro de Dite?

—Reforzaremos las posiciones de los guardias en las murallas de la ciudad.

—Bien. ¿Marvin?

Marvin estaba mirando la gran planicie que se extendía fuera del edificio.

Esa mañana había hablado con el jefe de guardias. El hombre le había dicho que doscientos kilómetros más al sur la tierra se extendía en una península que dividía dos mares y que llegaba casi hasta las costas del norte de África. Antaño había sido una tierra fértil y rica, luego la habían abandonado. La mayor parte de la población se había trasladado al norte, más allá de los Alpes, mientras que los primeros barrios del Paraíso se habían levantado solo en los numerosos archipiélagos que rodeaban la península.

—Ven a ver —le dijo Kronous.

Marvin apartó la vista del ventanal y se acercó hasta la pared de las pantallas, donde estaba su padre. El hombre lo observó con una sonrisa medida que parecía contener cierto orgullo.

—Te miro y me veo cuando tenía tu edad —le dijo poniéndole las manos en los hombros—. Tienes delante de ti una tierra que hay que construir entera, y una suerte enorme.

Tras decir eso se volvió hacia una pantalla en la que se veía una gran jaula de hierro con animales. Detrás se distinguían las murallas de cemento de uno de los círculos. En una pared, una luz roja empezó a parpadear y la jaula se abrió lentamente. El primer cerbero salió de un salto y enseguida levantó las tres cabezas, sacudiéndolas con fuerza. Una de las cabezas se aplacó y se inclinó hasta el suelo para beber agua de una cuba de hierro oxidado, mientras que las otras dos se volvieron hacia la jaula. Habían salido cuatro cerberos más. Las patas musculosas estaban recubiertas de un pelo corto e hirsuto marcado por numerosas cicatrices. Su paso lento tenía algo de humano y atroz.

—Llegarán a Dite por los conductos —explicó el jefe de guardias.

Kronous se acercó a la mesa donde, en un amplio monitor, estaba representada la sección del volcán. Decenas de líneas de colores se cruzaban, desvelando la estructura de los engranajes del cráter. El jefe de guardias señaló con un dedo una línea roja que llegaba desde las murallas exteriores de Dite hasta el corazón de la ciudad. El oligarca asintió complacido.

En las otras pantallas se veía que se estaban abriendo más jaulas. Marvin vio salir juntos a los minotauros, formando una manada compacta, tenía la impresión de sentir su aliento en las nubes de vapor que emitían por la nariz. Las arpías echaron a volar de manera desordenada, casi enseguida; todas menos dos, que cayeron desplomadas al suelo y desaparecieron del encuadre. Una se levantó cojeando mientras que la otra al parecer se quedó inmóvil. Por último, la atención de Marvin se centró en una criatura que todavía no había visto. Sobre un cuerpo de caballo se alzaba lo que parecía un tronco humano. Terminaba en una cabeza aplastada que tenía al mismo tiempo rasgos humanos y equinos.

—¿Qué es eso? —preguntó Marvin.

—Un centauro —respondió el jefe de guaridas—. Mitad caballo y mitad hombre.

—No lo había visto nunca.

—Son… nuevos, en cierto modo —dijo el jefe de guardias. Luego se dirigió al oligarca—. Señor, la escuadra que mandamos a la ciénaga ha vuelto.

En cuatro pantallas aparecieron las imágenes del pantano Estigia y el faro del hovercraft, que proyectaba un cono de luz delante de sí y que iluminaba las espaldas de dos chicos que luchaban por alejarse.

—Los han encontrado, pero no han podido cogerlos.

—¿Eso qué significa?

—Han escapado; según parece, eran cuatro, con ellos había una chica. A ella la identificaron, luego huyeron.

Kronous evaluó detenidamente esa información. Le habría gustado capturarlos antes de que llegasen a Dite. Pero, así las cosas, la ciudad infernal sería su tumba.

Miró la ciénaga. El cono de luz proyectado por el hovercraft se desplazaba y la cámara mostraba primero la panza del vehículo, luego a dos guardias que, tras caerse en el fango, subían por la escalerilla del portalón trasero. El vídeo se interrumpía bruscamente. Si los guardias hubiesen seguido rodando, habrían visto a un niño y a una chica que corrían resueltos, que saltaban entre las rocas, a dos chicos que se arrastraban por el fango en direcciones distintas.

Mientras que Alec había ido enseguida rumbo a la ciudad, Guido se había alejado hacia el lado opuesto, vagando durante horas por el fango. Ya no veía las murallas candentes, no tenía idea de cómo volver sobre sus pasos. Había visto unas barcas surcando silenciosamente el agua, guiadas por la luz de pequeñas linternas. Pero no se había fiado. Trataba de caminar por las rocas y por las raíces de los árboles, esperando que el calor de su cuerpo secase al menos un poco su ropa empapada. Pero no había muchos islotes y tenía que recorrer largos tramos por el agua, arrastrando los pies, que se le adherían al fondo fangoso.

Pensó que estaba enfermando. Sentía calor y luego frío, y escalofríos que le recorrían la espalda.

En la orilla, a un centenar de metros del punto en que se encontraba, aparecieron hogueras y grupos de condenados. Se oían sus gritos. Guido supuso que estaban haciendo trueques. No tenía nada que ofrecer, pero tampoco nada que perder.

Así, cambió de rumbo y fue hacia la orilla.

A medida que se acercaba, la escena le resultaba cada vez más clara. Había docenas de personas congregadas alrededor de la hoguera, en la que estaban quemando lo que seguramente eran chacales. El humo y el olor a quemado le dieron náuseas, lo cual no era una buena señal.

De pronto la tierra empezó a temblar. La superficie del agua se encrespó. Normalmente las sacudidas solo duraban unos segundos, sin embargo, esa vez parecía que no querían parar, es más, su intensidad aumentaba.

Los hombres de la orilla se habían quedado paralizados, todos miraban hacia un lado. La débil luz de las llamas no le permitía a Guido ver bien, pero aun así supo que algo se acercaba.

«Debe de ser un hovercraft —pensó—. Un hovercraft grande puede hacer temblar el suelo, aunque en ese caso ya tendrían que haberse visto sus luces.»

Entonces los hombres empezaron a gritar. Vio dos o tres cadáveres en el suelo, volaban cuerpos sobre las llamas o eran lanzados al agua por una fuerza sobrehumana, como si un tornado se hubiese abatido sobre la costa. Los gritos desgarradores se dispersaban en la ciénaga, mientras más hombres caían, alguno corría pero luego paraba de golpe, y uno se acuclilló en el suelo con la cara tapada al tiempo que una sombra lo acometía, destrozándole el cuerpo.

Guido se quedó inmóvil, se agarró a una rama que asomaba de una roca y trató de apoyarse en un tronco, tenía que descansar un momento la espalda y las piernas. Mientras tanto, en la orilla continuaba la masacre. Se preguntó qué clase de animales eran, no parecían cerberos ni minotauros, y eso que en esos años él había visto todo tipo de criaturas. Las fieras no respetaban los límites de los círculos, por eso era frecuente encontrarse a esos animales en el Limbo.

Sin embargo, a estos no los había visto nunca.

Esperó inmóvil casi una hora, hasta que en la ciénaga se hizo de nuevo el silencio. Quería estar seguro de que se habían marchado. Entre los cuerpos tendidos en el suelo todavía ardían las hogueras y Guido entrevió carne abandonada sobre una roca al lado del fuego. En el Infierno había visto muertos de todo tipo, pero nunca había presenciado una matanza semejante. Conforme se acercaba, los cadáveres se multiplicaban, algunos habían sido arrojados al agua y flotaban con la cabeza hundida, había pedazos de carne por todas partes, si bien era imposible distinguir los jirones de los chacales de los miembros espantosamente mutilados por las sombras monstruosas.

Guido llegó por fin a la orilla y avanzó hasta el punto en que la tierra era seca, negra y fina. Se acercó a una hoguera. Se quedaría allí solo lo que tardara en secársele la ropa. Luego se marcharía. Debía entrar en Dite, debía encontrar la manera de hacerlo, pero Alec era el único que tenía el mapa.

Ante las llamas Guido comenzó a recobrar la lucidez. Era fuerte, estaba vivo, había sobrevivido solo muchos años. Ahora volvía a estar solo, no había cambiado nada. Se sentó en una roca y empezó a sentir hambre, al lado de las brasas había un pedazo de carne que humeaba. Se inclinó para ver si estaba en buen estado, y solo cuando la tocó con la mano se percató de que no se trataba de un chacal, sino de un brazo humano. Contuvo una arcada y se puso de pie de un salto. Tenía que irse de aquel lugar maldito, tenía que encontrar otro refugio. Podía llevarse una rama encendida para hacer una hoguera en otro sitio, pero cuando se disponía a cogerla advirtió que dos ojos rojos lo estaban mirando. Una de aquellas fieras estaba agazapada, inmóvil delante de él, devorando el estómago de un hombre. Guido podía ver claramente a un lado las piernas y al otro el tronco, que se movía cada vez que el animal apretaba la mandíbula. La cabeza de la fiera tenía rasgos humanos, a pesar de su piel negra y brillante, y a que el cuello estaba directamente unido a un tronco que terminaba en un cuerpo de caballo. El animal se puso de pie y le cortó el paso.

Guido apenas tuvo tiempo de ver que los grandes ojos rojos se abalanzaban hacia él. Luego cayó al suelo embestido por una fuerza sobrehumana. Su mente supo que había llegado el fin y corrió por última vez fuera del volcán, lejos del Infierno, hasta Europa. Pero chocó con el delito que había cometido y que nunca había confesado.

El rostro exangüe de su hermano tendido sobre la oxidada grúa amarilla del puerto le llenó los ojos.

—Perdóname —dijo con un hilo de voz.

Después ya no sintió nada.

Maureen y Jorgos no se hallaban lejos, pero habían caminado en la dirección opuesta, con lo que enseguida alcanzaron tierra firme, y habían invertido el rumbo tras comprobar que no había rastro de Guido ni de Alec.

Ahora avanzaban por la llanura quemada que rodeaba las murallas de Dite. La tierra estaba negra y seca, y humeaba en varios puntos, como si el fuego ardiese justo debajo de sus pies.

Jorgos parecía extrañamente tranquilo. No le importaba haber perdido las mochilas y los equipamientos, tampoco haber perdido la pista de dos compañeros de viaje. Caminaba con seguridad, unos metros por delante de ella. En cambio, Maureen temblaba de frío y de miedo.

—Para, espérame un momento.

Jorgos se detuvo. Maureen observó sus ojos negros, aquella cara de niño en la que de vez en cuando aparecían expresiones adultas o raras muecas animales.

—¿Qué hacemos si no los encontramos?

—Vamos a Dite, no podemos pasar aquí la noche.

Jorgos alzó la cabeza y luego estiró los labios con los dientes apretados, mientras aspiraba ruidosamente el aire por la boca.

—¿Qué pasa?

—Hay animales, muchos animales.

Maureen miró alrededor, pero no vio nada. Detrás de ella, la ciénaga parecía un gran lago negro, mientras las llamas de las murallas de Dite proyectaban luces anaranjadas encima de ellos. Tuvo la sensación de sentir un temblor en la tierra, como la vibración que precede la sacudida de un terremoto.

—¿Qué está pasando? —le preguntó.

—Tenemos que darnos prisa —contestó Jorgos a la vez que se ponía de nuevo en camino—. Pero debes dejar de tener miedo.

—Lo haría con mucho gusto si supiese cómo.

Jorgos apenas asintió. A veces Maureen tenía la impresión de que él debía traducir sus palabras para que ella le comprendiera.

—El miedo atrae a los animales —dijo lentamente.

Jorgos olfateó de nuevo el aire y luego aguzó la vista en la oscuridad. Debía de haber notado algo.

—Tenemos que intercambiarnos la ropa —le dijo.

—¿Qué?

—Tenemos que intercambiarnos la ropa.

Sin vacilar más, Jorgos se quitó la camiseta y se la tendió a Maureen. Ella la miró.

—Tapará tu olor, las arpías nos dejarán en paz —explicó Jorgos.

Maureen se quitó la camiseta y se la tendió a Jorgos, que se la puso rápidamente. Ella hizo lo mismo. La ropa de Jorgos tenía el olor del prado, de la tierra y del agua. Y Maureen supo por primera vez en su vida qué significaba no tener miedo.

45

Alec y Maj abandonaron el edificio en el que se encontraban. Decidieron hablar más tarde, en un lugar seguro, y Maj le confirmó que el rascacielos de las amazonas era completamente seguro. Maj se movía con aplomo por las calles de Dite, avanzaba con soltura entre ruinas, hierros de coches y patios ruinosos. En media hora llegaron a la base del rascacielos. Subieron las escaleras que conducían al tejado bajo las miradas curiosas de las otras amazonas.

Cloe salió a su encuentro antes de que llegaran a la última planta.

—¡Maj! ¡Estás aquí! —exclamó y le echó los brazos al cuello.

—Me he retrasado, perdona, pero es que…

Maj se volvió hacia Alec, que estaba unos escalones más abajo. Cloe lo miró y Alec reconoció a la chica que poco antes lo había tirado al suelo.

—Hola —lo saludó Cloe.

—Gracias —contestó Alec.

Ella lo miró asombrada. Luego cruzó una mirada con Maj y comprendió que debía de haberle contado algo sobre ellas.

—La reina te está esperando —dijo Cloe.

Maj asintió.

Cloe subió con ambos los últimos tramos de escaleras. Se volvió dos veces para mirar al chico del que le había hablado Maj y al que esta no quitaba ojo. Parecía temer que pudiese desaparecer de repente.

En la azotea las amazonas estaban desollando al minotauro al lado del fuego. Sentada en un rincón, sobre un camastro hecho de telas y paja, estaba la reina, rodeada de unas cuantas chicas. Maj se acercó primero, la barriga de la reina parecía haber crecido en esos días. Se preguntó cómo iba a dar a luz en aquel lugar, cómo se podía pensar en tener un bebé en la azotea de un rascacielos destruido, en medio de una metrópoli abandonada, repleta de bandas y fieras infernales.

—Hola, Maj —dijo la reina—. ¿Has traído a Alec?

A él le sorprendió oír su nombre pronunciado por una de aquellas guerreras.

—Te esperábamos —añadió la reina—. No me imaginaba que la misma Maj te encontraría.

—¿Me esperabais?

Las amazonas sentadas al lado de la reina intercambiaron una mirada que Alec no comprendió.

—Sinceramente, no creía que pudieras llegar hasta el final, pero suponía que tenías el mapa, ¿estoy en lo cierto?

Alec la miró incrédulo. Ella hizo un gesto a una de las compañeras que estaba a su lado. Esta extrajo de una mochila una vieja cámara y la apuntó hacia Alec.

—¿Qué estáis haciendo? —preguntó él, empezando a sentir un extraño nerviosismo.

—Lo filmamos todo. Tenemos poca cinta, pero será suficiente.

Maj miró el puntito rojo y rememoró el día en que fue recibida entre las amazonas, y también las palabras de la reina: «El mundo se quedará mirando a la chica del Paraíso que se ha rebelado contra la Oligarquía».

—Conocía a tu padre —dijo la reina.

Alec guardó silencio. La chica que operaba la cámara había dejado de filmar.

—Yo no sé nada de mi padre, murió antes de que pudiese contarme quién era.

La reina sonrió tristemente, como si ya conociese esa historia.

—¿Qué sabes de él? —le preguntó Alec.

—Lo que saben todas —le contestó ella mientras se ponía de pie con la ayuda de dos chicas—. Empezó pronto a trabajar en el Infierno, era solo un obrero, hasta que se dieron cuenta de su habilidad, comprendieron que tenía una mente genial, le encargaron planos y proyectos, y se convirtió en arquitecto. Eso ocurrió hace muchos años. Como arquitecto conoció mejor el Infierno, se introdujo en los círculos, tenía que estudiar el territorio, tenía que averiguar dónde podían construirse las máquinas infernales. Empezó a conocer a los condenados, no tenía miedo, sabía cómo moverse, se desplazaba por los engranajes subterráneos que él mismo había construido. Así fue como la conoció a ella.

La reina calló y miró a Alec. Sus ojos eran brillantes y profundos, las cejas ligeramente arqueadas le daban una expresión triste que contrastaba con su seguridad, con la fuerza que emanaba de su cuerpo. Alec olió el aire y sintió el olor de la ceniza, pero también otro distinto, animal. Durante un instante se distrajo buscando más allá de la azotea del rascacielos el origen de aquel olor, pero solamente vio más rascacielos. En las escasas cubiertas de cristal todavía intactas se reflejaban las nubes rojas y negras que se enroscaban sobre sus cabezas.

—A ella la habían mandado al Infierno por el asesinato de un hombre, de un guardia, y por eso terminó en Dite. Solo tenía dieciséis años. La encontró en los callejones, hacía poco que había bajado del hovercraft, no sabía adónde ir y varios condenados ya le habían echado el ojo. Él la salvó y la llevó a un subterráneo, después la trajo aquí, conocía la red, sabía que aquí la protegerían. Desde aquel día empezó a venir siempre, conoció a las amazonas, también descubrió que había otras bandas en Dite, y no todas eran infames; existía un grupo, y aún existe, que se hace llamar anarquista. Está formado en su mayoría por hombres, pero también hay alguna mujer, son presos políticos, inocentes, gente que se ha rebelado contra la Oligarquía, que se ha arrancado el alma, que ha escapado de los controles o que ha tratado de colonizar las tierras libres al sur de los Alpes.

Alec escuchaba aquella historia que llegaba mucho más lejos de lo que le había contado Marcus. En la azotea, entretanto, estaba oscureciendo, parecía petróleo que caía despacio del cielo, escondiendo el paisaje de alrededor. Alec oyó el chisporroteo del fuego que tenía detrás y percibió el olor de la carne asada. Luego le llegó de nuevo un olor distinto, parecía que tenía una temperatura propia, baja, era una mezcla de desinfectante y sangre.

—Dibujó el mapa para ellos —prosiguió la reina—, para que los condenados pudieran desplazarse secretamente por los conductos, para que pudieran moverse por los otros círculos. Pero ya había comprendido qué era el Infierno, para qué había sido construido, y descubrió aquello en lo que creería siempre, hasta su muerte. No puede haber felicidad donde hay miedo, pero donde no existe miedo tampoco existe poder. Siguió trabajando para la Oligarquía, aunque a escondidas ayudaba a los rebeldes, a los anarquistas y a las amazonas. Y, mientras tanto, la seguía viendo a ella, a la chica de la que se había enamorado.

La reina se interrumpió y parpadeó, con una expresión de dolor. Se llevó las manos a la barriga como para sujetarla, y luego se acercó despacio al fuego, pasando entre Alec y Maj.

—Quería llevársela de aquí, quería llevarla a Europa, pero ella se negó aunque lo amaba, lo amaba con todo su ser. Se quedó embarazada y aquí, en esta misma azotea, dio a luz a su niño.

Entonces la reina calló y los ojos se le llenaron de lágrimas. Maj vio ese llanto y lo reconoció, sintió el mismo estremecimiento que debía de sentir ella en ese momento, mientras empezaba a comprender, mientras toda la historia que había contado comenzaba a cobrar un sentido muy concreto.

—El nacimiento del niño la hizo cambiar de opinión, no quería criarlo en el Infierno. Él la llevó a Europa, pero siguió apoyando secretamente la rebelión. Hasta que lo descubrieron y lo asesinaron. Sin embargo, mientras tanto, ese niño se hizo mayor, y todas nosotras sabíamos que algún día vendría.

En la azotea se hizo el silencio. El aire se movía, parecía una enorme masa de agua que se balancea lentamente. En la oscuridad Alec vio los ríos de lava, las cumbres nevadas, las murallas candentes de Dite y los rostros de las amazonas alrededor del fuego. Lo observaban.

—Porque ella era tu madre, y ese niño eras tú.

46

Maj y Alec estaban bajando a la piscina subterránea. Ella empuñaba una antorcha.

Las amazonas le habían dado a Alec algo de comer, además de una infusión caliente que enseguida lo reconfortó. Su intención era salir inmediatamente en busca de Guido, Jorgos y Maureen a la ciénaga, pero la reina le había dicho que era demasiado peligroso atravesar la ciudad de noche. Mandaría que lo acompañaran hasta el cementerio a la mañana siguiente. Ahora necesitaba lavarse las heridas y la ropa.

Maj lo condujo hacia la puerta del sótano, la única que daba acceso a las escaleras por las que se bajaba a la enorme sala envuelta en vapor. Tres amazonas la vigilaban. La luz de la antorcha alumbró las gradas de piedra mojada y la pasarela que cruzaba la habitación por las imponentes columnas de piedra.

Pararon en el centro, donde había una alberca ancha y redonda.

Maj dejó la antorcha en una hendidura de la pared. La luz alumbró las columnas amarillas y el agua, de la que brotaba el vapor. Alec se sintió envuelto por un calor distinto, no era el fuego infernal, no olía a ceniza, sino a plantas y a resina.

Maj lo miró. La luz de la llama proyectaba destellos anaranjados sobre su piel, marcada por los arañazos y manchada de barro. Sin decir nada le desabrochó los tres únicos botones que le quedaban en la camisa, se la quitó y la dejó caer al suelo. Puso las palmas sobre su pecho; la piel se estremeció. Pasó con delicadeza los dedos por la cicatriz de debajo del cuello y los bajó hasta encontrar una larga herida que le surcaba el tronco de un lado a otro, parecía el arañazo de una garra. Desplazó los dedos por las costillas y por la barriga dura. Era la misma persona, el mismo cuerpo del que se había enamorado, y, sin embargo, tenía la impresión de que tenía que conocerlo de nuevo.

Era un hijo del Infierno.

Alec le quitó la camiseta. Miró el pecho y la cintura estrecha y recordó la primera vez que la había visto mientras nadaba en la piscina y el día en que había llegado al claro del río, en el barrio de los trabajadores; su piel arañada parecía contar el principio de una historia.

Maj se apoyó en él, y en el contacto de los dos cuerpos sintieron que sus heridas se rozaban, se convertían en un único dolor. Alec le deslizó las manos desde los hombros hasta la espalda sin dejar de leer su cuerpo. Maj nunca había mirado a nadie a los ojos de esa manera, nunca había tratado de satisfacer su mirada, de perderse y de reflejarse en las pupilas de un chico.

Se apartó de él para quitarse las botas con un gesto extraño, torpe. Se agachó para desatarse los largos cordones. Se quedaron descalzos sobre la piedra mojada. Él le quitó los pantalones y ella hizo lo propio, y bajaron juntos el primer escalón de la alberca. Se hallaban el uno frente al otro, como habían estado hacía semanas en el río que atravesaba la frontera entre el barrio de los trabajadores y el Paraíso. Allí se habían dado el primer beso. Ahora esa frontera ya no existía.

El agua estaba hirviendo y el calor les penetró enseguida en los huesos. Maj iba delante y él vio cómo la luz roja de la llama coloreaba su perfil, las piernas, el trasero, la curva del costado y los hombros. La siguió observando mientras ella se volvía y le dirigía una sonrisa en la que las emociones eran mucho más intensas que el bochorno. Nunca había estado desnuda delante de un chico. Nunca había visto el cuerpo desnudo de un chico.

Alec bajó más escalones a la vez que ella se sumergía hasta el cuello. Él introdujo en el agua primero las manos y luego todo el tronco. El agua caliente parecía que le cortaba la piel y quemaba en las heridas más recientes. Arrugó la frente para soportar aquel dolor, que pasó rápidamente. Luego se deslizó por el agua hasta que llegó a su lado. Solo los rostros afloraban en medio del vapor, mientras las manos ya se habían encontrado bajo el agua y se estrechaban secretamente.

—No sabía cómo iba a ser —dijo Alec—, cómo íbamos a encontrarnos.

—¿Sabías que nos íbamos a encontrar?

—No, pero me imaginaba nuestro encuentro. Aunque nunca he pensado en lo que te diría.

—No hace falta decir nada, has venido al Infierno, me has encontrado, las palabras ya son innecesarias.

—Yo nunca he hablado de lo que siento, de lo que pienso.

—Yo tampoco.

—Es que no sé hablar bien, me da miedo meter la pata.

—Pues no digas nada.

—Pero me gustaría decir algo.

Ella le apretó las manos con más fuerza, mientras sus ojos se volvían brillantes, pero eso él no podía verlo. Maj se le acercó hasta rozarle los labios.

—Entonces di cualquier cosa —susurró—. No me daré cuenta de que metes la pata, yo también la meto.

Alec sintió que esas palabras vibraban en sus labios. El rostro de ella le pareció suspendido en medio del vapor.

—Creo que te amo, creo que estoy vivo por eso. —Alec se detuvo y observó el efecto que aquellas palabras habían tenido en Maj—. Creo que he llegado hasta aquí por eso, y además he pensado en ti muchísimo; los pensamientos estaban escondidos, no los manifestaba, pero tú estabas siempre en ellos.

Maj sonrió, aunque Alec se dio cuenta de que estaba llorando.

—Pensé que si te encontraba, si conseguía huir contigo, no volvería a Europa; quiero una tierra libre, creo que existe. Luego pensé que si no te encontraba te habría seguido buscando, y que, si hubieses muerto, habría muerto contigo.

La llama de la antorcha chisporroteó, aumentando la intensidad durante unos segundos antes de menguar de nuevo, pero los ojos ya se habían acostumbrado a la oscuridad. Maj se deslizó hacia atrás y tiró a Alec de la mano. Sintió que la rozaba suavemente con su cuerpo en el contacto delicado del agua. Ella reclinó la cabeza y Alec le besó el cuello, el pecho, que se enarcaba a ras del agua, mientras con las manos le sujetaba la espalda, sintiendo a la vez la fragilidad de un cuerpo grácil y la fuerza que había nacido en ella en esos días.

Le besó el pecho, la barriga, las caderas, sintió sus estremecimientos y su respiración profunda, que apartaba el vapor que los rodeaba.

Maj se volvió lentamente, restregando su espalda contra el pecho de Alec, hasta acabar envuelta en su abrazo. Él le besó la espalda, mientras con sus manos le rozaba primero la barriga y luego el pecho.

—Te he deseado en todo momento —dijo Alec ciñéndole los hombros y haciendo que se volviera hacia él.

El agua era poco profunda, por lo que Alec se sentó en el fondo, con la espalda apoyada contra la base de la columna que llegaba al suelo. Maj se sentó encima de él, su cabeza y su pecho quedaban fuera del agua, iluminados por la luz cada vez más débil de la antorcha. Él sintió que se soltaban los nudos que se había atado por dentro para llegar hasta allí, para seguir creyendo que tenía un camino por delante. No podía saber que su viaje era en realidad un regreso, no podía imaginarse que al atravesar el océano y la selva oscura, al descender a los círculos infernales, sencillamente volvía a casa, al lugar donde había nacido.

Maj lo besó. Alec la atrajo hacia sí, estrechó su espalda y deslizó las manos hacia abajo, hasta el trasero. Luego la antorcha se apagó del todo, encendiendo sus sentidos, los ojos heridos de su piel. Y Alec supo que en ese lugar, donde había nacido, ahora estaba naciendo por segunda vez.

47

Ya era noche cerrada cuando regresaron a la cumbre del rascacielos, dejando atrás a las amazonas adormecidas que vigilaban las últimas plantas. Se sentaron cerca del gran brasero, se habían puesto la ropa mojada para secarla con las llamas del fuego. Había pequeños grupos de amazonas diseminados por la azotea, hablaban entre ellas en voz baja, mientras que a lo largo del perímetro estaban solo las centinelas, pendientes de cualquier movimiento en los edificios colindantes.

Una chica se les acercó para ofrecerles dos cuencos con un líquido caliente que olía a carne y hierbas. Alec le dio un sorbo a aquel brebaje. En esos días solo había comido carne asada, además de las raciones de las pocas cajas de comida que habían intercambiado. Aquel líquido le recordaba al caldo que hacía su madre, cuando su padre estaba todavía vivo y el aroma de la carne cocida llenaba toda la casa.

Miró a Maj, a su lado, sintiendo paz en su interior. Estaba en el Infierno, pero se encontraba con la persona a la que amaba.

—¿Viste u oíste algo sobre mi padre antes de que te detuviesen?

Alec se esperaba esa pregunta.

—Sí.

En el rostro de Maj podían leerse el deseo y el miedo de saber. Alec pensó en los reportajes que habían emitido, se había preguntado qué había de cierto en las acusaciones contra Anton Shobert, pero la noticia había coincidido con la de la detención de Maj.

—Lo juzgaron —dijo Alec—, dijeron que había vendido almas para salir del Infierno, que había recibido apoyo de las bandas criminales de Europa, ofreciendo la libertad a los condenados del séptimo círculo.

—¿Tú qué piensas?

—No lo sé, creo que han querido enredarlo, hacer con él un sacrificio necesario para borrar las acusaciones de corrupción contra la Oligarquía.

Maj recordó la conversación que había escuchado a escondidas desde el otro lado de la puerta del despacho de su padre. Habían dicho que hacía falta un sacrificio.

La reina se acercó y le puso las manos en los hombros. Maj reparó en que ahora con Cloe y Liz había otras chicas mirándola.

Pensó que en las plantas inferiores había más amazonas fabricando armas, limando los cristales de los rascacielos. Algunas estarían con los uniformes de los condenados, cortándolos y remendándolos para hacer más pantalones, cinturones o camisetas. Otras quizá estuvieran durmiendo y otras no podrían dormir. Y algunas también habían perdido un ser querido, una amiga, un pariente, igual que ella. En ese momento la desesperación que había experimentado empezó a fluir por su cuerpo en sentido inverso, como un río que sube una montaña con la violencia de una cascada.

No estaba sola.

Era un nudo de la red.

Y podía emplear esa misma energía que ahora ella no era capaz de desprender. Podía emplear la serenidad, la ira, la concentración, la calidez del resto de las amazonas.

Formaba parte de la red. Era una amazona, una guerrera.

Sintió que su piel se transformaba de nuevo en la armadura que se había fabricado en esos días. Alzó la cabeza y miró a la reina. Esta se sentó en medio de ellos, cruzando una mirada con Alec.

—¿Cómo has llegado aquí? —preguntó Maj, recuperando vigor en la voz.

—Hay un libro, un antiguo libro, que describe el Infierno. Mi padre tenía un ejemplar.

—*La divina comedia* —dijo Maj recordando el volumen que su padre le había enseñado en el despacho.

Parecía que había pasado toda una vida, pero recordaba perfectamente sus palabras cuando ella le preguntó qué era. «Es el origen de todo —le respondió—. Es el motivo por el que estamos aquí. Por qué hay un Infierno y un Paraíso.»

—¿Cómo es que lo conoces? —le preguntó Alec.

—Lo conocía mi padre.

Alec le contó lo que sabía del libro, del mapa que su padre había dibujado, de sus relatos, cuando él y Beth eran niños.

—Podremos salir de aquí. Daremos con el pasadizo. Pero antes tengo que encontrar a mis amigos.

La reina lo observó mientras su mente volvía al pasado. Nadie se había quitado jamás el alma, todas las amazonas la conservaban, para tener comida, para utilizar las máquinas infernales, con la esperanza de cumplir algún día la condena. Quitarse el alma significaba renunciar a todo eso y contar con una sola posibilidad, la de encontrar la salida del Infierno. Sin embargo, incluso una vez fuera, sin alma no se podía regresar a Europa.

De repente Alec vio el pasadizo. El ramal del río en la llanura, al otro lado de los últimos edificios, parecía una escalera azul que iba de un rascacielos a otro. Más allá de la llanura estaban las murallas de Dite.

Se levantó y se acercó al borde de la azotea. El río describía cinco curvas. En el centro del dibujo se entreveía una roca: allí debía de estar la gruta, pensó Alec. Luego se volvió hacia Maj y la reina, que lo estaban observando. Tuvo la sensación de retroceder en los años, ya no era Alec, sino su padre, la reina era otra y Maj era una joven amazona de la que su padre se había enamorado. Imaginó que se volvía hacia la ciudad, con el libro de *La divina comedia* entre las manos y un lápiz para reproducir lo que veía, para dejar un rastro de aquel camino que los llevaría a él, a su mujer y al hijo que esta llevaba en el regazo a otro mundo.

Alec se despertó con las primeras luces del alba. Había oído voces agitadas, ruidos que llegaban de las plantas inferiores. Miró alrededor y vio a las centinelas en el perímetro de la azotea. Vigilaban las escaleras de hierro que desembocaban en la azotea, donde acababan de aparecer tres personas: una chica de pelo rizado, un hombre herido tumbado en una camilla y un niño con el pecho desnudo.

—¡Guido! —gritó Alec a su amigo, que estaba casi sin sentido.

Tenía la ropa cubierta de sangre, y con jirones de tela le habían tapado las heridas más profundas y lo habían atado a los bordes de la camilla. Guido no respondió, tenía los ojos cerrados, movía despacio la cabeza de un lado a otro.

Alec miró a Maureen, le pareció más frágil, más indefensa. La abrazó con fuerza, percibiendo un olor distinto. Detrás de ella, se cruzó con la mirada de Jorgos, y supo que estaban vivos solo gracias a él.

—¿Qué ha pasado? —preguntó Alec.

Maj, entretanto, se había levantado y se les había acercado. Cruzó una mirada con Maureen, mientras Jorgos hablaba con la reina.

—Alec —dijo Guido con un hilo de voz.

Alec se arrodilló a su lado. Dos amazonas llevaron trapos mojados y cuencos de agua. Le quitaron la ropa y comenzaron a lavarle las heridas.

—Guido, ¿qué te ha pasado?

Guido no podía responder. Alec se volvió hacia Jorgos, que estaba olfateando el aire y giraba sobre sí mismo con los brazos estirados. La reina, a su lado, miraba a lo lejos.

La tierra tembló mientras empezaban a caer gotas de lluvia negras. Alec se levantó y observó el volcán. Los ríos de lava parecían más anchos y rojos, estelas de fuego que cortaban la cima oscura de la montaña. Los rayos que desgarraban las nubes iluminaban enormes bandadas de criaturas aladas que Alec en un primer momento tomó por nubes negras, antes de ver una de aquellas fieras con las alas desplegadas, el cuerpo ancho y la horrenda cara humana. Gritos bestiales resonaban dentro del cráter, a la vez que manadas de animales bajaban como un alud de las cumbres más cercanas a las murallas de Dite, cayendo ya en la ciénaga, ya en la tierra negra que rodeaba el promontorio en el que se alzaba la ciudad.

Todas las amazonas tenían la mirada clavada en el volcán. Seguían la luz de los rayos que cortaba la oscuridad, mostrando lo que estaba ocurriendo: el Infierno se estaba abalanzando sobre Dite.

48

Guido se despertó sin saber dónde estaba ni cuántos días habían pasado. Miró alrededor, se hallaba en una sala enorme. Había varias amazonas, las reconoció. Ninguna de ellas le prestaba atención porque había también chicas heridas, vio jirones de ropa manchada de sangre y oyó lamentos, un grito; por último, voces que no tenían nada de humano pero que parecían llegar de lejos. Más allá de la sala entrevió el humo negro que ascendía de los edificios derruidos.

Habían pasado tres días desde que Jorgos y Maureen lo encontraran moribundo en la orilla de la ciénaga. Entretanto Dite había cambiado. Cada día nuevas manadas de fieras se abalanzaban sobre la ciudad. Las primeras en llegar fueron las arpías. Se posaron en las murallas, tantas que llegaron a formar una larga cornisa negra que sobrepasaba las torres, luego se precipitaron sobre la ciudad en grandes bandadas que surcaban volando las avenidas, se abatían sobre las plazas o trepaban por los huecos de las escaleras de los edificios. En cambio, de la ciénaga llegaron los cerberos, centenares de ellos atestaron las calles, que ahora estaban llenas de cadáveres de condenados. Los minotauros y los centauros llegaron después, eran menos agresivos, su instinto era menos imprevisible que el de los perros de tres cabezas. Solían quedarse en las afueras de la ciudad, en las praderas que se extendían más allá de los últimos edificios. Y se movían en manadas compactas, lo que hacía más fácil verlos. Muchos condenados ya habían muerto y se contaban algunas víctimas también entre las amazonas.

Guido trató de levantarse, pero sintió un repentino pinchazo en los abdominales, que tenía fuertemente vendados. Las imágenes del ataque reaparecieron lentamente entre sus recuerdos. La cabeza del centauro avanzando hacia él, los grandes ojos rojos y luego el tremendo impacto con su cuerpo. Tuvo la sensación de revivirlo una segunda vez. Sintió calor, se dio cuenta de que estaba sudado, la frente le ardía.

Cerró los ojos. Cuando los reabrió, había pasado un rato. No sabía decir cuánto, pero ahora, sentado a su lado, estaba Alec junto a una chica preciosa, una amazona de rostro angelical. Parecía que estaban velando su sueño.

—Está despierto —dijo ella.

—Eh, Guido. ¿Me oyes? —preguntó Alec.

Guido sintió un pinchazo en la cabeza, no conseguía responder. Seguía oyendo los lamentos de otras personas, pese a que ahora no podía verlas. Maureen se acercó. Desde que habían llegado al rascacielos, lo había cuidado día y noche.

—¿Cómo está?

—No habla —contestó Alec—, pero nos ve.

Guido distinguió detrás de ellos las antorchas que iluminaban a dos chicas tumbadas en el suelo. Luego cerró de nuevo los ojos.

—¿Tú cómo estás? —le preguntó Alec a Maureen.

—Bien.

Él no la creyó. Había adelgazado mucho desde su llegada al Infierno, estaba pálida y su mirada parecía haber perdido la intensidad que había tenido siempre.

En ese instante la tierra tembló. La sacudida duró casi un minuto.

Ocurría cada vez más a menudo. Las sacudidas del terremoto no daban tregua. En las calles resonaban el tenebroso chirrido de las columnas de hormigón y el tintineo de los cristales que se quebraban en el suelo.

—¿Qué está pasando? —preguntó Guido con un hilo de voz.

Alec se volvió hacia él.

—¿Cómo te sientes?

—Medio muerto. Pero vivo.

Alec sonrió.

En ese momento llegaron Cloe y Jorgos.

—El terremoto ha hecho huir a los animales. Las calles están despejadas. Lo mejor que podemos hacer es marcharnos ahora mismo.

El grupo se puso en marcha. Maureen se quedó ayudando a Guido, que parecía encontrarse mejor pero necesitaba beber y comer para reponer fuerzas. Bajaron las escaleras del rascacielos y cruzaron las barricadas que rodeaban la planta baja del edificio. Los cadáveres de los minotauros y de las arpías ocupaban las calles junto con los cuerpos de los condenados: docenas de hombres, mujeres y chicos que no habían encontrado un refugio seguro. En Dite, a lo largo de los años, solo las amazonas y los anarquistas habían construido bases seguras en las que protegerse, y cambiaban con frecuencia de campamento. Llegaron al final de la ciudad, donde empezaba la llanura que rodeaba la parte edificada de Dite, pocos kilómetros de hierba y fango.

La llanura estaba desierta y silenciosa. Maj andaba por la pradera caliente y húmeda en la que había matado al joven chacal. A su lado iba Cloe. Ambas empuñaban las lanzas con un largo cristal afilado en la punta.

A lo lejos, sobre las murallas, se veía a las arpías encaramadas en las cornisas. De vez en cuando, una de ellas resbalaba por la pared y luego levantaba el vuelo de manera desmañada, mientras que otras se picoteaban entre sí, aplastándose los cuerpos anchos y fofos.

Alec caminaba delante, junto con Jorgos. Por su parte, un grupo de amazonas se había quedado en el límite de la ciudad, atrincherado en una vieja gasolinera.

Alec tuvo la impresión de que estaba caminando dentro del dibujo de Beth, por las briznas de hierba, por las charcas de fango caliente, por las murallas. Se imaginó su cuerpo y los de las amazonas dibujados por el trazo duro y abrupto de su hermana. Llegaron así a la roca que se elevaba en medio del río. El agua estaba baja, de modo que no les costó vadearlo. Entonces Alec se volvió y, al ver a lo lejos la azotea del rascacielos de las amazonas, es decir, el lugar donde aquel punto del mapa debió de ser dibujado, supo que se encontraba en el sitio correcto.

—Es aquí —dijo.

Maj y Cloe se habían quedado unos metros más atrás, con las botas dentro del agua y la mirada alerta, para asegurarse de que no llegaba nadie. Jorgos, en cambio, andaba a gatas por el río.

—Debería ser aquí —dijo Alec—, según el mapa.

Maj se acercó y bordeó la roca, Alec hizo lo propio. Mientras tanto, Jorgos se movía despacio por el agua, sin salpicar ni hacer el menor ruido. Como siempre, parecía flotar silenciosamente en el espacio. Alec lo observó y pensó que Jorgos era como él. Ambos eran hijos del Infierno.

—¿Y bien? —preguntó Cloe, que miraba asustada a un grupito de arpías posado sobre una torre—. Río abajo hay cerberos.

—¿Están cerca? —preguntó Maj.

—A doscientos metros, pero no podemos quedarnos más tiempo, nuestro olor les llegará con la corriente, vendrán aquí.

Alec miró la roca. Era un islote de dos metros de alto con un diámetro de cinco o seis. El agua había erosionado los lados, dándole una forma alargada y curvilínea.

—Lo he encontrado —anunció Jorgos, de pie en el punto donde la corriente chocaba contra la roca.

Alec y Maj fueron rápidamente hasta allí. El agua era absorbida hacia el fondo, debajo de la roca. Jorgos se arrodilló y le dijo a Alec que hiciera lo mismo. Así pudo oír el gorgoteo, y el ruido de las gotas hacía pensar que el bloque estaba hueco.

—Aquí dentro hay una gruta —dijo Jorgos.

—¿Y cómo entramos?

Jorgos se puso a gatas y movió unas piedras que cubrían el fondo. Luego empezó a cavar con las manos. El agua comenzó a correr más rápidamente, como si se deslizase al interior de un agujero. Alec también se puso a gatas para ayudarlo. De pronto Jorgos paró, se tiró boca abajo al agua y se dejó llevar por la corriente. Alec vio desaparecer sus pies bajo el bloque de piedra.

—¿Dónde se ha metido? —preguntó Maj.

—Estoy aquí —respondió una voz.

De debajo de la roca surgieron primero las manos y a continuación el rostro de Jorgos. Salió del agujero y se quedó sentado en el agua.

—Es un conducto —explicó Jorgos.

—¿Eso qué significa? —preguntó Cloe—. ¿Adónde lleva ese conducto?

Alec miró la roca, luego el rascacielos. No tenía dudas.

—Nos sacará del Infierno.

Había llegado el momento de quitarse el alma.

—Larguémonos —dijo Jorgos—. Los animales están volviendo.

En la llanura había reaparecido un grupo de centauros, mientras que unos cuantos cerberos se acercaban a la ciudad. Así, tuvieron que cambiar de camino para permanecer lejos de la ruta de las criaturas infernales. Gracias a Jorgos consiguieron ir por una senda, alejada de las grandes avenidas en las que se habían concentrado las manadas de cerberos.

Una vez en el rascacielos encontraron a Guido sentado, apoyado contra la pared. Estaba pálido y cada vez más flaco, pero despierto, y al verlos su mirada se encendió. Maureen le estaba dando de beber. Alec se acercó y se quedó a su lado.

—Así que estamos en guerra... —repuso Guido.

—Eso parece.

Maureen se volvió hacia Alec y dejó el cuenco de agua en el suelo.

—Está ocurriendo algo en Europa —continuó Alec—, la gente sabe de nosotros, sabe de mí, y de Maj.

Guido entornó los ojos para ver mejor a la chica por la que habían llegado hasta allí. Estaba de pie, detrás de Alec.

—Está ocurriendo algo en Europa.

Las últimas condenadas que habían entrado en la red habían contado que en Europa se estaban formando movimientos de protesta. Que la gente se encontraba en las calles, en los barrios periféricos, que por todas partes circulaba un nuevo saludo, ese con los brazos extendidos. Había quien hablaba de rebelión, y en los debates políticos alguien había empezado a hablar de las tierras libres al sur de los Alpes, de la posibilidad de crear nuevos asentamientos agrícolas. Alec trató de contarle todo eso a Guido, hasta que lo vio parpadear varias veces, agotado. Entonces pidió que lo dejaran a solas con él.

Con un trapo mojado le frotó la frente. Guido abrió los ojos.

—Tú también te vas a ir de aquí, ¿entendido? —le dijo Alec.

Guido sonrió.

—Pues me parece que me estoy muriendo.

—Solo es fiebre. Tu cuerpo está reaccionando.

—Sí, quizá.

—Escucha, no te voy a dejar aquí. Te debo la vida, lo sabes. Esperaremos a que te mejores y después huiremos, hemos encontrado el pasadizo.

—Marchaos ahora, yo no voy a mejorar.

—Guido, calla.

—En estos días he visto algo de la vida —dijo Guido, luego expulsó el aire por la boca, estaba caliente y olía a nepente—. En Europa trapicheaba con drogas, tenía mis chanchullos, pero mi cabeza estaba hueca. Ahora lo siento todo, y lamento perder a un amigo, a una chica, todo eso era bonito y sencillo, yo no sabía que la vida fuese así.

En ese instante se oyeron pasos y gritos en las escaleras. Una amazona llegó corriendo hasta el centro de la sala. Estaba herida, jadeaba.

—¡Han entrado! —gritó.

Alec solo tuvo tiempo de pensar que su vida, la vida de aquella gente, avanzaba por un fino hilo pendiente de un futuro incierto. Luego pensó en Europa, en los brazos extendidos de la gente, y se sintió sostenido por aquellas manos. Había llegado el momento de luchar. Mientras bajaba las escaleras hacia las barricadas de las primeras plantas, oyó los rugidos de los cerberos, el repiqueteo rítmico de los pasos de los minotauros y la respiración ronca de los centauros. Las amazonas estaban apostadas en el perímetro de la segunda planta, con las lanzas apuntadas hacia la calle. Más allá de las puntas de cristal, Alec tuvo un nuevo panorama de las calles de la ciudad, que bullían de criaturas infernales, muchas de las cuales habían invadido los otros edificios.

Maj había corrido a la azotea, junto con Cloe, y su lanza apuntaba hacia el cielo. Cuando una bandada de arpías se precipitó sobre su cabeza, percibió que una nueva fuerza circulaba por sus venas. Comprendió por qué estaba allí, por qué estaba luchando. Comprendió por qué se había rebelado contra el Paraíso. No era solo su vida lo que estaba rechazando, luchaba contra los mundos divididos del Paraíso y de Europa, contra la locura del Infierno. Arrojó la lanza hacia el cielo y esta se clavó en el pecho de una arpía, que cayó desplomada al suelo. Más arpías fueron alcanzadas por lanzas, al tiempo que nuevas bandadas se elevaban de las murallas y surcaban el cielo. Maj extrajo la lanza del animal, que retorciéndose rodó rápidamente hasta el borde de la azotea. Luego apuntó de nuevo la lanza hacia el cielo, lista para luchar.

49

Los cerberos trepaban las barricadas, empujando con las patas los hierros de coches amontonados en la planta baja. Las amazonas, dispuestas alrededor de todo el edificio, arrojaban cuchillos y lanzas de cristal. Alec vio como una lanza se clavaba en la cabeza de un cerbero, pero fue la única cabeza que se venció sobre el cuerpo del animal, pues las otras seguían gruñendo y embistiendo la barricada.

Habían pasado ya varias horas desde el comienzo de ese nuevo ataque. Cada vez había más animales, y más hambrientos. Los cerberos y los minotauros, como un río en crecida, cruzaban el arco de entrada de la ciudad, después los cerberos se dispersaban por las calles en grupos pequeños, guiados por el mismo instinto de los perros vagabundos, mientras que los minotauros se reunían en manadas en las plazas más grandes.

Nadie en Europa vería aquellas imágenes. No quedaría memoria de la chica rebelde del Paraíso, como tampoco del héroe que había ido a rescatarla. La red de las amazonas y los anarquistas serían eliminados, borrando todo posible rastro de la rebelión.

Una nueva sacudida del terremoto hizo temblar la tierra. Dos amazonas, de pie sobre las barricadas, perdieron el equilibrio y cayeron al suelo, mientras la sacudida continuaba implacable, haciendo chirriar las vigas de cemento del edificio y abriendo largas grietas en la calle.

Las bestias infernales se retiraron, dispersándose.

En la ciudad, envuelta en tinieblas, se hizo un silencio sobrecogedor y la tierra seguía temblando de vez en cuando. Parecía que los animales habían desaparecido y las centinelas de las amazonas confirmaron que se habían retirado a los campos de las afueras de la ciudad, algunas manadas incluso habían salido de las murallas.

Alec subió a la azotea, donde solo se habían quedado unas pocas amazonas de guardia. Casi todas ellas estaban en las plantas inferiores, ayudando a los heridos, preparando más armas y provisiones. Miró el punto del río reproducido en el dibujo de Beth y se preguntó si acaso no sería preferible aprovechar ese momento de tranquilidad para huir. Pero Guido todavía no estaba en condiciones de moverse.

—¿Puedo estar aquí contigo? —preguntó una voz detrás de él.

Alec se volvió. Era Maj.

—Quisiera que estuvieras siempre aquí conmigo.

Ella se acercó y se apoyó con los codos contra el muro que delimitaba la azotea.

—¿En qué piensas?

Alec sonrió, su mente perseguía los recuerdos desde hacía unos minutos. Estaba pensando en su hermana, en los últimos días que había pasado con ella, cuando habían inventado la palabra que podían decir también las personas que no hablan.

—Pensaba en la felicidad, más o menos.

—¿Por qué más o menos?

—Porque no es precisamente la felicidad, es algo que inventé con mi hermana. Aunque se trata de una palabra que significa un montón de cosas.

—¿Qué palabra es?

—*Mmm.*

—¿La palabra es *mmm*?

—Así es.

Maj lo miró sin comprender.

—Esa es la palabra —dijo Alec y la pronunció de nuevo—. Indica que te encuentras bien, que no tienes dolores raros, que tus parientes y tus amigos están bien, lo cual no es precisamente la felicidad.

Maj pensó en su vida en el Paraíso. En cierto modo, era exactamente así. Alec pareció leer sus pensamientos.

—¿Tú eras feliz?

—No lo sé, estaba bien, todos estábamos bien, pero, cuando descubrí el mundo que no conocía, todo cambió… Sin embargo, me pregunto qué habría pasado si no te hubiese conocido. Habría seguido con mi vida, habría crecido, habría envejecido y me habría muerto. No quiero decir que quisiese eso, pero podía pasar eso.

—Es cierto —admitió Alec.

—Habría sido *mmm* toda la vida… No es suficiente, ¿verdad? Eso es lo que estoy empezando a pensar. No podemos estar en el mundo solo para sobrevivir. Debemos vivir, pero antes de conocerte no sabía que hubiese una diferencia, ni siquiera me habría planteado la pregunta.

Alec miró el cielo. Le parecía que había pasado un siglo desde la última vez que había visto el cielo azul con estrellas. En el Infierno, el cielo estaba siempre cubierto de nubes. Pero en Europa y en el Paraíso había podido ver las estrellas, se había imaginado la distancia que había entre él y el universo, se había preguntado cuál era su lugar, qué debía o podía hacer un individuo para dar un sentido a su vida.

Ahora lo sabía.

—Construiremos otro mundo —dijo y sonrió.

—¿Qué quieres decir?

—Lo construiremos tú y yo, fuera de aquí. Saldremos de aquí y encontraremos una nueva tierra, comenzaremos un mundo desde el principio.

—¿Hay una tierra fuera de aquí?

—Sí, por eso dibujó mi padre este mapa. Yo… empiezo a entender que no estoy aquí por casualidad, no es casual que esté aquí contigo. No sé explicar por qué, pero es así, la historia debe recomenzar desde el principio.

Maj lo miró, pero esta vez no dijo nada. Alec observó su perfil, iluminado por la luz del fuego. Se perdió durante un instante en sus ojos, experimentando una sensación que había tenido hacía tiempo con Maureen. Entonces deseó recortar aquella mirada para construir otro mundo alrededor. Ahora experimentaba ese mismo deseo.

Maj le dio un beso. Alec le puso una mano en la espalda y la atrajo suavemente hacia sí, para que apoyase su cuerpo en él. Sintió el contacto de sus piernas desnudas, la barriga, el pecho, y sintió que la deseaba más que cualquier otra cosa. No sabía nada del amor, nunca había creído en las palabras, en lo que debían significar, pero creía en lo que experimentaba, en la atracción que su cuerpo era capaz de suscitarle, en el deseo de conquistar otro mundo por ella, un mundo donde la vida pudiese tener un sentido auténtico. La besó de nuevo, sintiendo un sabor, un olor que ya no era solo el suyo, era la unión de sus cuerpos, la suma de todo lo que habían vivido juntos.

Maj se apartó ligeramente de él. Sacó el cuchillo de la funda de piel atada al cinturón y se lo tendió a Alec.

—Quítame el alma.

—Es muy doloroso.

—Por eso quiero que lo hagas tú, así no será solo dolor.

—¿Y qué será?

—Nuestro pacto: o encontramos juntos el camino de salida del Infierno o morimos aquí juntos.

Sus palabras tenían el sonido ambiguo de una profecía. Alec cogió el cuchillo de las manos de Maj y se le acercó. Observó la piel tersa y bronceada de su pecho. La rozó con los dedos.

—Una vez que te la haya quitado ya no podrás volver atrás, no podrás cumplir tu condena, tendrás que huir conmigo.

—Eso es lo que quiero.

—También en Europa seremos clandestinos, tendremos que escondernos.

—A mi casa ya no puedo regresar.

Alec se acercó al fuego del centro de la azotea y pasó la hoja del cuchillo por las llamas. Luego vertió agua de un cuenco de madera a un caldero apoyado directamente sobre las brasas y puso a hervir unos trozos de tela que usaría para vendar la herida. Por su parte, Maj consiguió desinfectante, era escaso y apreciado el que las amazonas lograban obtener en los refugios, pero era necesario y usaría apenas una gota.

La reina se les unió en cuanto estuvieron preparados para sajar la piel. Llevaba la vieja cámara.

—Quiero saber la verdad —dijo Maj— sobre mi padre, sobre la Oligarquía, sobre este mundo. La primera vez que hablamos te dije eso, que quería conocer el mundo. Sigo queriendo conocerlo, pero ahora quiero conocerlo contigo.

Maj le hizo un gesto a la reina para que comenzase a grabar. Luego miró a Alec y asintió. Con el pulgar y el índice de la mano izquierda, Alec tensó la piel del pecho. El pequeño microchip del alma apareció en relieve, en medio del disco de metal. Acercó el cuchillo, primero solamente lo apoyó, Maj se estremeció. Luego sajó. Un corte limpio, corto, justo sobre el alma. La reina lo grababa todo, la carne que se abría, la sangre que comenzaba a brotar. Maj apretó los ojos, contuvo el llanto, tapó el sollozo con un grito. Aspiró y espiró varias veces, mientras Alec le desinfectaba la herida y la vendaba con los trapos esterilizados. El dolor empezó a disminuir. Maj abrió los ojos y vio los de Alec. Sonrió.

—No me esperaba verte sonreír.

—Te había dicho que no sería solo dolor.

Alec le acarició la frente sudada. La reina se había acercado y estaba filmando los perfiles de los dos chicos, uno frente al otro.

—Eres libre —dijo Alec.

—No, somos libres.

Alec se volvió hacia la cámara, su rostro llenó el encuadre. Luego le alargó una mano a Maj y la ayudó a levantarse. La reina retrocedió unos pasos para grabar su beso, el primer beso de un chico y una chica que habían roto su vínculo con la Oligarquía.

El primer beso de dos chicos libres.

50

Los animales empezaron a volver pocas horas después, justo cuando las amazonas terminaron de recoger las armas y de reforzar las barricadas alrededor del rascacielos. Primero llegó un grupo de cerberos, pero parecían supervivientes de los enfrentamientos anteriores, dos estaban heridos y enseguida fueron abatidos por las lanzas de las centinelas de la planta baja. Los otros se situaron a unos metros de las barricadas. Uno trató de hundir la barrera, pero fue alcanzado desde arriba.

Alec estaba con Maj, Cloe, Liz y una docena de amazonas. Se hallaban apostados en la segunda planta del edificio, desde donde resultaba más fácil apuntar a las fieras que se acercaban.

La tierra se puso a temblar de nuevo, pero esta vez no era una sacudida de terremoto. Al fondo de la ancha avenida vieron levantarse polvo y oyeron gritos humanos, seguidos por los de las criaturas infernales.

—Están llegando —dijo en voz baja Cloe.

La tierra vibraba con fuerza creciente y el frente de la horda ya era visible en la calle, en medio de los rascacielos. Los cerberos corrían raudos, avanzaban a grandes zancadas, las patas pisoteando el suelo con violencia, mientras sacudían la cabeza de un lado a otro, con las fauces abiertas, listos para atacar o para arrasar cualquier cosa que se encontrasen en su camino.

—Llamad a todas las amazonas de las plantas altas —le ordenó Liz a una chica, que se apresuró a subir.

Maj miró las lanzas que habían amontonado, los cristales afilados listos para ser arrojados.

—¿Cómo lo hacen? —preguntó Alec.

Cloe y Maj se volvieron hacia él.

—¿Cómo lo hacen para manejar así el Infierno?

—No lo sé, pero lo consiguen, y no han agotado las fuerzas. Movámonos.

Desde el principio de los ataques, Alec no había hecho más que preguntarse cómo conseguía la Oligarquía dirigir el Infierno. En manos de los oligarcas el volcán era un dócil criado dispuesto a someterse a sus órdenes, a matar, a torturar, a difundir odio, miedo y sufrimiento.

Alec observó el tropel que se acercaba.

—No podremos aguantar mucho.

—La tierra tiembla de nuevo —dijo Maj.

—Y ellos mandarán más fieras…

Alec miró sus ojos verdes, las mejillas arreboladas por el sol, sus labios, deseó besarla. Podía ser su último beso, pero se guardó ese pensamiento.

Maj pensó en la herida que Alec le había hecho en el pecho, en la punzada de dolor a la que siguió una sensación dulce y ardiente. Pensó que su muerte podía ser como aquel dolor, solo que mucho más intensa.

De pronto de las plantas superiores llegó un estruendo, y a continuación ruido de cuerpos que caían al suelo y de gritos humanos y bestiales. Alec fue hasta el borde del edificio. Alzó la cabeza y vio que el cielo estaba negro. Eran bandadas de arpías que revoloteaban amenazadoras sobre los tejados de los rascacielos. De las escaleras centrales del edificio salieron más de diez arpías ensangrentadas. Maj y Cloe, seguidas por otras amazonas, les arrojaron sus lanzas y las hirieron una tras otra, mientras estas abrían el pico gritando agonizantes, tensando la piel negra y arrugada sobre el rostro humano.

Hubo otro grito, esta vez se trataba evidentemente de una chica. Alec se volvió hacia el exterior y vio que el cuerpo de una amazona abrazada a una arpía caía a la calle, sobre las barricadas. La amazona se quedó inmóvil, mientras que el pájaro se alejó cojeando unos pasos antes de levantar el vuelo.

Mientras tanto los cerberos habían llegado a los pies del edificio. Una lluvia de lanzas se abatió sobre las fieras y muchas resultaron heridas. Una de ellas asió con los dientes el brazo de una amazona y la zarandeó, pero el cuerpo se le escapó de la boca y acabó en medio de la multitud de minotauros, que presionaba como una ola enloquecida que está a punto de derribar una presa.

Alec cogió un montón de lanzas y corrió a la planta baja, donde las amazonas estaban colocadas en círculo alrededor de las reservas de armas y arrojaban los cristales. Iba a unirse a ellas cuando una mano lo agarró por los hombros. Se volvió, creyendo que era Maj u otra chica, pero, antes de saber quién era, dos brazos poderosos lo levantaron en vilo y lo tiraron al suelo.

Delante de él había un centauro.

Todavía no había visto ninguno desde tan cerca.

El cuerpo no era diferente del de un caballo, pero sí más robusto. El tronco humano era gris oscuro, casi azul, aunque no tenía marcado el pecho o los abdominales, como si su creador no hubiese podido terminar su criatura por las prisas. La cara chata y sin orejas, aunque la frente alta y la boca que se ensanchaba hasta el cuello parecían el fruto de esa creación incompleta.

El centauro movió la boca, emitiendo unos ruidos que recordaban solo vagamente un lenguaje. Luego se agachó hacia Alec alargando los brazos musculosos. En cuanto el chico lo vio inclinarse, asió la lanza y se la clavó en el pecho. El centauro gritó, se llevó las manos al tórax y se arrancó la lanza. Luego miró a Alec con los ojos henchidos de un odio que no parecía humano ni animal, escupió al suelo un grumo de sangre y retrocedió. El tronco humano se dobló hasta casi tocar con las manos el suelo, y el cuerpo de caballo fue hacia la barricada, la cruzó de un salto y se alejó rápidamente.

Alec se levantó. Delante de él estaba ahora la reina, con la mirada cansada. Tenía una mano en la espalda y dos amazonas la sujetaban por ambos lados.

—Estar aquí es peligroso —dijo Alec mirando la barriga abultada de la chica.

—Ya nadie se puede quedar —repuso la reina—. Tenemos que irnos.

—¿Adónde?

—Llegarán hasta el final, no es la primera vez que arrasan Dite, pero sí la primera vez que no quieren dejar supervivientes.

—¿Por qué hacen todo esto?

La reina le cogió la cabeza entre las manos. Tenía el rostro crispado en una mueca de dolor y rabia.

—¡Aquí hay mucho en juego, Alec! No quieren que quede nadie, nadie que pueda contar esta historia.

—Pero ¿qué historia? No entiendo, ¿por qué...? —Alec se volvió hacia la calle. No quedaba tiempo para seguir hablando.

—Vuestra historia, la tuya y de Maj. Quieren que muera en el Infierno.

Alec se volvió hacia las barricadas, a las que habían llegado más centauros. Cogió carrerilla y arrojó una larga lanza, dándole a uno de lleno. Hizo lo mismo con todas las lanzas que tenía consigo.

La batalla contra las criaturas infernales se prolongó horas. Los cadáveres de los cerberos se amontonaban sobre las barricadas, lo mismo que los de las amazonas. Algunas eran devoradas por los perros de tres cabezas, a otras las capturaban los centauros. La tierra tembló dos veces, pero no lo bastante para empujar a las bestias a retroceder.

—¡¿Dónde está Jorgos?! —le gritó Alec a Maj, que estaba luchando a su lado en las barricadas.

Las lanzas empezaban a escasear, había que asestar con fuerza a cualquier criatura que se acercase y apretar la empuñadura para no correr el riesgo de perderla.

—No lo sé. No lo he vuelto a ver.

Alec miró a su alrededor y al que vio fue a Guido. Estaba de pie, recogía las armas y las colocaba en el centro. Se le veía mucho mejor, pero no estaba en condiciones de luchar. Maureen había subido con las otras chicas a las plantas superiores para coger cristales, piedras, cualquier cosa que pudiera ser usada como arma.

Maj ensartó a un cerbero por el pecho. Mantuvo sujeta la lanza con las manos, pero la fiera se retrajo con fuerza, la levantó en vilo y la tiró al otro lado de las barricadas. Sin vacilar, Alec trepó a la chatarra de un coche y atravesó nuevamente al cerbero, luego extrajo la lanza y se la arrojó a un minotauro que estaba a punto de cornearla. Acto seguido soltó la lanza, cogió a Maj en brazos y de un saltó cruzó la barricada.

Sus ojos se cruzaron solo un instante: Maj se dio cuenta de que Alec acababa de salvarle la vida y Alec se percató de la fuerza que ella era capaz de brindarle.

Alec recogió la lanza, preparado para volver a la lucha. Mientras la barra de hierro se desprendía de su mano, vio como el Infierno se abalanzaba sobre Dite. Los ríos de lava sobre las vetas del cráter iluminaban el cielo y trombas de aire levantaban el humo y la ceniza de los árboles que ardían en medio de las calles. Delante de él las caras deformadas de los centauros, las fauces abiertas de los cerberos que giraban frenéticamente las cabezas y bandadas de arpías que se precipitaban del cielo y se abatían contra los edificios, arrastrando a los condenados.

En ese momento vio a un hombre y a un niño que se abrían camino entre las fieras. No conocía al hombre. Tendría unos cuarenta años, barba larga, pelo rizado, cuerpo musculoso. En cambio, el niño era Jorgos. No le asombró ver como rodeaba a las bestias silenciosamente y saltaba luego la barricada.

Hubo un estruendo en la calle. Una viga de cemento había caído desde lo alto, a pocos centímetros de las barricadas, abriendo un pasillo en medio del cual apareció un imponente hovercraft. Solo tenía el esqueleto del de los de la Oligarquía y algunas protecciones de metal. Por lo demás, se movía con grandes ruedas de hierro oxidado y lo empujaban hombres y niños.

—¡Abandonamos el rascacielos! —gritó la reina.

—Tú eres Alec, supongo —dijo el hombre, y enseguida esbozó una sonrisa.

Alec asintió.

—Tu padre era un gran hombre. Espero que hayas venido para completar lo que empezó.

Las amazonas recogieron las armas que quedaban y, protegiéndose con las lanzas, fueron en fila hasta el hovercraft. El rascacielos, invadido por las criaturas infernales, parecía un hormiguero a punto de estallar.

El hovercraft atravesó una ciudad espectral, en la que resonaban los gritos de los animales y de los supervivientes. Tuvo que parar varias veces para repeler los ataques, pero al cabo de una hora llegó al parque central.

La base de los anarquistas apareció entre robles seculares. Una barrera de varios metros de alto, hecha de chatarra de coches, planchas de metal y pedazos de asfalto formaba un muro compacto. En cuanto el vehículo se acercó, la barrera se abrió hacia dentro, donde dos grupos de condenados tiraron de él con recias cadenas de hierro. El hovercraft cruzó la entrada, mientras amazonas y anarquistas protegían la retaguardia. En ese instante, Alec cayó en la cuenta de que Cloe se había quedado atrás con las últimas chicas, con el fin de repeler a un grupo de centauros que se acercaba al galope. Entre ellas también estaba Maureen, la primera que arrojó su lanza, si bien falló el tiro. Entonces el centauro aceleró de repente y la alcanzó, la cogió y siguió su carrera con ella fuertemente apretada contra su pecho. Alec fue corriendo hacia la fiera para cerrarle el paso, pero el centauro frenó bruscamente para volver atrás, y con quien se encontró fue con Cloe.

Maureen gritaba y forcejeaba entre los brazos del animal. Este abrió la boca, emitiendo sonidos inarticulados: parecía como si quisiera decir algo, como si estuviera lanzando una amenaza.

Cloe empuñó la lanza y se la clavó en un costado. La fiera soltó a Maureen, pero dio un brinco, y arrastró a Cloe, que cayó al suelo. Una amazona fue corriendo a ayudar a Maureen, mientras que Alec se acercó a Cloe. La incorporó, pero no se percató de que el centauro los estaba observando. Empuñaba la lanza con tal fuerza que parecía querer partirla, los movimientos de sus brazos eran rápidos, nerviosos, descoordinados. Por eso Alec no se dio cuenta de que tiraba la lanza. La tierra tembló solo en ese momento, treinta largos segundos que dispersaron a los animales por las calles y más allá de la parte habitada de la ciudad. Cloe no dijo nada, pero su rostro palideció enseguida. La lanza se le había clavado en la espalda.

51

Alec cruzó las puertas de la base de los anarquistas con Cloe en brazos.

Su campamento era muy diferente del rascacielos de las amazonas. Del parque urbano que había sido antaño apenas se intuían las veredas que rodeaban las colinas artificiales y que confluían en un espacio central con un pozo de ladrillos que cubría una planta trepadora. En el suelo había tumbados muchos heridos, al menos cincuenta, entre amazonas y anarquistas. Quien podía les prestaba ayuda, les limpiaba y les vendaba las heridas, pero los esfuerzos de todos estaban concentrados en las murallas, donde seguían los ataques de los cerberos, que eran los que saltaban con más agilidad. Con las lanzas apuntadas hacia el cielo, las amazonas, en cambio, trataban de mantener a las arpías lejos del suelo.

Alec tendió a Cloe cerca del pozo y fue corriendo a buscar agua. Le dio de beber un poco y usó otro tanto para enjuagarle la cara. Luego la volvió suavemente de lado y le subió la camisa para observar la herida de la espalda. No lejos de la columna vertebral, había un corte bastante profundo.

—No puedo más —susurró ella—, me duele mucho.

—No hables, solo tienes que aguantar, todo irá bien.

Alec quería llamar a alguien, pero había muchos en las mismas condiciones que Cloe. A pocos metros, Liz se hallaba agachada sobre una chica sin sentido, le estaba haciendo la respiración boca a boca.

—¿Dónde está Maj? —preguntó Cloe.

Entretanto, Alec se había rasgado un borde de la camisa, lo había impregnado de agua y se lo apretaba contra la espalda. Consiguió así cortar la hemorragia, pero había que desinfectar cuanto antes la herida.

Un trueno resonó en el aire, que se había ennegrecido. Era como si se hubiese hecho de noche de improviso. El viento caliente y seco traía el olor de los incendios que ardían en la ciudad y de los cadáveres de los animales. De pie sobre las murallas, los anarquistas y las amazonas luchaban codo con codo, los primeros con largas espadas fabricadas con planchas de coches y partes metálicas de los hovercrafts, ellas con sus lanzas de cristales afilados.

Cloe cerró los ojos.

—Es una chica especial, vosotros dos sois especiales.

—¿Cómo te encuentras? —preguntó Alec. No quería hablar de Maj, no quería hablar de nada.

—Yo quería ser ella. Quería su vida. Me habría conformado con estar con ella —respondió Cloe.

—No digas eso. Tú puedes ser todo lo que quieras.

Maj llegó en ese momento, jadeando. Había abandonado las murallas al ver a Alec con Cloe en el suelo. Llevaba una cantimplora y vendas limpias.

—¿Qué ha pasado?

—Está herida, le han clavado una lanza en la espalda.

—Maj, ¿eres tú? —preguntó Cloe—. Ven aquí, no puedo levantar la cabeza, quiero mirarte a los ojos.

Maj se agachó y acercó el rostro al de su amiga. Estaba cada vez más pálida, tenía los ojos entornados.

—Maj —susurró con un hilo de voz—, creo que... está pasando.

—¿Qué?

—Es raro, creía que sería diferente, creía que me pondría a llorar.

Maj se inclinó más y le dio un beso en la frente.

—Ahora te cuidaré yo. Anda, ¿en qué lío te has metido? —le preguntó tratando de hablar con un tono bromista.

Pero enseguida se levantó, le dio la espalda y se llevó las manos a la cara para contener el llanto. Se mordió los labios con fuerza.

Alec volvió a las murallas con la larga espada de hierro de los anarquistas. Arremetía con fuerza, repeliendo a los centauros que con los brazos levantados intentaban coger a los condenados. A su lado, dos chicos fueron arrastrados por el tropel de animales, enredados entre las pezuñas. Alec vio sus cuerpos primero ensangrentados y un instante después cubiertos de polvo, como si la misma tierra tuviese prisa en olvidarlos. Un grupo de cerberos cruzó las murallas e invadió el campamento, arrollando las camillas con los heridos.

Luego, como la tormenta que repentinamente se aplaca, las criaturas infernales comenzaron a disminuir. Mientras los anarquistas cercaban a los últimos animales, unas cuantas amazonas se apresuraban a recoger a los heridos. Las calles de Dite estaban cubiertas de ceniza y de sangre.

Alec bajó de las murallas y volvió al lado de Maj. Con ella ahora estaban Jorgos y el hombre barbudo que pocas horas antes se había presentado en el rascacielos con el niño.

—Tenéis que acompañarme —dijo el hombre en cuanto vio llegar a Alec—. Debemos hablar. La reina os debe hablar.

Maj miró preocupada a Cloe.

—Jorgos se quedará con ella —continuó el hombre.

Los llevó al anfiteatro que había encima de la colina. Cruzaron una de las puertas que daba al perímetro exterior. En una habitación encontraron a la reina tendida sobre un montón de almohadas. A su lado ardía un pequeño fuego. Una cacerola humeaba vapor.

—Le han empezado las contracciones, dará a luz dentro de poco —dijo el hombre.

—¿Tú quién eres? —le preguntó entonces Alec.

—Un amigo de tu padre, y también de Marcus. Me llamo Primo.

El hombre se arrodilló al lado de la reina, le cogió una mano, le sonrió. Maj no recordaba haberle visto nunca una expresión tan dulce, y comprendió que muy probablemente Primo fuera el padre del niño. La reina apretó los ojos y contrajo los músculos durante varios segundos, luego miró a los dos chicos que estaban de pie delante de ella, a él con la espada de los anarquistas y a ella con la lanza de cristal de las amazonas. En ellos se reconoció a sí misma y a Primo, la red y a los anarquistas.

—Es la última imagen —dijo y le hizo un gesto a una de las chicas que la estaba atendiendo.

Esta cogió la vieja cámara y la encendió. La grabación duró solo unos segundos. Luego extrajo la pequeña cinta y se la tendió a Primo. Él la guardó en una caja de madera forrada con una plancha de metal roja y se la entregó a Alec.

—Sacaréis este vídeo de aquí. Lo verá todo el mundo, todo el mundo se enterará de lo que ocurre y descubrirá que puede ser libre.

—¿Por qué no venís con nosotros? —preguntó Maj.

Primo negó con la cabeza.

—Mucha gente acabará en el Infierno, nosotros tenemos que quedarnos aquí.

—Pero vosotros debéis iros. —La reina se interrumpió, había tenido otra contracción—. Y ahora mismo. La tregua puede terminar en cualquier momento.

—Me habría gustado conocerte antes, hablar contigo —dijo Primo—, pero lucharemos también para que eso sea posible.

Alec lo observó sin decir nada. Luego se fijó en la reina y tuvo la impresión de que estaba viendo su propio nacimiento en el Infierno, de que estaba metido en un recuerdo que no podía tener.

—La fuerza nace del dolor —dijo la reina—, así es cuando nacemos, así es siempre.

Entretanto, alrededor del pozo se había formado un campamento para los heridos. En fogones improvisados hervía agua para desinfectar trapos o jirones de ropa, todo lo que podía valer para vendar las heridas.

Maj fue corriendo al lado de Cloe, mientras que Alec se detuvo cerca para hablar con Jorgos.

—Eh, has vuelto —dijo quedamente Cloe. Su voz era ahora más firme, parecía tranquila.

—¿Cómo te encuentras?

—No lo sé.

—Oye, tienes que levantarte, que nos vamos dentro de poco. Nos vamos de aquí y tú vienes con nosotros, tendrás que quitarte el alma, yo me encargo de eso.

—Me temo que mi viaje acaba aquí.

—¡No digas eso, no digas tonterías!

—Creo que se ha acabado —insistió Cloe.

—¡Calla!

—No te enfades —dijo Cloe, pero con voz quebrada por el llanto—. Yo no quería morir, no quería acabar así.

—¡No hables! ¡No quiero que digas esas cosas! Vas a venir con nosotros, te llevaremos a hombros o en una camilla.

—Mira el mundo también con mis ojos, así no moriré del todo, así quedará algo de mí.

Maj empezó a llorar, la abrazó, le besó la frente, las mejillas, buscó sus ojos. Quería que siguiese viviendo con ella.

Cloe le dirigió una última sonrisa.

—Despídeme con un beso.

Maj le dio un suave beso en los labios mientras Cloe cerraba los ojos.

52

Uno tras otro, Alec, Maj, Guido, Maureen y Jorgos se deslizaron por el pasadizo que había en la roca del río y llegaron a un espacio oscuro.

Habían abandonado el campamento de los anarquistas poco después de hablar con la reina. Por el camino se habían cruzado con escasos animales, casi todos ellos heridos. El campamento no quedaba lejos del final de la parte edificada de Dite, por lo que pronto se encontraron en la planicie por la que corría el río. Para Alec aquel lugar representaba uno de los últimos dibujos de Beth; para Maj, en cambio, era el lugar en el que había matado al joven chacal.

Maj no había hablado en todo el camino. Hasta el final había insistido en que podían llevarse a Cloe en brazos o en una camilla. Pero, al marcharse, Cloe seguía desmayada. Si tenían que correr, si los atacaban más animales, no podrían salvarla.

Alec encendió una antorcha, que iluminó un túnel formado por bloques de piedra cuadrados. Medía dos metros de ancho y poco más de alto. El suelo estaba ladeado hacia el centro del cráter, bajo la ciudad de Dite.

—Estamos en un conducto —dijo Jorgos.

—¿Conoces los conductos? —le pregunto Alec.

—Pasan debajo del volcán. Es el esqueleto del cráter.

—Así que tú sabes dónde nos encontramos.

Jorgos meneó la cabeza, luego olfateó el aire.

—Los guardias pasan por aquí. Y también los animales.

—¿Crees que ahora están?

—No.

—¿Alguna vez has estado en los círculos de debajo?

—Nunca he estado fuera de Dite. Nadie va, ni siquiera los hijos del Infierno.

Se pusieron en camino, Alec y Maureen delante, con la antorcha, Maj en medio, Jorgos y Guido detrás.

—Espera —susurró Maureen deteniendo a Alec por un brazo.

—¿Qué pasa? —le preguntó él volviéndose sin dejar de caminar.

—Larguémonos de aquí.

—¿Qué?

—Larguémonos de aquí, volvamos arriba.

—¿Qué dices?

Maj caminaba unos metros por detrás de ellos, pero no había oído nada. Se la veía afectada por lo ocurrido en el campamento de los anarquistas, aún tenía la última mirada de Cloe grabada en su mente.

—Nos estamos matando, Alec —dijo Maureen—, ¿no te das cuenta? Míranos, yo antes he visto la muerte cara a cara, un centauro me ha cogido y… tengo miedo, no quiero morir.

—Yo también tengo miedo, pero esto es el Infierno y, si te dejas llevar por el miedo, nunca saldrás.

—Claro que saldré, cuando termine mi condena. Volvamos atrás. Cumpliremos nuestra condena, luego seremos libres.

—Nunca seremos libres si volvemos al Infierno.

—Iremos donde los guardias, les diremos que te atacó un cerbero, que te arrancó el alma. Cuando cumplamos la condena regresaremos a Europa.

—Maureen, estás loca, ¿de qué hablas? No puedes pedirme algo así, ni siquiera puedes quererlo.

—Pues entonces volvamos con las amazonas, ellas pueden protegernos y…

—¿Qué pasa? —preguntó Guido mientras llegaba al lado de sus amigos.

Maureen tenía una expresión rara, abstraída y triste a la vez.

—No quiero seguir teniendo miedo, no quiero seguir huyendo —murmuró ella.

Guido la observó sin entender.

Desde el día en que habían hecho el amor había empezado a experimentar un sentimiento desconocido, una atracción que le hacía pensar de otra manera en su propia vida.

Desde aquel día, se había sorprendido varias veces contemplándola, estudiando las expresiones de su rostro, los detalles de su cuerpo, como una imagen que debía aprender de memoria y retener. Era el primer rostro que había visto después de que un centauro casi lo matara en la ciénaga. Y para él seguía representando la vida y la libertad.

—Vamos donde los guardias —dijo Maureen colocándose delante del grupo, inmóvil, con lo que les obstruyó el paso.

—Pero ¿no comprendes que los guardias son los que nos quieren matar? La Oligarquía es la que está haciendo todo esto. ¿Qué pretendes hacer?

—Maureen, venga —terció Guido—, te encuentras mal, estás asustada. Deja de pensar y sigamos adelante.

—Yo creo que nosotros dos podríamos ser felices, también en el Infierno. Lo único que tenemos que hacer es cumplir nuestra condena.

Guido le cogió las manos, pero ella se zafó y retrocedió.

—No me pidas algo así. Yo me muero si tengo que quedarme aquí… Yo tengo que salir de aquí, tenemos que salir todos…

—Saldremos, pero cuando llegue el momento —insistió ella.

—Yo sé cómo se sale de aquí, sé en qué se convierten los que cumplen su condena.

—Para nosotros será diferente.

Maureen dio un paso atrás, luego otro y otro más. Alec, Guido y Maj la miraban sin saber qué hacer. Jorgos la observaba en la sombra, a poca distancia.

—Déjanos pasar —dijo Jorgos y avanzó hacia ella.

De repente Maureen extrajo de debajo del chaquetón una pistola y apuntó a sus compañeros.

—¿Qué haces? ¿De dónde has sacado eso?

—Regresad, regresad todos a Dite —ordenó Maureen con voz temblorosa.

—Maureen —dijo Alec en voz baja—, ¿qué haces?

Jorgos avanzó un paso.

—¡Quieto! —gritó Maureen y lo apuntó con la pistola—. No te acerques, tenemos que regresar, no hay vía de escape, nos cogerán, regresemos, todavía estamos a tiempo, volvamos al campamento de los anarquistas.

—¿Por qué tienes una pistola? —le preguntó Guido.

—La cogí en la ciénaga cuando Jorgos tiró a los guardias del hovercraft, uno de ellos perdió la pistola.

Alec sacudió lentamente la cabeza, no conseguía creer que la persona que tenía delante fuera su amiga.

—Maureen, ¿te das cuenta del riesgo que has corrido? ¿Qué crees que harán cuando sepan que has cogido una pistola?

Guido la miró, aunque en la oscuridad apenas entreveía su perfil y sus ojos.

—Las pistolas están marcadas —dijo.

Alec se volvió hacia él.

—¿Eso qué quiere decir?

En ese momento se oyeron ruidos a lo lejos. Llegaban del conducto que había detrás de ellos. Jorgos, con los brazos abiertos y los ojos entornados, aguzó el oído.

—Hombres —dijo Jorgos—. No están cerca, pero vienen hacia aquí.

Un estruendo hizo temblar la tierra. El techo se hundió a pocos metros de ellos, donde estaba el pasadizo debajo del río. El agua irrumpió en el túnel, arrollándolos y arrastrando piedras y desechos. La explosión destapó un largo tramo del conducto, haciendo que entrara la luz del día. El ruido de los motores de un hovercraft anunció la aparición del vehículo sobre ellos. Cinco guardias bajaron al túnel.

—¡Ahí están! —exclamó un guardia.

—Cuidado, una está armada —dijo otro.

—¡Ahora! —gritó un tercer guardia, al que se le distinguía el uniforme rojo, recortado contra la panza de acero brillante del hovercraft.

Hubo otra explosión más fuerte, que hundió otro tramo del túnel. La tierra tembló varios segundos mientras bloques de piedra y rocas se despeñaban por el conducto, que ya se había convertido en un canal. El nivel del agua se elevó rápidamente. Un enorme bloque se hundió de repente, abriendo un agujero en la tierra, donde el agua fue absorbida en un remolino. El agujero se convirtió en un abismo de varios metros de ancho, creando una cascada que daba al vacío. Alec, Guido, Maureen, Jorgos y Maj estaban a un lado de la cascada. En el opuesto estaban los guardias de la Oligarquía. Pero más soldados ya habían bajado del hovercraft y no tardarían mucho en bloquearles el paso.

Un muro de niebla se elevaba del abismo. El agua saltaba varios metros y luego se evaporaba rápidamente. Entre la bruma Alec distinguió el río de lava que corría por las entrañas de la tierra. Alrededor del curso del agua había cavernas, y parecía que también había gente y animales. A la vista de la luz que se filtraba desde Dite, todos habían alzado la cabeza.

—Maureen, por favor —susurró Alec, pero su mirada le suplicaba mucho más que sus palabras.

Ella lloraba, apretando la pistola con las manos, que temblaban.

En ese instante Guido tomó una decisión.

—No dejaré que lo hagas —dijo y se le acercó.

—No te muevas —le ordenó ella.

Entretanto, un segundo hovercraft había aparecido sobre ellos. Los guardias habían rodeado a los condenados en fuga, listos para actuar.

—¿Quieres matarme? —le preguntó Guido—. ¿Eso es lo que quieres hacer?

—No, no quiero —contestó Maureen llorando—. No quiero nada, solo quiero regresar.

—No podemos regresar, tenemos que avanzar. Te amo, Maureen, ¿lo comprendes?

En su interior el miedo se debatía con ese sentimiento confuso que la había conducido a Guido.

—¡Cuidado, van armados! —repitió un guardia—. ¡Están disparando!

—¡Baja las manos! —gritó alguien.

Maureen miró a los guardias.

—Dame la pistola —dijo Guido.

El dedo de Maureen se deslizó sobre el gatillo mientras él se acercaba para detenerla.

El disparo alcanzó el hombro de Guido, que gritó de dolor.

Una ráfaga de proyectiles cayó en la roca. Maureen soltó la pistola. Guido la recogió y fue hasta su lado, a la vez que ella se daba cuenta de lo que acababa de hacer.

—Yo... yo no quería.

Alec, Maj y Jorgos se alejaron.

—¡Venga, venid! —gritó Alec, pero el grupo de soldados saltó al túnel, interponiéndose entre ellos y Guido y Maureen, que se habían quedado atrás.

—¡Largaos! —gritó Guido apuntando con el arma a los guardias.

—Baja esa pistola —dijo uno de los guardias.

Luego hizo un gesto a tres hombres, que cayeron sobre Guido y lo sujetaron por los hombros. Un cuarto guardia le arrancó a Maureen de los brazos. Sus miradas se cruzaron un instante, ella no daba crédito a lo que veía, estaba abrumada por el dolor.

—Perdona —susurró mientras los guardias se la llevaban.

—¡No! —gritó Guido forcejeando.

Se soltó y corrió hacia ella, quería rozarla una última vez, sentir la vida y el futuro que por un momento se había imaginado. Un guardia disparó, hiriéndolo en el pecho. Guido se fue al suelo, al lado del abismo, donde seguía cayendo el agua del río. Miró el abismo, la cascada, el río de lava. Aquel era el séptimo círculo, era la tumba a la que lo había destinado el Infierno. Apuntó la pistola contra los guardias, de nuevo listo para disparar. La tierra se hundió bajo sus pies y él cayó al vacío, delante de los ojos de Maureen y de Alec, ocultos en la penumbra del túnel.

En la mente de Alec se apagó la luz. Los pensamientos daban vueltas y más vueltas hasta perder todo sentido. Solo vio el rostro de Maj, sus lágrimas. Sintió que las manos fuertes de Jorgos lo empujaban y se vio corriendo otra vez en la oscuridad del conducto, perseguido por gritos y disparos que llegaban atenuados a sus oídos.

La pendiente del túnel aumentó y el suelo se convirtió en unas empinadas escaleras de piedra. Corrieron hasta el final del conducto y se encontraron en el borde de un agujero circular de unos metros de diámetro. Las paredes de piedra estaban iluminadas por una tenue luz rojiza que procedía de hendiduras y arcos repartidos por toda la altura. Aquel túnel vertical terminaba diez o veinte metros más arriba, pero el fondo, en cambio, no se veía.

Unas escaleras descendían bordeando circularmente las paredes y pasando al lado de las aberturas por las que se filtraba la luz.

—Tenemos que bajar —dijo Jorgos.

Los guardias estaban detrás de ellos.

Empezaron el descenso y se toparon con el primer arco, del que salía una corriente de aire caliente. Era un poco más pequeño que una ventana convencional.

Si lo hubiesen visto desde fuera, difícilmente habrían podido distinguir que era una abertura en medio de una pared rocosa. La estructura del túnel vertical, en efecto, estaba completamente oculta, lo mismo que los conductos. La roca terminaba en un terreno duro y polvoriento, que apenas se entreveía. La poca luz que alumbraba aquel lugar procedía de los fuegos que ardían en la cumbre de colinas áridas. No había cielo sobre aquel paisaje, sino solo dura roca con tres grandes faros que emanaban una luz diáfana, que parecía pulverizarse al contacto con el suelo. En el círculo se movía gente, pero solo eran sombras, mientras que resultaban perfectamente audibles sus lamentos, los gritos que resonaban en lo que evidentemente era una inmensa gruta.

De pronto Alec se dio cuenta de que estaba delante del séptimo dibujo de Beth. La ventana sobre la gruta. Aquel pensamiento invadió su mente. Beth, su madre, el mapa de su padre, Maj, allí con él. Ahora no podía rendirse.

—Es el séptimo círculo. El dibujo de Beth era una ventana como esta.

—Entonces ¿qué debemos hacer? —preguntó Maj.

—Solo hay tres dibujos más. Tenemos que bajar, lo único que podemos hacer es llegar hasta el final. La última imagen nos sacará de aquí.

Una antorcha iluminó el túnel por encima de sus cabezas. Los guardias casi habían llegado. Los chicos echaron a correr de nuevo. Los ojos de Alec estaban pendientes de todo, cualquier detalle podía revelarle el camino de salida del Infierno. Sin embargo, por las otras hendiduras que había en las escaleras no se veía nada. Solo se notaba el aire caliente, se oían los gritos; por momentos, el chisporroteo de las llamas. Una segunda ventana estaba tapada por una roca, como si un bloque hubiese caído sobre ella y la hubiese sellado.

La siguiente abertura daba al octavo círculo. Alec paró un instante, reconoció los grandes cañones que se abrían en la tierra; cada uno de ellos constituía uno de los diez recintos del círculo.

Bajaron más, pero tuvieron que aflojar el paso a causa de las piedras, cada vez más descolocadas. El conducto, que debía de ser parte de una vieja estructura, parecía abandonado. Llegaron a la ventana que daba al noveno círculo. Maj se detuvo frente al arco de piedra.

—Maj, tenemos que seguir —le dijo Alec.

No obstante, ella permanecía inmóvil, con las manos en la pared fría, los ojos perdidos en el paisaje sobrecogedor que tenía delante.

Había una extensión blanca, un lago de piedra, aunque unas estrías azules le daban la apariencia de hielo brillante. Los condenados, que vestían harapos y caminaban solos y encorvados, parecían cargar el peso del Infierno a sus espaldas.

—¡Papá! —gritó Maj—. ¡Papá! —repitió. Un sollozo le sacudió el pecho—. ¿Dónde estás? —Su voz resonó en el aire. Un condenado levantó la cabeza y después siguió andando—. ¿Por qué estás aquí? —preguntó Maj, pero esta vez el grito se ahogó en un susurro.

Luego empezó a llorar quedamente, mientras evocaba los recuerdos de su pasado en el Paraíso, las imágenes claras y serenas de parques, jardines, comidas en la terraza y baños en la piscina. Junto a sus amigos, con su familia.

En ese momento, Alec vio el décimo dibujo. Un día, en su casa de Europa, Beth había trazado en la pared un círculo de ladrillos. Luego lo había tapado con carbón, convirtiéndolo en un círculo negro. Alec miró por encima del hombro de Maj el fondo de aquel pozo, que parecía hundirse en las entrañas de la tierra, y supo que ese era su camino. Lucifer estaba cerca, pero la salida del Infierno se asemejaba cada vez más al final de su viaje, y la libertad se anunciaba con la misma cara de la muerte.

Bajaron corriendo las últimas escaleras. Algunas gradas estaban rotas o en algunos puntos sencillamente faltaban, por lo que tenían que avanzar con precaución para no tropezar. Cuanto más descendían, más caliente era el aire y más aumentaba la oscuridad. Alec ceñía la antorcha, ya casi apagada. Seguía llevando atada al cinturón la espada de los anarquistas. Así, no se percató de lo mucho que sus últimos pasos habían repetido los últimos de su padre.

El pasadizo surgió en la oscuridad en cuanto la pequeña circunferencia luminosa proyectada por la antorcha se sobrepuso al círculo de ladrillos. Alec colocó la mano en la pared y notó que los ladrillos no estaban sellados con cemento. Con ambas manos empujó el muro, que cedió.

Una corriente fría los acometió, apagando la llama. Durante unos segundos se quedaron a oscuras. Después una luz iluminó la entrada de una casa.

53

Todo era perfecto, como si aquella casa hubiese estado habitada hasta hacía pocos minutos. Los ladrillos del túnel se habían caído a un suelo de piedra oscura, levantando un poco de polvo. Tras franquear la entrada, se encontraron en una sala amplia, alumbrada por pequeños focos montados en el techo de madera. Tanto en este como en las paredes había largas vigas nudosas. En el centro había tres bancos y en un rincón una cocina, una sencilla encimera, una pila y dos pequeños muebles amarillos un poco desconchados pero que en conjunto parecían en buen estado.

—¿Dónde estamos? —preguntó Maj.

Alec abrió el grifo, del que salió un agua oscura.

—No lo sé. Parece una especie de refugio.

Maj se sentó en uno de los bancos. De los cojines se levantó un poco de polvo.

En medio de los bancos había una mesa baja con pilas de libros. Alec nunca había visto tantos libros juntos.

—Hay comida —dijo Jorgos a la vez que abría un armario y sacaba unas cajas como las que daban en los círculos. Abrió una y olió el contenido—. Huele bien. Se puede comer.

Una luz se encendió sobre sus cabezas. Se oyó el ruido de una cinta que se enrollaba y acto seguido apareció el cono de luz que proyectó un holograma en medio de la habitación. La silueta azul de una figura humana tardó unos segundos en definirse. Era un hombre de unos cincuenta años, vestía ropa raída y tenía la barba larga. A sus pies había una espada.

El hombre parecía nervioso. Miraba el suelo, luego se escrutaba las manos. De golpe levantó la cabeza.

«¿Sois vosotros?», preguntó.

El vídeo se interrumpió y volvió a empezar desde el principio. Salió de nuevo el hombre, parecía vacilante, inseguro.

«¿Sois vosotros?», repitió.

Los tres chicos estaban de pie alrededor del holograma, sin saber qué hacer.

—¿Quién es? —preguntó Maj—. ¿Qué quiere decir?

—Es un anarquista, tiene la espada —contestó Jorgos.

Tenía ojeras profundas y un físico robusto, pero su mirada era vacía, triste.

Esta vez el vídeo continuó. El hombre parecía vivo, real. Levantó un brazo que, no bien salió del cono de luz del proyector, desapareció.

«Aquí tenéis todo lo que necesitáis —dijo—. Hay comida y agua, reconstruid el muro, podéis quedaros aquí unos días, antes del salto.»

El vídeo paró unos segundos. El hombre desapareció y luego reapareció. A sus pies se veía la mesa con los libros, solo que en el vídeo los libros estaban abiertos, había varias hojas, dibujos, apuntes y lápices.

«Génesis, tres, cuatro —continuó el hombre—: "Y dijo la serpiente a la mujer: 'No, no moriréis'". Hay que morir para poder renacer, aceptad el conocimiento, la conciencia de vosotros mismos, y moriréis. Ese es el principio de la vida.» El hombre se agachó y cogió un libro, lo hojeó unos segundos, luego leyó: «No hay un camino para la felicidad, la felicidad es el camino —dijo mirando a los tres chicos como si los tuviese delante—. Vuestro objetivo es el momento presente, vuestra vida se realiza completamente a cada segundo, por eso es tan importante este momento...». El hombre se llevó una mano al rostro y permaneció callado un instante. El ronroneo del proyector apenas tapaba su llanto silencioso. «Pero ahora tengo que dejaros. Me habría gustado esperaros...» La imagen tembló. Los libros proyectados se cayeron al suelo. «Nos veremos en otro lugar. No puedo deciros nada más, ni aquí ni ahora. El refugio es seguro, el conducto está abandonado. Pero reconstruid el muro...»

Alec se acercó al holograma, los ojos de aquel hombre estaban henchidos de dolor. Sentía el peso de aquella mirada, que ocultaba una historia mucho más larga que esos pocos segundos de proyección.

«Si... fuera de aquí perdéis el camino, Europa queda a poniente. Tenéis que seguir la dirección del ocaso. Y confío en que lleguéis.»

El hombre dejó el libro en la mesa y miró fijamente hacia el frente. El vídeo se interrumpió y el proyector se apagó.

La imagen permaneció varios segundos en medio de la habitación.

Maj y Alec se quedaron inmóviles, en silencio; Jorgos, por su parte, abrió el grifo y dejó correr el agua en un cubo, hasta que se aclaró.

—Alec, ¿te encuentras bien? —le preguntó Maj—. Debe de haber un pasadizo, tenemos que encontrarlo, y también un modo de abandonar el Infierno. Pero ¿por qué no nos lo ha dicho?

—No podía estar seguro de que éramos anarquistas, amazonas o rebeldes. —La voz de Alec era poco más que un susurro. Sus ojos estaban clavados en el holograma inmóvil del hombre.

—¿Crees que podemos quedarnos aquí?

—Reconstruiremos el muro.

En ese momento el vídeo se apagó. La imagen desapareció. Alec tendió una mano, apresando el último instante antes de que la luz azul del proyector se desvaneciese completamente.

—¿Qué pasa, Alec? —le preguntó de nuevo Maj—. ¿Qué te ocurre?

Alec se volvió hacia ella, de pronto pálido, con los ojos brillantes.

—Era mi padre.

Alec abrió la puerta de una de las habitaciones que daban a la sala y se encerró en su interior. En la habitación, que era más o menos tan grande como la otra, había dos camas, de niño, contra una pared.

Al fondo de la habitación había una pintura que ocupaba casi toda la pared. Estaba dividida en tres partes. A la izquierda había hombres y mujeres vestidos de blanco, en parte suspendidos entre las nubes; a la derecha también había hombres y mujeres que corrían perseguidos por criaturas monstruosas, que ardían entre las llamas, que gritaban y lloraban. En el recuadro central había un hombre más alto que los otros.

Frente al cuadro, sobre un atril, había un libro cerrado. En la cubierta se leía *La divina comedia*. Era el libro de su padre.

Lo cogió. Lo hojeó rápidamente. El texto le resultó incomprensible. En cada página había notas, dibujos, esbozos, medidas. Estaban representadas las máquinas infernales con las que se habían encontrado y Alec supo que debía de tratarse de una especie de libreta que su padre había usado cuando aún era un arquitecto del Infierno.

En cambio, las últimas páginas estaban en blanco. Pero había un dibujo, un dibujo que Beth nunca había pintado. Representaba una playa en la que había unas palmeras que se elevaban en medio de la roca de una montaña. Oculta por las hojas se entreveía la proa de una barca decorada con estrellas.

La puerta se abrió de golpe. Alec se volvió, vio la mirada espantada de Maj, los grandes ojos brillantes de Jorgos.

—Nos han encontrado.

—Están bajando al túnel —dijo Jorgos—. Tenemos que irnos.

—Sí, pero ¿adónde? —Alec no podía razonar.

Su padre había creado aquel refugio, había dejado aquel mensaje, el último rastro que había que seguir para salir del Infierno, para ir hacia otro lugar que no había podido definir.

Maj le cogió las manos.

—Tenemos que huir.

Alec miró alrededor, sentía como si tuviera que dejar un barco que se hunde cuando acaba de subir a bordo. Estaba confundido y cansado, la valentía que lo había conducido hasta allí parecía haberlo abandonado de golpe.

—No podemos irnos, no puedo marcharme de aquí.

—Pues tienes que hacerlo, marchémonos ahora mismo —dijo Jorgos con la seguridad que distinguía sus palabras. Alec había aprendido a conocerlo, percibía la fuerza de su instinto, que lo guiaba sin pensamientos a través de los peligros. Pero esta vez no era capaz de hacerle caso. No podía abandonar la casa de su padre. El miedo prendió en él como un fuego que arde en medio de la maleza.

—Alec, tenemos que irnos —repitió Maj—. Dinos cuál es el camino, el último dibujo.

—No sé cuál es el último dibujo. Este era el último, no hay más.

—Entonces la salida está aquí.

Alec miró alrededor, preguntándose si el pasadizo podía estar allí mismo. Jorgos salió de la habitación y fue hasta la entrada del refugio. Olfateó el aire y percibió el olor de los hombres que estaban llegando. Pero no percibió solo su olor.

—Hay animales —dijo Jorgos—, están viniendo animales.

—Cojámoslo todo —ordenó Alec—. Tenemos que llevarnos estas cosas.

—Alec, no nos podemos llevar nada.

—Los libros, cojamos los libros. Y quiero el vídeo. Tengo que verlo una vez más —dijo Alec.

—Alec, por favor —le suplicó Maj—. No me dejes ahora.

Los ojos de ella se abrieron camino en su alma. El miedo se volatilizó enseguida, tuvo la sensación de verlo mientras se disipaba. Pensó un momento en Maureen, comprendió que el Infierno se había apoderado de ella, que el miedo la había derrotado. Pero a él no iba a pasarle lo mismo.

—Tenemos que irnos ahora mismo —lo apremió Jorgos—. También hay animales. Vienen a cogernos.

—Larguémonos —dijo Alec. Lanzó un último vistazo a aquella casa y se juró a sí mismo que recordaría cada detalle.

Luego fue corriendo a la habitación y cogió el libro de su padre, el que este habría querido darle. Ahora era suyo.

En un instante estuvieron de nuevo en el túnel. Por encima de ellos se veían las luces de las antorchas de los guardias, que se entrelazaban en medio del conducto. De repente apareció una silueta en la oscuridad, delante de ellos: era un cerbero que caía al vacío. Con las fauces abiertas, el cuerpo herido. No sonó ningún batacazo, sino que siguió cayendo. Alec y Maj miraron hacia abajo, al punto negro hacia el que estaban descendiendo.

Caminaban rápido, tratando de ir lo más pegados que podían a los muros. Un solo paso en falso y se caerían al vacío, como el cerbero.

Jorgos iba unos metros por delante de ellos. Las voces de los guardias resonaban entre las paredes, junto con los gritos bestiales de las criaturas del Infierno.

De repente el aire se volvió ardiente, mientras una tenue luz roja irradió en medio de ellos, como una niebla que se eleva despacio sobre la superficie de un lago. Jorgos paró de golpe. Las escaleras habían terminado. El cadáver del cerbero yacía inmóvil en el suelo. A su lado, en el centro del túnel, había un agujero circular de menos de un metro de diámetro. Estaba rodeado de cuatro aberturas, de cuatro túneles que se adentraban en la montaña.

—¿Adónde vamos? —preguntó Jorgos.

Alec trató de pensar en los dibujos de Beth. Se preguntó si no se estaba olvidando de algo, pero en el mapa que Marcus había reconstruido no había ningún último túnel. Supuso que esos conductos podían ser los que pasaban por debajo de los círculos del bajo Infierno.

—Yo… no sé cuál es el camino —dijo Alec.

Encima de ellos, las voces y los pasos estaban cada vez más cerca.

—Entremos en uno, luego veremos —sugirió Jorgos—. Aquí no nos podemos quedar.

Tras decir eso, entró en un túnel, dio unos pasos y regresó.

—¿Qué pasa? —le preguntó Alec.

—Por aquí no se puede ir, no hay nada.

—De acuerdo.

Alec miró a Maj, que estaba inmóvil y observaba el centro del túnel, donde se hallaba la apertura circular.

—Tenemos que bajar —dijo Maj.

—¿Qué?

—Tenemos que bajar.

—¿Allí? —preguntó Alec mirando el agujero oscuro—. ¿Cómo lo sabes?

—Porque conozco este pasadizo. Es la espelunca.

—¿Qué dices? Explícate.

Maj revivió el momento en el Paraíso en que su padre le había hablado por primera vez del Infierno, mostrándole la estructura. En el holograma de la mesa de billar había visto el cráter, los círculos infernales, había leído palabras cuyo significado no conocía, pero una de ellas se le había quedado grabada: «Espelunca».

—Este es el pasadizo —dijo.

—¡Quietos! —gritó una voz por encima de sus cabezas.

Las antorchas proyectaron tres conos luminosos sobre las paredes, mostrando parcialmente las entradas del túnel. Había cinco guardias dispuestos en semicírculo a lo largo de las escaleras. Los apuntaban con los fusiles.

—Lancémonos —dijo Maj.

Luego pensó en su padre, se lo imaginó en el noveno círculo, tan cerca. Durante todo ese tiempo, había albergado sentimientos encontrados hacia él. Trataba de recordar lo que sentía por él, y de ahuyentar la rabia y el rencor que le guardaba por haberle ocultado la verdad sobre el mundo en el que la había obligado a vivir. Ahora, sin embargo, su padre era solo un recuerdo, un recuerdo que le mostraba el camino de salida del Infierno.

Le echó un último vistazo a Alec. Luego se arrojó al agujero negro. Alec miró a Jorgos, que, en cambio, permanecía arrimado a la pared. Se dio cuenta de que no quería saltar, pero, así las cosas, no quedaba tiempo para calibrar las opciones y no quería perder a otro amigo. Lo cogió por los hombros y lo empujó al agujero. Luego se arrojó a su vez.

Fue ganando velocidad en el vacío, pero muy pronto empezó a deslizarse por una pared lisa y húmeda que poco a poco se inclinaba hasta convertirse en una bajada empinada.

—¡Maj! —gritó.

Entonces vio a Jorgos. Acabó encima de él y lo adelantó. El peso de su cuerpo hacía que se deslizase más rápido. Sin embargo, luego sintió una fuerza distinta, una corriente caliente y húmeda que lo levantó y lo empujó hacia delante. En la oscuridad, Alec no podía percibir claramente la velocidad, el rumbo ni la amplitud del lugar en que se encontraba. No sabía si había pasado un segundo, un minuto o más. La corriente se calmó y Alec sintió que se hundía en el agua. Jorgos lo alcanzó poco después. Cuando salieron a la superficie, Maj ya estaba de pie en la playa.

Delante de ella había unas escaleras de las que procedían la luz del sol y el aroma del mar.

54

Maureen abrió los ojos de golpe y se sentó. Estaba teniendo un sueño extraño, en el que el Infierno, el Paraíso y Europa aparecían como planetas distintos. Eran tres esferas en medio del espacio celeste moteado de estrellas más pequeñas. Ella tenía que decidir dónde vivir, pero sabía que esa decisión sería definitiva porque no había ninguna posibilidad de ir de un mundo a otro.

La imagen del sueño desapareció de su mente, que ahora trataba de orientarse. La enorme cama con dosel tenía sábanas de seda blanca bordadas con ribetes dorados. En el suelo de mármol había dos alfombras con escenas de caza, y pegados a la pared había muebles oscuros de madera taraceada cuyos motivos parecían continuar en el papel pintado de las paredes.

Una mujer con uniforme rosa y una cofia blanca entró en la habitación llevando una pila de toallas. En cuanto advirtió que Maureen estaba despierta, le esbozó una sonrisa.

—¿Dónde estoy? —le preguntó Maureen.

La mujer dejó las toallas en uno de los muebles que había al lado de la puerta abierta que daba al cuarto de baño. Maureen entrevió las baldosas de mármol que se alternaban con mosaicos de colores.

—¿Me puedes decir dónde estoy? —le volvió a preguntar Maureen, ya que la mujer no le había respondido.

—Discúlpeme, señorita, pero no estoy autorizada a hablar.

De entrada esa respuesta la confundió. Pero enseguida una sospecha empezó a abrirse camino en su mente. Se levantó de la cama y fue al cuarto de baño. Se miró en el espejo. Su cara estaba limpia; las heridas, desinfectadas. Llevaba puesta una bata de seda blanca y roja, con loros de colores bordados.

Salió corriendo del baño y fue a la ventana.

La habitación se encontraba en la segunda planta de una mansión. Debajo de ella había una terraza de baldosas rosadas, rodeada de una barandilla negra. Más allá de la terraza, una colina de olivos descendía suavemente hacia el mar. Enormes murallas de cemento delimitaban una bahía, protegida hacia el horizonte por dos grandes hovercrafts.

El sol, en el cenit, se reflejaba sobre las superficies metálicas, irradiando luz alrededor.

Maureen se volvió despacio hacia la izquierda, a sus ojos les costaba registrar tanta información. En un promontorio cubierto de pinos marítimos, se elevaba una estatua de mármol de al menos veinte metros. Era un ángel con una espada empuñada que brillaba bajo los rayos del sol.

Aquel lugar no parecía real. Luego, sin embargo, a su mente empezaron a aflorar otras imágenes, fragmentos de un pasado demasiado próximo para que pudiera borrarlo incluso la más terrible vivencia. Al mismo tiempo, aquellos recuerdos parecían pertenecer a otra vida, a otro planeta.

Volvió al sueño de esa noche y vio otra vez en su mente el Paraíso, el Infierno y Europa.

Vio como Guido caía al abismo hacia el río de lava.

Se vio a sí misma empuñando la pistola mientras trataba de detener a sus amigos, mientras les decía que regresaran. Y después las explosiones, los hovercrafts y a los soldados de la Oligarquía que la detenían.

Después, nada más.

Salió y bajó las escaleras, al final de las cuales se encontró en un salón luminoso separado de la terraza por un gran ventanal. Ahora en la terraza había dos personas, un hombre y un muchacho. Estaban sentados a una pequeña mesa redonda de hierro forjado. Llevaban ropa ligera, que se hinchaba a cada golpe de viento. El aire era tibio y olía a mar, un olor que Maureen conocía porque lo había sentido muchas veces en el barrio portuario de Europa. Pero ahí era diferente, no había olor a gasóleo, sino a flores y a hierbas desconocidas.

—Buenos días —dijo el chico al verla de pie al lado de la puerta vidriera—. Ven a sentarte, tendrás hambre.

Maureen dio unos pasos, luego se detuvo.

—¿Has dormido bien? —le preguntó el chico.

El hombre, en cambio, la miraba con una sonrisa falsa.

—¿Quiénes sois vosotros? —preguntó ella.

—¿Quieres café? ¿Mermelada…?

Maureen observó al joven preguntándose si por algún motivo debía de conocerlo. Luego se volvió hacia el hombre, cuyo rostro sí le resultaba muy familiar.

—Tú eres… —dijo Maureen.

El hombre asintió sin dejar de sonreír.

—Espero que el recibimiento haya sido de tu agrado. No solemos tener invitados en esta casa.

—Me llamo Marvin —dijo el chico—, y él es Kronous, mi padre, pero eso ya lo has deducido sola. Anda, siéntate.

Marvin le señaló a Maureen su sitio y apartó la silla. Ella se dejó guiar. En la mesa había fruta, pan, mantequilla y queso. Los cubiertos eran de plata, y los platos, de porcelana pintada. Marvin le sirvió café, que ella bebió en silencio.

Durante unos minutos, nadie dijo nada. Una criada se acercó con una jarra de zumo y se llevó los platos sucios. El tintineo de los cubiertos era el único ruido además del murmullo del viento, la resaca de las olas y los chillidos de las gaviotas.

—No es una mala vida, ¿verdad? —preguntó Kronous mirando el horizonte—. En mi opinión, todo el mundo tiene derecho a vivir así. Una casa elegante, comida buena y abundante, un paisaje del que disfrutar cada mañana. ¿No crees?

Maureen se limitó a hacer un gesto con la cabeza.

—En efecto —prosiguió Kronous—, y es una lástima que en cambio esta vida sea un lujo de unos pocos privilegiados. A mí me encantaría que todo el mundo fuese rico, pero la riqueza también hay que merecerla. Como también es justo que quien no hace nada o, aún peor, quien infringe la ley, no tenga nada de todo eso. ¿Estás de acuerdo?

Maureen asintió de nuevo a la vez que con el rabillo del ojo miraba al chico, que asistía en silencio al monólogo de su padre.

—Tú eres una buena chica, lo sé. La vida no ha sido generosa contigo, te ha dejado sola en Europa, sin familia, sin un futuro, todo recae sobre tus hombros. En un entorno así es fácil caer en el error, nosotros lo sabemos.

Kronous se puso de pie y avanzó hacia la barandilla de la terraza. Luego se volvió.

—Esta vida puede ser tuya, Maureen. Pero necesitamos tu ayuda, es importante que nos digas qué hacíais y lo que pretendíais.

El hombre la escrutó unos segundos.

—Alec y Maj son buenos chicos —continuó Kronous—, pero, lamentablemente, también han sido víctimas de un juego demasiado grande. Tú has estado con ellos, a lo mejor puedes ayudarnos a comprender.

Maureen pensó en sus amigos, en la última mirada de Alec, que le suplicaba que huyera con ellos, que no cometiera una locura, en los ojos enamorados de Guido. Una punzada de dolor la hizo temblar.

—Aunque si no quieres hablar —prosiguió Kronous—, lo entenderé perfectamente, faltaría más. No es fácil. Lo único malo es que la condena por evadirse de un círculo es bastante dura. La ley es igual para todos, Maureen, pero la justicia del Paraíso está sometida a una justicia más alta. Te estoy preguntando si te crees merecedora de esta suerte.

Maureen volvió a experimentar miedo, esa espantosa sensación que no la había abandonado en todos esos días, que le quitaba las ganas de vivir, que la paralizaba, que la hacía desear la muerte. Luego miró la colina de olivos, el mar, los pinos acariciados por el viento perfumado, que le aseguraba una paz que jamás había conocido.

—Queríamos salir —susurró.

Kronous asintió, luego miró complacido a Marvin.

—¿Y cómo pensabais hacerlo?

Maureen vaciló unos segundos.

—Había un mapa, un camino.

—¿Un camino?

Apremiada por las preguntas de Kronous, Maureen empezó a contar lo que sabía. El mapa del Infierno, el descenso a través de los círculos, la batalla con las amazonas y los anarquistas. Por último, el pasadizo debajo de Dite, hasta el momento en que había visto desaparecer a Guido bajo tierra. La voz se le quebró con la emoción del recuerdo.

Marvin le puso una mano en el hombro, mientras con la otra le hacía un gesto a su padre para que parasen.

—Ven —le dijo el chico dirigiéndole una sonrisa dulce—. Te llevaré a un sitio.

Maureen se puso de pie.

—La vida es extraña, pero sobre todo es corta —continuó Marvin—. Se puede vivir como esclavos o como príncipes, pero no todo el mundo puede elegir.

Kronous observó como su hijo se alejaba llevando de la mano a la joven. Pensó en la cantidad de cosas que habían cambiado en las últimas semanas, en cómo su hijo se había convertido en el oligarca más joven de la historia tras reemplazar a Anton Shobert. Ahora el plan estaba casi completo. Faltaba una señal para todos los ciudadanos de Europa, y esa señal llegaría muy pronto.

El helicóptero sobrevoló los cielos de Europa, cruzó la costa de la península itálica, hizo una parada de pocos minutos en el Palacio de la Oligarquía y, por último, dejó atrás los Alpes. Aterrizó en el tejado de la Catedral del Mar a las once de la mañana. Maureen, Kronous y Marvin bajaron en el helipuerto situado entre los pináculos de la iglesia. Luego recorrieron una galería que había detrás de la fachada principal y se detuvieron en un pequeño balcón que daba a la plaza, atestada de gente.

Kronous se asomó primero y alzó los brazos en el saludo de la Oligarquía. La multitud hizo lo mismo, elevándose como una ola.

—¿Quieres ser una princesa? —preguntó Marvin.

Maureen asintió, con la mirada fija en la multitud.

Marvin salió al balcón e imitó el gesto que Alec había hecho el día en que había parado el desfile. La multitud enmudeció.

En ese instante Kronous tomó la palabra.

—¡Aquí tenéis a la chica del Paraíso que acabó en el Infierno! —exclamó—, y a su joven salvador, que la ha traído a casa, Marvin Kronous, nuestro nuevo oligarca y su princesa.

55

La playa estaba desierta. Las olas del mar rompían con estruendo en la orilla y en los escollos, mientras que el viento soplaba la espuma, dispersándola en el aire.

El paisaje surgió a través de la ensenada que se adentraba en el borde del cráter. Habían salido allí, a una franja de tierra que rodeaba una piscina natural formada por el agua que había encajonada entre las paredes de roca negra.

Alec miró a Maj y le pareció que veía a una persona nueva. Lo que había cambiado en ella no era el rostro. Pensó que todo se debía a la libertad, que la libertad podía haberle añadido un rasgo a sus facciones. Ninguno de los dos era capaz de hablar y Jorgos parecía desorientado. Caminaba despacio, olfateaba el aire de alrededor, como un animal que ha estado siempre enjaulado y que de pronto se encuentra libre en el mundo.

Llegaron hasta el punto de la playa más alejado del volcán. Tampoco desde allí se veían las murallas ni los chorros de fuego. Era como si aquel túnel los hubiese conducido a los extremos del cráter; probablemente era el motivo por el que su padre había construido aquel pasadizo.

Alec abrió el libro por la última página. Miró el dibujo: el mar, las palmeras, la barca. Las líneas tintadas salían de la página, siguiendo los contornos del paisaje, repasando los árboles, las rocas, el cráter. Cuando toda la tinta se volcó en el mundo real, Alec vio el escorzo que su padre había representado.

La barca se encontraba en una gruta situada dentro de la ensenada. Desde fuera era imposible verla: las palmeras ocultaban la entrada de la montaña.

El casco estaba pintado con los colores del mar tormentoso: azul, verde y violeta. Gruesas cuerdas lo sujetaban a un muelle natural formado por piedras que parecían talladas. Una pesada tela de plástico cubría la cabina. Con la ayuda de Jorgos, Alec la quitó y la dobló. A continuación subió a bordo. En el centro de la barca había un palo alto, con velas enrolladas. Bajó al puente de cubierta. No había nadie.

Luego salió y le tendió la mano a Maj. La ayudó a subir a bordo; Jorgos, en cambio, subió solo.

—¿Sabes pilotar una barca? —le preguntó Maj.

—No.

Alec fue al puesto de mando: un sillón de madera, una mesa semicircular sobre la que había una pantalla.

Maj estaba sentada en las escalerillas que llevaban al puente de cubierta. Lo miraba absorta. Todos sus pensamientos seguían siendo largas cuerdas que la anclaban al Infierno.

La pantalla se iluminó, mostrando un círculo verde, cuyo radio giraba por toda la circunferencia.

La barca salió de la gruta al compás del zumbido del motor. Alec llevaba el timón. Jorgos estaba de pie en la proa, con un largo palo que servía para evitar cualquier colisión con las paredes rocosas.

Cruzaron lentamente la piscina natural y salieron de la ensenada hacia mar adentro. Las olas sacudieron la barca, que empezó a balancearse. El ruido del motor aumentó, impulsando con más fuerza el casco hacia el horizonte, que había comenzado a oscurecerse.

Detrás de ellos, el cráter se iba empequeñeciendo poco a poco. A Alec le seguía pareciendo entrever un destello rojizo en su cumbre, pero desde donde se encontraban aquella montaña ya no parecía el Infierno. Se acordó entonces de los lejanos días en Europa, cuando miraba las imágenes del volcán y del mar, esas imágenes que tendrían que haberle infundido miedo y que en cambio siempre le hacían pensar en el mundo libre que escondían. En las tierras, en las personas, en las vidas que podían ocultarse en aquellos lugares salvajes. Ahora estaba navegando hacia aquella tierra, sin saber lo que encontraría, pero con una certeza. Maj ahora estaba sentada a su lado, era el motivo de aquel viaje, la razón por la cual, en una barca, en medio del mar, Alec sentía que ya había llegado a su meta.

Abrió la boca pero no encontró las palabras. Así que le cogió la mano. Ella lo miró y sonrió. Había dolor en sus ojos, el peso de las pérdidas que había sufrido, pero había además una voluntad nueva. Maj sentía que ahora el timón de su vida lo empuñaban sus manos, y por eso seguiría navegando, ya no iba a parar mientras tuviera fuerzas. No dejaría que la detuvieran las ilusiones de una felicidad falsa. Ya no era la chica del Paraíso, ahora era una amazona, una guerrera. Y seguiría luchando.

—¿Por qué lo ha hecho? —le preguntó Alec. No quería pronunciar su nombre. El dolor y la rabia eran un incendio oculto en lo más profundo de su ser. Llamas dispuestas a arder en cuanto el Infierno estuviese bastante lejos.

—No lo sé —dijo Maj—, la venció el miedo, ya no era ella.

Alec se preguntó qué le habrían hecho, volvió a sentir la punzada de dolor provocada por la conciencia de haber perdido a la persona que, antes de dejar Europa y de conocer a Maj, había sido la más importante para él. Acto seguido el dolor se convirtió en ira, porque esa pérdida había causado otra.

—Ha muerto, ¿verdad? —le preguntó Alec.

Maj no respondió, solo bajó la mirada.

Entretanto el cielo se había oscurecido, pero era un cielo diferente del que veían en el Infierno.

Maj volvió durante un instante con la mente a las noches de verano en el Paraíso; Alec pensó en el cielo despejado que había visto en el barco del Infierno. Jorgos, de rodillas en la proa, miraba hacia arriba con estupor.

—¿Qué son? —preguntó sin dejar de mirar el cielo.

En el cielo habían aparecido cientos de puntitos luminosos.

—Las estrellas —contestó Alec.

Jorgos se volvió hacia él. Nunca las había visto, no sabía qué eran.

—¿Qué son las estrellas?

—Son como otros mundos lejanos, muy lejanos, pero no vive nadie.

—¿Y por qué están allí?

—No hay ningún motivo.

Mientras hablaba, Alec reparó en que la barca había empezado a virar. El volcán ya casi no se veía.

—¿Por qué gira? —preguntó Maj.

—No lo sé, yo no he tocado nada.

El motor se apagó, y el palo se elevó lentamente en el centro de la barca, mientras las velas se desplegaban y se hinchaban con el viento. Jorgos, asustado, volvió a la cabina, al tiempo que pequeñas luces se encendían en la pantalla del puesto de mando. Alec se dio cuenta de que esas luces marcaban las estrellas del cielo. La barca las había reconocido y se estaba dejando guiar por las constelaciones.

El cielo se oscureció más. Miles de estrellas brillaban a la vez.

Jorgos miraba hacia lo alto con la boca abierta. Por primera vez, en su rostro apareció una expresión de niño.

Alec miró a Maj. Era su estrella, su guía. Y supo que eso era el amor, supo que ella sería su estrella y él su marinero, y que el cielo los guiaría siempre.

Agradecimientos

Doy las gracias a Silvia, mi mujer, mi Beatriz, que ha iluminado mi descenso a los infiernos.

A Sandro Dazieri, mi editor y mi Virgilio. A todo el mundo le deseo que encuentre a un guía como él en la selva oscura.

A Piergiorgio Nicolazzini, mi agente, el mejor compañero de viaje.

A Massimo Turchetta por sus aportaciones y consejos, así como por su lúcida visión sobre un libro tan importante para mí. A Sabrina Annoni y a la Editorial Fabbri, por la confianza y la apuesta.

A Roberta Famà, la excelente jefa de redacción de Fabbri, por el rigor y la simpatía.

A Silvia Sartorio, coordinadora de la edición, con quien he compartido la laboriosa tarea de comprobar que el mundo creado por mí fuese sólido e indestructible.

A Gianluca Bavagnoli, a Michele Turazzi y a todo el Studio Pym.

A Leonardo Patrignani y a su *Multiversum*, por haberme empujado a abandonar los límites de esta realidad.

A Asia Greenhorn, por algunas valiosas ideas que se han convertido en parte del libro, y por nuestras creativas y siempre estimulantes conversaciones.

Hay además dos personas sin las cuales probablemente seguiría en el Limbo. Mi madre, lectora atenta y puntillosa, excelente y paciente interlocutora de mis ideas. Giulia Forcolini, por sus consejos, sus estímulos y sus valiosas aportaciones. Muchos círculos los hemos atravesados juntos.

Gracias a mi familia y a mis amigos, quienes me estuvieron esperando hasta que, por fin, salí a mirar de nuevo las estrellas.